प्यार
एक एहसास

मोहब्बत के अनकहे
जज्बातों की खूबसूरत कहानियां

प्रेमचंद · चंद्रधर शर्मा 'गुलेरी'
सूर्यकांत त्रिपाठी 'निराला'
सआदत हसन मंटो

FiNGERPRINT!

Published 2025
FiNGERPRINT! **HINDI**
Prakash Books

Fingerprint Publishing
@FingerprintP
@fingerprintpublishingbooks
www.fingerprintpublishing.com

ISBN: 978 93 6214 870 4

जिस्मानी हिसिय्यात से रिश्ता रखने वाली चीजें ज्यादा देर कायम नहीं होतीं, मगर जिन चीजों का ताल्लुक रूह से होता है, देर तक कायम रहती हैं।

—सआदत हसन मंटो

जैसे ईख से रस निकाल लेने पर केवल सीठी रह जाती है, उसी प्रकार जिस मनुष्य के हृदय से प्रेम निकल गया, वह अस्थि चर्म का एक ढेर रह जाता है।

—प्रेमचंद

प्रेम जितना ही सच्चा, जितना ही हार्दिक होता है, उतना ही कोमल होता है। वह विपत्ति के सागर में उन्मत्त गोते खा सकता है, पर अवहेलना की एक चोट भी सहन नहीं कर सकता।

—प्रेमचंद

वेश्या सिर्फ उसी मर्द पर अपने दिल के तमाम दरवाजे खोलेगी, जिससे उसे मोहब्बत हो। हर आने जाने वाले मर्द के लिए वो ऐसा नहीं कर सकती।

—सआदत हसन मंटो

अनुक्रमणिका

लेखकों की कहानियों में
प्रेम का चित्रण

हिंदी साहित्य में प्रेम का चित्रण गहनता और विविधता से परिपूर्ण है। प्रेम को सामान्यत रोमांटिक आकर्षण के रूप में देखा जाता है, लेकिन हिंदी साहित्य में इसका स्वरूप कहीं अधिक जटिल और व्यापक है। साहित्यिक कृतियां प्रेम को महज रोमांस तक सीमित नहीं करतीं, बल्कि इसे जीवन की बहुआयामी अनुभूतियों और संघर्षों का प्रतीक बनाकर प्रस्तुत करती हैं। हिंदी साहित्य में प्रेम की गहनता और उसकी विविधता जीवन की जटिलताओं और मानवीय भावनाओं का एक समृद्ध चित्र प्रस्तुत करती है। प्रेम में त्याग, समर्पण, स्वाभिमान, और कभी-कभी आत्मबलिदान की भावना भी निहित होती है, जो इसे एक उच्च और व्यापक आयाम देती है।

प्रेमचंद की कहानियों में प्रेम का चित्रण आदर्श और पवित्र भावना के रूप में किया गया है। उनके लेखन में प्रेम केवल व्यक्तिगत आकर्षण या संबंध नहीं, बल्कि सामाजिक और मानवीय परिस्थितियों का प्रतिबिंब है। उन्होंने प्रेम को नैतिकता और मानवता के परिप्रेक्ष्य में देखा, जहां स्त्री का सम्मान, उसका अधिकार, और उसकी सामाजिक स्थिति को प्रमुखता दी गई प्रेमचंद की कहानियां समाज के बंधनों और असमानताओं के बीच पनपते प्रेम के संघर्ष को उजागर करती हैं। उनकी कहानियों में प्रेम एक ऐसी भावना है जो व्यक्ति और समाज, दोनों को प्रभावित करती है। उदाहरण के लिए, उनकी रचनाओं में प्रेम सामाजिक रूढ़ियों के भीतर पनपता हुआ दिखाया गया है, जिससे यह सिद्ध होता है कि प्रेम केवल व्यक्तिगत नहीं, बल्कि सामाजिक और सांस्कृतिक धरातल पर भी एक गहरा असर डालता है।

चंद्रधर शर्मा 'गुलेरी' की कहानियों में प्रेम को त्याग, बलिदान, और मानवीय रिश्तों की सच्चाई से जोड़ा गया है। उनकी कालजयी कहानी 'उसने कहा था'

प्रेम का एक श्रेष्ठ उदाहरण है, जहां प्रेम केवल एक आकांक्षा नहीं, बल्कि त्याग और बलिदान की चरम सीमा पर पहुंच जाता है। उनके लेखन में प्रेम रोमांस से परे जाकर कर्तव्य और आत्मसम्मान के रूप में उभरता है। प्रेम को उन्होंने मानवीय मूल्यों और सामाजिक उत्तरदायित्वों के साथ गहराई से जोड़ा है, जिससे उनकी कहानियों का प्रेम केवल निजी अनुभव नहीं रह जाता, बल्कि सामाजिक चेतना का प्रतीक बन जाता है।

सआदत हसन मंटो ने प्रेम को एक जटिल और यथार्थवादी दृष्टिकोण से प्रस्तुत किया है। उनके लेखन में प्रेम व्यक्तिगत अनुभवों के साथ-साथ सामाजिक एवं धार्मिक बाधाओं और प्रतिबंधों का सामना करता है। मंटो की कहानियों में प्रेम में दीवानगी, आत्मसम्मान, आत्मसमर्पण, और विद्रोह की भावना स्पष्ट दिखाई देती है। उन्होंने प्रेम को केवल भावनाओं की कोमलता तक सीमित नहीं रखा, बल्कि इसमें यथार्थ के कटु और चुनौतीपूर्ण पहलुओं को भी जोड़ा। मंटो का प्रेम समाज की असमानता, यौनिकता, और व्यक्तिगत संघर्षों से टकराता है, जिससे उनके पात्रों का प्रेम केवल रोमांटिक आदर्श न रहकर, एक जटिल और बहुआयामी भावनात्मक अनुभव बन जाता है।

सूर्यकांत त्रिपाठी 'निराला' ने प्रेम को आदर्श, आत्मिक और यथार्थवादी दृष्टिकोण से प्रस्तुत किया है। उनके लेखन में प्रेम सामाजिक संघर्षों और व्यक्तिगत आत्मसम्मान के साथ गहराई से जुड़ा है। उनकी कहानियों में प्रेम सिर्फ व्यक्तिगत अनुभूति नहीं, बल्कि सामाजिक बंधनों से जूझती स्त्री की स्वतंत्रता और अधिकार की लड़ाई भी है। उनके पात्रों में प्रेम त्याग, संघर्ष, और आत्मसम्मान के प्रतीक के रूप में उभरता है। प्रेम को उन्होंने केवल सुखद अनुभूति के रूप में नहीं, बल्कि एक जटिल, संघर्षपूर्ण और संवेदनशील मानवीय अनुभव के रूप में देखा है, जहां प्रेम जीवन के विविध रंगों को अपने भीतर समेटे हुए है।

हिंदी साहित्य के इन लेखकों ने प्रेम को केवल रोमांस या व्यक्तिगत संबंधों तक सीमित नहीं किया। उनके लेखन में प्रेम एक गहन, जटिल और बहुआयामी भावनात्मक अनुभव के रूप में प्रकट होता है, जिसमें त्याग, संघर्ष, आत्मसम्मान, और सामाजिक न्याय के पहलू निहित होते हैं। प्रेमचंद, गुलेरी, मंटो, और निराला जैसे साहित्यकारों ने प्रेम को अपने-अपने दृष्टिकोण से देखा और प्रस्तुत किया, जिससे यह स्पष्ट होता है कि प्रेम एक ऐसा सार्वभौमिक और शाश्वत विषय है, जो हर व्यक्ति के जीवन और समाज पर गहरा प्रभाव डालता है।

* * *

प्रेमचंद की कहानियों में प्यार के रंग

धनपतराय से मुंशी प्रेमचंद तक

'कलम का सिपाही', 'कलम की शान', 'कलम का जादूगर', 'कथा सम्राट' और 'उपन्यास सम्राट' जैसी अनेक उपाधियों से अलंकृत मुंशी प्रेमचंद का जन्म वाराणसी के निकट 'लमही' नामक ग्राम में 31 जुलाई, 1881 को हुआ था। उनका वास्तविक नाम धनपतराय श्रीवास्तव था। उनके पिता अजायबराय डाकखाने में मुंशी के रूप में मामूली-सी नौकरी करते थे, जबकि उनकी माता आनंदी देवी एक सामान्य गृहिणी थीं।

धनपतराय की आयु जब मात्र 8 वर्ष थी तो उनकी माता का स्वर्गवास हो गया। 15 वर्ष की अल्पायु में धनपतराय का विवाह उनसे अधिक आयु की एक युवती से कर दिया गया। कदाचित् यह एक अनमेल विवाह था जिसे न चाहते हुए भी सामाजिक मर्यादा के लिए उन्हें स्वीकार करना पड़ा। विवाह के लगभग एक वर्ष बाद ही उनके पिता की मृत्यु हो गई इस कारण घर का सारा बोझ उन्हें उठाना पड़ा। उस समय उनकी आर्थिक स्थिति अत्यंत दयनीय थी।

धनपतराय यानी प्रेमचंद ने प्रारंभिक शिक्षा के तौर पर अपने ही गांव लमही के एक छोटे-से मदरसे में मौलवी साहब से उर्दू और फारसी का ज्ञान प्राप्त किया। सन् 1890 में उन्होंने वाराणसी के क्वीन्स कॉलेज में एडमिशन लिया और सन् 1897 में इसी कॉलेज से दूसरी श्रेणी में मैट्रिक की परीक्षा उत्तीर्ण की। आर्थिक स्थिति अच्छी न होने के कारण उन्हें पढ़ाई छोड़ देनी पड़ी, लेकिन प्रतिकूल परिस्थितियों के बावजूद सन् 1919 में उन्होंने स्नातक की परीक्षा उत्तीर्ण की।

प्रेमचंद का पत्नी के साथ वैचारिक मतभेद होने के कारण दांपत्य जीवन सुखद न था। सन् 1905 में गृह-क्लेश होने पर उनकी पत्नी मायके चली गई और फिर लौटकर नहीं आईं। प्रेमचंद ने भी पत्नी को लौटा लाने का प्रयास नहीं किया और अंततः इस अध्याय का पटाक्षेप हो गया।

प्रेमचंद आर्य समाज से अत्यंत प्रभावित थे और विधवा विवाह का समर्थन करते थे। इसी के प्रभाव में सन् 1906 में उन्होंने एक बाल विधवा शिवरानी देवी से विवाह कर लिया। शिवरानी देवी से उनकी 3 संतानें हुई। इनमें दो बेटे श्रीपतराय और अमृतराय तथा एक बेटी कमला देवी थीं।

प्रेमचंद ने बिगड़ती घरेलू आर्थिक स्थिति को संभालने के लिए कड़ा संघर्ष किया। उन्होंने सबसे पहले एक वकील के यहां उसके बेटे को पढ़ाने के लिए 5 रुपये मासिक वेतन पर नौकरी की। धीरे-धीरे वे प्रत्येक विषय में पारंगत हो गए, बाद में इसी कारण उन्हें एक मिशनरी विद्यालय में प्रधानाचार्य के पद पर नियुक्ति मिली। स्नातक परीक्षा पास करने के बाद उन्हें शिक्षा विभाग में इंस्पेक्टर के पद पर नियुक्त किया गया। महात्मा गांधी से प्रभावित होने के कारण वे अधिक समय तक सरकारी नौकरी न कर सके और पद से त्यागपत्र देकर लेखन के माध्यम से देशसेवा में जुट गए।

प्रेमचंद आरंभिक दौर में अपने वास्तविक नाम धनपतराय के बजाय नवाबराय के नाम से लेखन कार्य करते थे। उनका 'नवाबराय' नाम उनके चाचा महावीरराय द्वारा प्रेम से दिया गया संबोधन था। यद्यपि उन्होंने मात्र 13 वर्ष की आयु से ही लेखन कार्य आरंभ कर दिया था, तथापि उनके साहित्यिक जीवन का आरंभ सन् 1901 से माना जाता है। इस समय उन्होंने उर्दू में नाटक और उपन्यास लिखे। प्रेमचंद का पहला अपूर्ण उपन्यास 'असरार-ए-मआबिद' (देवस्थान रहस्य) उर्दू साप्ताहिक 'आवाज-ए-खल्क' में 8 अक्तूबर, 1903 से 1 फरवरी, 1905 तक धारावाहिक रूप में लेखक नवाबराय के तौर पर प्रकाशित हुआ। उनका दूसरा उपन्यास उर्दू में 'हमखुरमा व हमसवाब' और हिंदी में 'प्रेमा' के नाम से सन् 1907 में प्रकाशित हुआ।

सन् 1910 में नवाबराय के नाम से प्रेमचंद की रचना 'सोज-ए-वतन' (राष्ट्र का विलाप) अंग्रेज सरकार की आंख का शूल बन गई हमीरपुर के जिला कलेक्टर ने प्रेमचंद को तलब करके उन पर सीधे-सीधे जनता को भड़काने का आरोप लगाया। उन्होंने 'सोज-ए-वतन' की सभी प्रतियां जब्त कर लीं और सख्त हिदायत दी कि अब वे कुछ नहीं लिखेंगे। यदि उन्होंने शासनादेश का उल्लंघन किया तो उन्हें कारावास में डाल दिया जाएगा।

प्रेमचंद कलेक्टर साहब का यह शासनादेश सुनकर सन्न रह गए, तब उर्दू पत्रिका 'जमाना' के संपादक और उनके मित्र मुंशी दयानारायण निगम ने उन्हें एक नए नाम से लेखन कार्य जारी रखने की सलाह दी। उन्होंने नए नाम के रूप में 'प्रेमचंद' उपनाम भी सुझाया। अपने मित्र की सलाह मानते हुए इसके बाद प्रेमचंद ने इसी उपनाम को सदा-सर्वदा के लिए धारण कर लिया।

धनपतराय से मुंशी प्रेमचंद तक

बहुमुखी प्रतिभा के धनी प्रेमचंद ने कहानी, उपन्यास, नाटक, समीक्षा, लेख, संस्मरण और संपादकीय जैसी विभिन्न विधाओं पर लेखनी चलाईं विशेष रूप से उनकी ख्याति कथाकार के रूप में हुई उनके जीवनकाल में ही सुप्रसिद्ध उपन्यासकार शरत्चंद्र चट्टोपाध्याय ने प्रेमचंद को 'उपन्यास सम्राट' कहकर संबोधित किया।

प्रेमचंद के उपन्यास और कहानियों में जीवन की यथार्थ वस्तुस्थिति, मार्मिक तथ्यों एवं गहन संवेदनाओं से ओत-प्रोत चरित्र-चित्रण मिलते हैं। प्रेमचंद के प्रमुख उपन्यास 'प्रेमा' (1907), 'सेवासदन' (1918), 'प्रेमाश्रम' (1922), 'रंगभूमि' (1925), 'कायाकल्प' (1926), 'निर्मला' (1927), 'गबन' (1931), 'कर्मभूमि' (1932) और 'गोदान' (1936) हैं। उनके अंतिम उपन्यास 'मंगलसूत्र' पर लेखन कार्य चल ही रहा था कि लंबी बीमारी के बाद 8 अक्तूबर, 1936 को उनका देहावसान हो गया। इस उपन्यास का शेष भाग उनके पुत्र अमृतराय ने पूरा किया।

प्रेमचंद के प्रथम कहानी संग्रह 'सोज-ए-वतन' की पहली कहानी 'दुनिया का अनमोल रतन' को सामान्यत: उनकी प्रथम कहानी माना जाता है, लेकिन प्रेमचंद कहानी रचनावली के संकलनकर्ता डॉ- कमल किशोर गोयनका के अनुसार, 'जमाना' उर्दू पत्रिका में प्रकाशित 'इश्क-ए-दुनिया और हुब्ब-ए-वतन' (सांसारिक प्रेम और देश-प्रेम) प्रेमचंद की पहली प्रकाशित कहानी है।

प्रेमचंद के जीवनकाल में उनके कुल नौ कहानी संग्रह-सप्त सरोज, नवनिधि, प्रेम पूर्णिमा, प्रेम पचीसी, प्रेम प्रतिमा, प्रेम द्वादशी, समरयात्र, मानसरोवर (भाग-1 व 2) और कफन प्रकाशित हुए। उनकी मृत्यु के उपरांत उनकी कहानियों को 'मानसरोवर' शीर्षक से 8 भागों में प्रकाशित किया गया।

प्रेमचंद के नाम के साथ मुंशी संबोधन कब और कैसे जुड़ गया, इस बारे में यह मत दिया जाता है कि प्रेमचंद ने आरंभिक दौर में कुछ समय तक अध्यापन कार्य किया था। उस समय अध्यापक के लिए प्राय: 'मुंशीजी' कहा जाता था। अत: प्रेमचंद को भी 'मुंशी प्रेमचंद' कहा गया। एक अन्य मत के अनुसार, कायस्थों में नाम के आगे 'मुंशी' लिखने की परंपरा के कारण प्रेमचंद के प्रशंसकों ने उनके नाम के आगे भी मुंशी लिखकर उन्हें सम्मानित किया।

एक तार्किक और प्रामाणिक मत इस बारे में यह भी है कि 'हंस' नामक पत्र प्रेमचंद और कन्हैयालाल माणिकलाल मुंशी के सह-संपादन में निकलता था। इस पत्र में संपादक के रूप में 'मुंशी, प्रेमचंद' छपा होता था। यहां 'मुंशी' से अभिप्रायके-एम-मुंशी से था। कालांतर में 'मुंशी, प्रेमचंद' का कौमा विस्मृत कर केवल 'मुंशी प्रेमचंद' लिखा जाने लगा। इससे आभास हुआ कि प्रेमचंद ही मुंशी

हैं। अब 'मुंशी' की उपाधि प्रेमचंद के नाम के साथ इतनी रूढ़ हो चुकी है कि मात्र 'मुंशी' से ही प्रेमचंद की विद्यमानता का बोध होने लगता है।

प्रेमचंद के विभिन्न उपन्यासों एवं कहानियों का न केवल भारतीय और विदेशी भाषाओं में अनुवाद हो चुका है, बल्कि उन पर बहुत-सी लोकप्रिय फिल्में और धारावाहिक भी बन चुके हैं। सन् 1938 में प्रेमचंद के उपन्यास 'सेवासदन' पर, सन् 1963 में 'गोदान' पर और सन् 1966 में 'गबन' पर लोकप्रिय फिल्में बनीं।

सन् 1977 में उनकी कहानी 'शतरंज के खिलाड़ी' पर, सन् 1981 में 'सद्गति' पर और सन् 1977 में 'कफन' पर तेलुगु में बनी 'ओका उरी कथा' फिल्में लोकप्रिय हुई। सन् 1980 में उनके बहुचर्चित उपन्यास 'निर्मला' पर बना धारावाहिक दर्शकों द्वारा बहुत सराहा गया।

प्रेमचंद यद्यपि आज हमारे बीच में नहीं हैं, तथापि उनका रचना-संसार भारत की ही नहीं, वरन् विश्व की अनेक भाषाओं में अमरत्व प्राप्त कर चुका है। विश्व के हर स्थान, हर वर्ग और हर व्यक्ति में प्रेमचंद की कोई-न-कोई कथावस्तु मंडराती, चहलकदमी करती नजर आती है। कोई भी पाठक इस अहसास को अपने आसपास, इर्द-गिर्द और नजदीक से महसूस करना चाहे तो प्रस्तुत पुस्तक 'गोदान' इसका जीता-जागता प्रमाण है।

* * *

प्रेम की होली

गरीबसिंह ने एक बार उसकी ओर ताका और फिर आंखें नीची कर लीं। उस दृष्टि में क्या बात थी कि गंगी के रोएं खड़े हो गए। वह दौड़ी घर में गई और मां से बोली–"अम्मां, वह ठाकुर जा रहे हैं, गरीबसिंह।" मां ने कहा–"किसी काम से आए होंगे।" गंगी बाहर गई तो ठाकुर चला गया था। वह फिर गोबर पाथने लगी, पर उपले टूट-टूट जाते थे, आप ही आप हाथ बंद हो जाते, मगर फिर चौंककर पाथने लगती, जैसे कहीं दूर से उसके कानों में आवाज आ रही हो। वही दृष्टि आंखों के सामने थी। उसमें क्या जादू था? क्या मोहिनी थी? उसने अपनी मूक भाषा में कुछ कहा। गंगी ने भी कुछ सुना। क्या कहा? यह वह नहीं जानती, पर वह दृष्टि उसकी आंखों में बसी हुई थी।

गंगी का सत्रहवां साल था, पर वह तीन साल से विधवा थी, और जानती थी कि मैं विधवा हूं, मेरे लिए संसार के सुखों के दरवाजे बंद हैं। फिर वह क्यों रोए और कलपे? मेले से सभी तो मिठाई के दोने और फूलों के हार लेकर नहीं लौटते? कितनों का तो मेले की सजी दूकानें और उन पर खड़े नर-नारी देखकर ही मनोरंजन हो जाता है। गंगी खाती-पीती थी, हंसती-बोलती थी, किसी ने उसे मुंह लटकाए, अपने भाग्य को रोते नहीं देखा। घड़ी रात को उठकर गोबर निकालकर, गाय-बैलों को सानी देना, फिर उपले पाथना, उसका नित्य का नियम था। तब वह अपने भैया को गाय दुहाने के लिए जगाती थी। फिर कुएं से पानी लाती, चौके का धंधा शुरू हो जाता। गांव की भाभियां उससे हंसी करतीं, पर एक विशेष प्रकार की हंसी छोडकर। सहेलियां ससुराल से आकर उससे सारी कथा कहतीं, पर एक विशेष प्रसंग बचाकर। सभी

उसके वैधव्य का आदर करते थे। जिस छोटे से अपराध के लिए, उसकी भाभी पर फटकार पड़तीं, उसकी मां को गालियां मिलतीं, उसके भाई पर मार पड़ती, वह उसके लिए क्षम्य था। जिसे ईश्वर ने मारा है, उसे क्या कोई मारे! जो बातें उसके लिए वर्जित थीं उनकी ओर उसका मन ही न जाता था। उसके लिए उसका अस्तित्व ही न था। जवानी के इस उमड़े हुए सागर में मतवाली लहरें न थीं, डरावनी गरज न थी, अचल शांति का साम्राज्य था।

होली आई, सबने गुलाबी साडियां पहनीं, गंगी की साड़ी न रंगी गई मां ने पूछा—"बेटी, तेरी साड़ी भी रंग दूं।" गंगी ने कहा, "नहीं अम्मां, यों ही रहने दो।" भाभी ने फाग गाया। वह पकवान बनाती रही। उसे इसी में आनंद था।

तीसरे पहर दूसरे गांव के लोग होली खेलने आए। यह लोग भी होली खेलने जाएंगे। गांवों में यही परस्पर व्यवहार है। मैकू महतो ने भांग बनवा रखी थी, चरस-गांजा, माजूम सब कुछ लाए थे। गंगी ने ही भांग पीसी थी, मीठी अलग बनायी थी, नमकीन अलग। उसका भाई पिला रहा था, वह हाथ धुला रही थी। जवान सिर नीचा किए पीकर चले जाते, बूढ़े लोग गंगी से पूछ लेते—अच्छी तरह हो न बेटी, या चुगल करते—क्यों री गंगिया भाभी तुझे खाना नहीं देती क्या, जो इतनी दुबली हो गई है! गंगिया हंसकर रह जाती। देह क्या उसके बस की थी। न जाने क्यों वह मोटी हुई थी।

भांग पीने के बाद लोग फाग गाने लगे। गंगिया अपनी चौखट पर खड़ी सुन रही थी। एक जवान ठाकुर गा रहा था। कितना अच्छा स्वर था, बहुत मीठा। गंगिया को बड़ा आनंद आ रहा था। मां ने कई बार पुकारा-सुन जा। वह न गई एक बार गई भी तो जल्दी से लौट आईं उसका ध्यान उसी गाने पर था। न जाने क्या बात उसे खींचे लेती थी, बांधे लेती थी। जवान ठाकुर भी बार-बार गंगिया की ओर देखता और मस्त हो-होकर गाता। उसके साथ वालों को आश्चर्य हो रहा था। ठाकुर को यह सिद्धि कहां मिल गई वह लोग विदा हुए तो गंगिया चौखटे पर खड़ी थी। जवान ठाकुर ने भी उसकी ओर देखा और चला गया।

गंगिया ने अपने बाप से पूछा, "कौन गाता था दादा?"

मैकू ने कहा, "कोठार के बुद्धूसिंह का लडका है, गरीबसिंह। बुद्धू रीति व्यवहार में आते-जाते थे। उनके मरने के बाद अब वही लडका आने-जाने लगा।"

गंगी—यहां तो पहले पहल आया है?

मैकू—हां, और तो कभी नहीं देखा। मिजाज बिलकुल बाप-सा है और वैसी ही मीठी बोली है। घमंड तो छू भी न सका। बुद्धू के बाखर में अनाज रखने की जगह न थी, पर चमार को भी देखते तो पहले हाथ उठाते। वही इसका स्वभाव है।

गोरू आ रहे थे। गंगी पगहिया लेने भीतर चली गई वही स्वर उसके कानों में गूंज रहा था।

कई महीने गुजर गए। एक दिन गंगी गोबर पाथ रही थी। सहसा उसने देखा, वही ठाकुर सिर झुकाए द्वार पर से चला जा रहा है। वह गोबर छोडकर उठ खड़ी हुई घर में कोई मर्द न था। सब बाहर चले गए थे। वह कहना चाहती थी–"ठाकुर! बैठो, पानी पीते जाओ।" पर उसके मुंह से बात न निकली। उसकी छाती कितने जोर से धड़क रही थी। उसे एक विचित्र घबराहट होने लगी–क्या करे, कैसे उसे रोक ले। गरीबसिंह ने एक बार उसकी ओर ताका और फिर आंखें नीची कर लीं। उस दृष्टि में क्या बात थी कि गंगी के रोएं खड़े हो गए। वह दौड़ी घर में गई और मां से बोली, "अम्मां, वह ठाकुर जा रहे हैं, गरीबसिंह।" मां ने कहा, "किसी काम से आए होंगे।" गंगी बाहर गई तो ठाकुर चला गया था। वह फिर गोबर पाथने लगी, पर उपले टूट-टूट जाते थे, आप ही आप हाथ बंद हो जाते, मगर फिर चौंककर पाथने लगती, जैसे कहीं दूर से उसके कानों में आवाज आ रही हो। वही दृष्टि आंखों के सामने थी। उसमें क्या जादू था? क्या मोहिनी थी? उसने अपनी मूक भाषा में कुछ कहा। गंगी ने भी कुछ सुना। क्या कहा? यह वह नहीं जानती, पर वह दृष्टि उसकी आंखों में बसी हुई थी।

रात को लेटी तब भी वही दृष्टि सामने थी। स्वप्न में भी वही दृष्टि दिखाई दी।

फिर कई महीने गुजर गए। एक दिन संध्या समय मैकू द्वार पर बैठे सन कात रहे थे और गंगी बैलों को सानी चला रही थी कि सहसा चिल्ला उठी दादा, दादा ठाकुर।

मैकू ने सिर उठाया तो द्वार पर गरीबसिंह चला आ रहा था। राम-राम हुआ।

मैकू ने पूछा, "कहां गरीबसिंह! पानी तो पीते जाओ।"

गरीब आकर एक माची पर बैठ गया। उसका चेहरा उतरा हुआ था। कुछ वह बीमार-सा जान पड़ता था।

मैकू ने कहा, "कुछ बीमार थे क्या?"

गरीब–नहीं तो दादा!

मैकू–कुछ मुंह उतरा हुआ है, क्या सूद-ब्याज की चिंता में पड़ गए?

गरीब–तुम्हारे जीते मुझे क्या चिंता है दादा!

मैकू–बाकी दे दी ना?

गरीब–हां दादा, सब बेबाक कर दिया।

मैकू ने गंगी से कहा, "बेटी जा, कुछ ठाकुर को पानी पीने को ला। भईया हो तो कह देना चिलम दे जाए।"

गरीब ने कहा, "चिलम रहने दो दादा! मैं नहीं पीता।"

मैकू–अबकी घर ही तमाकू बनी है, स्वाद तो देखो। पीते तो हो?

गरीब–इतना बेअदब न बनाओ दादा। काका के सामने चिलम नहीं छुईं मैं तुमको उन्हीं की जगह देता हूं।

यह कहते-कहते उसकी आंखें भर आईं। मैकू का हृदय भी गद्‌गद हो उठा। गंगी हाथ में टोकरी लिए मूर्ति के समान खड़ी थी। उसकी सारी चेतना, सारी भावना, गरीबसिंह की बातों की ओर खिंची हुई थी! उसमें और कुछ सोचने की, और कुछ करने की शक्ति न थी। ओह! कितनी नम्रता है, कितनी सज्जनता, कितना अदब।

मैकू ने फिर कहा, "सुना नहीं बेटी, जाकर कुछ पानी पीने को ला!" गंगी चौंक पड़ी। दौड़ती हुई घर में गई कटोरा मांजा, उसमें थोड़ी-सी राब निकाली। फिर लोटा-गिलास मांजकर शरबत बनाया।

मां ने पूछा, "कौन आया है गंगिया।"

गंगी–वहीं हैं, ठाकुर गरीबसिंह। दूध तो नहीं है अम्मां, रस में मिला देती?

मां–है क्यों नहीं, हाड़ी में देख।

गंगी ने सारी मलाई उतारकर रस में मिला दी और लोटा-गिलास लिए बाहर निकली। ठाकुर ने उसकी ओर देखा। गंगी ने सिर झुका लिया! यह संकोच उसमें कहां से आ गया।

ठाकुर ने रस लिया और राम-राम करके चला गया।

मैकू बोला, "कितना दुबला हो गया है।"

गंगी–बीमार हैं क्या?

मैकू–चिंता है और क्या? अकेला आदमी है, इतनी बड़ी गृहस्थी क्या करे।

गंगी को रात-भर नींद नहीं आईं उन्हें कौन-सी चिंता है। दादा से कुछ कहा भी तो नहीं। क्यों इतना संकोच करते हैं। चेहरा कैसा पीला पड़ गया है।

सवेरे गंगी ने मां से कहा, "गरीबसिंह अबकी बहुत दुबले हो गए हैं अम्मां"

मां–अब वह बेफिक्री कहां है बेटी। बाप के जमाने में खाते थे और खेलते थे। अब तो गृहस्थी का जंजाल सिर पर है।

गंगी को इस जवाब से संतोष न हुआ। बाहर जाकर मैकू से बोली, "दादा, तुमने गरीबसिंह को समझा नहीं दिया–क्यों इतनी चिंता करते हो।"

मैकू ने आंखें फाड़कर देखा और कहा, "जा, अपना काम कर।"

गंगी पर मानो बज्रपात हो गया। वह कठोर उत्तर और दादा के मुंह से। हाय! दादा को भी उनका ध्यान नहीं। कोई उसका मित्र नहीं। उन्हें कौन समझाए! अबकी वह आएंगे तो मैं खुद उन्हें समझाऊंगी।

गंगी रोज सोचती वह आते होंगे, पर ठाकुर न आए। फिर होली आईं फिर गांव में फाग होने लगा। रमणियों ने फिर गुलाबी साडियां पहनीं। फिर रंग घोला गया। मैकू ने भांग, चरस, गांजा मंगवाया। गंगी ने फिर मीठी और नमकीन भांग बनाई! दरवाजे पर टाट बिछ गया। व्यवहारी लोग आने लगे। मगर कोठार से कोई नहीं आया। शाम हो गई किसी का पता नहीं! गंगी बेकरार थी। कभी भीतर जाती, कभी बाहर आती। भाई से पूछती, "क्या कोठार वाले नहीं आए?" भाई कहता, "नहीं।" दादा से पूछती, "भांग तो नहीं बची, कोठार वाले आएंगे तो क्या पीएंगे?" दादा कहते, "अब क्या रात को आएंगे, सामने तो गांव है। आते होते तो दिखाई देते।"

रात हो गई, पर गंगी को अभी तक आशा लगी हुई थी। वह मंदिर के ऊपर चढ़ गई और कोठार की ओर निगाह दौड़ाईं कोई न आता था।

सहसा उसे उसी सिवाने की ओर आग दहकती हुई दिखाई दी। देखते-देखते ज्वाला प्रचंड हो गई यह क्या! वहां आज होली जल रही है। होली तो कल ही जल गई कौन जाने वहां पंडितों ने आज होली जलाने की सायत बताई हो। तभी वे लोग आज नहीं आए। कल आएंगे।

उसने घर आकर मैकू से कहा, "दादा, कोठार में तो आज होली जली है।"

मैकू–दुत् पगली! होली सब जगह कल जल गई

गंगी–तुम मानते नहीं हो, मैं मंदिर से देख आई हूं। होली जल रही है। विश्वास नहीं करते हो तो चलो, मैं दिखा दूं।

मैकू–अच्छा चल देखूं।

मैकू ने गंगी के साथ मंदिर की छत पर आकर देखा। एक मिनट तक देखते रहे। फिर बिना कुछ बोले नीचे उतर आए।

गंगी ने कहा, "है होली, कि नहीं, तुम न मानते थे?"

मैकू–होली नहीं है पगली, चिता है। कोई मर गया है। तभी आज कोठार वाले नहीं आए।

गंगी का कलेजा धक्क सा हो गया। इतने में किसी ने नीचे से पुकारा, मैकू महतो, कोठार के गरीबसिंह गुजर गए।

मैकू नीचे चले गए, पर गंगी वहीं स्तंभित खड़ी रही। कुछ खबर न रही मैं कौन हूं, कहां हूं, मालूम हुआ जैसे गरीबसिंह उस सुदूर चिता से निकलकर उसकी ओर देख रहा है-वही दृष्टि थी, वही चेहरा, क्या उसे वह भूल सकती थी? उस दिवस के बाद फिर कभी होली देखने नहीं गई होली हर साल आती थी, हर साल उसी तरह भांग बनती थी, हर साल उसी तरह फाग होता था। हर साल अबीर-गुलाल उड़ती थी, पर गंगी के लिए होली सदा के लिए खत्म हो गई।

* * *

कामना तरु

वृक्ष पर पक्षी का मधुर स्वर सुनाई दिया। कुंवर के हाथ से घड़ा छूट पड़ा। हाथ और पैरों में मिट्टी लपेटकर वह वृक्ष के नीचे जाकर बैठ गए। उस स्वर में कितना लालित्य था, कितना उल्लास, कितनी ज्योति! मानव-संगीत इसके सामने बेसुरा आलाप था। उसमें यह जागृति, यह अमृत, यह जीवन कहां? संगीत के आनंद में विस्मृति है, पर वह विस्मृति कितनी स्मृतिमय होती है, अतीत को जीवन और प्रकाश से रंजित करके प्रत्यक्ष कर देने की शक्ति संगीत के सिवा और कहां है! कुंवर के हृदय-नेत्रों के सामने वह दृश्य खड़ा हुआ जब चंदा इसी पौधे को नदी से जल ला-ला कर सींचती थी। हाय, क्या वे दिन फिर आ सकते हैं?

राजा इंद्रनाथ का देहांत हो जाने के बाद कुंवर राजनाथ को शत्रुओं ने चारों ओर से ऐसा दबाया कि उन्हें एक पुराने सेवक की शरण जाना पड़ा, जो एक छोटे-से गांव का जागीरदार था। कुंवर स्वभाव से ही शांतिप्रिय, रसिक, हंस-खेल कर समय काटनेवाले युवक थे। रणक्षेत्र की अपेक्षा कवित्व के क्षेत्र में अपना चमत्कार दिखाना उन्हें अधिक प्रिय था। रसिकजनों के साथ, किसी वृक्ष के नीचे बैठे हुए, काव्य-चर्चा करने में उन्हें जो आनंद मिलता था, वह शिकार या राज-दरबार में नहीं। इस पर्वतमालाओं से घिरे हुए गांव में आकर उन्हें जिस शांति और आनंद का अनुभव हुआ, उसके बदले में वह कई राज्य-त्याग कर सकते थे। यह पर्वतमालाओं की मनोहर छटा, यह नेत्रारंजक हरियाली, यह जल-प्रवाह की मधुर वीणा, यह पक्षियों की मीठी बोलियां, यह मृग-शावकों की छलांगें, यह बछड़ों की कुलेलें, यह ग्राम-निवासियों की बालोचित सरलता, यह रमणियों की संकोचमय चपलता! ये सभी बातें उनके लिए नई थीं,

पर इन सब से बढ़कर जो वस्तु उनको आकर्षित करती थी, वह जागीरदार की युवती कन्या चंदा थी। चंदा घर का सारा काम-काज अपने आप ही करती थी। उसको माता की गोद में खेलना नसीब ही न हुआ था। पिता की सेवा में ही रत रहती थी। उसका विवाह इसी साल होने वाला था, लेकिन इसी बीच में कुंवर जी ने आकर उसके जीवन में नवीन भावनाओं और आशाओं को अंकुरित कर दिया। उसने अपने पति का जो चित्र मन में खींच रखा था, वही मानो रूप धारण करके उसके सम्मुख आ गया। कुंवर की आदर्श रमणी भी चंदा के रूप में ही अवतरित हो गई, लेकिन कुंवर समझते थे, मेरे ऐसे भाग्य कहां? चंदा भी समझती थी, कहां यह और कहां मैं!

दोपहर का समय था और जेठ का महीना। खपरैल का घर भट्टी की भांति तपने लगा। खस की टट्टियों और तहखानों में रहने वाले राजकुमार का चित्त गर्मी से इतना बेचैन हुआ कि वह बाहर निकल आए और सामने के बाग में जाकर एक घने वृक्ष की छांव में बैठ गए। सहसा उन्होंने देखा, चंदा नदी से जल की गागर लिए चली आ रही है। नीचे जलती हुई रेत थी, ऊपर जलता हुआ सूरज, लू से देह झुलसी जाती थी। कदाचित् इस समय प्यास से तड़पते हुए आदमी की भी नदी तक जाने की हिम्मत न पड़ती। चंदा क्यों पानी लेने गई थी? घर में पानी भरा हुआ है। फिर इस समय वह क्यों पानी लेने निकली? कुंवर दौड़कर उसके पास पहुंचे और उसके हाथ से गागर छीन लेने की चेष्टा करते हुए बोले, "मुझे दे दो और भागकर छांव में चली जाओ। इस समय पानी का क्या काम था?"

चंदा ने गागर न छोड़ी। सिर से खिसका हुआ आंचल संभालकर बोली, "तुम इस समय कैसे आ गए? शायद मारे गर्मी के अंदर न रह सके?"

कुंवर—मुझे दे दो, नहीं तो मैं छीन लूंगा।

चंदा ने मुस्करा कर कहा, "राजकुमारों को गागर लेकर चलना शोभा नहीं देता।"

कुंवर ने गागर का मुंह पकड़कर कहा, "इस अपराध का बहुत दंड सह चुका हूं। चंदा, अब तो अपने को राजकुमार कहने में भी लज्जा आती है।"

चंदा—देखो, धूप में खुद हैरान होते हो और मुझे भी हैरान करते हो। गागर छोड़ दो। सच कहती हूं, पूजा का जल है।

कुंवर—क्या मेरे ले जाने से पूजा का जल अपवित्र हो जाएगा?

चंदा—अच्छा भाई, नहीं मानते, तो तुम्हीं ले चलो। हां, नहीं तो।

कुंवर गागर लेकर आगे-आगे चले। चंदा पीछे चलने लगी बगीचे में पहुंचे, तो चंदा एक छोटे-से पौधे के पास रुककर बोली, "इसी देवता की पूजा करनी है, गागर रख दो।"

कुंवर ने आश्चर्य से पूछा, "यहां कौन देवता है, चंदा? मुझे तो नहीं नजर आता।"

चंदा ने पौधे को सींचते हुए कहा, "यही तो मेरा देवता है।"

पानी पीकर पौधे की मुरझाई हुई पत्तियां हरी हो गई, मानो उनकी आंखें खुल गई हों।

कुंवर ने पूछा, "यह पौधा क्या तुमने लगाया है, चंदा?"

चंदा ने पौधे को एक सीधी लकड़ी से बांधते हुए कहा, "हां, उसी दिन, जब तुम यहां आए। यहां पहले मेरी गुड़ियों का घरौंदा था। मैंने गुड़ियों पर छाया करने के लिए अमोला लगा दिया था। फिर मुझे इसकी याद नहीं रही। घर के काम–धंधो में भूल गई जिस दिन तुम यहां आए, मुझे न–जाने क्यों इस पौधे की याद आ गई मैंने आकर देखा, तो वह सूख गया था। मैंने तुरंत पानी लाकर इसे सींचा, तो कुछ–कुछ ताजा होने लगा। तब से इसे सींचती हूं। देखो, कितना हरा–भरा हो गया है।"

यह कहते–कहते उसने सिर उठाकर कुंवर की ओर ताकते हुए कहा, "और सब काम भूल जाऊं, पर इस पौधे को पानी देना नहीं भूलती। तुम्हीं इसके प्रणदाता हो। तुम्हीं ने आकर इसे जीवन दिया, नहीं तो बेचारा सूख गया होता। यह तुम्हारे शुभागमन का स्मृति–चिह्न है। जरा इसे देखो, मालूम होता है हंस रहा है। मुझे तो जान पड़ता है कि यह मुझसे बोलता है। सच कहती हूं, कभी यह रोता है, कभी हंसता है, कभी रूठता है। आज तुम्हारा लाया हुआ पानी पाकर यह फूला नहीं समाता। एक–एक पत्ता तुम्हें धन्यवाद दे रहा है।"

कुंवर को ऐसा जान पड़ा, मानो वह पौधा कोई नन्हा–सा क्रीड़ाशील बालक है। जैसे चुंबन से प्रसन्न होकर बालक गोद में चढ़ने के लिए दोनों हाथ फैला देता है, उसी भांति यह पौधा भी हाथ फैलाए जान पड़ा। उसके एक–एक अणु में चंदा का प्रेम झलक रहा था। चंदा के घर में खेती के सभी औजार थे। कुंवर एक फावड़ा उठा लाए और पौधों का एक थाला बनाकर चारों ओर ऊंची मेंड़ उठा दी। फिर खुरपी लेकर अंदर की मिट्टी को गोंड़ दिया। पौधा और भी लहलहा उठा।

चंदा बोली, "कुछ सुनते हो, क्या कह रहा है?"

कुंवर ने मुस्कुराकर कहा, "हां, कहता है, अम्मां की गोद में बैठूंगा।"

चंदा ने कहा, "नहीं, कह रहा है, इतना प्रेम करके फिर भूल न जाना।"

मगर कुंवर को अभी राज–पुत्र होने का दंड भोगना बाकी था। शत्रुओं को न जाने कैसे उनकी टोह मिल गई इधर तो हितचिंतकों के आग्रह से विवश होकर बूढ़ा कुबेरसिंह चंदा और कुंवर के विवाह की तैयारियां कर रहा था, उधर शत्रुओं का एक दल सिर पर आ पहुंचा। कुंवर ने उस पौधे के आस–पास

फूल-पत्तों को लगाकर एक फुलवाड़ी-सी बना दी थी! पौधो को सींचना अब उनका काम था। प्रात:काल वह कंधो पर कांवर रखे नदी से पानी ला रहे थे, कि दस-बारह आदमियों ने उन्हें रास्ते में घेर लिया। कुबेरसिंह तलवार लेकर दौड़ा, लेकिन शत्रुओं ने उसे मार गिराया। अकेला अस्त्रहीन कुंवर क्या करता? कंधो पर कांवर रखे हुए बोला, "अब क्यों मेरे पीछे पड़े हो, भाई? मैंने तो सब-कुछ छोड़ दिया।"

सरदार बोला, "हमें आपको पकड़कर ले जाने का हुक्म है।"

तुम्हारा स्वामी मुझे इस दशा में भी नहीं देख सकता? खैर, अगर धर्म समझो तो कुबेरसिंह की तलवार मुझे दे दो। अपनी स्वाधीनता के लिए लड़कर प्राण दूं।

इसका उत्तर यही मिला कि सिपाहियों ने कुंवर को पकड़कर दोनों हाथ बांध दिए और उन्हें एक घोड़े पर बिठाकर घोड़े को भगा दिया। कांवर वहीं पड़ी रह गई उसी समय चंदा घर से निकली। देखा, कांवर पड़ी हुई है और कुंवर को लोग घोड़े पर बिठाए ले जा रहे हैं। चोट खाए हुए पक्षी की भांति वह कई कदम दौड़ी, फिर गिर पड़ी। उसकी आंखों में अंधेरा छा गया। सहसा उसकी दृष्टि पिता की लाश पर पड़ी। वह घबरा कर उठी और लाश के पास जा पहुंची! कुबेर अभी मरा न था। प्राण आंखों में अटके हुए थे।

चंदा को देखते ही क्षीण स्वर में बोला, "बेटी...कुंवर!" इसके आगे वह कुछ न कह सका। प्राण निकल गए। पर इस शब्द, 'कुंवर' ने उसका आशय प्रकट कर दिया।

बीस वर्ष बीत गए! कुंवर कैद से न छूट सके। यह एक पहाड़ी किला था। जहां तक निगाह जाती, पहाड़ियां ही नजर आतीं। किले में उन्हें कोई कष्ट न था। नौकर-चाकर, भोजन-वस्त्र, सैर-शिकार किसी बात की कमी न थी। पर, उस वियोगाग्नि को कौन शांत करता, जो नित्य कुंवर के हृदय में जला करती थी। जीवन में अब उनके लिए कोई आशा न थी, कोई प्रकाश न था। अगर कोई इच्छा थी, तो यही कि एक बार उस प्रेमतीर्थ की यात्रा कर लें, जहां उन्हें वह सब कुछ मिला, जो मनुष्य को मिल सकता है। हां, उनके मन में एकमात्रा यही अभिलाषा थी कि उन पवित्र स्मृतियों से रंजित भूमि के दर्शन करके जीवन का उसी नदी के तट पर अंत कर दें। वही नदी का किनारा, वही वृक्ष का कुंज, वही चंदा का छोटा-सा सुंदर घर उसकी आंखों में फिरा करता और वह पौधा जिसे उन दोनों ने मिलकर सींचा था, उसमें तो मानो उसके प्राण ही बसते थे। क्या वह दिन भी आएगा, जब वह उस पौधे को हरी-हरी पत्तियों से लदा हुआ देखेगा? कौन जाने, वह अब है भी या सूख गया? कौन अब उसको सींचता होगा? चंदा इतने दिनों अविवाहित थोड़ी ही बैठी होगी? ऐसा संभव भी तो नहीं।

उसे अब मेरी सुध भी न होगी। हां, शायद कभी अपने घर की याद खींच लाती हो, तो पौधे को देखकर उसे मेरी याद आ जाती हो। मुझ जैसे अभागे के लिए इससे अधिक वह और कर ही क्या सकती है! उस भूमि को एक बार देखने के लिए वह अपना जीवन दे सकता था, पर यह अभिलाषा नहीं पूरी होती थी।

आह! एक युग बीत गया, शोक और निराशा ने उठती जवानी को कुचल दिया। न आंखों में ज्योति रही, न पैरों में शक्ति। जीवन क्या था, एक दुखदायी स्वप्न था। उस सघन अंधकार में उसे कुछ न सूझता था।

बस, जीवन का आधार एक अभिलाषा थी, एक सुखद स्वप्न, जो जीवन में न जाने कब उसने देखा था। एक बार फिर वही स्वप्न देखना चाहता था। फिर उसकी अभिलाषाओं का अंत हो जाएगा, उसे कोई इच्छा न रहेगी। सारा अनंत भविष्य, सारी अनंत चिंताएं इसी एक स्वप्न में लीन हो जाती थीं। उसके रक्षकों को अब उसकी ओर से कोई शंका न थी। उन्हें उस पर दया आती थी। रात को पहरे पर केवल कोई एक आदमी रह जाता था और लोग मीठी नींद सोते थे। कुंवर भाग सकता है, इसकी कोई संभावना, कोई शंका न थी। यहां तक कि एक दिन यह सिपाही भी निशंक होकर बंदूक लिए लेटा रहा। निद्रा किसी हिंसक पशु की भांति ताक लगाए बैठी थी। लेटते ही टूट पड़ी। कुंवर ने सिपाही की नाक की आवाज सुनी। उनका हृदय बड़े वेग से उछलने लगा। यह अवसर आज कितने दिनों के बाद मिला था। वह उठे मगर पांव थर-थर कांप रहे थे। बरामदे से नीचे उतरने का साहस न हो सका। कहीं इसकी नींद खुल गई तो? हिंसा उनकी सहायता कर सकती थी। सिपाही की बगल में उसकी तलवार पड़ी थी, पर प्रेम का हिंसा से बैर है। कुंवर ने सिपाही को जगा दिया। वह चौंककर उठ बैठा। रहा-सहा संशय भी उसके दिल से निकल गया। दूसरी बार जो सोया, तो खर्राटे लेने लगा।

प्रातःकाल जब उसकी नींद टूटी, तो उसने लपककर कुंवर के कमरे में झांका। कुंवर का पता न था।

कुंवर इस समय हवा के घोड़े पर सवार, कल्पना की द्रुतगति से भागा जा रहा था, उस स्थान की ओर, जहां उसने सुख-स्वप्न देखा था। किले में चारों ओर तलाश हुई, नायक ने सवार दौड़ाए, पर कहीं पता न चला। पहाड़ी रास्तों को काटना कठिन, उसपर अज्ञातवास की कैद, मृत्यु के दूत पीछे लगे हुए, जिनसे बचना मुश्किल। कुंवर को कामना-तीर्थ में महीनों लग गए। जब यात्रा पूरी हुई, तो कुंवर में एक कामना के सिवा और कुछ शेष न था। दिन-भर की कठिन यात्रा के बाद जब वह उस स्थान पर पहुंचे, तो संध्या हो गई थी। वहां बस्ती का नाम भी न था। दो-चार टूटे-फूटे झोपड़े उस बस्ती के

चिह्न-स्वरूप शेष रह गए थे। वह झोपड़ा, जिसमें कभी प्रेम का प्रकाश था, जिसके नीचे उन्होंने जीवन के सुखमय दिन काटे थे, जो उनकी कामनाओं का आगार और उपासना का मंदिर था, अब उनकी अभिलाषाओं की भांति भंग हो गया था। झोपड़े की भग्नावस्था मूक भाषा में अपनी करुण-कथा सुना रही थी! कुंवर उसे देखते ही 'चंदा-चंदा!' पुकारते हुए दौड़े, उन्होंने उस रज को माथे पर मला, मानो किसी देवता की विभूति हो, और उसकी टूटी हुई दीवारों से चिमटकर बड़ी देर तक रोते रहे। हाय रे अभिलाषा! वह रोने ही के लिए इतनी दूर से आए थे! रोने की अभिलाषा इतने दिनों से उन्हें विकल कर रही थी। पर इस रुदन में कितना स्वर्गीय आनंद था! क्या समस्त संसार का सुख इन आंसुओं की तुलना कर सकता था?

तब वह झोपड़े से निकले। सामने मैदान में एक वृक्ष हरे-हरे नवीन पल्लवों को गोद में लिए मानो उनका स्वागत करने खड़ा था। यह वह पौधा है, जिसे आज से बीस वर्ष पहले दोनों ने आरोपित किया था। कुंवर उन्मत्ता की भांति दौड़े और जाकर उस वृक्ष से लिपट गए, मानो कोई पिता अपने मातृहीन पुत्र को छाती से लगाए हुए हो। यह उसी प्रेम की निशानी है, उसी अक्षय प्रेम की जो इतने दिनों के बाद आज इतना विशाल हो गया है। कुंवर का हृदय ऐसा हो उठा, मानो इस वृक्ष को अपने अंदर रख लेगा, जिसमें उसे हवा का झोंका भी न लगे। उसके एक-एक पल्लव पर चंदा की स्मृति बैठी हुई थी। पक्षियों का इतना रम्य संगीत क्या कभी उन्होंने सुना था? उनके हाथों में दम न था, सारी देह भूख-प्यास और थकान से शिथिल हो रही थी। पर, वह उस वृक्ष पर चढ़ गए, इतनी फुर्ती से चढ़े कि बंदर भी न चढ़ता। सबसे ऊंची फुनगी पर बैठकर उन्होंने चारों ओर गर्वपूर्ण दृष्टि डाली। यही उनकी कामनाओं का स्वर्ग था। सारा दृश्य चंदामय हो रहा था। दूर की नीली पर्वतश्रेणियों पर चंदा बैठी गा रही थी। आकाश में तैरने वाली लालिमामयी नौकाओं पर चंदा ही उड़ी जाती थी। सूर्य की श्वेत-पीत प्रकाश की रेखाओं पर चंदा ही बैठी हंस रही थी। कुंवर के मन में आया, पक्षी होता तो इन्हीं डालियों पर बैठा हुआ जीवन के दिन पूरे करता। जब अंधेरा हो गया, तो कुंवर नीचे उतरे और उसी वृक्ष के नीचे थोड़ी-सी भूमि झाड़ कर पत्तियों की शय्या बनाई और लेटे। यही उनके जीवन का स्वर्ण-स्वप्न था आह! यही वैराग्य! अब वह इस वृक्ष की शरण छोड़कर कहीं न जाएंगे, दिल्ली के तख्त के लिए भी वह इस आश्रम को न छोड़ेंगे। उसी स्निग्ध, अमल चांदनी में सहसा एक पक्षी आकर उस वृक्ष पर बैठा और दर्द में डूबे हुए स्वरों में गाने लगा। ऐसा जान पड़ा, मानो वह वृक्ष सिर धुन रहा है! वह नीरव रात्रि उस वेदनामय संगीत से हिल उठी। कुंवर का

हृदय इस तरह ऐंठने लगा, मानो वह फट जाएगा। स्वर में करुणा और वियोग के तीर-से भरे हुए थे। आह पक्षी! तेरा भी जोड़ा अवश्य बिछुड़ गया है। नहीं तो तेरे राग में इतनी व्यथा, इतना विषाद, इतना रुदन कहां से आता! कुंवर के हृदय के टुकड़े हुए जाते थे, एक-एक स्वर तीर की भांति दिल को छेदे डालता था। वह बैठे न रह सके। उठकर आत्म-विस्मृति की दशा में दौड़े हुए झोपड़े में गए, वहां से फिर वृक्ष के नीचे आए। उस पक्षी को कैसे पाएं। कहीं दिखाई नहीं देता। पक्षी का गाना बंद हुआ, तो कुंवर को नींद आ गई। उन्हें स्वप्न में ऐसा जान पड़ा कि वही पक्षी उनके समीप आया। कुंवर ने ध्यान से देखा, तो वह पक्षी न था, चंदा थी; हां, प्रत्यक्ष चंदा थी।

कुंवर ने पूछा, "चंदा, यह पक्षी यहां कहां?"

चंदा ने कहा, "मैं ही तो वह पक्षी हूं।"

कुंवर—तुम पक्षी हो! क्या तुम्हीं गा रही थीं?

चंदा—हां प्रियतम, मैं ही गा रही थी। इसी तरह रोते-रोते एक युग बीत गया।

कुंवर—तुम्हारा घोंसला कहां है

चंदा—उसी झोपड़े में, जहां तुम्हारी खाट थी। उसी खाट के बान से मैंने अपना घोंसला बनाया है।

कुंवर—और तुम्हारा जोड़ा कहां है?

चंदा—मैं अकेली हूं। चंदा को अपने प्रियतम के स्मरण करने में, उसके लिए रोने में जो सुख है, वह जोड़े में नहीं, मैं इसी तरह अकेली रहूंगी और अकेली मरूंगी।

कुंवर—मैं क्या पक्षी नहीं हो सकता?

चंदा चली गई कुंवर की नींद खुल गई उषा की लालिमा आकाश पर छायी हुई थी और वह चिड़िया कुंवर की शय्या के समीप एक डाल पर बैठी चहक रही थी। अब उस संगीत में करुणा न थी, विलाप न था, उसमें आनंद था, चापल्य था, सारल्य था, वह वियोग का करुण-क्रंदन नहीं, मिलन का मधुर संगीत था।

कुंवर सोचने लगे, इस स्वप्न का क्या रहस्य है? कुंवर ने शय्या से उठते ही एक झाड़ू बनाई और झोपड़े को साफ करने लगे। उनके जीते-जी इसकी यह भग्न दशा नहीं रह सकती। वह इसकी दीवारें उठाएंगे, इस पर छप्पर डालेंगे, इसे लीपेंगे। इसमें उनकी चंदा की स्मृति वास करती है। झोपड़े के एक कोने में वह कांवर रखी हुई थी, जिस पर पानी ला-ला कर वह इस वृक्ष को सींचते थे। उन्होंने कांवर उठा ली और पानी लाने चले। दो दिन से कुछ भोजन न किया था। रात को भूख लगी हुई थी, पर इस समय भोजन की बिलकुल इच्छा न थी। देह में एक अद्भुत स्फूर्ति का अनुभव होता था। उन्होंने नदी से पानी ला-ला कर

मिट्टी भिगोना शुरू किया। दौड़कर जाते थे और दौड़कर आते थे। इतनी शक्ति उनमें कभी न थी। एक ही दिन में इतनी दीवार उठ गई, जितनी चार मजदूर भी न उठा सकते थे। और कितनी सीधी, चिकनी दीवार थी कि कारीगर भी देखकर लज्जित हो जाता! प्रेम की शक्ति अपार है!

संध्या हो गई चिड़ियों ने बसेरा लिया। वृक्षों ने भी आंखें बंद कीं, मगर कुंवर को आराम कहां? तारों के मलिन प्रकाश में मिट्टी के रद्दे रखे जा रहे थे। हाय रे कामना! क्या तू इस बेचारे के प्राण ही लेकर छोड़ेगी?

वृक्ष पर पक्षी का मधुर स्वर सुनाई दिया। कुंवर के हाथ से घड़ा छूट पड़ा। हाथ और पैरों में मिट्टी लपेट कर वह वृक्ष के नीचे जाकर बैठ गए। उस स्वर में कितना लालित्य था, कितना उल्लास, कितनी ज्योति! मानव-संगीत इसके सामने बेसुरा आलाप था। उसमें यह जागृति, यह अमृत, यह जीवन कहां? संगीत के आनंद में विस्मृति है, पर वह विस्मृति कितनी स्मृतिमय होती है, अतीत को जीवन और प्रकाश से रंजित करके प्रत्यक्ष कर देने की शक्ति संगीत के सिवा और कहां है! कुंवर के हृदय-नेत्रों के सामने वह दृश्य खड़ा हुआ जब चंदा इसी पौधे को नदी से जल ला-ला कर सींचती थी। हाय, क्या वे दिन फिर आ सकते हैं?

सहसा एक बटोही आकर खड़ा हो गया और कुंवर को देखकर वह प्रश्न करने लगा, जो साधारणत दो अपरिचित प्राणियों में हुआ करते हैं, कौन हो, कहां से आते हो, कहां जाओगे? पहले वह भी इसी गांव में रहता था; पर जब गांव उजड़ गया, तो समीप के एक दूसरे गांव में जा बसा था। अब भी उसके खेत यहां थे। रात को जंगली पशु से अपने खेतों की रक्षा करने के लिए वह आकर सोता था।

कुंवर ने पूछा, "तुम्हें मालूम है, इस गांव में एक कुबेरसिंह ठाकुर रहते थे?"

किसान ने बड़ी उत्सुकता से कहा, "हां-हां भाई, जानता क्यों नहीं! बेचारे यहीं तो मारे गए। तुमसे भी क्या जान-पहचान थी?"

कुंवर—हां, उन दिनों कभी-कभी आया करता था। मैं भी राजा की सेवा में नौकर था। उनके घर में और कोई न था?

किसान—अरे भाई, कुछ न पूछो, बड़ी करुण-कथा है। उनकी स्त्री तो पहले ही मर चुकी थी। केवल लड़की बची थी। आह! कैसी सुशीला, कैसी सुघड़ लड़की थी! उसे देखकर आंखों में ज्योति आ जाती थी। बिलकुल स्वर्ग की देवी जान पड़ती थी। जब कुबेरसिंह जीता था, तभी कुंवर राजनाथ यहां भागकर आए थे और उसके यहां रहे थे, उस लड़की की कुंवर से कहीं बातचीत हो गई जब कुंवर को शत्रुओं ने पकड़ लिया, तो चंदा घर में अकेली रह गई गांववालों ने बहुत चाहा कि उसका विवाह हो जाए। उसके लिए वरों की कमी न था भाई! ऐसा कौन था, जो उसे पाकर अपने को धन्य न मानता, पर वह किसी से विवाह

27

करने पर राजी न हुई यह पेड़, जो तुम देख रहे हो, तब छोटा-सा पौधा था। इसके आस-पास फूलों की कई और क्यारियां थीं। इन्हीं को गोड़ने, निराने, सींचने में उसका दिन कटता था। बस, यही कहती थी कि हमारे कुंवर आते होंगे।

कुंवर की आंखों से आंसू की वर्षा होने लगी। मुसाफिर ने जरा दम लेकर कहा, "दिन-दिन घुलती जाती थी। तुम्हें विश्वास न आएगा भाई, उसने दस साल इसी तरह काट दिए। इतनी दुर्बल हो गई थी कि पहचानी न जाती थी, पर अब भी उसे कुंवर साहब के आने की आशा बनी हुई थी। आखिर एक दिन इसी वृक्ष के नीचे उसकी लाश मिली। ऐसा प्रेम कौन करेगा, भाई!

कुंवर न जाने मरे कि जिए, कभी उन्हें इस विरहिणी की याद भी आती है कि नहीं, पर इसने तो प्रेम को ऐसा निभाया जैसा चाहिए। कुंवर को ऐसा जान पड़ा, मानो हृदय फटा जा रहा है। वह कलेजा थामकर बैठ गए।

मुसाफिर के हाथ में एक सुलगता हुआ उपला था। उसने चिलम भरी और दो-चार दम लगाकर बोला, "उसके मरने के बाद यह घर गिर गया। गांव पहले ही उजाड़ था। अब तो और भी सुनसान हो गया। दो-चार आदमी यहां आ बैठते थे। अब तो चिड़िया का पूत भी यहां नहीं आता। उसके मरने के कई महीने के बाद यही चिड़िया इस पेड़ पर बोलती हुई सुनाई दी। तब से बराबर इसे यहां बोलते सुनता हूं। रात को सभी चिड़ियां सो जाती हैं, पर यह रातभर बोलती रहती है। इसका जोड़ा कभी नहीं दिखाई दिया। बस, फुट्टैल है। दिनभर उसी झोपड़े में पड़ी रहती है। रात को इस पेड़ पर आकर बैठती है, मगर इस समय इसके गाने में कुछ और ही बात है, नहीं तो सुनकर रोना आता है। ऐसा जान पड़ता है, मानो कोई कलेजे को मसोस रहा है। मैं तो कभी-कभी पड़े-पड़े रो दिया करता हूं। सब लोग कहते हैं कि यह वही चंदा है। अब भी कुंवर के वियोग में विलाप कर रही है। मुझे भी ऐसा जान पड़ता है। आज न जाने क्यों मगन है?"

किसान तंबाकू पीकर सो गया। कुंवर कुछ देर तक खोए हुए से खड़े रहे। फिर धीरे से बोले, "चंदा, क्या सचमुच यह तुम्हीं हो, मेरे पास क्यों नहीं आती? एक क्षण में चिड़िया आकर उनके हाथ पर बैठ गई चंद्रमा के प्रकाश में कुंवर ने चिड़िया को देखा। ऐसा जान पड़ा मानो उनकी आंखें खुल गई हों, मानो आंखों के सामने से कोई आवरण हट गया हो। पक्षी के रूप में भी चंदा की मुखाकृति अंकित थी।"

दूसरे दिन किसान सोकर उठा तो कुंवर की लाश पड़ी हुई थी। कुंवर अब नहीं हैं, किंतु उनके झोपड़े की दीवारें बन गई हैं, ऊपर फूस का नया छप्पर पड़ गया है, और झोपड़े के दरवाजे पर फूलों की कई क्यारियां लगी हैं। गांव के किसान इससे अधिक और क्या कर सकते थे? उस झोपड़े में अब पक्षियों के

एक जोड़े ने अपना घोंसला बनाया है। दोनों साथ-साथ दाने-चारे की खोज में जाते हैं, साथ-साथ आते हैं, रात को दोनों उसी वृक्ष की डाल पर बैठे दिखाई देते हैं। उनका सुरम्य संगीत रात की नीरवता में दूर तक सुनाई देता है। वन के जीव-जंतु वह स्वर्गीय गान सुनकर मुग्ध हो जाते हैं। यह पक्षियों का जोड़ा कुंवर और चंदा का जोड़ा है, इसमें किसी को संदेह नहीं है। एक बार एक व्याध ने इन पक्षियों को फंसाना चाहा, पर गांववालों ने उसे मारकर भगा दिया।

* * *

तथ्य

मोहब्बत में भी शतरंज की-सी चालें होती हैं। अमृत ने उसकी तरफ इस तरह देखा कि मानो वह इस बात की जांच करना चाहता है कि इन शब्दों में कुछ अर्थ भी है या नहीं। क्या अच्छा होता कि उसकी आंखों में आर-पार देखने की शक्ति होती! इस तरह तो सभी लड़कियां निराश भाव से बात करती हैं। मानो ब्याह होते ही उनकी जान पर आ बनेगी। मगर सभी लड़कियां एक-न-एक दिन अच्छे-अच्छे गहने और कपड़े पहनकर और पालकी में बैठकर चली जाती हैं। इन बातों से उसको कोई संतोष नहीं हुआ।

फिर डरते-डरते बोला–"तब तुम्हें मेरी याद क्यों आएगी?"

उसके माथे पर पसीना आ गया। उसे ऐसी शरमिंदगी हुई कि जी चाहा कि कमरे से बाहर भाग जाऊं। पूर्णिमा की ओर देखने की हिम्मत भी नहीं हुई कहीं वह समझ न गई हो।

वह भेद अमृत के मन में हमेशा ज्यों-का-त्यों बना रहा और कभी न खुला। न तो अमृत की नजरों से न उसकी बातों से और न रंग-ढंग से ही पूर्णिमा को कभी इस बात का नाम को भी भ्रम हुआ कि साधारण पड़ोसियों का जिस तरह बरताव होना चाहिए और लड़कपन की दोस्ती का जिस तरह निबाह होना चाहिए उसके सिवा अमृत का मेरे साथ और किसी प्रकार का संबंध है या हो सकता है। बेशक जब वह घड़ा लेकर कुएं पर पानी खींचने के लिए जाती थी तब अमृत भी ईश्वर जाने कहां से वहां आ पहुंचता था और जबरदस्ती उसके हाथ से घड़ा छीनकर उसके लिए पानी खींच देता था और जब वह अपनी गाय को सानी देने लगती थी तब वह उसके हाथ से भूसे की टोकरी ले लेता था और गाय की नांद में

सानी डाल देता था। जब वह बनिए की दूकान पर कोई चीज लेने जाती थी तब अमृत भी अक्सर उसे रास्ते में मिल जाया करता था और उसका काम कर देता था।

पूर्णिमा के घर में कोई दूसरा लड़का या आदमी नहीं था। उनके पिता का कई साल पहले परलोकवास हो चुका था और उसकी मां परदे में रहती थी। जब अमृत पढ़ने जाने लगता तब पूर्णिमा के घर जाकर पूछ लिया करता कि बाजार से कुछ मंगवाना तो नहीं है। उसके घर में खेती-बारी होती थी, गायें-भैंसें थीं और बाग-बगीचे भी थे। वह अपने घरवालों की नजर बचाकर फसल की चीजें सौगात के तौर पर पूर्णिमा के घर दे आता था लेकिन पूर्णिमा उसकी इन खातिरदारियों को उसका भला मनुष्य होना और खाने-पीने से संतुष्ट होने के सिवा और क्या समझे और क्यों समझे? एक गांव में रहने वाले चाहे किसी प्रकार का रक्त-संबंध या कोई रिश्तेदारी न रखते हों, लेकिन फिर भी गांव के रिश्ते से भाई-बहन होते ही तो हैं। इसीलिए इन खातिरदारियों में कोई खास बात न थी।

एक दिन पूर्णिमा ने उससे कहा भी, कि तुम दिन-भर मदरसे में रहते हो, मेरा जी घबराता है।

अमृत ने सीधी तरह से कह दिया-"क्या करूं, इम्तहान पास आ गया है।"

"मैं सोचा करती हूं कि जब मैं चली जाऊंगी, तब तुम्हें कैसे देखूंगी और तुम क्यों मेरे घर आओगे?"

अमृत ने घबराकर पूछा-"कहां चली जाओगी?"

पूर्णिमा लजा गई फिर बोली-"जहां तुम्हारी बहनें चली गई, जहां सब लड़कियां चली जाती हैं।"

अमृत ने निराश भाव से कहा- "अच्छा, यह बात? "

इतना कहकर अमृत चुप हो गया। अभी तक यह बात कभी उसके ध्यान में ही नहीं आई थी कि पूर्णिमा कहीं चली भी जाएगी। इतनी दूर तक सोचने की उसे फुरसत ही नहीं थी। प्रसन्नता तो वर्तमान में ही मस्त रहती है। यदि भविष्य की बातें सोचने लगे तो फिर प्रसन्नता ही क्यों रहे?

और अमृत जितनी जल्दी इस दुर्घटना के होने की कल्पना कर सकता था, उससे पहले ही यह दुर्घटना एक खबर के रूप में सामने आ ही गई पूर्णिमा के ब्याह की एक जगह बातचीत हो गई अच्छा दौलतमंद खानदान था और साथ ही इज्जतदार भी। पूर्णिमा की मां ने उसे बहुत खुशी से मंजूर भी कर लिया। गरीबी की उस हालत में उसकी नजरों में जो चीज सबसे ज्यादा प्यारी थी, वह दौलत थी। और यहां पूर्णिमा के लिए सब तरह से सुखी रहकर जिंदगी बिताने के सामान मौजूद थे। मानो उसे मुंहमांगी मुराद मिल गई हो। इससे पहले वह मारे फिक्र के घुली जाती थी। लड़की के ब्याह का ध्यान आते ही उसका कलेजा धड़कने

लगता था। अब मानो परमात्मा ने अपने एक ही कटाक्ष से उसकी सारी चिंताओं और विफलताओं का अन्त कर दिया।

अमृत ने सुना तो उसकी हालत पागलों की-सी हो गई वह बेतहाशा पूर्णिमा के घर की तरफ दौड़ा, मगर फिर लौट पड़ा। होश ने उसके पैर रोक दिए। वह सोचने लगा कि वहां जाने से क्या फायदा? आखिर उसमें उसका कसूर ही क्या है? और किसी का क्या कसूर है? अपने घर आया और मुंह ढंककर लेटा रहा। पूर्णिमा चली जाएगी। फिर वह कैसे रहेगा? वह विचलित-सा होने लगा। वह जिंदा ही क्यों रहे? जिंदगी में रखा ही क्या है? लेकिन यह भाव भी दूर हो गया। और उसका स्थान लिया उस निःस्तब्धता ने, जो तूफान के बाद आती है। वह उदासीन हो गया। जब पूर्णिमा जाती ही है, तो वह उसके साथ कोई संबंध क्यों रखे? क्यों मिले-जुले? और अब पूर्णिमा को उसकी परवाह ही क्यों होने लगी? और परवाह थी ही कब? वह आप ही उसके पीछे कुत्तों की तरह दुम हिलाता रहता था। पूर्णिमा ने तो कभी बात भी नहीं पूछी। और अब उसे क्यों न अभिमान हो? एक लखपति की स्त्री बनने जा रही है! शौक से बने। अमृत भी जिंदा रहेगा। मरेगा नहीं। यही इस जमाने की वफादारी की रस्म है।

लेकिन यह सारी तेजी दिल के अंदर-ही-अंदर थी और निरर्थक थी। भला उसमें इतनी हिम्मत कहां थी कि जाकर पूर्णिमा की मां से कह दे कि पूर्णिमा मेरी है और मेरी ही रहेगी! गजब हो जाएगा। गांव में आफत मच जाएगी। ऐसी बातें न गांव की कहांनियों में कभी सुनी हैं और न देहातों में कभी देखी हैं?

और पूर्णिमा का यह हाल था कि दिनभर उसका रास्ता देखा करती थी। वह सोचती थी कि क्यों मेरे दरवाजे से होकर निकल जाता है और क्यों अंदर नहीं आता? कभी रास्ते में मुलाकात हो जाती है तो मानो उसकी परछाई से भागता है। वह पानी की कलसी लेकर कुएं पर खड़ी रहती है और सोचती है कि वह आता होगा। लेकिन वह कहीं दिखाई ही नहीं देता।

एक दिन वह उसके घर गई और उससे जवाब मांगा। उसने पूछा, "तुम आजकल आते क्यों नहीं? बस उसी समय उसका गला भर आया। उसे याद आ गया कि अब वह इस गांव में थोड़े ही दिनों की मेहमान है।"

लेकिन अमृत चुपचाप ज्यों-का-त्यों बैठा रहा। लापरवाही से उसने सिर्फ इतना कहा- "इम्तहान पास आ गया है। फुरसत नहीं मिलती।"

फिर कुछ ठहरकर उसने कहा- "सोचता हूं कि जब तुम जा ही रही हो...।" वह कहना ही चाहता था कि-"तो फिर अब मोहब्बत क्यों बढ़ाऊं!" मगर उसे ध्यान आ गया कि बहुत मूर्खता की बात है। अगर कोई रोगी मरने जा रहा है, तो क्या इसी विचार से उसका इलाज छोड़ दिया जाता है कि वह मरेगा ही? इसके विपरीत ज्यों-ज्यों उसकी हालत और भी ज्यादा खराब होती जाती है, त्यों-त्यों

लोग और भी अधिक तत्परता से उसकी चिकित्सा करते हैं। और जब उसका अंतिम समय आ जाता है, तब तो दौड़-धूप की हद ही नहीं रहती। उसने बात का रुख बदलकर कहा- "सुना है, वह लोग भी बहुत मालदार हैं।"

पूर्णिमा ने उसके ये अंतिम शब्द सुने ही नहीं या उनका जवाब देने की जरूरत नहीं समझी। उसके कानों में तो जवाब का पहला हिस्सा गूंज रहा था?

उसने बहुत ही दुखपूर्ण भाव से कहा- "तो इसमें मेरा क्या कसूर है? मैं अपनी खुशी से तो जा नहीं रही हूं? जाना पड़ता है, इसीलिए जा रही हूं।"

यह कहते-कहते मारे लज्जा के उसका चेहरा लाल हो गया। जितना उसे कहना चाहिए था, शायद उससे ज्यादा वह कह गई थी।

पूर्णिमा ने सिर झुकाकर मानो अपने दिल से कहा-"तुम मुझे इतना निर्मोही समझते हो! मैं बेकसूर हूं और मुझसे रूठते हो। तुम्हें इस समय मेरे साथ सहानुभूति होनी चाहिए थी। तुम्हें उचित था कि तुम मुझे ढाढ़स देते। और तुम मुझसे तने बैठे हो। तुम्हीं बतलाओ कि मेरे लिए और कौन-सा दूसरा रास्ता है। जो मेरे अपने हैं, वही मुझे गैर के घर भेज रहे हैं। वहां मुझ पर क्या बीतेगी? मेरी क्या हालत होगी? क्या यही गम मेरी जान लेने के लिए काफी नहीं है जो तुम उसमें अपना गुस्सा भी मिलाए देते हो?"

उसका गला फिर भर आया। आज पूर्णिमा को इस प्रकार दुखी और उदास देखकर अमृत को विश्वास हो गया कि इसके अंदर भी एक छिपी हुई वेदना है। उसका ओछापन और स्वार्थपरता मानो कालिख बनकर उसके चेहरे पर चमकने लगी। पूर्णिमा के इन शब्दों में पूरी सत्यता थी। और साथ ही कितनी फटकार और कितना अपमान भी भरा हुआ था। जो पराए हों उनसे शिकायत ही क्यों करे? अवश्य ही ऐसी अवस्था में उसे पूर्णिमा को ढाढ़स दिलाना चाहिए था। यह उसका कर्तव्य उसे बहुत प्रसन्नता के साथ पूरा करना चाहिए था। पूर्णिमा ने प्रेम का एक नया आदर्श उसके सामने रख दिया था और उसका विवेक इस आदर्श से बचकर नहीं निकलने देता था। इसमें संदेह नहीं कि प्रेम भी एक स्वार्थ-त्याग है, परंतु बहुत बड़ा और जिगर को जलाने वाला है।

उसने लज्जित होकर कहा- "माफ करो पूर्णिमा! मेरी भूल थी, बल्कि बेवकूफी थी।"

2

पूर्णिमा का ब्याह हो गया। अमृत जी-जान से उसके ब्याह के प्रबंध में लगा रहा। दूल्हा अधेड़ था। तोंदल और भोंडा था और साथ ही बहुत घमंडी और बद-मिजाज भी था। लेकिन अमृत ऐसी तत्परता से उसकी खातिरदारी कर रहा था कि मानो

वह कोई देवता हो और उसकी एक ही मुस्कराहट उसे स्वर्ग में पहुंचा देगी। पूर्णिमा के साथ बातचीत करने का अमृत को अवसर ही नहीं मिला। और न उसने अवसर निकालने का कोई प्रयास किया। वह पूर्णिमा को जब देखता था, तब वह रोती ही रहती थी। और अमृत आंखों की जबान से जहां तक हो सकता था, बिना कुछ कहे ही उसे जितना ढाढ़स और तसल्ली दे सकता था, वह देता था और उसके प्रति सहानुभूति दिखलाता था।

तीसरे दिन पूर्णिमा रो-धोकर ससुराल विदा हो गई अमृत ने उसी दिन शिवजी के मंदिर में जाकर परम निष्ठा तथा भक्ति से भरे हुए दिल से प्रार्थना की कि पूर्णिमा सदा सुखी रहे। जब नया और ताजा गम हो तो फिर इधर-उधर के और फालतू विचारों का भला कहां प्रवेश हो सकता है। दुख तो आत्मा के रोगों का नाशक है। परंतु मन में उसे एक तरह की शून्यता का अनुभव हो रहा था। मानो अब उसका जीवन उजाड़ हो गया था। अब उसका कोई उद्देश्य या कोई कामना नहीं रह गई थी।

3

तीन बरस बाद पूर्णिमा फिर मायके आई इस बीच में अमृत का भी ब्याह हो गया था। और जीवन का जुआ गरदन पर रखे हुए लकीर पीटता चला जा रहा था। परंतु उसके मन में एक ऐसी अस्पष्ट-सी वासना दबी हुई थी, जिसे वह कोई स्पष्ट रूप नहीं दे सकता था। वह वासना थर्मामीटर के पारे की तरह उसके अंदर सुरक्षित थी। अब पूर्णिमा ने आकर उसमें गर्मी पैदा कर दी थी और वह पारा चढकर सरसाम की सीमा तक जा पहुंचा था। उसकी गोद में दो बरस का एक प्यारा-सा बच्चा था, अमृत उस बच्चे को दिन-रात मानो गले से बांधे रहता था। वह सवेरे और संध्या उसे गोद में लेकर टहलने जाया करता था। और उसके लिए बाजार से तरह-तरह के खिलौने और मिठाइयां लाया करता था। सवेरा होते ही उसके जलपान के लिए हलवा और दूध लेकर पहुंचा जाता था। उसे नहलाता-धुलाता और उसके बाल साफ करता था। उसके फोड़े-फुन्सियां धोकर उन पर मलहम लगाता था। ये सभी सेवाएं उसने अपने जिम्मे ले ली थीं। बच्चा भी उसके साथ इतना हिल-मिल गया था कि पल-भर के लिए भी उसका गला न छोड़ता था। यहां तक कि कभी-कभी उसी के पास सो भी जाता था। और पूर्णिमा के आकर बुलाने पर भी उसके साथ नहीं जाता था।

अमृत पूछता-"तुम किसके बेटे हो।"

बच्चा कहता-"टुमाले।"

अमृत मारे आनंद के मतवाला होकर उसे गले से लगा लेता था।

पूर्णिमा का रूप अब और भी निखर आया था। कली खिलकर फूल हो गई थी। अब उसके स्वभाव में अहमन्यता और अभिमान आ गया था और साथ ही बनाव-सिंगार से प्रेम भी हो गया था। सोने के गहनों से सजकर और रेशमी साड़ी पहनकर अब वह और भी अधिक आकर्षक हो गई थी। और ऐसा जान पड़ता था कि मानो वह अमृत से कुछ बचना चाहती है। बिना कोई विशेष आवश्यकता हुए उससे बहुत कम बोलती है। और जो कुछ बोलती भी है, वह इस ढंग से बोलती है कि मानो अमृत पर कोई एहसान कर रही है। अमृत उसके बच्चे के लिए इतनी जान देता है और उसकी फरमाइशों को कितने शौक से पूरा करता है, लेकिन ऊपर से देखने पर यही जान पड़ता था कि पूर्णिमा की निगाहों में उसकी इन सब सेवाओं का कोई मूल्य ही नहीं था। मानो सेवा करना अमृत का कर्तव्य ही है। और वह कर्तव्य उसे पूरा करना चाहिए। इसके लिए वह किसी प्रकार के धन्यवाद या कृतज्ञता का अधिकारी नहीं है।

जब बच्चा रोता है, तब वह उसे धमकाती है कि खबरदार, रोना नहीं। नहीं तो मामाजी तुमसे कभी न बोलेंगे। और इतना सुनते ही बच्चा चुप हो जाता है।

जब उसे किसी चीज की जरूरत होती है तब वह अमृत को बुलाकर मानो आज्ञा के रूप में उससे कह देती है। और अमृत भी तुरंत उस आज्ञा का पालन करता है। मानो वह उसका गुलाम हो। और वह भी शायद यही समझती है कि मैंने अमृत से गुलामी का पट्टा लिखा लिया है।

छः महीने मैके रहकर पूर्णिमा फिर ससुराल चली गई अमृत उसे पहुंचाने के लिए स्टेशन तक आया था। जब वह गाड़ी में बैठ गई तब अमृत ने बच्चा उसकी गोद में दे दिया। अमृत की आंखों से आंसू की बूंद टपक पड़ी और उसने मुंह फेर लिया और आंखों पर हाथ फेरकर आंसू पोंछ डाला। पूर्णिमा को अपने आंसू कैसे दिखलाए? क्योंकि उसकी आंखें तो बिलकुल खुश्क थीं। लेकिन फिर भी उसका जी नहीं मानता था। वह सोचता था कि न-जाने अब फिर कब मुलाकात हो!

पूर्णिमा ने कुछ अभिमान के साथ कहा- "बच्चा कई दिन तक तुम्हारे लिए बहुत हुडकेगा।"

अमृत ने भरे हुए गले से कहा-"मुझे तो उम्र-भर भी इसकी सूरत नहीं भूलेगी।"

"कभी-कभी एकाध पत्र तो भेज दिया करो।"

"भेजूंगा?"

"मगर मैं जवाब नहीं दूंगी, यह समझ लो।"

"मत देना। मैं मांगता तो नहीं।...मगर याद रखना।"

गाड़ी चल पड़ी। अमृत उसकी खिड़की की ओर देखता रहा। गाड़ी के कोई एक फरलांग निकल जाने पर उसने देखा कि पूर्णिमा ने खिडकी से सिर निकालकर उसकी तरफ देखा और फिर बच्चे को गोद में लेकर उसे जरा-सा दिखला दिया।

अमृत का हृदय उस समय उडकर पूर्णिमा के पास पहुंच जाना चाहता था। वह इतना प्रसन्न है कि मानो उसका उद्देश्य सिद्ध हो गया हो।

4

उसी वर्ष पूर्णिमा की मां का देहांत हो गया। पूर्णिमा उस समय सफर में थी। वह अपनी मां को अंतिम समय न देख सकी। जहां तक हो सकता था, अमृत ने पहले तो उसकी पूरी चिकित्सा की और उसके मर जाने पर उसका क्रिया कर्म भी कर दिया। ब्राह्मणों को भी और बिरादरीवालों को भी भोजन कराया, मानो स्वयं उसी की मां मर गई हो। स्वयं उसके पिता का देहांत हो ही चुका था, इसीलिए वह आप ही अपने घर का मालिक हो गया था। कोई उसका हाथ पकड़ने वाला नहीं था।

पूर्णिमा अब किस नाते से मायके आती? और फिर अब उसे इतनी फुरसत कहां थी! अपने घर की मालकिन थी। घर किस पर छोड़कर आती? उसे दो बच्चे और भी हुए। पहला लडका बड़ा होकर स्कूल में पढ़ने लगा। छोटा देहात के मदरसे में पढ़ता था। अमृत साल में एक बार नाई को भेजकर उन सबकी खैर-सल्ला मंगा लिया करता था। पूर्णिमा सब प्रकार से सुखी और निश्चिंत है, और उसकी तसल्ली के लिए इतना ही काफी था। अमृत के लड़के भी सयाने हो गए थे। वह घर-गृहस्थी की चिंताओं में फंसा रहता था। फिर उसकी उम्र भी चालीस से आगे निकल गई थी। परंतु फिर भी पूर्णिमा की स्मृति अभी तक उसके हृदय की गंभीरतर भाग में सुरक्षित थी।

5

अचानक एक दिन अमृत ने सुना कि पूर्णिमा के पति का देहांत हो गया। परंतु आश्चर्य यह था कि उसे कोई दुख नहीं हुआ। वह यों ही अपने मन में यह निश्चय कर बैठा था कि इस खबीस बुड्ढे के साथ पूर्णिमा का जीवन कभी योग्य नहीं हो सकता। कर्तव्य की विवशता और पतिव्रत धर्म के पालन के विचार से उसने कभी अपना हार्दिक कष्ट प्रकट नहीं किया था। परंतु यह असंभव है कि सभी प्रकार के सुख और निश्चिन्तता के रहते हुए भी उस घृणित व्यक्ति के साथ उसे कोई विशेष प्रेम रहा हो। यह तो भारतवर्ष ही है, जहां ऐसी अप्सराएं ऐसे अयोग्य कुपात्रों के गले बांध दी जाती हैं। और नहीं तो यह पूर्णिमा किसी

दूसरे देश में होती, तो उस देश के नवयुवक उस पर निछावर हो जाते। उसकी मरी वासनाएं फिर जीवित हो गई। अब उसमें वह पहले वाली झिझक नहीं है। और न उसकी जबान पर वह पहले वाली मौन की मोहर ही है। और फिर पूर्णिमा भी अब स्वतंत्र है। अवस्था के धर्म ने अवश्य ही उसे अधिक दयालु बना दिया होगा। वह शोखी, अल्हड़पन और लापरवाही तो कभी की विदा हो चुकी होगी। उस लडकपन की जगह अब उसमें अनुभवी स्त्रियों की वे सब बातें आ गई होंगी, जो प्रेम का आदर करती हैं और उसकी इच्छुक होती हैं। वह पूर्णिमा के घर मातम-पुरसी करने जाएगा और उसे अपने साथ ले आएगा। और जहां तक हो सकेगा, उसकी सेवा करेगा। अब पूर्णिमा के केवल सामीप्य से ही उसका संतोष हो जाएगा। वह केवल उसके मुंह से यह सुनकर ही हार्दिक संतोष प्राप्त करेगा कि वह भी उसे याद करती है। अब भी उससे वही बचपन का-सा प्रेम करती है। बीस साल पहले उसने पूर्णिमा की जो सूरत देखी थी, उसका शरीर भरा हुआ था, गालों पर लाली थी, अंगों में कोमलता थी। उसकी खिंची हुई ठोढ़ी थी जो मानो अमृत के भरे हुए कुंड के समान थी। उसकी मुस्कराहट मादक थी। बस उसका वही रूप अब भी बहुत ही थोड़े परिवर्तन के साथ उसकी आंखों में समाया हुआ था। और वह परिवर्तन उस एकांत की आंखों में उसे और भी अधिक प्रिय जान पड़ने लगा था। अवश्य ही समय की प्रगति का उस पर कुछ-न-कुछ प्रभाव होगा। परंतु पूर्णिमा के शरीर में किसी ऐसे परिवर्तन की वह कभी कल्पना भी नहीं कर सकता था जिससे उसकी मनोहरता में कोई अंतर आ जाए। और अब वह केवल ऊपरी रूप का उतना अधिक इच्छुक भी नहीं रह गया था, जितना उसके मधुर वचनों का भूखा था। वह उसकी प्रेमपूर्ण दृष्टि और उसके विश्वास का ही विशेष इच्छुक था। अपने पुरुषोचित आत्माभिमान के कारण कदाचित् वह यह भी समझता था कि वह पूर्णिमा की अतृप्त प्रेमभावना को अपनी नाजबरदारियों और प्रेम के आवेश से सुरक्षित रखेगा और अपनी पिछली भूल-चूक का मार्जन कर डालेगा।

संयोग से पूर्णिमा स्वयं ही एक दिन अपने छोटे बच्चे के साथ अपने घर आ गई उसकी एक विधवा मौसी थी जो उसकी मां के साथ ही अपने वैधव्य के दिन काट रही थी। वह अभी तक जीती थी। इस प्रकार वह सूना घर फिर से बस गया।

जब अमृत ने यह समाचार सुना तब वह बड़े शौक से मानो मदमत्त होकर उसके घर की तरफ दौड़ा। वह अपने लड़कपन और जवानी की मधुर स्मृतियों को अपने मन की झोली में अच्छी तरह संभालता हुआ ले जा रहा था। उस समय उसकी अवस्था ठीक उस छोटे बच्चे के समान थी जो अपने हमजोली को देखकर उसके साथ खेलने के लिए टूटे-फूटे खिलौने लेकर दौड़ पड़ता है।

लेकिन उसकी सूरत देखते ही उसका सारा शौक और सारी उमंग मानो बुझ-सी गई वह निस्तब्ध होकर खड़ा रह गया। पूर्णिमा उसके सामने आकर सिर झुकाकर खड़ी हो गई सफेद साड़ी के घूंघट से आधा मुंह छिपा हुआ था, लेकिन कमर झुक गई थी। बांहें सूत-सी पतली, पैर के पिछले भाग की रगें उभरी हुई, आसूं बह रहे थे और चेहरे का रंग बिलकुल पीला पड़ गया था मानो कफन में लपेटी हुई लाश खड़ी हो।

पूर्णिमा की मौसी ने आकर कहा–"बैठो बेटा! देखते हो इसकी हालत सूखकर कांटा हो गई है। एक क्षण को भी आंसू नहीं थमते। सिर्फ एक समय सूखी रोटियां खाती है और किसी चीज से मतलब नहीं। नमक छोड़ दिया है, घी-दूध सब त्याग दिया है। बस रूखी रोटियों से काम। इस पर आए दिन व्रत रखती है। कभी एकादशी, कभी इतवार और कभी मंगल। एक चटाई बिछाकर जमीन पर सोती है। घड़ी रात रहे उठकर पूजा-पाठ करने लगती है। लड़के समझाते हैं, मगर किसी की नहीं सुनती। कहती है कि जब भगवान ने सुहाग ही उठा लिया, तो फिर सब कुछ मिथ्या है। जी बहलाने के लिए यहां आई थी। मगर यहां भी रोने के सिवा दूसरा काम नहीं। कितना समझाती हूं कि बेटी, भाग्य में जो कुछ लिखा था, वह हुआ। अब सब्र करो। भगवान ने तुम्हें बाल-बच्चे दिये हैं! उनको पालो। घर में ईश्वर का दिया सब कुछ है। चार को खिलाकर खा सकती हो। मन पवित्र होना चाहिए। शरीर को दुख देने से क्या लाभ? लेकिन सुनती ही नहीं। अब तुम समझाओ तो शायद माने।"

अमृत ऊपर से देखने में तो निःस्तब्ध, परंतु अंदर हृदय-विदारक वेदना छिपाए हुए खड़ा था। मानो जिस नींव पर उसने जिंदगी की इमारत खड़ी की थी, वह हिल गई हो। आज उसे मालूम हुआ कि जन्म भर उसने जिस वस्तु को तथ्य समझ रखा था, वह वास्तव में मृग-तृष्णा थी, अथवा केवल स्वप्न था। पूर्णिमा के इस विकट आत्म-संयम और तपस्वियों के से आचरण के सामने उसकी समस्त वासनाओं और प्रेम की उमंगों का नाश हो गया था और उसके जीवन का यह नया तथ्य आकर उपस्थित हो गया था कि यदि मन में मिट्टी को देवता बनाने की शक्ति है तो मनुष्य को देवता बनाने की शक्ति भी है। पूर्णिमा उसी घृणित मनुष्य को देवता बनाकर उसकी पूजा कर रही थी।

उसने शांत भाव से कहा–"तपस्विनी को हम जैसे स्वार्थी लोग कैसे समझा सकते हैं, मौसी? हम लोगों का कर्तव्य इसके चरणों पर सिर झुकाना है, इसे समझाना नहीं।"

पूर्णिमा ने मुंह पर का घूंघट हटाते हुए कहा–"तुम्हारा बच्चा तुम्हें अभी तक पूछा करता है।"

* * *

ज्योति

आज रुपिया बूटी को बड़ी सुंदर लगी। ठीक तो है, अभी शौक-सिंगार न करेगी तो कब करेगी? शौक-सिंगार इसीलिए बुरा लगता है कि ऐसे आदमी अपने भोग-विलास में मस्त रहते हैं। किसी के घर में आग लग जाए, उनसे मतलब नहीं। उनका काम तो खाली दूसरों को रिझाना है, जैसे अपने रूप की दुकान सजाए राह-चलतों को बुलाती हों कि जरा इस दुकान की सैर भी करते जाइए। ऐसे उपकारी प्राणियों का सिंगार बुरा नहीं लगता–नहीं, बल्कि और अच्छा लगता है। इससे मालूम होता है कि इसका रूप जितना सुंदर है, उतना ही मन भी सुंदर है; फिर कौन नहीं चाहता कि लोग उनके रूप का बखान करें?

विधवा हो जाने के बाद बूटी का स्वभाव बहुत कटु हो गया था। जब बहुत जी जलता तो अपने मृत पति को कोसती–'आप तो सिधार गए, मेरे लिए यह जंजाल छोड़ गए। जब इतनी जल्दी जाना था, तो ब्याह न जाने किसलिए किया? घर में भूनी भांग नहीं, चले थे ब्याह करने!' वह चाहती तो दूसरी सगाई कर लेती। अहीरों में इसका रिवाज है।

वह देखने-सुनने में भी बुरी न थी। दो-एक आदमी तैयार भी थे, लेकिन बूटी पतिव्रता कहलाने के मोह को न छोड़ सकी और यह सारा क्रोध उतरता था, बड़े लड़के मोहन पर, जो अब सोलह साल का था।

सोहन अभी छोटा था और मैना लड़की थी। ये दोनों अभी किसी लायक न थे। अगर यह तीनों न होते, तो बूटी को क्यों इतना कष्ट होता। जिसका थोड़ा-सा काम कर देती, वही रोटी-कपड़ा दे देता। जब

चाहती किसी के सिर बैठ जाती। अब अगर वह कहीं बैठ जाए, तो लोग यही कहेंगे कि तीन-तीन बच्चों के होते इसे यह क्या सूझी!

मोहन भरसक उसका भार हल्का करने की चेष्टा करता। गायों-भैसों की सानी-पानी, दुहना-मथना यह सब कर लेता, लेकिन बूटी का मुंह सीधा न होता था।

वह रोज एक-न-एक खुचड़ निकालती रहती, पर मोहन ने भी उसकी घुड़कियों की परवाह करना छोड़ दिया था। पति उसके सिर गृहस्थी का यह भार पटककर क्यों चला गया, उसे यही गिला था।

बेचारी का सर्वनाश ही कर दिया। न खाने का सुख मिला, न पहनने-ओढ़ने का, न और किसी बात का। इस घर में क्या आई मानो भट्टी में पड़ गई उसकी वैधव्य-साधना और अतृप्त भोग-लालसा में सदैव द्वंद्व-सा मचा रहता था और उसकी जलन में उसके हृदय की सारी मृदुता जलकर भस्म हो गई थी। पति के पीछे और कुछ नहीं तो बूटी के पास चार-पांच सौ के गहने थे, लेकिन एक-एक करके सब उसके हाथ से निकल गए।

उसी मोहल्ले में उसकी बिरादरी में, कितनी ही औरतें थीं, जो उससे बड़ी होने पर भी गहने झमकाकर, आंखों में काजल लगाकर, मांग में सिंदूर की मोटी-सी रेखा डालकर मानो उसे जलाया करती थीं, इसीलिए अब उनमें से कोई विधवा हो जाती, तो बूटी को खुशी होती और यह सारी जलन वह लड़कों पर निकालती, विशेषकर मोहन पर। वह शायद सारे संसार की स्त्रियों को अपने ही रूप में देखना चाहती थी।

कुत्सा में उसे विशेष आनंद मिलता था। उसकी वंचित लालसा, जल न पाकर ओस चाट लेने में ही संतुष्ट होती थी; फिर यह कैसे संभव था कि वह मोहन के विषय में कुछ सुने और पेट में डाल ले। ज्यों ही मोहन संध्या समय दूध बेचकर घर आया, बूटी ने कहा–"देखती हूं, तू अब सांड बनने पर उतारू हो गया है।"

मोहन ने प्रश्न के भाव से देखा–"कैसा सांड! बात क्या है?"

"तू रुपिया से छिप-छिपकर नहीं हंसता-बोलता? उस पर कहता है, कैसा सांड? तुझे लाज नहीं आती? घर में पैसे-पैसे की तंगी है और वहां उसके लिए पान लाए जाते हैं, कपड़े रंगाए जाते हैं।"

मोहन ने विद्रोह का भाव धारण किया–"अगर उसने मुझसे चार पैसे के पान मांगे, तो क्या करता? कहता कि पैसे दे, तो लाऊंगा? अपनी धोती रंगने को दी, उससे रंगाई मांगता?"

"मोहल्ले में एक तू ही धन्नासेठ है और किसी से उसने क्यों न कहा?"

40

"यह वह जाने, मैं क्या बताऊं?"

"तुझे अब छैला बनने की सूझती है। घर में भी कभी एक पैसे का पान लाया?"

"यहां पान किसके लिए लाता?"

"क्या तेरे लिए घर में सब मर गए?"

"मैं न जानता था, तुम पान खाना चाहती हो।"

"संसार में एक रुपिया ही पान खाने जोग है?"

"शौक-सिंगार की भी तो उमर होती है।"

बूटी जल उठी। उसे बुढ़िया कहना मानो उसकी सारी साधना पर पानी फेर देना था।

बुढ़ापे में उन साधनों का महत्त्व ही क्या? जिस त्याग-कल्पना के बल पर वह स्त्रियों के सामने सिर उठाकर चलती थी, उस पर इतना कुठाराघात! इन्हीं लड़कों के पीछे उसने अपनी जवानी धूल में मिला दी। उसके आदमी को मरे आज पांच साल हुए।

तब उसकी चढ़ती जवानी थी। तीन बच्चे भगवान ने उसके गले मढ़ दिए, नहीं तो अभी वह है कितने दिन की। चाहती तो आज वह भी होंठ लाल किए, पांव में महावर लगाए, अनवट-बिछुए पहने मटकती फिरती। यह सब कुछ उसने इन लड़कों के कारण त्याग दिया और आज मोहन उसे बुढ़िया कहता है!

रुपिया उसके सामने खड़ी कर दी जाए, तो चुहिया-सी लगे, फिर भी वह जवान है और बूटी बुढ़िया है!

बोली–"हां और क्या? मेरे लिए तो अब फटे चीथड़े पहनने के दिन हैं। जब तेरा बाप मरा तो मैं रुपिया से दो ही चार साल बड़ी थी। उस वक्त कोई घर कर लेती तो, तुम लोगों का कहीं पता न लगता। गली-गली भीख मांगते फिरते, लेकिन मैं कह देती हूं, अगर तू फिर उससे बोला तो या तो तू ही घर में रहेगा या मैं रहूंगी।"

मोहन ने डरते-डरते कहा–"मैं उसे बात दे चुका हूं अम्मा!"

"कैसी बात?"

"सगाई की।"

"अगर रुपिया मेरे घर में आई तो झाड़ू मारकर निकाल दूंगी। यह सब उसकी मां की माया है। वह कुटनी मेरे लड़के को मुझसे छीन लेना चाहती है। रांड से इतना भी नहीं देखा जाता। चाहती है कि उसे सौत बनाकर छाती पर बैठा दे।"

मोहन ने व्यथित कंठ से कहा–"अम्मा, ईश्वर के लिए चुप रहो। क्यों अपना पानी आप खो रही हो? मैंने तो समझा था, चार दिन में मैना अपने घर चली जाएगी, तुम अकेली पड़ जाओगी, इसीलिए उसे लाने की बात सोच रहा था। अगर तुम्हें बुरा लगता है, तो जाने दो।"

"तू आज से यहीं आंगन में सोया कर।"

"और गाएं-भैंसें बाहर पड़ी रहेंगी?"

"पड़ी रहने दे, कोई डाका नहीं पड़ा जाता।"

"मुझ पर तुझे इतना संदेह है?"

"हां!"

"तो मैं यहां न सोऊंगा।"

"तो निकल जा घर से।"

"हां, तेरी यही इच्छा है, तो निकल जाऊंगा।"

मैना ने भोजन पकाया और मोहन को खाने के लिए आवाज दी।

मोहन ने कहा–"मुझे भूख नहीं है!"

बूटी उसे मनाने न आई मोहन का युवक-हृदय माता के इस कठोर शासन को किसी तरह स्वीकार नहीं कर सकता। उसका घर है, ले ले। अपने लिए वह कोई दूसरा ठिकाना ढूंढ निकालेगा।

रुपिया ने उसके रूखे जीवन में एक स्निग्धता भर दी थी। जब वह एक अव्यक्त कामना से चंचल हो रहा था, जीवन कुछ सूना-सूना लगता था, रुपिया ने नव-वसंत की भांति आकर उसे पल्लवित कर दिया।

मोहन को जीवन में एक मीठा स्वाद मिलने लगा। कोई काम करना होता, पर ध्यान रुपिया की ओर लगा रहता। सोचता, उसे क्या दे दे कि वह प्रसन्न हो जाए!

अब वह कैसा मुंह लेकर उसके पास जाए? क्या उससे कहे कि अम्मा ने मुझे तुझसे मिलने को मना किया है? अभी कल ही तो बरगद के नीचे दोनों में कैसी-कैसी बातें हुई थीं।

मोहन ने कहा था–"रूपा, तुम इतनी सुंदर हो, तुम्हारे सौ गाहक निकल आएंगे। मेरे घर में तुम्हारे लिए क्या रखा है?"

इस पर रुपिया ने जो जवाब दिया था, वही संगीत की तरह अब भी उसके प्राण में बसा हुआ था–"मैं तो तुमको चाहती हूं मोहन, अकेले तुमको। परगने के चौधरी हो जाओ, तब भी मोहन हो; मजूरी करो, तब भी मोहन हो।"

उसी रुपिया से आज वह जाकर कहे कि मुझे अब तुमसे कोई सरोकार नहीं है! नहीं, यह नहीं हो सकता। उसे घर की परवाह नहीं है। वह रुपिया के साथ मां से

अलग रहेगा। इस जगह न सही, किसी दूसरे मोहल्ले में सही। इस वक्त भी रुपिया उसकी राह देख रही होगी। कैसे अच्छे बीड़े लगाती है। कहीं अम्मा सुन पाएं कि वह रात को रुपिया के द्वार पर गया था, तो प्राण ही दे दें। दे दें प्राण! अपने भाग तो नहीं बखानतीं कि ऐसी देवी बहू मिली जाती है। न जाने क्यों रुपिया से इतना चिढ़ती हैं। वह जरा पान खा लेती है, जरा साड़ी रंगकर पहनती है। बस, यही तो।

चूड़ियों की झंकार सुनाई दी। रुपिया आ रही है! हां; वही है।

रुपिया उसके सिरहाने आकर बोली–"सो गए क्या मोहन? घड़ी-भर से तुम्हारी राह देख रही हूं। आए क्यों नहीं?"

मोहन नींद का मक्कर किए पड़ा रहा।

रुपिया ने उसका सिर हिलाकर फिर कहा–"क्या सो गए मोहन?"

उन कोमल उंगलियों के स्पर्श में क्या सिद्धि थी, कौन जाने! मोहन की सारी आत्मा उन्मत्त हो उठी। उसके प्राण मानो बाहर निकलकर रुपिया के चरणों में समर्पित हो जाने के लिए उछल पड़े। देवी वरदान के लिए सामने खड़ी है। सारा विश्व जैसे नाच रहा है। उसे मालूम हुआ, जैसे उसका शरीर लुप्त हो गया है, केवल वह एक मधुर स्वर की भांति विश्व की गोद में चिपटा हुआ उसके साथ नृत्य कर रहा है।

रुपिया ने कहा–"अभी से सो गए क्या जी?"

मोहन बोला–"हां, जरा नींद आ गई थी रूपा। तुम इस वक्त क्या करने आई? कहीं अम्मा देख लें, तो मुझे मार ही डालें।"

"तुम आज आए क्यों नहीं?"

"आज अम्मा से लड़ाई हो गई"

"क्या कहती थीं?"

"कहती थीं, रुपिया से बोलेगा तो मैं प्राण दे दूंगी।"

"तुमने पूछा नहीं, रुपिया से क्यों चिढ़ती हो?"

"अब उनकी क्या बात कहूं रूपा? वह किसी का खाना-पहनना नहीं देख सकतीं। अब मुझे तुमसे दूर रहना पड़ेगा।"

"मेरा जी तो न मानेगा।"

"ऐसी बात करोगी, तो मैं तुम्हें लेकर भाग जाऊंगा।"

"तुम मेरे पास एक बार रोज आया करो। बस, मैं और कुछ नहीं चाहती।"

"और अम्मा जो बिगड़ेंगी।"

"तो मैं समझ गई तुम मुझे प्यार नहीं करते।"

"मेरा बस होता, तो तुमको अपने प्राण में रख लेता।"

इसी समय घर के किवाड़ खटके। रुपिया भाग गई।

2

मोहन दूसरे दिन सोकर उठा तो उसके हृदय में आनंद का सागर-सा भरा हुआ था। वह सोहन को बराबर डांटता रहता था। सोहन आलसी था। घर के काम-धंधे में जी न लगाता था। मोहन को देखते ही वह साबुन छिपाकर भाग जाने का अवसर खोजने लगा।

मोहन ने मुस्कराकर कहा–"धोती बहुत मैली हो गई है सोहन? धोबी को क्यों नहीं देते?"

सोहन को इन शब्दों में स्नेह की गंध आई।

"धोबिन पैसे मांगती है।"

"तो पैसे अम्मा से क्यों नहीं मांग लेते?"

"अम्मा कौन पैसे दे देती हैं?"

"तो मुझसे ले लो!"

यह कहकर उसने एक इकन्नी उसकी ओर फेंक दी। सोहन प्रसन्न हो गया। भाई और माता दोनों ही उसे धिक्कारते रहते थे। बहुत दिनों बाद आज उसे स्नेह की मधुरता का स्वाद मिला। उसने इकन्नी उठा ली और धोती को वहीं छोड़कर गाय को खोलकर ले चला।

मोहन ने कहा–"रहने दो, मैं इसे लेकर जाता हूं।"

सोहन ने पगहिया मोहन को देकर फिर पूछा–"तुम्हारे लिए चिलम रख लाऊं?"

जीवन में आज पहली बार सोहन ने भाई के प्रति ऐसा सद्भाव प्रकट किया था। इसमें क्या रहस्य है, यह मोहन की समझ में नहीं आया, बोला–"आग हो तो रख लाओ।"

मैना सिर के बाल खोले आंगन में बैठी घरौंदा बना रही थी। मोहन को देखते ही उसने घरौंदा बिगाड़ दिया और आंचल से बाल छिपाकर रसोईघर में बरतन उठाने चली।

मोहन ने पूछा–"क्या खेल रही थी मैना?"

मैना डरी हुई बोली–"कुछ नहीं तो।"

"तू तो बहुत अच्छे घरौंदे बनाती है। जरा बना, देखूं।"

मैना का रुआंसा चेहरा खिल उठा। प्रेम के शब्द में कितना जादू है! मुंह से निकलते ही जैसे सुगंध फैल गई जिसने सुना, उसका हृदय खिल उठा। जहां भय था, वहां विश्वास चमक उठा। जहां कटुता थी, वहां अपनापन छलक पड़ा। चारों ओर चेतनता दौड़ गई कहीं आलस्य नहीं, कहीं खिन्नता नहीं। मोहन का हृदय आज प्रेम से भरा हुआ है। उसमें सुगंध का विकर्षण हो रहा है।

मैना घरौंदा बनाने बैठ गई।

मोहन ने उसके उलझे हुए बालों को सुलझाते हुए कहा—"तेरी गुड़िया का ब्याह कब होगा मैना, न्यौता दे, कुछ मिठाई खाने को मिले।"

मैना का मन आकाश में उड़ने लगा। जब भईया पानी मांगे, तो वह लोटे को राख से खूब चमाचम करके पानी ले जाएगी।

"अम्मा पैसे नहीं देतीं। गुड्डा तो ठीक हो गया है। टीका कैसे भेजूं?"

"कितने पैसे लेगी?"

"एक पैसे के बतासे लूंगी और एक पैसे का रंग। जोड़े तो रंगे जाएंगे कि नहीं?"

"तो दो पैसे में तेरा काम चल जाएगा?"

"हां, दो पैसे दे दो भईया, तो मेरी गुड़िया का ब्याह धूमधाम से हो जाए।"

मोहन ने दो पैसे हाथ में लेकर मैना को दिखाए। मैना लपकी, मोहन ने हाथ ऊपर उठाया, मैना ने हाथ पकड़कर नीचे खींचना शुरू किया। मोहन ने उसे गोद में उठा लिया। मैना ने पैसे ले लिए और नीचे उतरकर नाचने लगी, फिर वह अपनी सहेलियों को विवाह का न्योता देने के लिए भागी।

उसी वक्त बूटी गोबर का झांवा लिए हुए वहां आ पहुंची। मोहन को खड़े देखकर वह कठोर स्वर में बोली—"अभी तक मटरगस्ती ही हो रही है। भैंस कब दुही जाएगी?"

आज बूटी को मोहन ने विद्रोह-भरा जवाब न दिया। जैसे उसके मन में माधुर्य का कोई सोता-सा खुल गया हो। माता को गोबर का बोझ लिए देखकर उसने झांवा उसके सिर से उतार लिया।

बूटी ने जोर देते हुए कहा—"रहने दे—रहने दे। जाकर भैंस दुह, मैं तो गोबर लेकर जाती हूं।"

"तुम इतना भारी बोझ क्यों उठा लेती हो, मुझे क्यों नहीं बुला लेती?"

माता का हृदय वात्सल्य से गद्गद हो उठा।

"तू जा अपना काम देख, मेरे पीछे क्यों पड़ता है!"

"गोबर निकालने का काम मेरा है।"

"और दूध कौन दुहेगा?"

"वह भी मैं करूंगा!"

"तू इतना बड़ा जोधा है कि सारे काम कर लेगा!"

"जितना कहता हूं, उतना कर लूंगा।"

"तो मैं क्या करूंगी?"

"तुम लड़कों से काम लो, जो तुम्हारा धर्म है।"

"मेरी सुनता है कोई?"

3

आज मोहन बाजार से दूध पहुंचाकर लौटा, तो पान, कत्था, सुपारी, एक छोटा-सा पानदान और थोड़ी-सी मिठाई लाया। बूटी बिगड़कर बोली–"आज पैसे कहीं फालतू मिल गए थे क्या? इस तरह उड़ाएगा तो कितने दिन निबाह होगा?"

"मैंने तो एक पैसा भी नहीं उड़ाया अम्मा! पहले मैं समझता था, तुम पान खातीं ही नहीं।"

"तो अब मैं पान खाऊंगी!"

"हां और क्या! जिसके दो-दो जवान बेटे हों, क्या वह इतना शौक भी न करे?"

बूटी के सूखे कठोर हृदय में कहीं से कुछ हरियाली निकल आई, एक नन्ही-सी कोंपल थी; उसके अंदर कितना रस था। उसने मैना और सोहन को एक-एक मिठाई दे दी और एक मोहन को देने लगी।

"मिठाई तो लड़कों के लिए लाया था अम्मा!"

"और तू तो बूढ़ा हो गया, क्यों?"

"इन लड़कों के सामने तो बूढ़ा ही हूं।"

"लेकिन मेरे सामने तो लड़का ही है।"

मोहन ने मिठाई ले ली। मैना ने मिठाई पाते ही गप से मुंह में डाल ली थी। वह केवल मिठाई का स्वाद जीभ पर छोड़कर कब की गायब हो चुकी थी। मैना मोहन को ललचाई आंखों से देखने लगी।

मोहन ने आधा लड्डू तोड़कर मैना को दे दिया। एक मिठाई दोने में बची थी। बूटी ने उसे मोहन की तरफ बढ़ाकर कहा–"लाया भी तो इतनी-सी मिठाई यह ले–ले।"

मोहन ने आधी मिठाई मुंह में डालकर धीरे से कहा–"वह तुम्हारा हिस्सा है अम्मा!"

"तुम्हें खाते देखकर मुझे जो आनंद मिलता है, उसमें मिठास से ज्यादा स्वाद है।"

उसने आधी मिठाई सोहन और आधी मोहन को दे दी; फिर पानदान खोलकर देखने लगी। आज जीवन में पहली बार उसे यह सौभाग्य प्राप्त हुआ। धन्य भाग कि पति के राज में वह जिस विभूति के लिए तरसती रही, वह लड़के के राज में मिली।

पानदान में कई कुल्हियां हैं और देखो, दो छोटी–छोटी चिमचियां भी हैं; ऊपर कड़ा लगा हुआ है, जहां चाहो, लटकाकर ले जाओ। ऊपर की तश्तरी में पान रखे जाएंगे।

मोहन ज्यों ही बाहर चला गया, उसने पानदान को मांज-धोकर उसमें चूना, कत्था भरा, सुपारी काटी, पान को भिगोकर तश्तरी में रखा, तब एक बीड़ा

लगाकर खाया। उस बीड़े के रस ने जैसे उसके वैधव्य की कटुता को स्निग्ध कर दिया। मन की प्रसन्नता व्यवहार में उदारता बन जाती है। अब वह घर में नहीं बैठ सकती। उसका मन इतना गहरा नहीं कि इतनी बड़ी विभूति उसमें जाकर गुम हो जाए। एक पुराना आईना पड़ा हुआ था। उसने उसमें मुंह देखा। होंठों पर लाली है। मुंह लाल करने के लिए उसने थोड़े ही पान खाया है।

धनिया ने आकर कहा—"काकी, तनिक रस्सी दे दो, मेरी रस्सी टूट गई है।"

कल बूटी ने साफ कह दिया होता, मेरी रस्सी गांव-भर के लिए नहीं है। रस्सी टूट गई है तो बनवा लो। आज उसने धनिया को रस्सी निकालकर प्रसन्न मुख से दे दी और सद्भाव से पूछा—"लड़के के दस्त बंद हुए कि नहीं धनिया?"

धनिया ने उदास मन से कहा—"नहीं काकी, आज तो दिन-भर दस्त आए। शायद दांत आ रहे हैं।"

"पानी भर ले, तो चल जरा देखूं, दांत ही हैं कि कुछ और फसाद है। किसी की नजर-वजर तो नहीं लगी?"

"अब क्या जाने काकी, कौन जाने किसी की आंख फूटी हो?"

"चोंचाल लड़कों को नजर का बड़ा डर रहता है।"

"जिसने चुमकारकर बुलाया, झट उसकी गोद में चला जाता है। ऐसा हंसता है कि तुमसे क्या कहूं?"

"कभी-कभी मां की नजर भी लग जाया करती है।"

"नहीं काकी, भला कोई अपने लड़के को नजर लगाएगा!"

"यही तो तू समझती नहीं। नजर आप ही लग जाती है।"

धनिया पानी लेकर आई, तो बूटी उसके साथ बच्चे को देखने चली।

"तू अकेली है। आजकल घर के काम-धंधे में बड़ा अंडस होता होगा।"

"नहीं काकी, रुपिया आ जाती है, घर का कुछ काम कर देती है—नहीं अकेले तो मेरी मरन हो जाती।"

बूटी को आश्चर्य हुआ। रुपिया को उसने केवल तितली समझ रखा था।
"रुपिया!"

"हां काकी, बेचारी बड़ी सीधी है। झाड़ू लगा देती है, चौका-बरतन कर देती है, लड़के को संभालती है। गाढ़े समय कौन, किसी की बात पूछता है काकी!"

"उसे तो अपने मिस्सी-काजल से छुट्टी न मिलती होगी?"

"यह तो अपनी-अपनी रुचि है काकी! मुझे तो इस मिस्सी-काजल वाली ने जितना सहारा दिया, उतना किसी भक्तिन ने न दिया। बेचारी रात-भर जागती रही। मैंने कुछ दे तो नहीं दिया। हां, जब तक जीऊंगी, उसका जस गाऊंगी।"

"तू उसके गुण अभी नहीं जानती धनिया! पान के लिए पैसे कहां से आते हैं? किनारदार साड़ियां कहां से आती हैं?"

"मैं इन बातों में नहीं पड़ती काकी! फिर शौक-सिंगार करने को किसका जी नहीं चाहता? खाने-पहनने की यही तो उमर है।"

धनिया ने बच्चे को खटोले पर सुला दिया। बूटी ने बच्चे के सिर पर हाथ रखा, पेट में धीरे–धीरे उंगली गड़ाकर देखा। नाभि पर हींग का लेप करने को कहा। इसी बीच रुपिया बेनिया लाकर उसे झलने लगी।

बूटी ने कहा–"ला, बेनिया मुझे दे दे।"

"मैं डुला दूंगी, तो क्या छोटी हो जाऊंगी?"

"तू दिन-भर यहां काम-धंधा करती है–थक गई होगी।"

"तुम इतनी भलीमानस हो और यहां लोग कहते थे, वह बिना गाली के बात नहीं करती। मारे डर के तुम्हारे पास न आई।"

बूटी मुस्कराई

"लोग झूठ तो नहीं कहते।"

"मैं आंखों की देखी मानूं कि कानों की सुनी?"

"आज भी रुपिया आंखों में काजल लगाए, पान खाए, रंगी साड़ी पहने हुए थी, किंतु आज बूटी को मालूम हुआ, इस फूल में केवल रंग नहीं है, सुगंध भी है। उसके मन में रुपिया से घृणा हो गई थी, वह किसी दैवी मंत्र से धुल-सी गई कितनी सुशील लड़की है, कितनी लजाधुर। बोली कितनी मीठी है। आजकल की लड़कियां अपने बच्चों की तो परवाह नहीं करतीं, दूसरों के लिए कौन मरता है! सारी रात धनिया के लड़के को लिए जागती रही! मोहन ने कल की बात इससे कह तो दी होगी। दूसरी लड़की होती, तो मेरी ओर से मुंह फेर लेती। मुझे जलाती, मुझसे ऐंठती। इसे तो जैसे कुछ मालूम ही न हो। हो सकता है कि मोहन ने इससे कुछ कहा ही न हो। हां, यही बात है।"

आज रुपिया बूटी को बड़ी सुंदर लगी। ठीक तो है, अभी शौक-सिंगार न करेगी तो कब करेगी? शौक-सिंगार इसीलिए बुरा लगता है कि ऐसे आदमी अपने भोग-विलास में मस्त रहते हैं। किसी के घर में आग लग जाए, उनसे मतलब नहीं। उनका काम तो खाली दूसरों को रिझाना है, जैसे अपने रूप की दुकान सजाए राह-चलतों को बुलाती हों कि जरा इस दुकान की सैर भी करते जाइए। ऐसे उपकारी प्राणियों का सिंगार बुरा नहीं लगता–नहीं, बल्कि और अच्छा लगता है। इससे मालूम होता है कि इसका रूप जितना सुंदर है, उतना ही मन भी सुंदर है; फिर कौन नहीं चाहता कि लोग उनके रूप का बखान करें? किसे दूसरों की आंखों में छुप जाने की लालसा नहीं होती? बूटी का

यौवन कब का विदा हो चुका; फिर भी यह लालसा उसे बनी हुई है। कोई उसे रस-भरी आंखों से देख लेता है, तो उसका मन कितना प्रसन्न हो जाता है। जमीन पर पांव नहीं पड़ते, फिर रूपा तो अभी जवान है।

उस दिन से रूपा प्राय: दो-एक बार नित्य बूटी के घर आती। बूटी ने मोहन से आग्रह करके उसके लिए अच्छी-सी साड़ी मंगवा दी।

अगर रूपा कभी बिना काजल लगाए या बेरंगी साड़ी पहने आ जाती, तो बूटी कहती–"बहू-बेटियों को यह जोगिया भेस अच्छा नहीं लगता। यह भेस तो हम जैसी बूढ़ियों के लिए है।"

रूपा ने एक दिन कहा–"तुम बूढ़ी काहे से हो गई अम्मा! लोगों को इशारा मिल जाए, तो भौंरों की तरह तुम्हारे द्वार पर धरना देने लगें।"

बूटी ने मीठे तिरस्कार से कहा–"चल, मैं तेरी मां की सौत बनकर जाऊंगी?"

"अम्मा तो बूढ़ी हो गई"

"तो क्या तेरे दादा अभी जवान बैठे हैं?"

"हां ऐसा, बड़ी अच्छी मिट्टी है उनकी।"

बूटी ने उसकी ओर रस-भरी आंखों से देखकर पूछा–"अच्छा बता, मोहन से तेरा ब्याह कर दूं?"

रूपा लजा गई उसके मुख पर गुलाब की-सी आभा दौड़ गई

आज मोहन दूध बेचकर लौटा तो बूटी ने कहा–"कुछ रुपये-पैसे जुटा, मैं रूपा से तेरी बातचीत कर रही हूं।"

* * *

एक्ट्रेस

तारा एक साफ-सुथरे और सजे हुए कमरे में मेज के सामने किसी विचार में मग्न बैठी थी। रात का वह दृश्य उसकी आंखों के सामने नाच रहा था। ऐसे दिन जीवन में क्या बार-बार आते हैं? कितने मनुष्य उसके दर्शनों के लिए विकल हो रहे हैं? बस, एक-दूसरे पर फाट पड़ते थे। कितनों को उसने पैरों से ठुकरा दिया था-हां, ठुकरा दिया था। मगर उस समूह में केवल एक दिव्यमूर्ति अविचलित रूप से खड़ी थी। उसकी आंखों में कितना गम्भीर अनुराग था, कितना दृढ़ संकल्प! ऐसा जान पड़ता था मानों दोनों नेत्र उसके हृदय में चुभे जा रहे हों। आज फिर उस पुरुष के दर्शन होंगे या नहीं, कौन जानता है। लेकिन यदि आज उनके दर्शन हुए, तो तारा उनसे एक बार बातचीत किए बिना न जाने देगी।

यह सोचते हुए उसने आईने की ओर देखा, कमल का फूल-सा खिला था, कौन कह सकता था कि वह नव-विकसित पुष्प तैंतीस बसंतों की बहार देख चुका है। वह कांति, वह कोमलता, वह चपलता, वह माधुर्य किसी नवयौवना को लज्जित कर सकता था।

रंगमंच का पर्दा गिर गया। तारा देवी ने शकुंतला का पार्ट खेलकर दर्शकों को मुग्ध कर दिया था। जिस समय वह शकुंतला के रूप में राजा दुष्यंत के सम्मुख खड़ी ग्लानि, वेदना, और तिरस्कार से उत्तेजित भावों को आग्नेय शब्दों में प्रकट कर रही थी, दर्शक-वृंद शिष्टता के नियमों की उपेक्षा करके मंच की ओर उन्मत्तों की भांति दौड़ पड़े थे और तारादेवी का यशोगान करने लगे थे। कितने ही तो स्टेज पर चढ़ गए और तारादेवी के चरणों पर गिर पड़े। सारा स्टेज फूलों से पट गया, आभूषणों की वर्षा होने लगी। यदि उसी क्षण मेनका का विमान नीचे आकर उसे उड़ा न ले जाता, तो कदाचित उस धक्कम-धक्के में दस-पांच

आदमियों की जान पर बन जाती। मैनेजर ने तुरंत आकर दर्शकों को गुण-ग्राहकता का धन्यवाद दिया और वादा भी किया कि दूसरे दिन फिर वही तमाशा होगा। तब लोगों का गुस्सा शांत हुआ। मगर एक युवक उस वक्त भी मंच पर खड़ा रहा। लंबे कद का था, तेजस्वी मुद्रा, कुंदन का-सा देवताओं का-सा स्वरूप, गठी हुई देह, मुख से एक ज्योति-सी प्रस्फुटित हो रही थी। कोई राजकुमार मालूम होता था।

जब सारे दर्शकगण बाहर निकल गए, उसने मैनेजर से पूछा, "क्या तारादेवी से एक क्षण के लिए मिल सकता हूं?"

मैनेजर ने उपेक्षा के भाव से कहा, "हमारे यहां ऐसा नियम नहीं है।"

युवक ने फिर पूछा, "क्या आप मेरा कोई पत्र उसके पास भेज सकते हैं?"

मैनेजर ने उसी उपेक्षा के भाव से कहा, "जी नहीं। क्षमा कीजिएगा, यह हमारे नियमों के विरुद्ध है।"

युवक ने और कुछ न कहा, निराश होकर स्टेज के नीचे उतर पड़ा और बाहर जाना ही चाहता था कि मैनेजर ने पूछा, "जरा ठहर जाइए, आपका कार्ड?"

युवक ने जेब से कागज का एक टुकड़ा निकलकर कुछ लिखा और दे दिया। मैनेजर ने पुर्जे को उड़ती हुई निगाह से देखा-कुंवर निर्मलकांत चौधरी ओ. बी. ई.। मैनेजर की कठोर मुद्रा कोमल हो गई कुंवर निर्मलकांत-शहर के सबसे बड़े रईस और ताल्लुकेदार, साहित्य के उज्जवल रत्न, संगीत के सिद्धहस्त आचार्य, उच्च-कोटि के विद्वान, आठ-दस लाख सालाना के नफेदार, जिनके दान से देश की कितनी ही संस्थाएं चलती थीं-इस समय एक क्षुद्र प्रार्थी के रूप में खड़े थे। मैनेजर अपने उपेक्षा-भाव पर लज्जित हो गया। विनम्र शब्दों में बोला, क्षमा कीजिएगा, मुझसे बड़ा अपराध हुआ। मैं अभी तारादेवी के पास हुजूर का कार्ड लिए जाता हूं।

कुंवर साहब ने उससे रुकने का इशारा करके कहा, "नहीं, अब रहने ही दीजिए, मैं कल पांच बजे आऊंगा। इस वक्त तारादेवी को कष्ट होगा। यह उनके विश्राम का समय है।"

मैनेजर, "मुझे विश्वास है कि वह आपकी खातिर इतना कष्ट सहर्ष सह लेंगी, मैं एक मिनट में आता हूं।"

किंतु कुंवर साहब अपना परिचय देने के बाद अपनी आतुरता पर संयम का परदा डालने के लिए विवश थे। मैनेजर को सज्जनता का धन्यवाद दिया। और कल आने का वादा करके चले गए।

2

तारा एक साफ-सुथरे और सजे हुए कमरे में मेज के सामने किसी विचार में मग्न बैठी थी। रात का वह दृश्य उसकी आंखों के सामने नाच रहा था। ऐसे दिन

जीवन में क्या बार-बार आते हैं? कितने मनुष्य उसके दर्शनों के लिए विकल हो रहे हैं? बस, एक-दूसरे पर फाट पड़ते थे। कितनों को उसने पैरों से ठुकरा दिया था-हां, ठुकरा दिया था। मगर उस समूह में केवल एक दिव्यमूर्ति अविचलित रूप से खड़ी थी। उसकी आंखों में कितना गम्भीर अनुराग था, कितना दृढ़ संकल्प! ऐसा जान पड़ता था मानों दोनों नेत्र उसके हृदय में चुभे जा रहे हों। आज फिर उस पुरुष के दर्शन होंगे या नहीं, कौन जानता है। लेकिन यदि आज उनके दर्शन हुए, तो तारा उनसे एक बार बातचीत किए बिना न जाने देगी।

यह सोचते हुए उसने आईने की ओर देखा, कमल का फूल-सा खिला था, कौन कह सकता था कि वह नव-विकसित पुष्प तैंतीस बसंतों की बहार देख चुका है। वह कांति, वह कोमलता, वह चपलता, वह माधुर्य किसी नवयौवना को लज्जित कर सकता था। तारा एक बार फिर हृदय में प्रेम दीपक जला बैठी। आज से बीस साल पहले एक बार उसको प्रेम का कटु अनुभव हुआ था। तब से वह एक प्रकार का वैधव्य-जीवन व्यतीत करती रही। कितने प्रेमियों ने अपना हृदय उसको भेंट करना चाहा था, पर उसने किसी की ओर आंख उठाकर भी न देखा था। उसे उनके प्रेम में कपट की गंध आती थी। मगर आह! आज उसका संयम उसके हाथ से निकल गया। एक बार फिर आज उसे हृदय में उसी मधुर वेदना का अनुभव हुआ, जो बीस साल पहले हुआ था। एक पुरुष का सौम्य स्वरूप उसकी आंखों में बस गया, हृदय पट पर खिंच गया। उसे वह किसी तरह भूल न सकती थी। उसी पुरुष को उसने मोटर पर जाते देखा होता, तो कदाचित उधर ध्यान भी न करती। पर उसे अपने सम्मुख प्रेम का उपहार हाथ में लिए देखकर वह स्थिर न रह सकी।

सहसा दाई ने आकर कहा, "बाई जी, रात की सब चीजें रखी हुई हैं, कहिए तो लाऊं?"

तारा ने कहा, "नहीं, मेरे पास चीजें लाने की जरूरत नहीं, मगर ठहरो, क्या-क्या चीजें हैं।"

"एक ढेर का ढेर तो लगा है बाई जी, कहां तक गिनाऊं-अशर्फियां हैं, ब्रूचेज बाल के पिन, बटन, लॉकेट, अंगूठियां सभी तो हैं। एक छोटे-से डिब्बे में एक सुंदर हार है। मैंने आज तक वैसा हार नहीं देखा। सब संदूक में रख दिया है।"

"अच्छा, वह संदूक मेरे पास ला।" दाई ने संदूक लाकर मेज रख दिया। उधर एक लड़के ने एक पत्र लाकर तारा को दिया। तारा ने पत्र को उत्सुक नेत्रों से देखा कुंवर निर्मलकांत ओ. बी. ई.। लड़के से पूछा, "यह पत्र किसने दिया। वह तो नहीं, जो रेशमी साफा बांधे हुए थे?"

लड़के ने केवल इतना कहा, "मैनेजर साहब ने दिया है।" और लपका हुआ बाहर चला गया।

संदूक में सबसे पहले डिब्बा नजर आया। तारा ने उसे खोला तो सच्चे मोतियों का सुंदर हार था। डिब्बे में एक तरफ एक कार्ड भी था। तारा ने लपक कर उसे निकाल लिया और पढ़ा-कुंवर निर्मलकान्त...। कार्ड उसके हाथ से छूट कर गिर पड़ा। वह झपट कर कुर्सी से उठी और बड़े वेग से कई कमरों और बरामदों को पार करती मैनेजर के सामने आकर खड़ी हो गई

मैनेजर ने खड़े होकर उसका स्वागत किया और बोला, "मैं रात की सफलता पर आपको बधाई देता हूं।"

तारा ने खड़े-खड़े पूछा, "कुंवर निर्मलकांत क्या बाहर हैं? लड़का पत्र देकर भाग गया। मैं उससे कुछ पूछ न सकी।"

''कुंवर साहब का रुक्का तो रात ही तुम्हारे चले आने के बाद मिला था।"

''तो आपने उसी वक्त मेरे पास क्यों न भेज दिया? ''

मैनेजर ने दबी जबान से कहा, "मैंने समझा, तुम आराम कर रही होगी, कष्ट देना उचित न समझा। और भाई, साफ बात यह है कि मैं डर रहा था, कहीं कुंवर साहब को तुमसे मिलाकर तुम्हें खो न बैठूं। अगर मैं औरत होता, तो उसी वक्त उनके पीछे हो लेता। ऐसा देवरूप पुरुष मैंने आज तक नहीं देखा। वही जो रेशमी साफा बांधे खड़े थे तुम्हारे सामने। तुमने भी तो देखा था।

तारा ने मानो अर्धनिद्रा की दशा में कहा, "हां, देखा तो था, क्या यह फिर आएंगे?"

"हां, आज पांच बजे शाम को। बड़े विद्वान आदमी हैं, और इस शहर के सबसे बड़े रईस।"

''आज मैं रिहर्सल में न आऊंगी।''

3

कुंवर साहब आ रहे होंगे। तारा आईने के सामने बैठी है और दाई उसका श्रृंगार कर रही है। श्रृंगार भी इस जमाने में एक विद्या है। पहले परिपाटी के अनुसार ही श्रृंगार किया जाता था। कवियों, चित्रकारों और रसिकों ने श्रृंगार की मर्यादा-सी बांध दी थी। आंखों के लिए काजल लाजमी था, हाथों के लिए मेंहदी, पांव के लिए महावर। एक-एक अंग एक-एक आभूषण के लिए निर्दिष्ट था। आज वह परिपाटी नहीं रही। आज प्रत्येक रमणी अपनी सुरुचि सुबुद्धि और तुलनात्मक भाव से श्रृंगार करती है। उसका सौंदर्य किस उपाय से आकर्षकता की सीमा पर पहुंच सकता है, यही उसका आदर्श होता हैं तारा इस कला में निपुण थी। वह पंद्रह साल से इस कंपनी में थी और यह समस्त जीवन उसने पुरुषों

के हृदय से खेलने ही में व्यतीत किया था। किस चितवन से, किस मुस्कान से, किस अंगड़ाई से, किस तरह केशों को बिखेर देने से दिलों का कत्लेआम हो जाता है, इस कला में कौन उससे बढ़कर हो सकता था। आज उसने चुन-चुन कर आजमाए हुए तीर तरकस से निकाले, और जब अपने अस्त्रों से सजकर वह दीवानखाने में आई, तो जान पड़ा मानों संसार का सारा माधुर्य उसकी बलाएं ले रहा है। वह मेज के पास खड़ी होकर कुंवर साहब का कार्ड देख रही थी, उसके कान मोटर की आवाज की ओर लगे हुए थे। वह चाहती थी कि कुंवर साहब इसी वक्त आ जाएं और उसे इसी अंदाज से खड़े देखें। इसी अंदाज से वह उसके अंग प्रत्यंगों की पूर्ण छवि देख सकते थे। उसने अपनी शृंगार कला से काल पर विजय पा ली थी। कौन कह सकता था कि यह चंचल नवयौवन उस अवस्था को पहुंच चुकी है, जब हृदय को शांति की इच्छा होती है, वह किसी आश्रम के लिए आतुर हो उठता है, और उसका अभिमान नम्रता के आगे सिर झुका देता है।

तारा देवी को बहुत इंतजार न करना पड़ा। कुंवर साहब शायद मिलने के लिए उससे भी उत्सुक थे। दस ही मिनट के बाद उनकी मोटर की आवाज आई तारा संभल गई एक क्षण में कुंवर साहब ने कमरे में प्रवेश किया। तारा शिष्टाचार के लिए हाथ मिलाना भी भूल गई, प्रौढ़ावस्था में भी प्रेमी की उद्विग्नता और असावधानी कुछ कम नहीं होती। वह किसी सलज्जा युवती की भांति सिर झुकाए खड़ी रही।

कुंवर साहब की निगाह आते ही उसकी गर्दन पर पड़ी। वह मोतियों का हार, जो उन्होंने रात को भेंट किया था, चमक रहा था। कुंवर साहब को इतना आनंद और कभी न हुआ। उन्हें एक क्षण के लिए ऐसा जान पड़ा मानों उसके जीवन की सारी अभिलाषा पूरी हो गई बोले, “मैंने आपको आज इतने सवेरे कष्ट दिया, क्षमा कीजिएगा। यह तो आपके आराम का समय होगा?” तारा ने सिर से खिसकती हुई साड़ी को संभाल कर कहा, “इससे ज्यादा आराम और क्या हो सकता कि आपके दर्शन हुए। मैं इस उपहार के लिए और क्या आपको मानों धन्यवाद देती हूं। अब तो कभी-कभी मुलाकात होती रहेगी?”

निर्मलकान्त ने मुस्कराकर कहा, “कभी-कभी नहीं, रोज। आप चाहे मुझसे मिलना पसंद न करें, पर एक बार इस डयोढ़ी पर सिर को झुका ही जाऊंगा।”

तारा ने भी मुस्करा कर उत्तर दिया, “उसी वक्त तक जब तक कि मनोरंजन की कोई नई वस्तु नजर न आ जाए! क्यों?”

“मेरे लिए यह मनोरंजन का विषय नहीं, जिंदगी और मौत का सवाल है। हां, तुम इसे विनोद समझ सकती हो, मगर कोई पहवाह नहीं। तुम्हारे मनोरंजन के लिए मेरे प्राण भी निकल जाएं, तो मैं अपना जीवन सफल समझूंगा।”

दोनों तरफ से इस प्रीति को निभाने के वादे हुए, फिर दोनों ने नाश्ता किया और कल भोज का न्योता देकर कुंवर साहब विदा हुए।

4

एक महीना गुजर गया, कुंवर साहब दिन में कई-कई बार आते। उन्हें एक क्षण का वियोग भी असह्य था। कभी दोनों बजरे पर दरिया की सैर करते, कभी हरी-हरी घास पर पार्कों में बैठे बातें करते, कभी गाना-बजाना होता, नित्य नए प्रोग्राम बनते थे। सारे शहर में मशहूर था कि ताराबाई ने कुंवर साहब को फांस लिया और दोनों हाथों से संपत्ति लूट रही है। पर तारा के लिए कुंवर साहब का प्रेम ही एक ऐसी संपत्ति थी, जिसके सामने दुनिया-भर की दौलत देय थी। उन्हें अपने सामने देखकर उसे किसी वस्तु की इच्छा न होती थी।

मगर एक महीने तक इस प्रेम के बाजार में घूमने पर भी तारा को वह वस्तु न मिली, जिसके लिए उसकी आत्मा लोलुप हो रही थी। वह कुंवर साहब से प्रेम की, अपार और अतुल प्रेम की, सच्चे और निष्कपट प्रेम की बातें रोज सुनती थी, पर उसमें 'विवाह' का शब्द न आने पाता था, मानो प्यासे को बाजार में पानी छोड़कर और सब कुछ मिलता हो। ऐसे प्यासे को पानी के सिवा और किस चीज से तृप्ति हो सकती है? प्यास बुझाने के बाद, संभव है, और चीजों की तरफ उसकी रुचि हो, पर प्यासे के लिए तो पानी सबसे मूल्यवान पदार्थ है। वह जानती थी कि कुंवर साहब उसके इशारे पर प्राण तक दे देंगे, लेकिन विवाह की बात क्यों उनकी जबान से नहीं मिलती? क्या इस विषय का कोई पत्र लिख कर अपना आशय कह देना संभव था? फिर क्या वह उसको केवल विनोद की वस्तु बना कर रखना चाहते हैं? यह अपमान उससे न सहा जाएगा। कुंवर के एक इशारे पर वह आग में कूद सकती थी, पर यह अपमान उसके लिए असह्य था। किसी शौकीन रईस के साथ वह इससे कुछ दिन पहले शायद एक-दो महीने रह जाती और उसे नोच-खसोट कर अपनी राह लेती। किंतु प्रेम का बदला प्रेम है, कुंवर साहब के साथ वह यह निर्लज्ज जीवन न व्यतीत कर सकती थी।

उधर कुंवर साहब के भाई बंद भी गाफिल न थे, वे किसी भांति उन्हें ताराबाई के पंजे से छुड़ाना चाहते थे। कहीं कुंवर साहब का विवाह ठीक कर देना ही एक ऐसा उपाय था, जिससे सफल होने की आशा थी और यही उन लोगों ने किया। उन्हें यह भय तो न था कि कुंवर साहब इस एक्ट्रेस से विवाह करेंगे। हां, यह भय अवश्य था कि कहीं रियासत का कोई हिस्सा उसके नाम कर दें, या उसके आने वाले बच्चों को रियासत का मालिक बना दें। कुंवर साहब पर चारों ओर से दबाव पड़ने लगे। यहां तक कि योरोपियन अधिकारियों ने भी उन्हें

विवाह कर लेने की सलाह दी। उस दिन संध्या समय कुंवर साहब ने ताराबाई के पास जाकर कहा, "तारा, देखो, तुमसे एक बात कहता हूं, इंकार न करना।" तारा का हृदय उछलने लगा। बोली, "कहिए, क्या बात है? ऐसी कौन वस्तु है, जिसे आपकी भेंट करके मैं अपने को धन्य समझूं?"

बात मुंह से निकलने की देर थी। तारा ने स्वीकार कर लिया और हर्षोंमाद की दशा में रोती हुई कुंवर साहब के पैरों पर गिर पड़ी।

5

एक क्षण के बाद तारा ने कहा, "मैं तो निराश हो चली थी। आपने बढ़ी लंबी परीक्षा ली।"

कुंवर साहब ने जबान दांतों-तले दबाई, मानो कोई अनुचित बात सुन ली हो!

"यह बात नहीं है तारा! अगर मुझे विश्वास होता कि तुम मेरी याचना स्वीकार कर लोगी, तो कदाचित पहले ही दिन मैंने भिक्षा के लिए हाथ फैलाया होता, पर मैं अपने को तुम्हारे योग्य नहीं पाता था। तुम सदगुणों की खान हो, और मैं...मैं जो कुछ हूं, वह तुम जानती ही हो। मैंने निश्चय कर लिया था कि उम्र भर तुम्हारी उपासना करता रहूंगा। शायद कभी प्रसन्न होकर तुम मुझे बिना मांगे ही वरदान दे दो। बस, यही मेरी अभिलाषा थी! मुझमें अगर कोई गुण है, तो यही कि मैं तुमसे प्रेम करता हूं। जब तुम साहित्य या संगीत या धर्म पर अपने विचार प्रकट करने लगती हो, तो मैं दंग रह जाता हूं और अपनी क्षुद्रता पर लज्जित हो जाता हूं। तुम मेरे लिए सांसारिक नहीं, स्वर्गीय हो। मुझे आश्चर्य यही है कि इस समय मैं मारे खुशी के पागल क्यों नहीं हो जाता।"

कुंवर साहब देर तक अपने दिल की बातें कहते रहे। उनकी वाणी कभी इतनी प्रगल्भ न हुई थी!

तारा सिर झुकाए सुनती थी, पर आनंद की जगह उसके मुख पर एक प्रकार का क्षोभ-लज्जा से मिला हुआ अंकित हो रहा था। यह पुरुष इतना सरल हृदय, इतना निष्कपट है? इतना विनीत, इतना उदार!

सहसा कुंवर साहब ने पूछा, "तो मेरे भाग्य किस किस दिन उदय होंगे, तारा? दया करके बहुत दिनों के लिए न टालना।"

तारा ने कुंवर साहब की सरलता से परास्त होकर चिंतित स्वर में कहा, "कानून का क्या कीजिएगा?" कुंवर साहब ने तत्परता से उत्तर दिया, "इस विषय में तुम निश्चिंत रहो तारा, मैंने वकीलों से पूछ लिया है। एक कानून ऐसा है जिसके अनुसार हम और तुम एक प्रेम-सूत्र में बंध सकते हैं। उसे सिविल-मैरिज कहते हैं। बस, आज ही के दिन वह शुभ मुहूर्त आएगा, क्यों?"

तारा सिर झुकाए रही। बोल न सकी।

"मैं प्रातःकाल आ जाऊंगा। तैयार रहना।"

तारा सिर झुकाए रही। मुंह से एक शब्द न निकला।

कुंवर साहब चले गए, पर तारा वहीं मूर्ति की भांति बैठी रही। पुरुषों के हृदय से क्रीड़ा करनेवाली चतुर नारी क्यों इतनी विमूढ़ हो गई है!

6

विवाह का एक दिन और बाकी है। तारा को चारों ओर से बधाइयां मिल रही हैं। थिएटर के सभी स्त्री-पुरुषों ने अपनी सामर्थ्य के अनुसार उसे अच्छे-अच्छे उपहार दिए हैं, कुंवर साहब ने भी आभूषणों से सजा हुआ एक सिंगारदान भेंट किया हैं, उनके दो-चार अंतरंग मित्रों ने भांति-भांति के सौगात भेजे हैं, पर तारा के सुंदर मुख पर हर्ष की रेखा भी नहीं नजर आती। वह क्षुब्ध और उदास है। उसके मन में चार दिनों से निरंतर यही प्रश्न उठ रहा है, क्या कुंवर के साथ विश्वासघात करें? जिस प्रेम के देवता ने उसके लिए अपने कुल-मर्यादा को तिलांजलि दे दी, अपने बंधुजनों से नाता तोड़ा, जिसका हृदय हिमकण के समान निष्कलंक है, पर्वत के समान विशाल, उसी से कपट करे! नहीं, वह इतनी नीचता नहीं कर सकती, अपने जीवन में उसने कितने ही युवकों से प्रेम का अभिनय किया था, कितने ही प्रेम के मतवालों को वह सब्ज बाग दिखा चुकी थी, पर कभी उसके मन में ऐसी दुविधा न हुई थी, कभी उसके हृदय ने उसका तिरस्कार न किया था। क्या इसका कारण इसके सिवा कुछ और था कि ऐसा अनुराग उसे और कहीं न मिला था।

क्या वह कुंवर साहब का जीवन सुखी बना सकती है? हां, अवश्य। इस विषय में उसे लेशमात्र भी संदेह नहीं था। भक्ति के लिए ऐसी कौन-सी वस्तु है, जो असाध्य हो, पर क्या वह प्रकृति को धोखा दे सकती है। ढलते हुए सूर्य में मध्याह्न का-सा प्रकाश हो सकता है? असंभव। वह स्फूर्ति, वह चपलता, वह विनोद, वह सरल छवि, वह तल्लीनता, वह त्याग, वह आत्मविश्वास वह कहां से लाएगी, जिसके सम्मिश्रण को यौवन कहते हैं? नहीं, वह कितना ही चाहे, पर कुंवर साहब के जीवन को सुखी नहीं बना सकते बूढ़ा बैल कभी जवान बछड़ों के साथ नहीं चल सकता।

आह! उसने यह नौबत ही क्यों आने दी? उसने क्यों कृत्रिम साधनों से, बनावटी श्रृंगार से कुंवर को धोखे में डाला? अब इतना सब कुछ हो जाने पर वह किस मुंह से कहेगी कि मैं रंगी हुई गुड़िया हूं, जवानी मुझसे कब की विदा हो चुकी, अब केवल उसका पद-चिह्न रह गया है।

रात के बारह बज गए थे। तारा मेज के सामने इन्हीं चिंताओं में मग्न बैठी हुई थी। मेज पर उपहारों के ढेर लगे हुए थे, पर वह किसी चीज की ओर आंख उठा कर भी न देखती थी। अभी चार दिन पहले वह इन्हीं चीजों पर प्राण देती थी, उसे हमेशा ऐसी चीजों की तलाश रहती थी, जो काल के चिह्नों को मिटा सकें, पर अब उन्हीं चीजों से उसे घृणा हो रही है। प्रेम सत्य है-और सत्य और मिथ्या, दोनों एक साथ नहीं रह सकते।

तारा ने सोचा क्यों न यहां से कहीं भाग जाए? किसी ऐसी जगह चली जाए, जहां कोई उसे जानता भी न हो। कुछ दिनों के बाद जब कुंवर का विवाह हो जाए, तो वह फिर आकर उनसे मिले और यह सारा वृत्तांत उनसे कह सुनाए। इस समय कुंवर पर वज्रपात सा होगा हाय, न जाने उनकी क्या दशा होगी, पर उसके लिए इसके सिवा और कोई मार्ग नहीं है। अब उनके दिन रो-रोकर कटेंगे, लेकिन उसे कितना ही दुख क्यों न हो, वह अपने प्रियतम के साथ छल नहीं कर सकती। उसके लिए इस स्वर्गीय प्रेम की स्मृति, इसकी वेदना ही बहुत है। इससे अधिक उसका अधिकार नहीं।

दाई ने आकर कहा, "बाई जी, चलिए कुछ थोड़ा-सा भोजन कर लीजिए अब तो बारह बज गए।"

तारा ने कहा, "नहीं, जरा भी भूख नहीं। तुम जाकर खा लो।"

दाई-देखिए, मुझे भूल न जाइएगा। मैं भी आपके साथ चलूंगी।

तारा-अच्छे-अच्छे कपड़े बनवा रखे हैं न?

दाई-अरे बाई जी, मुझे अच्छे कपड़े लेकर क्या करना है? आप अपना कोई उतारा दे दीजिएगा।

दाई चली गई तारा ने घड़ी की ओर देखा। सचमुच बारह बज गए थे। केवल छह घंटे और हैं। सुबह कुंवर साहब उसे विवाह-मंदिर में ले जाने के लिए आ जाएंगे। हाय! भगवान, जिस पदार्थ से तुमने इतने दिनों तक उसे वंचित रखा, वह आज क्यों सामने लाए? यह भी तुम्हारी क्रीड़ा है।

तारा ने एक सफेद साड़ी पहन ली। सारे आभूषण उतार कर रख दिए। गर्म पानी मौजूद था। साबुन और पानी से मुंह धोया और आईने के सम्मुख जा कर खड़ी हो गई कहां थी वह छवि, वह ज्योति, जो आंखों को लुभा लेती थी! रूप वही था, पर क्रांति कहां? अब भी वह यौवन का स्वांग भर सकती है?

तारा को अब वहां एक क्षण भी और रहना कठिन हो गया। मेज पर फैले हुए आभूषण और विलास की सामग्रियां मानो उसे काटने लगी। यह कृत्रिम जीवन असह्य हो उठा, खस की टट्टियों और बिजली के पंखों से सजा हुआ शीतल भवन उसे भट्टी के समान तपाने लगा।

उसने सोचा कहां भाग कर जाऊं। रेल से भागती हूं, तो भागने न पाऊंगी। सवेरे ही कुंवर साहब के आदमी छूटेंगे और चारों तरफ मेरी तलाश होने लगेगी। वह ऐसे रास्ते से जाएगी, जिधर किसी का ख्याल भी न जाए।

तारा का हृदय इस समय गर्व से छलक पड़ता था। वह दुखी न थी, निराश न थी। फिर कुंवर साहब से मिलेगी, किंतु वह निस्वार्थ संयोग होगा। प्रेम के बनाए हुए कर्त्तव्य मार्ग पर चल रही है, फिर दुख क्यों हो और निराश क्यों हो?

सहसा उसे ख्याल आया ऐसा न हो, कुंवर साहब उसे वहां न पा कर शोक-विह्वलता की दशा में अनर्थ कर बैठें। इस कल्पना से उसके रोंगटे खड़े हो गए। एक क्षण के लिए उसका मन भयभीत हो उठा। फिर वह मेज पर जा बैठी, और यह पत्र लिखने लगी।

प्रियतम, मुझे क्षमा करना। मैं अपने को तुम्हारी दासी बनने के योग्य नहीं पाती। तुमने मुझे प्रेम का वह स्वरूप दिखा दिया, जिसकी इस जीवन में मैं आशा न कर सकती थी। मेरे लिए इतना ही बहुत है। मैं जब जीऊंगी, तुम्हारे प्रेम में मग्न रहूंगी। मुझे ऐसा जान पड़ रहा है कि प्रेम की स्मृति में प्रेम के भोग से कही अधिक माधुर्य और आनंद है। मैं फिर आऊंगी, फिर तुम्हारे दर्शन करूंगी, लेकिन उसी दशा में जब तुम विवाह कर लोगे। यही मेरे लौटने की शर्त है। मेरे प्राणों के प्राण, मुझसे नाराज न होना। ये आभूषण जो तुमने मेरे लिए भेजे थे, अपनी ओर से नववधू के लिए छोड़े जाती हूं। केवल वह मोतियों को हार, जो तुम्हारे प्रेम का पहला उपहार है, अपने साथ लिए जाती हूं। तुमसे हाथ जोड़कर कहती हूं, मेरी तलाश न करना। मैं तुम्हारी हूं और सदा तुम्हारी रहूंगी।

तुम्हारी,
तारा

यह पत्र लिखकर तारा ने मेज पर रख दिया, मोतियों का हार गले में डाला और बाहर निकल आई थिएटर हाल से संगीत की ध्वनि आ रही थी। एक क्षण के लिए उसके पैर बंध गए। पंद्रह वर्षों का पुराना संबंध आज टूट रहा था। सहसा उसने मैनेजर को आते देखा। उसका कलेजा धक से हो गया। वह बड़ी तेजी से लपककर दीवार की आड़ में खड़ी हो गई ज्यों ही मैनेजर निकल गया, वह हाते के बाहर आई और कुछ दूर गलियों में चलने के बाद उसने गंगा का रास्ता पकड़ा।

गंगा-तट पर सन्नाटा छाया हुआ था। दस-पांच साधु-बैरागी धूनियों के सामने लेटे थे। दस-पांच यात्री कंबल जमीन पर बिछाए सो रहे थे। गंगा किसी विशाल

सर्प की भांति रेंगती चली जाती थी। एक छोटी-सी नौका किनारे पर लगी हुई थी। मल्लाहा नौका में बैठा हुआ था।

तारा ने मल्लाहा को पुकारा, "ओ मांझी, उस पार नाव ले चलेगा?"

मांझी ने जवाब दिया, "इतनी रात गए नाव न जाई।"

मगर दूनी मजदूरी की बात सुनकर उसने डांड़ उठाया और नाव को खोलता हुआ बोला, "सरकार, उस पार कहां जाना है?"

"उस पार एक गांव में जाना है।"

"इतनी रात गए कोनों सवारी न मिलेगी।"

"कोई हर्ज नहीं, तुम मुझे उस पार पहुंचा दो।"

मांझी ने नाव खोल दी। तारा उस पार जा बैठी और नौका मंद गति से चलने लगी, मानो जीव स्वप्न-साम्राज्य में विचर रहा हो।

इसी समय एकादशी का चांद, पृथ्वी से उस पार, अपनी उज्जवल नौका खेता हुआ निकला और व्योम-सागर को पार करने लगा।

* * *

मर्यादा की वेदी

राणा ने सिंह के समान गरजकर कहा–"दूर हट! क्षत्रिय स्त्रियों पर हाथ नहीं उठाते।"

राजकुमार ने तनकर उत्तर दिया–"लज्जाहीन स्त्रियों की यही सजा है।"

राणा ने कहा–"तुम्हारा वैरी तो मैं था। मेरे सामने आते क्यों लजाते थे? जरा मैं भी तुम्हारी तलवार की काट देखता।"

राजकुमार ने ऐंठकर राणा पर तलवार चलाईं शस्त्र विद्या में राणा अति कुशल थे–वार खाली देकर राजकुमार पर झपटे। इतने में प्रभा, जो मूर्च्छित अवस्था में दीवार से चिमटी खड़ी थी, बिजली की तरह कौंधकर राजकुमार के सामने खड़ी हो गई राणा वार कर चुके थे। तलवार का पूरा हाथ उसके कंधे पर पड़ा। रक्त की फुहार छूटने लगी।

राणा ने एक ठंडी सांस ली और उन्होंने तलवार हाथ से फेंककर गिरती हुई प्रभा को संभाल लिया।

यह वह समय था, जब चित्तौड़ में मृदुभाषिणी मीरा प्यारी आत्माओं को ईश्वर-प्रेम के प्याले पिलाती थी। रणछोड़ जी के मंदिर में जब भक्ति से विह्वल होकर वह अपने मधुर स्वरों में अपने पीयूषपूरित पदों को गाती तो श्रोतागण प्रेमानुराग से उन्मत्त हो जाते। प्रतिदिन यह स्वर्गिक आनंद उठाने के लिए सारे चित्तौड़ के लोग ऐसे उत्सुक होकर दौड़ते, जैसे दिन-भर की प्यासी गाएं दूर से किसी सरोवर को देखकर उसकी ओर दौड़ती हैं। इस प्रेम-सुधा-सागर से केवल चित्तौड़वासियों ही की तृप्ति न होती थी, बल्कि समस्त राजपूताना की मरुभूमि प्लावित हो जाती थी।

एक बार ऐसा संयोग हुआ कि झालावाड़ के राव साहब और मंदार राज्य के कुमार दोनों ही लाव-लश्कर के साथ चित्तौड़ आए। राव साहब के साथ राजकुमारी प्रभा भी थी जिसके रूप और गुण की दूर-दूर तक चर्चा थी। यहीं रणछोड़ जी के मंदिर में दोनों की आंखें मिलीं-प्रेम ने बाण चलाया।

राजकुमार पूरा दिन उदासीन भाव से शहर की गलियों में घूमा करता। राजकुमारी विरह से व्यथित अपने महल के झरोखों से झांका करती। दोनों व्याकुल होकर संध्या समय मंदिर में आते और यहां चंद्र को देखकर कुमुदिनी खिल जाती।

प्रेम-प्रवीण मीरा ने कई बार इन दोनों प्रेमियों को सतृष्ण नेत्रों से परस्पर देखते हुए पाकर उनके मन के भावों को ताड़ लिया। एक दिन कीर्तन के पश्चात् जब झालावाड़ के राव साहब चलने लगे तो उसने मंदार के राजकुमार को बुलाकर उनके सामने खड़ा कर दिया और कहा-"राव साहब, मैं प्रभा के लिए वर लाई हूं, आप इसे स्वीकार कीजिए।"

प्रभा लज्जा से गड़-सी गई राजकुमार के गुण-शील पर राव साहब पहले ही से मोहित हो रहे थे। उन्होंने तुरंत उसे छाती से लगा लिया।

उसी अवसर पर चित्तौड़ के राणा भोजराज जी मंदिर में आए। उन्होंने प्रभा का मुख-चंद्र देखा तो उनकी छाती पर सांप लोटने लगा।

2

झालावाड़ में बड़ी धूम थी। राजकुमारी प्रभा का आज विवाह होगा। मंदार से बरात आएगी। मेहमानों की सेवा-सम्मान की तैयारियां हो रही थीं। दुकानें सजी हुई थीं। नौबतखाने आमोदालाप से गूंजते थे। सड़कों पर सुगंधी छिड़की जाती थी। अट्टालिकाएं पुष्प-लताओं से शोभायमान थीं, पर जिसके लिए ये सब तैयारियां हो रही थीं, वह अपनी वाटिका के एक वृक्ष के नीचे उदास बैठी हुई रो रही थी।

रनिवास में डोमिनियां आनंदोत्सव के गीत गा रही थीं। कहीं सुंदरियों के हाव-भाव थे, कहीं आभूषणों की चमक-दमक और कहीं हास-परिहास की बहार। नाइन बात-बात पर तेज होती थी। मालिन गर्व से फूली न समाती थी। धोबिन आंखें दिखाती थीं। कुम्हारिन मटके के सदृश फूली हुई थी। मंडप के नीचे पुरोहित जी बात-बात पर सुवर्ण मुद्राओं के लिए ठुनकते थे। रानी सिर के बाल खोले भूखी-प्यासी चारों ओर दौड़ती थी। सबकी बौछारें सहती थी और अपने भाग्य को सराहती थी-दिल खोलकर हीरे-जवाहर लुटा रही थी। आज प्रभा का विवाह है। बड़े भाग्य से ऐसी बातें सुनने में आती हैं। सबके सब अपनी-अपनी धुन में मस्त हैं। किसी को प्रभा की फिक्र नहीं है, जो वृक्ष के नीचे अकेली बैठी रो रही है।

मर्यादा की वेदी ❖ मुंशी प्रेमचंद

एक रमणी ने आकर नाइन से कहा–"बहुत बढ़-बढ़कर बातें न कर, कुछ राजकुमारी का भी ध्यान है–चल, उनके बाल गूंथ।"

नाइन ने दांतों तले जीभ दबाई दोनों प्रभा को ढूंढती हुई बाग में पहुंचीं। प्रभा ने उन्हें देखते ही आंसू पोंछ डाले। नाइन मोतियों से मांग भरने लगी और प्रभा सिर नीचा किए आंखों से मोती बरसाने लगी।

रमणी ने सजल नेत्र होकर कहा–"बहन, दिल इतना छोटा मत करो। मुंहमांगी मुराद पाकर इतनी उदास क्यों होती हो?"

प्रभा ने सहेली की ओर देखकर कहा–"बहन, जाने क्यों दिल बैठा जाता है।"

सहेली ने छेड़कर कहा–"पिया-मिलन की बेकली है!"

प्रभा उदासीन भाव से बोली–"कोई मेरे मन में बैठा कह रहा है कि अब उनसे मुलाकात न होगी।"

सहेली उसके केश संवारकर बोली–"जैसे उषाकाल से पहले कुछ अंधेरा हो जाता है, उसी प्रकार मिलाप से पहले प्रेमियों का मन अधीर हो जाता है।"

प्रभा बोली–"नहीं बहन, यह बात नहीं। मुझे शकुन अच्छे नहीं दिखाई देते। आज दिन-भर मेरी आंख फड़कती रही। रात को मैंने बुरे स्वप्न देखे हैं। मुझे शंका होती है कि आज अवश्य कोई-न-कोई विघ्न पड़नेवाला है। तुम राजा भोजराज को जानती हो न?"

संध्या हो गई आकाश पर तारों के दीपक जले। झालावाड़ में बूढ़े-जवान सभी लोग बरात की अगवानी के लिए तैयार हुए। मरदों ने पागें संवारीं, शस्त्र साजे। युवतियां शृंगार कर गाती-बजाती रनिवास की ओर चलीं। हजारों स्त्रियां छत पर बैठी बरात की राह देख रही थीं।

अचानक शोर मचा कि बरात आ गई लोग संभलकर बैठे, नगाड़ों पर चोटें पड़ने लगीं–सलामियां दगने लगीं। जवानों ने घोड़ों को एड़ लगाई एक क्षण में सवारों की एक सेना राजभवन के सामने आकर खड़ी हो गई लोगों को देखकर बड़ा आश्चर्य हुआ, क्योंकि यह मंदार की बरात नहीं थी, बल्कि राणा भोजराज की सेना थी।

झालावाड़वाले अभी विस्मित खड़े ही थे, कुछ निश्चय न कर सके थे कि क्या करना चाहिए! इतने में चित्तौड़वालों ने राजभवन को घेर लिया, तब झालावाड़ी भी सचेत हुए। संभलकर तलवारें खींच लीं और आक्रमणकारियों पर टूट पड़े। राजा महल में घुस गया–रनिवास में भगदड़ मच गई।

प्रभा सोलहों शृंगार किए सहेलियों के साथ बैठी थी। यह हलचल देखकर घबराईं इतने में राव साहब हांफते हुए आए और बोले–"बेटी प्रभा, राणा भोजराज ने हमारे महल को घेर लिया है। तुम चटपट ऊपर चली जाओ और द्वार को बंद कर लो। अगर हम क्षत्रिय हैं तो एक चित्तौड़ी भी यहां से जीता न जाएगा।"

राव साहब बात भी पूरी न करने पाए थे कि राणा कई वीरों के साथ आ पहुंचे और बोले—"चित्तौड़वाले तो सिर कटाने के लिए आए ही हैं, पर यदि वे राजपूत हैं तो राजकुमारी को लेकर ही जाएंगे।"

वृद्ध राव साहब की आंखों से ज्वाला निकलने लगी। वे तलवार खींचकर राणा पर झपटे। उन्होंने वार बचा लिया और प्रभा से कहा—"राजकुमारी हमारे साथ चलोगी?"

प्रभा सिर झुकाए राणा के सामने आकर बोली—"हां, चलूंगी।"

राव साहब को कई आदमियों ने पकड़ लिया था। वे तड़पकर बोले—"प्रभा, तू राजपूत की कन्या है।"

प्रभा की आंखें सजल हो गई, बोली—"राणा भी तो राजपूतों के कुलतिलक हैं।"

राव साहब ने क्रोध में आकर कहा—"निर्लज्जा!"

कटार के नीचे पड़ा हुआ बलिदान का पशु जैसी दीन दृष्टि से देखता है, उसी भांति प्रभा ने राव साहब की ओर देखकर कहा—"जिस झालावाड़ की गोद में पली हूं, क्या उसे रक्त से रंगवा दूं?"

राव साहब ने क्रोध से कांपकर कहा—"क्षत्रियों को रक्त इतना प्यारा नहीं होता—मर्यादा पर प्राण देना उनका धर्म है!"

तब प्रभा की आंखें लाल हो गई—चेहरा तमतमाने लगा, बोली—"राजपूत कन्या अपने सतीत्व की रक्षा आप कर सकती हैं। इसके लिए रुधिर प्रवाह की आवश्यकता नहीं।"

पल-भर में राणा ने प्रभा को गोद में उठा लिया। बिजली की भांति झपटकर बाहर निकले। उन्होंने उसे घोड़े पर बिठा लिया आप सवार हो गए और घोड़े को उड़ा दिया। अन्य चित्तौड़ियों ने भी घोड़ों की बागें मोड़ दीं। उसके सौ जवान भूमि पर पड़े तड़प रहे थे, पर किसी ने तलवार न उठाई थी।

रात को दस बजे मंदारवाले भी पहुंचे, मगर यह शोक समाचार पाते ही लौट गए। मंदार-कुमार निराशा से अचेत हो गया। जैसे रात को नदी का किनारा सुनसान हो जाता है, उसी तरह सारी रात झालावाड़ में सन्नाटा छाया रहा।

3

चित्तौड़ के रंगमहल में प्रभा उदास बैठी सामने के सुंदर पौधों की पत्तियां गिन रही थी। संध्या का समय था। रंग-बिरंग के पक्षी वृक्षों पर बैठे कलरव कर रहे थे। इतने में राणा ने कमरे में प्रवेश किया। प्रभा उठकर खड़ी हो गई

राणा बोले—"प्रभा! मैं तुम्हारा अपराधी हूं। मैं बलपूर्वक तुम्हें माता-पिता की गोद से छीन लाया, पर यदि मैं तुमसे कहूं कि यह सब मैंने तुम्हारे प्रेम से विवश

64

होकर किया तो तुम मन में हंसोगी और कहोगी कि यह निराले, अनूठे ढंग की प्रीति है, पर वास्तव में यही बात है। जब से मैंने रणछोड़ जी के मंदिर में तुमको देखा, तब से एक क्षण भी ऐसा नहीं बीता कि मैं तुम्हारी सुधि में विकल न रहा होऊं। तुम्हें अपनाने का अन्य कोई उपाय होता तो मैं कदापि इस पाशविक ढंग से काम न लेता। मैंने राव साहब की सेवा में बारंबार संदेशे भेजे, पर उन्होंने हमेशा मेरी उपेक्षा की। अंत में जब तुम्हारे विवाह की अवधि आ गई और मैंने देखा कि एक ही दिन में तुम दूसरे की प्रेम-पात्री हो जाओगी और तुम्हारा ध्यान करना भी मेरी आत्मा को दूषित करेगा तो लाचार होकर मुझे यह अनीति करनी पड़ी। मैं मानता हूं कि यह सर्वथा मेरी स्वार्थांधता है। मैंने अपने प्रेम के सामने तुम्हारे मनोगत भावों को कुछ न समझा, पर प्रेम स्वयं एक बढ़ी हुई स्वार्थपरता है, जब मनुष्य को अपने प्रियतम के सिवाय और कुछ नहीं सूझता। मुझे पूरा विश्वास था कि मैं अपने विनीत भाव और प्रेम से तुमको अपना लूंगा। प्रभा! प्यास से मरता हुआ मनुष्य यदि किसी गढ़े में मुंह डाल दे तो वह दंड का भागी नहीं है। मैं प्रेम का प्यासा हूं। मीरा मेरी सहधर्मिणी है। उसका हृदय प्रेम का अगाध सागर है। उसका एक चुल्लू भी मुझे उन्मत्त करने के लिए काफी था, पर जिस हृदय में ईश्वर का वास हो, वहां मेरे लिए स्थान कहां! तुम शायद कहोगी कि यदि तुम्हारे सिर पर प्रेम का भूत सवार था तो क्या सारे राजपूताने में स्त्रियां न थीं। निस्संदेह राजपूताने में सुंदरता का अभाव नहीं है और न चित्तौड़ाधिपति की ओर से विवाह की बातचीत किसी के अनादर का कारण हो सकती है, पर इसका जवाब तुम आप ही हो। इसका दोष तुम्हारे ही ऊपर है। राजस्थान में एक ही चित्तौड़ है, एक ही राणा और एक ही प्रभा! संभव है, मेरे भाग्य में प्रेमानंद भोगना न लिखा हो। यह मैं अपने कर्म-लेख को मिटाने का थोड़ा-सा प्रयत्न कर रहा हू, परंतु भाग्य के अधीन बैठे रहना पुरुषों का काम नहीं है। मुझे इसमें सफलता होगी या नहीं, इसका फैसला तुम्हारे हाथ है।"

प्रभा की आंखें जमीन की तरफ थीं और मन फुदकनेवाली चिड़िया की भांति इधर-उधर उड़ता फिरता था। वह झालावाड़ को मारकाट से बचाने के लिए राणा के साथ आई थी, मगर राणा के प्रति उसके हृदय में क्रोध की तरंगें उठ रही थीं। उसने सोचा था कि वे यहां आएंगे तो उन्हें राजपूत कुल-कलंक, अन्यायी, दुराचारी, दुरात्मा, कायर कहकर उनका गर्व चूर-चूर कर दूंगी। उसको विश्वास था कि यह अपमान उनसे न सहा जाएगा और वे मुझे बलात् अपने काबू में लाना चाहेंगे। इस अंतिम समय के लिए उसने अपने हृदय को खूब मजबूत और अपनी कटार को खूब तेज कर रखा था।

प्रभा ने निश्चय कर लिया था कि इसका एक वार उन पर होगा, दूसरा अपने कलेजे पर और इस प्रकार यह पाप-कांड समाप्त हो जाएगा, लेकिन राणा की

नम्रता, उनकी करुणात्मक विवेचना और उनके विनीत भाव ने प्रभा को शांत कर दिया। आग पानी से बुझ जाती है।

राणा कुछ देर वहां बैठे रहे, फिर उठकर चले गए।

4

प्रभा को चित्तौड़ में रहते दो महीने गुजर चुके हैं। राणा उसके पास फिर न आए। इस बीच उनके विचारों में कुछ अंतर आ गया है। झालावाड़ पर आक्रमण होने से पहले मीराबाई को इसकी बिलकुल खबर न थी। राणा ने इस प्रस्ताव को गुप्त रखा था, किंतु अब मीराबाई प्राय: उन्हें इस दुराग्रह पर लज्जित किया करती है और धीरे-धीरे राणा को भी विश्वास होने लगा है कि प्रभा इस तरह काबू में नहीं आ सकती।

राणा ने प्रभा के सुख-विलास की सामग्री एकत्र करने में कोई कसर नहीं रख छोड़ी थी, लेकिन प्रभा उनकी तरफ आंख उठाकर भी नहीं देखती। राणा प्रभा की लौंडियों से नित्य का समाचार पूछा करते हैं और उन्हें रोज वही निराशापूर्ण वृत्तांत सुनाई देता है। मुरझाई हुई कली किसी भांति नहीं खिलती, अतएव उनको कभी-कभी अपने इस दुस्साहस पर पश्चाताप होता है। वे पछताते हैं कि मैंने व्यर्थ ही यह अन्याय किया, लेकिन फिर प्रभा का अनुपम सौंदर्य नेत्रों के सामने आ जाता है और वह अपने मन को इस विचार से समझा लेते हैं कि एक सगर्वा सुंदरी का प्रेम इतनी जल्दी परिवर्तित नहीं हो सकता। निस्संदेह मेरा मृदु व्यवहार भी कभी-न-कभी अपना प्रभाव दिखलाएगा।

प्रभा पूरा दिन अकेली बैठी-बैठी उकताती और झुंझलाती थी। उसके विनोद के निमित्त कई गानेवाली स्त्रियां नियुक्त थीं, किंतु राग-रंग से उसे अरुचि हो गई थी। वह प्रतिक्षण चिंताओं में डूबी रहती थी।

राणा के नम्र भाषण का प्रभाव अब मिट चुका था और उसकी अमानुषिक वृत्ति अब फिर अपने यथार्थ रूप में दिखाई देने लगी थी। वाक्चतुरता शांतिकारक नहीं होती। वह केवल निरुत्तर कर देती है।

प्रभा को अब अपने अवाक् हो जाने पर आश्चर्य होता है। उसे राणा की बातों के उत्तर भी सूझने लगे हैं। वह कभी-कभी उनसे लड़कर अपनी किस्मत का फैसला करने के लिए विकल हो जाती है, मगर अब वाद-विवाद किस काम का।

वह सोचती है कि मैं राव साहब की कन्या हूं, पर संसार की दृष्टि में राणा की रानी हो चुकी। अब यदि मैं इस कैद से छूट भी जाऊं तो मेरे लिए कहां ठिकाना है—मैं कैसे मुंह दिखाऊंगी? इससे केवल मेरे वंश का ही नहीं, वरन् समस्त राजपूत जाति का नाम डूब जाएगा। मंदार-कुमार मेरे सच्चे प्रेमी हैं, मगर

क्या वे मुझे अंगीकार करेंगे? यदि वे निंदा की परवाह न करके मुझे ग्रहण भी कर लें तो उनका मस्तक सदा के लिए नीचा हो जाएगा और कभी-न-कभी उनका मन मेरी तरफ से फिर जाएगा। वे मुझे अपने कुल का कलंक समझने लगेंगे। या यहां से किसी तरह भाग जाऊं, लेकिन भागकर जाऊं कहां? बाप के घर? वहां अब मेरी पैठ नहीं। मंदार-कुमार के पास? इसमें उनका अपमान है और मेरा भी। तो क्या भिखारिणी बन जाऊं? इसमें भी जग-हंसाई होगी और न जाने प्रबल भावी किस मार्ग पर ले जाए।

एक अबला स्त्री के लिए सुंदरता प्राणघातक यंत्र से कम नहीं। ईश्वर वह दिन न आए कि मैं क्षत्रिय जाति का कलंक बनूं। क्षत्रिय जाति ने मर्यादा के लिए पानी की तरह रक्त बहाया है। उनकी हजारों देवियां पर-पुरुष का मुंह देखने के भय से सूखी लकड़ी के समान जल मरी हैं। ईश्वर, वह घड़ी न आए कि मेरे कारण किसी राजपूत का सिर लज्जा से नीचा हो। नहीं, मैं इसी कैद में मर जाऊंगी। राणा के अन्याय सहूंगी, जलूंगी, मरूंगी, पर इसी घर में। विवाह जिससे होना था, हो चुका। हृदय में उसकी उपासना करूंगी, पर कंठ से बाहर उसका नाम न निकालूंगी।

एक दिन झुंझलाकर उसने राणा को बुला भेजा। वे आए। उनका चेहरा उतरा था। वे कुछ चिंतित-से थे। प्रभा कुछ कहना चाहती थी, पर उनकी सूरत देखकर उसे उन पर दया आ गई उन्होंने प्रभा को बात करने का अवसर न देकर स्वयं कहना शुरू किया।

"प्रभा, तुमने आज मुझे बुलाया है। यह मेरा सौभाग्य है। तुमने मेरी सुधि तो ली, मगर यह मत समझो कि मैं मृदु-वाणी सुनने की आशा लेकर आया हूं। नहीं, मैं जानता हूं जिसके लिए तुमने मुझे बुलाया है। यह लो, तुम्हारा अपराधी तुम्हारे सामने खड़ा है। उसे जो दंड चाहो, दो। मुझे अब तक आने का साहस न हुआ। इसका कारण यही दंड-भय था। तुम क्षत्राणी हो और क्षत्राणियां क्षमा करना नहीं जानतीं। झालावाड़ में जब तुम मेरे साथ आने पर स्वयं उद्यत हो गई तो मैंने उसी क्षण तुम्हारे जौहर परख लिए। मुझे मालूम हो गया कि तुम्हारा हृदय बल और विश्वास से भरा हुआ है। उसे काबू में लाना सहज नहीं। तुम नहीं जानतीं कि यह एक मास मैंने किस तरह काटा है। तड़प-तड़पकर मर रहा हूं, पर जिस तरह शिकारी बिफरी हुई सिंहनी के सम्मुख जाने से डरता है, वही दशा मेरी थी। मैं कई बार आया। यहां तुमको उदास, त्यौरियां चढ़ाए बैठे देखा। मुझे अंदर पैर रखने का साहस न हुआ, मगर आज मैं बिना बुलाया मेहमान नहीं हूं। तुमने मुझे बुलाया है और तुम्हें अपने मेहमान का स्वागत करना चाहिए। हृदय से न सही–जहां अग्नि प्रज्वलित हो, वहां ठंडक कहां? बातों ही से सही अपने भावों को दबाकर ही सही, मेहमान का स्वागत करो। संसार में शत्रु का आदर मित्रों से भी अधिक किया जाता है।

"प्रभा, एक क्षण के लिए क्रोध को शांत करो और मेरे अपराधों पर विचार करो। तुम मेरे ऊपर यही दोषारोपण कर सकती हो कि मैं तुम्हें माता-पिता की गोद से छीन लाया। तुम जानती हो, कृष्ण भगवान रुक्मिणी को हर लाए थे। राजपूतों में यह कोई नई बात नहीं है। तुम कहोगी, इससे झालावाड़वालों का अपमान हुआ, पर ऐसा कहना कदापि ठीक नहीं। झालावाड़वालों ने वही किया, जो मर्दों का धर्म था। उनका पुरुषार्थ देखकर हम चकित हो गए। यदि वे कृतकार्य नहीं हुए तो यह उनका दोष नहीं है। वीरों की सदैव जीत नहीं होती। हम इसीलिए सफल हुए कि हमारी संख्या अधिक थी और इस काम के लिए तैयार होकर गए थे। वे निःशंक थे, इस कारण उनकी हार हुई यदि हम वहां से शीघ्र ही प्राण बचाकर भाग न आते तो हमारी गति वही होती जो राव साहब ने कही थी। एक भी चित्तौड़ी न बचता, लेकिन ईश्वर के लिए यह मत सोचो कि मैं अपने अपराध के दूषण को मिटाना चाहता हूं। नहीं, मुझसे अपराध हुआ है और मैं हृदय से उस पर लज्जित हूं, पर अब तो जो कुछ होना था, हो चुका। अब इस बिगड़े हुए खेल को मैं तुम्हारे ऊपर छोड़ता हूं। यदि मुझे तुम्हारे हृदय में कोई स्थान मिले तो मैं उसे स्वर्ग समझूंगा। डूबते हुए को तिनके का सहारा भी बहुत है। क्या यह संभव है?"

प्रभा बोली—"नहीं।"

राणा—झालावाड़ जाना चाहती हो?

प्रभा—नहीं।

राणा—मंदार के राजकुमार के पास भेज दूं?

प्रभा—कदापि नहीं।

राणा—लेकिन मुझसे यह तुम्हारा कुढ़ना देखा नहीं जाता।

प्रभा—आप इस कष्ट से शीघ्र ही मुक्त हो जाएंगे।

राणा ने भयभीत दृष्टि से देखकर कहा—"जैसी तुम्हारी इच्छा!" और वे वहां से उठकर चले गए।

5

दस बजे रात का समय था। रणछोड़ जी के मंदिर में कीर्तन समाप्त हो चुका था और वैष्णव साधु बैठे हुए प्रसाद पा रहे थे। मीरा स्वयं अपने हाथ से थाल ला-लाकर उनके आगे रखती थी। साधुओं और अभ्यागतों के आदर-सत्कार में उस देवी को आत्मिक आनंद प्राप्त होता था। साधुगण जिस प्रेम से भोजन करते थे, उससे यह शंका होती थी कि स्वादपूर्ण वस्तुओं में कहीं भक्ति-भजन से भी अधिक सुख तो नहीं है। यह सिद्ध हो चुका है कि ईश्वर की दी हुई वस्तुओं का सदुपयोग ही ईश्वरोपासना की मुख्य रीति है, इसीलिए ये महात्मा

लोग उपासना के ऐसे अच्छे अवसरों को क्यों खोते! वे कभी पेट पर हाथ फेरते और कभी आसन बदलते थे। मुंह से 'नहीं' कहना तो वे घोर पाप के समान समझते थे। यह भी मानी हुई बात है कि जैसी वस्तुओं का हम सेवन करते हैं, वैसी ही आत्मा भी बनती है, इसीलिए वे महात्मागण घी और खोए से उदर को खूब भर रहे थे।

उन्हीं में एक महात्मा ऐसे भी थे, जो आंखें बंद किए ध्यान में मग्न थे। थाल की ओर ताकते भी न थे। इनका नाम प्रेमानंद था। ये आज ही आए थे। इनके चेहरे पर कांति झलकती थी। अन्य साधु खाकर उठ गए, परंतु उन्होंने थाल छुआ भी नहीं।

मीरा ने हाथ जोड़कर कहा—"महाराज! आपने प्रसाद को छुआ भी नहीं। दासी से कोई अपराध तो नहीं हुआ?"

साधु—नहीं, इच्छा नहीं थी।

मीरा—पर मेरी विनय आपको माननी पड़ेगी।

साधु—मैं तुम्हारी आज्ञा का पालन करूंगा तो तुमको भी मेरी एक बात माननी होगी।

मीरा—कहिए, क्या आज्ञा है?

साधु—माननी पड़ेगी।

मीरा—मानूंगी।

साधु—वचन देती हो?

मीरा—वचन देती हूं, आप प्रसाद पाएं।

मीराबाई ने समझा था कि साधु कोई मंदिर बनवाने या कोई यज्ञ पूर्ण करा देने की याचना करेगा। ऐसी बातें नित्यप्रति हुआ ही करती थीं और मीरा का सर्वस्व साधु-सेवा के लिए अर्पित था, परंतु उसके लिए साधु ने ऐसी कोई याचना न की। वह मीरा के कान के पास मुंह ले जाकर बोला—"आज दो घंटे के बाद राजभवन का चोर दरवाजा खोल देना।"

मीरा विस्मित होकर बोली—"आप कौन हैं?"

साधु—मंदार का राजकुमार।

मीरा ने राजकुमार को सिर से पांव तक देखा। नेत्रों में आदर की जगह घृणा थी, कहा—"राजपूत यों छल नहीं करते।"

राजकुमार—यह नियम उस अवस्था के लिए है, जब दोनों पक्ष समान शक्ति रखते हों। मीरा—ऐसा नहीं हो सकता।

राजकुमार—आपने वचन दिया है, उसका पालन करना होगा।

मीरा—महाराज की आज्ञा के सामने मेरे वचन का कोई महत्त्व नहीं।

राजकुमार–मैं यह कुछ नहीं जानता। यदि आपको अपने वचन की कुछ भी मर्यादा रखनी है तो उसे पूरा कीजिए।

मीरा–(सोचकर) महल में जाकर क्या करोगे?

राजकुमार–नई रानी से दो-दो बातें।

मीरा चिंता में विलीन हो गई एक तरफ राणा की कड़ी आज्ञा थी और दूसरी तरफ अपना वचन और उसका पालन करने का परिणाम! कितनी ही पौराणिक घटनाएं उसके सामने आ रही थीं। दशरथ ने वचन पालने के लिए अपने प्रिय पुत्र को वनवास दे दिया। मैं वचन दे चुकी हूं। उसे पूरा करना मेरा परम धर्म है, लेकिन पति की आज्ञा को कैसे तोडूं? यदि उनकी आज्ञा के विरुद्ध करती हूं तो लोक और परलोक दोनों बिगड़ते हैं। क्यों न उनसे स्पष्ट कह दूं–क्या वे मेरी यह प्रार्थना स्वीकार न करेंगे? मैंने आज तक उनसे कुछ नहीं मांगा। आज उनसे यह दान मागूंगी। क्या वे मेरे वचन की मर्यादा की रक्षा न करेंगे? उनका हृदय कितना विशाल है! निस्संदेह वे मुझ पर वचन तोड़ने का दोष न लगने देंगे।

इस तरह मन में निश्चय करके वह बोली–"कब खोल दूं?"

राजकुमार ने उछलकर कहा–"आधी रात को।"

मीरा–मैं स्वयं तुम्हारे साथ चलूंगी।

राजकुमार–क्यों?

मीरा–तुमने मेरे साथ छल किया है, मुझे तुम्हारा विश्वास नहीं है।

राजकुमार ने लज्जित होकर कहा–"अच्छा तो आप द्वार पर खड़ी रहिएगा।"

मीरा–यदि फिर कोई दगा किया तो जान से हाथ धोना पड़ेगा।

राजकुमार–मैं सब कुछ सहने के लिए तैयार हूं।

6

मीरा यहां से राणा की सेवा में पहुंची। वे उसका बहुत आदर करते थे। वे खड़े हो गए। इस समय मीरा का आना एक असाधारण बात थी। उन्होंने पूछा–"बाईजी, क्या आज्ञा है?"

मीरा–आपसे भिक्षा मांगने आई हूं। निराश न कीजिएगा। मैंने आज तक आपसे कोई विनती नहीं की, पर आज एक ब्रह्म-फांस में फंस गई हूं। इसमें से मुझे आप ही निकाल सकते हैं। मंदार के राजकुमार को तो आप जानते हैं?

राणा–हां, अच्छी तरह।

मीरा–आज उसने मुझे बड़ा धोखा दिया। एक वैष्णव महात्मा का रूप धारण कर रणछोड़ जी के मंदिर में आया और उसने छल करके मुझे वचन देने पर बाध्य किया। मेरा साहस नहीं होता कि उसकी कपट विनय आपसे कहूं।

राणा—प्रभा से मिला देने को तो कहा?

मीरा—जी हां, उसका अभिप्राय वही है, लेकिन सवाल यह है कि मैं आधी रात को राजमहल का गुप्त द्वार खोल दूं। मैंने उसे बहुत समझाया, बहुत धमकाया, पर वह किसी भांति न माना। निदान विवश होकर जब मैंने कह दिया, तब उसने प्रसाद पाया। अब मेरे वचन की लाज आपके हाथ है। आप चाहे उसे पूरा करके मेरा मान रखें, चाहे उसे तोड़कर मेरा मान तोड़ दें। आप मेरे ऊपर जो कृपादृष्टि रखते हैं, उसी के भरोसे मैंने वचन दिया। अब मुझे इस फंदे से उबारना आपका काम है।

राणा कुछ देर सोचकर बोले—"तुमने वचन दिया है, उसका पालन करना मेरा कर्तव्य है। तुम देवी हो, तुम्हारा वचन नहीं टल सकता। द्वार खोल दो, लेकिन यह उचित नहीं है कि वह अकेले प्रभा से मुलाकात करे। तुम स्वयं उसके साथ जाना। मेरी खातिर इतना कष्ट उठाना। मुझे भय है कि वह उसकी जान लेने का इरादा करके न आया हो। ईर्ष्या में मनुष्य अंधा हो जाता है। बाईजी मैं अपने हृदय की बात तुमसे कहता हूं। मुझे प्रभा को हर लाने का अत्यंत शोक है। मैंने समझा था कि यहां रहते-रहते वह हिल-मिल जाएगी, किंतु वह अनुमान गलत निकला। मुझे भय है कि यदि उसे कुछ दिन यहां और रहना पड़ा तो वह जीती न बचेगी। मुझ पर एक अबला की हत्या का अपराध लग जाएगा। मैंने उससे झालावाड़ जाने के लिए कहा, पर वह राजी न हुई आज तुम उन दोनों की बातें सुनो। अगर वह मंदार-कुमार के साथ जाने पर राजी हो तो मैं प्रसन्नतापूर्वक अनुमति दे दूंगा। मुझसे कुढ़ना नहीं देखा जाता। ईश्वर इस सुंदरी का हृदय मेरी ओर फेर देता तो मेरा जीवन सफल हो जाता, किंतु जब यह सुख भाग्य में लिखा ही नहीं है तो क्या वश है? मैंने तुमसे ये बातें कहीं, इसके लिए मुझे क्षमा करना। तुम्हारे पवित्र हृदय में ऐसे विषयों के लिए स्थान कहां?"

मीरा ने आकाश की ओर संकोच से देखकर कहा—"तो मुझे आज्ञा है, मैं चोर-द्वार खोल दूं?"

राणा—तुम इस घर की स्वामिनी हो, मुझसे पूछने की जरूरत नहीं।

मीरा राणा को प्रणाम कर चली गई

7

आधी रात बीत चुकी थी। प्रभा चुपचाप बैठी दीपक की ओर देख रही थी और सोचती थी—'इसके घुलने से प्रकाश होता है। यह बत्ती अगर जलती है तो दूसरों को लाभ पहुंचाती है। मेरे जलने से किसी को क्या लाभ? मैं क्यों घुलूं? मेरे जीने की क्या जरूरत है?' उसने फिर खिड़की से सिर निकालकर आकाश की तरफ देखा। काले पट पर उज्ज्वल तारे जगमगा रहे थे।

प्रभा ने सोचा–'मेरे अंधकारमय भाग्य में ये दीप्तिमान तारे कहां हैं? मेरे लिए जीवन के सुख कहां हैं? क्या रोने के लिए जीऊं? ऐसे जीने से क्या लाभ और जीने में उपहास भी तो है। मेरे मन का हाल कौन जानता है! संसार मेरी निंदा करता होगा। झालावाड़ की स्त्रियां मेरी मृत्यु के शुभ समाचार सुनने की प्रतीक्षा कर रही होंगी। मेरी प्रिय माता लज्जा से आंखें न उठा सकती होंगी, लेकिन जिस समय मेरे मरने की खबर मिलेगी, गर्व से उनका मस्तक ऊंचा हो जाएगा। यह बेहयाई का जीना है। ऐसे जीने से मरना कहीं उत्तम है।'

प्रभा ने तकिये के नीचे से एक चमकती हुई कटार निकाली। उसके हाथ कांप रहे थे। उसने कटार की तरफ आंखें जमाईं। हृदय को उसके अभिवादन के लिए मजबूत किया। हाथ उठाया, किंतु हाथ न उठा, आत्मा दृढ़ न थी। आंखें झपक गईं। सिर में चक्कर आ गया। कटार हाथ से छूटकर जमीन पर गिर पड़ी।

प्रभा क्रुद्ध होकर सोचने लगी–'क्या मैं वास्तव में निर्लज्ज हूं? मैं राजपूतनी होकर मरने से डरती हूं–मान-मर्यादा खोकर बेहया लोग ही जिया करते हैं। वह कौन-सी आकांक्षा है जिसने मेरी आत्मा को इतना निर्बल बना रखा है। क्या राणा की मीठी-मीठी बातें? राणा मेरे शत्रु हैं। उन्होंने मुझे पशु समझ रखा है जिसे फंसाने के पश्चात् हम पिंजरे में बंद करके हिलाते हैं। उन्होंने मेरे मन को अपनी वाक्-मधुरता का क्रीड़ास्थल समझ लिया है। वे इस तरह घुमा-घुमाकर बातें करते हैं और मेरी तरफ से युक्तियां निकालकर उनका ऐसा उत्तर देते हैं कि जबान ही बंद हो जाती है। हाय! निर्दयी ने मेरा जीवन नष्ट कर दिया और मुझे यों खेलाता है! क्या इसीलिए जीऊं कि उसके कपट भावों का खिलौना बनूं, फिर वह कौन-सी अभिलाषा है? क्या राजकुमार का प्रेम? उनकी तो अब कल्पना ही मेरे लिए घोर पाप है। मैं अब उस देवता के योग्य नहीं हूं। प्रियतम! बहुत दिन हुए मैंने तुमको हृदय से निकाल दिया। तुम भी मुझे दिल से निकाल डालो। मृत्यु के सिवाय अब कहीं मेरा ठिकाना नहीं है। शंकर! मेरी निर्बल आत्मा को शक्ति प्रदान करो। मुझे कर्तव्य-पालन का बल दो।'

प्रभा ने फिर कटार निकाली। इच्छा दृढ़ थी। हाथ उठा और निकट था कि कटार उसके शोकातुर हृदय में चुभ जाए कि इतने में किसी के पांव की आहट सुनाई दी। उसने चौंककर सहमी दृष्टि से देखा। मंदार-कुमार धीरे-धीरे पैर दबाता हुआ कमरे में दाखिल हुआ।

8

प्रभा उसे देखते ही चौंक पड़ी। उसने कटार को छिपा लिया। राजकुमार को देखकर उसे आनंद की जगह रोमांचकारी भय उत्पन्न हुआ–'यदि किसी को

जरा भी संदेह हो गया तो इनके प्राण बचना कठिन है। इनको तुरंत यहां से निकल जाना चाहिए। यदि इन्हें बातें करने का अवसर दूं तो विलंब होगा और फिर ये अवश्य ही फंस जाएंगे। राणा इन्हें कदापि न छोड़ेंगे।' ये विचार वायु और बिजली की तीव्रता के साथ उसके मस्तिष्क में दौड़े। वह तीव्र स्वर में बोली–"भीतर मत आओ।"

राजकुमार ने पूछा–"मुझे पहचाना नहीं?"

प्रभा–खूब पहचान लिया, किंतु यह बातें करने का समय नहीं है। राणा तुम्हारी घात में हैं। अभी यहां से चले जाओ।

राजकुमार ने एक पग और आगे बढ़ाया और निर्भीकता से कहा–"प्रभा! तुम मुझसे निष्ठुरता करती हो।"

प्रभा ने धमकाकर कहा–"तुम यहां ठहरोगे तो मैं शोर मचा दूंगी।"

राजकुमार ने उद्दंडता से उत्तर दिया–"इसका मुझे भय नहीं। मैं अपनी जान हथेली पर रखकर आया हूं। आज दोनों में से एक का अंत हो जाएगा–या तो राणा रहेंगे या मैं रहूंगा। तुम मेरे साथ चलोगी?"

प्रभा ने दृढ़ता से कहा–"नहीं।"

राजकुमार व्यंग्य भाव से बोला–"क्यों, क्या चित्तौड़ की जलवायु पसंद आ गई?"

प्रभा ने राजकुमार की ओर तिरस्कृत नेत्रों से देखकर कहा–"संसार में अपनी सब आशाएं पूरी नहीं होतीं। मैं जिस तरह यहां अपना जीवन काट रही हूं, वह मैं ही जानती हूं, किंतु लोक-निंदा भी तो कोई चीज है! संसार की दृष्टि में मैं चित्तौड़ की रानी हो चुकी। अब राणा जिस भांति रखें, उसी भांति रहूंगी। मैं अंत समय तक उनसे घृणा करूंगी, जलूंगी, कुढूंगी। जब जलन न सही जाएगी तो विष खा लूंगी या छाती में कटार मारकर मर जाऊंगी, लेकिन इसी भवन में। इस घर के बाहर कदापि पैर न रखूंगी।"

राजकुमार के मन में संदेह हुआ कि प्रभा पर राणा का वशीकरण मंत्र चल गया। यह मुझसे छल कर रही है। प्रेम की जगह ईर्ष्या पैदा हुई वह उसी भाव से बोला–"और यदि मैं यहां से उठा ले जाऊं?"

प्रभा के तेवर बदल गए, बोली–"तो मैं वही करूंगी, जो ऐसी अवस्था में क्षत्राणियां किया करती हैं। अपने गले में छुरी मार लूंगी या तुम्हारे गले में।"

राजकुमार एक पग और आगे बढ़ाकर कटु वाक्य बोला–"राणा के साथ तो तुम खुशी से चली आईं उस समय छुरी कहां गई थी?"

प्रभा को यह शब्द शर-सा लगा। वह तिलमिलाकर बोली–"उस समय इसी छुरी के एक वार से खून की नदी बहने लगती। मैं नहीं चाहती थी कि

मेरे कारण मेरे भाई-बंधुओं की जान जाए। इसके सिवाय मैं कुंवारी थी। मुझे अपनी मर्यादा के भंग होने का कोई भय न था। मैंने पातिव्रत नहीं लिया। कम-से-कम संसार मुझे ऐसा समझता था। मैं अपनी दृष्टि में अब भी वही हूं, किंतु संसार की दृष्टि में कुछ और हो गई हूं। लोक-लाज ने मुझे राणा की आज्ञाकारिणी बना दिया है। पातिव्रत की बेड़ी जबरदस्ती मेरे पैरों में डाल दी गई है। अब इसकी रक्षा करना मेरा धर्म है। इसके विपरीत और कुछ करना क्षत्राणियों के नाम को कलंकित करना है। तुम मेरे घाव पर व्यर्थ नमक क्यों छिड़कते हो? यह कौन-सी भलमनसी है? मेरे भाग्य में जो कुछ बदा है, वह भोग रही हूं। मुझे भोगने दो और तुमसे विनती करती हूं कि शीघ्र ही यहां से चले जाओ।"

राजकुमार एक पग और बढ़ाकर दुष्ट भाव से बोला—"प्रभा! यहां आकर तुम त्रियाचरित्र में निपुण हो गई तुम मेरे साथ विश्वासघात करके अब धर्म की आड़ ले रही हो। तुमने मेरे प्रणय को पैरों तले कुचल दिया और अब मर्यादा का बहाना ढूंढ रही हो। मैं इन नेत्रों से राणा को तुम्हारे सौंदर्य-पुष्प का भ्रमर बनते नहीं देख सकता। मेरी कामनाएं मिट्टी में मिलती हैं तो तुम्हें लेकर जाएंगी। मेरा जीवन नष्ट होता है तो उससे पहले तुम्हारे जीवन का भी अंत होगा। तुम्हारी बेवफाई का यही दंड है। बोलो, क्या निश्चय करती हो—इस समय मेरे साथ चलती हो या नहीं? किले के बाहर मेरे आदमी खड़े हैं।"

प्रभा ने निर्भयता से कहा—"नहीं।"

राजकुमार—सोच लो, नहीं तो पछताओगी।

प्रभा—खूब सोच लिया।

राजकुमार ने तलवार खींच ली और वह प्रभा की तरफ लपके। प्रभा भय से आंखें बंद किए एक कदम पीछे हट गई मालूम होता था, उसे मूर्च्छा आ जाएगी।

अकस्मात् राणा तलवार लिए वेग के साथ कमरे में दाखिल हुए। राजकुमार संभलकर खड़ा हो गया।

राणा ने सिंह के समान गरजकर कहा—"दूर हट! क्षत्रिय स्त्रियों पर हाथ नहीं उठाते।"

राजकुमार ने तनकर उत्तर दिया—"लज्जाहीन स्त्रियों की यही सजा है।"

राणा ने कहा—"तुम्हारा वैरी तो मैं था। मेरे सामने आते क्यों लजाते थे? जरा मैं भी तुम्हारी तलवार की काट देखता।"

राजकुमार ने ऐंठकर राणा पर तलवार चलाई शस्त्र विद्या में राणा अति कुशल थे—वार खाली देकर राजकुमार पर झपटे। इतने में प्रभा, जो मूर्च्छित अवस्था में दीवार से चिमटी खड़ी थी, बिजली की तरह कौंधकर राजकुमार के सामने खड़ी

हो गई राणा वार कर चुके थे। तलवार का पूरा हाथ उसके कंधे पर पड़ा। रक्त की फुहार छूटने लगी।

राणा ने एक ठंडी सांस ली और उन्होंने तलवार हाथ से फेंककर गिरती हुई प्रभा को संभाल लिया।

क्षण-मात्र में प्रभा का मुखमंडल वर्णहीन हो गया। आंखें बुझ गई। दीपक ठंडा हो गया। मंदार-कुमार ने भी तलवार फेंक दी और वह आंखों में आंसू भर प्रभा के सामने घुटने टेककर बैठ गया। दोनों प्रेमियों की आंखें सजल थीं। पतंगे बुझे हुए दीपक पर जान दे रहे थे।

प्रेम के रहस्य निराले हैं। अभी एक क्षण हुआ राजकुमार प्रभा पर तलवार लेकर झपटा था। प्रभा किसी प्रकार उसके साथ चलने को उद्यत न होती थी। लज्जा का भय, धर्म की बेड़ी, कर्तव्य की दीवार रास्ता रोके खड़ी थी, परंतु उसे तलवार के सामने देखकर उसने उस पर अपने प्राण अर्पण कर दिए। प्रीति की प्रथा निबाह दी, लेकिन अपने वचन के अनुसार उसी घर में।

हां, प्रेम के रहस्य निराले हैं। अभी एक क्षण पहले राजकुमार प्रभा पर तलवार लेकर झपटा था-उसके खून का प्यासा था। ईर्ष्या की अग्नि उसके हृदय में दहक रही थी। वह रुधिर की धारा से शांत हो गई कुछ देर तक वह अचेत बैठा रोता रहा, फिर उठा और उसने तलवार उठाकर जोर से अपनी छाती में चुभा ली, फिर रक्त की फुहार निकली। दोनों धाराएं मिल गई और उनमें कोई भेद न रहा।

प्रभा उसके साथ चलने पर राजी न थी, किंतु वह प्रेम के बंधन को तोड़ न सकी। दोनों उस घर ही से नहीं, संसार से एक साथ सिधारे।

* * *

खुदी

मुन्नी मुसाफिर को देखकर बोली, "कहां जाओगे?"

मुसाफिर ने बेरुखी से जवाब दिया, "जहन्नुम!"

मुन्नी ने मुस्कराकर कहा, "क्यों, क्या दुनिया में जगह नहीं?"

"औरों के लिए होगी, मेरे लिए नहीं।"

"दिल पर कोई चोट लगी है?"

मुसाफिर ने जहरीली हंसी हंसकर कहा, "बदनसीबों की तकदीर में और क्या है! रोना-धोना और डूब मरना, यही उनकी जिंदगी का खुलासा है। पहली दो मंजिल तो तय कर चुका, अब तीसरी मंजिल और बाकी है, किसी दिन वह पूरी हो जाएगी, ईश्वर ने चाहा तो बहुत जल्द।"

यह एक चोट खाए हुए दिल के शब्द थे। जरूर उसके पहलू में दिल है। वर्ना यह दर्द कहां से आता? मुन्नी बहुत दिनों से दिल की तलाश कर रही थी बोली, "कहीं और वफा की तलाश क्यों नहीं करते?"

मुन्नी जिस वक्त दिलदारनगर में आई, उसकी उम्र पांच साल से ज्यादा न थी। वह बिलकुल अकेली न थी, मां-बाप दोनों न मालूम मर गए या कहीं परदेस चले गए थे। मुन्नी सिर्फ इतना जानती थी कि कभी एक देवी उसे खिलाया करती थी और एक देवता उसे कंधे पर लेकर खेतों की सैर कराया करता था। पर वह इन बातों का जिक्र कुछ इस तरह करती थी कि जैसे उसने सपना देखा हो। सपना था या सच्ची घटना, इसका उसे ज्ञान न था। जब कोई पूछता तेरे मां-बाप कहां गए? तो वह बेचारी कोई जवाब देने के बजाए रोने लगती और यों ही उन सवालों को टालने के लिए एक तरफ हाथ उठाकर कहती-'ऊपर'। कभी आसमान

की तरफ देखकर कहती–'वहां'। इस 'ऊपर' और 'वहां' से उसका क्या मतलब था यह किसी को मालूम न होता। शायद मुन्नी को यह खुद भी मालूम न था। बस, एक दिन लोगों ने उसे एक पेड़ के नीचे खेलते देखा और इससे ज्यादा उसकी बाबत किसी को कुछ पता न था।

लड़की की सूरत बहुत प्यारी थी। जो उसे देखता, मोह जाता। उसे खाने–पीने की कुछ फिक्र न रहती। जो कोई बुलाकर कुछ दे देता, वही खा लेती और फिर खेलने लगती। शक्ल–सूरत से वह किसी अच्छे घर की लड़की मालूम होती थी। गरीब–से–गरीब घर में भी उसके खाने को दो कौर और सोने को एक टाट के टुकड़े की कमी न थी। वह सबकी थी, उसका कोई न था।

इस तरह कुछ दिन बीत गए। मुन्नी अब कुछ काम करने के काबिल हो गई कोई कहता, जरा जाकर तालाब से यह कपड़े तो धो ला। मुन्नी बिना कुछ कहे–सुने कपड़े लेकर चली जाती। लेकिन रास्ते में कोई बुलाकर कहता, बेटी, कुएं से दो घड़े पानी तो खींच ला, तो वह कपड़े वहीं रखकर घड़े लेकर कुएं की तरफ चल देती। जरा खेत से जाकर थोड़ा साग तो ले आ और मुन्नी घड़े वहीं रखकर साग लेने चली जाती। पानी के इन्तजार में बैठी हुई औरत उसकी राह देखते–देखते थक जाती। कुएं पर जाकर देखती है तो घड़े रखे हुए हैं। वह मुन्नी को गालियां देती हुई कहती, आज से इस कलमुंही को कुछ खाने को न दूंगी। कपड़े के इंतजार में बैठी हुई औरत उसकी राह देखते–देखते थक जाती और गुस्से में तालाब की तरफ जाती तो कपड़े वहीं पड़े हुए मिलते। तब वह भी उसे गालियां देकर कहती, आज से इसको कुछ खाने को न दूंगी। इस तरह मुन्नी को कभी–कभी कुछ खाने को न मिलता और तब उसे बचपन याद आता, जब वह कुछ काम न करती थी और लोग उसे बुलाकर खाना खिला देते थे। वह सोचती किसका काम करुं, किसका न करुं जिसे जवाब दूं वही नाराज हो जाएगा। मेरा अपना कौन है, मैं तो सबकी हूं। उस गरीब को यह न मालूम था कि जो सब एक साथ का होता है वह किसी का नहीं होता। वह दिन कितने अच्छे थे, जब उसे खाने–पीने की और किसी की खुशी या नाखुशी की परवाह न थी। दुर्भाग्य में भी बचपन का वह समय चैन का था।

कुछ दिन और बीते, मुन्नी जवान हो गई अब तक वह औरतों की थी, अब मर्दो की हो गई वह सारे गांव की प्रेमिका थी पर कोई उसका प्रेमी न था। सब उससे कहते थे– मैं तुम पर मरता हूं, तुम्हारे वियोग में तारे गिनता हूं, तुम मेरे दिलोजान की मुराद हो, पर उसका सच्चा प्रेमी कौन है, इसकी उसे खबर न होती थी। कोई उससे यह न कहता था कि तू मेरे दुख–दर्द की शरीक हो जा। सब उससे अपने दिल का घर आबाद करना चाहते थे। सब उसकी निगाह

पर, एक मद्धिम-सी मुस्कराहट पर कुर्बान होना चाहते थे, पर कोई उसकी बांह पकड़नेवाला, उसकी लाज रखनेवाला न था। वह सबकी थी, उसकी मोहब्बत के दरवाजे सब पर खुले हुए थे, पर कोई उस पर अपना ताला न डालता था जिससे मालूम होता कि यह उसका घर है, और किसी का नहीं।

वह भोली-भाली लड़की जो एक दिन न जाने कहां से भटककर आ गई थी, अब गांव की रानी थी। जब वह अपने उन्नत वक्षों को उभारकर रूप-गर्व से गर्दन उठाए, नजाकत से लचकती हुई चलती तो मनचले नौजवान दिल थामकर रह जाते, उसके पैरों तले आंखें बिछाते। कौन था जो उसके इशारे पर अपनी जान न निसार कर देता। वह अनाथ लड़की जिसे कभी गुड़िया खेलने को न मिलीं, अब दिलों से खेलती थी। किसी को मारती थी। किसी को जिलाती थी, किसी को ठुकराती थी, किसी को थपकियां देती थी, किसी से रुठती थी, किसी को मनाती थी। इस खेल में उसे कत्ल और खून का-सा मजा मिलता था। अब पांसा पलट गया था। पहले वह सबकी थी, कोई उसका न था, अब सब उसके थे, वह किसी की न थी। उसे जिस चीज की तलाश थी, वह कहीं न मिलती थी। किसी में वह हिम्मत न थी जो उससे कहता, आज से तू मेरी है। उस पर दिल न्यौछावर करने वाले बहुतेरे थे, सच्चा साथी एक भी न था। असल में उन सरफिरों को वह बहुत नीची निगाह से देखती थी। कोई उसकी मोहब्बत के काबिल नहीं था। ऐसे पस्त-हिम्मतों को वह खिलौनों से ज्यादा महत्व न देना चाहती थी, जिनका मारना और जिलाना एक मनोरंजन से अधिक कुछ नहीं।

जिस वक्त कोई नौजवान मिठाइयों के थाल और फूलों के हार लिए उसके सामने खड़ा हो जाता तो उसका जी चाहता मुंह नोच लूं। उसे वह चीजें कालकूट हलाहल जैसी लगतीं। उनकी जगह वह रूखी रोटियां चाहती थी, सच्चे प्रेम में डूबी हुई गहनों और अशर्फियों के ढेर उसे बिच्छू के डंक जैसे लगते। उनके बदले वह सच्ची, दिल के भीतर से निकली हुई बातें चाहती थी जिनमें प्रेम की गंध और सच्चाई का गीत हो। उसे रहने को महल मिलते थे, पहनने को रेशम, खाने को एक-से-एक व्यंजन, पर उसे इन चीजों की आकांक्षा न थी। उसे आकांक्षा थी, फूस के झोंपड़े, मोटे-झोटे सूखे खाने। उसे प्राणघातक सिद्धियों से प्राणपोषक निषेध कहीं ज्यादा प्रिय थे, खुली हवा के मुकाबले में बंद पिंजरा कहीं ज्यादा चाहेता!

एक दिन एक परदेसी गांव में आ निकला। बहुत ही कमजोर, दीन-हीन आदमी था। एक पेड़ के नीचे सत्तू खाकर लेटा। एकाएक मुन्नी उधर से जा निकली। मुसाफिर को देखकर बोली, "कहां जाओगे?"

मुसाफिर ने बेरुखी से जवाब दिया, "जहन्नुम!"

मुन्नी ने मुस्कराकर कहा, "क्यों, क्या दुनिया में जगह नहीं?"

"औरों के लिए होगी, मेरे लिए नहीं।"

"दिल पर कोई चोट लगी है?"

मुसाफिर ने जहरीली हंसी हंसकर कहा, "बदनसीबों की तकदीर में और क्या है! रोना-धोना और डूब मरना, यही उनकी जिंदगी का खुलासा है। पहली दो मंजिल तो तय कर चुका, अब तीसरी मंजिल और बाकी है, किसी दिन वह पूरी हो जाएगी, ईश्वर ने चाहा तो बहुत जल्द।"

यह एक चोट खाए हुए दिल के शब्द थे। जरूर उसके पहलू में दिल है। वर्ना यह दर्द कहां से आता? मुन्नी बहुत दिनों से दिल की तलाश कर रही थी बोली, "कहीं और वफा की तलाश क्यों नहीं करते?"

मुसाफिर ने निराशा के भाव से उत्तर दिया, "मेरी तकदीर में नहीं, वर्ना मेरा क्या बना-बनाया घोंसला उजड़ जाता? दौलत मेरे पास नहीं। रूप-रंग मेरे पास नहीं, फिर वफा की देवी मुझ पर क्यों मेहरबान होने लगी? पहले समझता था वफा दिल के बदले मिलती है, अब मालूम हुआ और चीजों की तरह वह भी सोने-चांदी से खरीदी जा सकती है।"

मुन्नी को मालूम हुआ, मेरी नजरों ने धोखा खाया था। मुसाफिर बहुत काला नहीं, सिर्फ सांवला है। उसका नाक-नक्शा भी उसे आकर्षक जान पड़ा। बोली, "नहीं, यह बात नहीं, तुम्हारा पहला ख्याल ठीक था।"

यह कहकर मुन्नी चली गई उसके हृदय के भाव उसके संयम से बाहर हो रहे थे। मुसाफिर किसी ख्याल में डूब गया। वह इस सुंदरी की बातों पर गौर कर रहा था, क्या सचमुच यहां वफा मिलेगी? क्या यहां भी तकदीर धोखा न देगी?

मुसाफिर ने रात उसी गांव में काटी। वह दूसरे दिन भी न गया। तीसरे दिन उसने एक फूस का झोंपड़ा खड़ा किया। मुन्नी ने पूछा, "यह झोपड़ा किसके लिए बनाते हो?"

मुसाफिर ने कहा, "जिससे वफा की उम्मीद है।"

"चले तो न जाओगे?"

"झोंपड़ा तो रहेगा।"

"खाली घर में भूत रहते हैं।"

"अपने प्यारे का भूत ही प्यारा होता है।"

दूसरे दिन मुन्नी उस झोंपड़े में रहने लगी। लोगों को देखकर ताज्जुब होता था। मुन्नी उस झोंपड़े में नही रह सकती। वह उस भोले मुसाफिर को जरूर दगा देगी, यह आम ख्याल था, लेकिन मुन्नी फूली न समाती थी। वह न कभी

इतनी सुंदर दिखाई पड़ी थी, न इतनी खुश। उसे एक ऐसा आदमी मिल गया था, जिसके पहलू में दिल था।

2

लेकिन मुसाफिर को दूसरे दिन यह चिंता हुई कि कहीं यहां भी वही अभागा दिन न देखना पड़े। रूप में वफा कहां ? उसे याद आया, पहले भी इसी तरह की बातें हुई थीं, ऐसी ही कसम खाई गई थीं, एक दूसरे से वादे किए गए थे। मगर उन कच्चे धागों को टूटते कितनी देर लगी? वह धागे क्या फिर न टूट जाएंगे? उसके क्षणिक आनंद का समय बहुत जल्द बीत गया और फिर वही निराशा उसके दिल पर छा गई इस मरहम से भी उसके जिगर का जख्म न भरा। तीसरे रोज वह सारे दिन उदास और चिंतित बैठा रहा और चौथे रोज लापता हो गया। उसकी यादगार सिर्फ उसकी फूस की झोंपड़ी रह गई।

मुन्नी दिनभर उसकी राह देखती रही। उसे उम्मीद थी कि वह जरूर आएगा। लेकिन महीनों गुजर गए और मुसाफिर न लौटा। कोई खत भी न आया। लेकिन मुन्नी को उम्मीद थी, वह जरूर आएगा।

साल बीत गया। पेड़ों में नई-नई कोपलें निकलीं, फूल खिले, फल लगे, काली घटाएं आईं, बिजली चमकी, यहां तक कि जाड़ा भी बीत गया और मुसाफिर न लौटा। मगर मुन्नी को अब भी उसके आने की उम्मीद थी, वह जरा भी चिंतित न थी, भयभीत न थीं वह दिनभर मजदूरी करती और शाम को झोंपड़े में पड़ रहती। लेकिन वह झोंपड़ा अब एक सुरक्षित किला था, जहां सिरफिरों के निगाह के पांव भी लंगड़े हो जाते थे।

एक दिन वह सर पर लकड़ी का गट्ठा लिए चली आती थी। एक रसिक ने छेड़खानी की मुन्नी, क्यों अपने सुकुमार शरीर के साथ यह अन्याय करती हो? तुम्हारी एक कृपा दृष्टि पर इस लकड़ी के बराबर सोना न्यौछावर कर सकता हूं।

मुन्नी ने बड़ी घृणा के साथ कहा- "तुम्हारा सोना तुम्हें मुबारक हो, यहां अपनी मेहनत का भरोसा है।"

"क्यों इतना इतराती हो, अब वह लौटकर न आएगा।"

मुन्नी ने अपने झोंपड़े की तरफ इशारा करके कहा, "वह गया कहां जो लौटकर आएगा? मेरा होकर वह फिर कहां जा सकता हैं? वह तो मेरे दिल में बैठा हुआ है! "

इसी तरह एक दिन एक और प्रेमीजन ने कहा, "तुम्हारे लिए मेरा महल हाजिर है। इस टूटे-फूटे झोपड़े में क्यों पड़ी हो? "

मुन्नी ने अभिमान से कहा–"इस झोपड़े पर एक लाख महल न्यौछावर हैं। यहां मैंने वह चीज पाई है, जो और कहीं न मिली थी और न मिल सकती है। यह झोपड़ा नहीं है, मेरे प्यारे का दिल है!"

इस झोंपड़े में मुन्नी ने सत्तर साल काटे। मरने के दिन तक उसे मुसाफिर के लौटने की उम्मीद थी, उसकी आखिरी निगाहें दरवाजे की तरफ लगी हुई थीं। उसके खरीदारों में कुछ तो मर गए, कुछ जिंदा हैं, मगर जिस दिन से वह एक की हो गई, उसी दिन से उसके चेहरे पर दीप्ति दिखाई पड़ी, जिसकी तरफ ताकते ही वासना की आंखें अंधी हो जातीं। खुदी जब जाग जाती है तो दिल की कमजोरियां उसके पास आते डरती हैं।

* * *

चंद्रधर शर्मा 'गुलेरी' की कहानियों में प्यार के रंग

चंद्रधर शर्मा 'गुलेरी': हिन्दी के कथाकार और व्यंगकार

हिंदी साहित्य के प्रख्यात साहित्यकार चंद्रधर शर्मा गुलेरी का जन्म राजस्थान के जयपुर में 1883 में हुआ। उनके पिता ज्योतिर्विद महामहोपाध्याय पंडित शिवराम शास्त्री, जो हिमाचल प्रदेश के गुलेर गांव से थे, राजसम्मान प्राप्त कर जयपुर में बस गए थे। चंद्रधर शर्मा का बचपन संस्कृत, वेद, पुराण और धार्मिक संस्कारों के वातावरण में बीता, जिसका उनके व्यक्तित्व पर गहरा प्रभाव पड़ा।

शिक्षा के क्षेत्र में भी उन्होंने अपनी मेधा का परिचय दिया। कलकत्ता विश्वविद्यालय से एम.ए. (प्रथम श्रेणी में द्वितीय) और प्रयाग विश्वविद्यालय से बी.ए. (प्रथम श्रेणी में प्रथम) की डिग्री प्राप्त की। हालांकि, आर्थिक कारणों से वे आगे की पढ़ाई नहीं कर सके, फिर भी उनका स्वाध्याय और लेखन सतत जारी रहा। मात्र बीस वर्ष की आयु में, वे जयपुर की वेधशाला के जीर्णोद्धार और शोधकार्य से जुड़े, जहां उन्होंने कैप्टन गैरेट के साथ मिलकर "द जयपुर ऑबसर्वेट्री एंड इट्स बिल्डर्स" नामक ग्रंथ लिखा।

1900 में उन्होंने जयपुर में नागरी मंच की स्थापना में महत्वपूर्ण योगदान दिया और 1902 से मासिक पत्रिका 'समालोचक' का संपादन किया। इसके साथ ही वे काशी नागरी प्रचारिणी सभा के संपादक मंडल से जुड़े रहे और देवी प्रसाद ऐतिहासिक पुस्तकमाला व सूर्य कुमारी पुस्तकमाला का भी संपादन किया। साहित्य के क्षेत्र में उनका योगदान अति महत्त्वपूर्ण रहा।

चंद्रधर शर्मा गुलेरी का राजवंशों से भी निकट संबंध था। वे पहले खेतड़ी के नरेश जयसिंह और फिर जयपुर राज्य के सामंतों के पुत्रों के अभिभावक के रूप में मेयो कॉलेज, अजमेर में नियुक्त हुए। 1916 में वे वहां संस्कृत विभाग के अध्यक्ष बने। पंडित मदन मोहन मालवीय के आग्रह पर 1920

में काशी हिन्दू विश्वविद्यालय के प्राच्यविद्या विभाग में प्राचार्य और बाद में प्रोफेसर बने।

जयपुर के राजपंडित कुल में जन्मे चंद्रधर शर्मा गुलेरी का राजवंशों से गहरा संबंध था। वे पहले खेतड़ी नरेश जयसिंह और फिर जयपुर राज्य के सामंत-पुत्रों के अजमेर के मेयो कॉलेज में अध्ययन के दौरान उनके अभिभावक रहे। सन् 1916 में उन्होंने मेयो कॉलेज में संस्कृत विभाग के अध्यक्ष का पद संभाला। सन् 1920 में, पं. मदन मोहन मालवीय के आग्रह पर, वे बनारस आकर काशी हिन्दू विश्वविद्यालय के प्राच्यविद्या विभाग के प्राचार्य और 1922 में मनींद्र चंद्र नंदी पीठ के प्रोफेसर बने।

इस दौरान, उन्होंने परिवार में कई दुखद घटनाओं का सामना किया। 12 सितंबर 1922 को, पीलिया के बाद तेज ज्वर से मात्र 39 वर्ष की आयु में उनका देहांत हो गया।

पंडित चंद्रधर शर्मा गुलेरी का जीवन भले ही मात्र 39 वर्षों का रहा, लेकिन उन्होंने अपनी छोटी-सी जीवनावधि में गहन अध्ययन, अपार ज्ञान और विभिन्न रुचियों का परिचय दिया। वे न केवल हिंदी और अंग्रेजी में निपुण थे, बल्कि संस्कृत, प्राकृत, बांग्ला, मराठी, जर्मन और फ्रेंच जैसी भाषाओं का भी ज्ञान रखते थे। उनका अध्ययन क्षेत्र धर्म, ज्योतिष, इतिहास, पुरातत्त्व, दर्शन, भाषाशास्त्र, संगीत, चित्रकला, विज्ञान, राजनीति और सामाजिक विषयों तक फैला हुआ था।

हालांकि उनकी विद्वत्ता और रचनात्मकता व्यापक थी, लेकिन हिंदी साहित्य के पाठक उन्हें मुख्य रूप से "उसने कहा था" नामक कहानी के लिए ही जानते हैं। इस रचना की चमक ने उनके अन्य महत्वपूर्ण कार्यों को लगभग ढक लिया। उनकी अन्य कृतियों, जैसे "कछुआ धर्म" और "मारेसि मोहि कुठाऊं" को विद्वानों में चर्चा मिली, परंतु आम पाठकों के बीच उनकी विविध और गहरी विद्वत्ता की छवि नहीं बन सकी।

गुलेरी ने स्वतंत्र ग्रंथों की रचना भले ही न की हो, लेकिन उनकी फुटकर रचनाओं में अकादमिक, शोधपरक और सामाजिक दृष्टिकोण की विविधता स्पष्ट रूप से झलकती है। धर्म, इतिहास, भाषाशास्त्र और समाज पर आधारित उनकी रचनाएं समकालीन समाज और राजनीति पर भी गहन विचार प्रस्तुत करती हैं।

उनकी लेखनी की विविधता और गहराई अद्वितीय है। उन्होंने कहानियां, आख्यान, ललित निबंध, समीक्षाएं, संपादकीय टिप्पणियां और समकालीन विषयों पर लेखन किया। इस विविधता में उनके गहन अध्ययन और विचारशीलता का प्रभाव दिखता है। धर्म और पुरातत्त्व जैसे गंभीर विषयों से लेकर हल्के-फुल्के

विषयों तक, उनकी लेखनी में एक अद्वितीय विनोद और हास्य की लहर रहती है, जो उनके लेखन को और भी आकर्षक बनाती है। साथ ही, उन्होंने अपने विचारों को मानवीय दृष्टिकोण से प्रस्तुत किया और समाज में व्याप्त पाखंडों की आलोचना भी की।

उनके लेखन की गहराई और प्रासंगिकता आज भी उनकी विद्वत्ता और आधुनिक दृष्टिकोण को उजागर करती है। उनकी शैली मुख्य रूप से वार्तालाप की है, जहां वे पाठकों से सीधा संवाद स्थापित करते हैं। यह खड़ी बोली के विकास का समय था, और उनके लेखन में भाषा के उपयोग में कभी-कभी असंगति भी दिखाई देती है। कहीं वे संस्कृत के अप्रचलित शब्दों का प्रयोग करते हैं तो कहीं लोकभाषा के ठेठ शब्दों का। उनका लेखन अंग्रेजी और फारसी के शब्दों और मुहावरों से भी मिश्रित है। परंतु इसी मिश्रण और बातचीत के लहजे ने उनके लेखन में अनौपचारिकता और आत्मीयता को जन्म दिया।

गुलेरी के लेखन में उद्धरण और उदाहरण की बहुतायत है, जो उनके कथ्य को स्पष्ट और रोचक बनाते हैं, हालांकि कई बार यह पाठक से उन उद्धरणों की पृष्ठभूमि का ज्ञान भी मांगते हैं। हिंदी भाषा और शब्दावली के विकास में उनका योगदान महत्वपूर्ण है। वे खड़ी बोली का विविध विषयों और प्रसंगों में अत्यधिक प्रयोग कर रहे थे, शायद किसी भी अन्य समकालीन विद्वान से कहीं अधिक। उनकी भाषा ने साहित्य, पुराण, इतिहास, विज्ञान और समाजशास्त्र जैसे जटिल विषयों को संभालने की क्षमता प्रदर्शित की।

उनकी भाषा हिंदी की सक्षमता का प्रमाण है, जिसे उन्होंने विभिन्न विषयों की अभिव्यक्ति के लिए कुशलता से इस्तेमाल किया। हर संदर्भ में उनकी भाषा आत्मीय और सजीव रही, भले ही कहीं-कहीं वह जटिल या हल्की हो जाती थी। उनकी भाषा और शैली केवल विचारों की अभिव्यक्ति का माध्यम नहीं, बल्कि युग-संधि पर खड़े विचारशील मानस और उस समय की मानसिकता का सजीव दस्तावेज भी हैं।

गुलेरी की रचनाओं में समकालीन सामाजिक, राजनीतिक और धार्मिक परिस्थितियों के प्रति गहरी समझ झलकती है। वे न केवल अपने समय के साहित्यिक आंदोलनों से जुड़े थे, बल्कि उस युग के जीवन के हर पहलू से भी। किसी भी घटना पर टिप्पणी किए बिना वे नहीं रह सकते थे, और उनकी टिप्पणियां उनके गहरे सरोकार, कुशाग्रता और खुली सोच की गवाही देती हैं। ये टिप्पणियां इतनी प्रासंगिक थीं कि वे आज भी हमें अपने चारों ओर की परिस्थितियों को नए सिरे से देखने और विचार करने के लिए प्रेरित करती हैं।

* * *

उसने कहा था

"लहना, सूबेदारनी तुमको जानती हैं, बुलाती हैं। जा मिल आ।" लहनासिंह भीतर पहुंचा। सूबेदारनी मुझे जानती हैं? कब से? रेजिमेंट के क्वार्टरों में तो कभी सूबेदार के घर के लोग रहे नहीं। दरवाजे पर जाकर 'मत्था टेकना' कहा। असीस सुनी। लहनासिंह चुप।

"मुझे पहचाना?"

"नहीं।"

"तेरी कुड़माई हो गई धत् कल हो गई देखते नहीं, रेशमी बूटों वाला सालू अमृतसर में"

भावों की टकराहट से मूर्च्छा खुली। करवट बदली। पसली का घाव बह निकला।

"वजीरा, पानी पिला" उसने कहा था।

बड़े-बड़े शहरों के इक्के गाड़ीवालों की जबान के कोड़ों से जिनकी पीठ छिल गई है, और कान पक गए हैं, उनसे हमारी प्रार्थना है कि अमृतसर के बंबूकार्ट वालों की बोली का मरहम लगावें। जब बड़े-बड़े शहरों की चौड़ी सड़कों पर घोड़े की पीठ चाबुक से धुनते हुए, इक्के वाले कभी घोड़े की नानी से अपना निकट-संबंध स्थिर करते हैं, कभी राह चलते पैदलों की आंखों के न होने पर तरस खाते हैं, कभी उनके पैरों की उंगलियों के पोरों को चींथकर अपने ही को सताया हुआ बताते हैं, और संसार-भर की ग्लानि, निराशा और क्षोभ के अवतार बने, नाक की सीध चले जाते हैं, तब अमृतसर में उनकी बिरादरी वाले तंग चक्करदार गलियों में, हर-एक लड्ढी वाले के लिए ठहरकर सब्र का समुद्र उमड़ाकर "बचो खालसा जी", "हटो भाई जी", "ठहरना

भाई", "आने दो लाला जी", "हटो बाछा" कहते हुए सफेद फेंटों, खच्चरों और बत्तखों, गन्ने, खोमचे और भारे वालों के जंगल में से राह खेते हैं। क्या मजाल है कि "जी" और "साहब" बिना सुने किसी को हटना पड़े। यह बात नहीं कि उनकी जीभ चलती नहीं, पर मीठी छुरी की तरह महीन मार करती है। यदि कोई बुढ़िया बार-बार चेतावनी देने पर भी लीक से नहीं हटती, तो उनकी वचनावली के ये नमूने हैं—हट जा जीणे जोगिए, हट जा करमांवालिए, हट जा पुत्तां प्यारिए, बच जा लंबी वालिए। समष्टि में इनके अर्थ हैं, कि तू जीने योग्य है, तू भाग्यों वाली है, पुत्रों को प्यारी है, लंबी उमर तेरे सामने है, तू क्यों मेरे पहिए के नीचे आना चाहती है? बच जा।

ऐसे बंबूकार्ट वालों के बीच में होकर एक लड़का और एक लड़की चौक की एक दुकान पर आ मिले। उसके बालों और इसके ढीले सुथने से जान पड़ता था कि दोनों सिख हैं। वह अपने मामा के केश धोने के लिए दही लेने आया था, और यह रसोई के लिए बड़ियां। दुकानदार एक परदेसी से गुंथ रहा था, जो सेर-भर गीले पापड़ों की गड्डी को गिने बिना हटता न था।

"तेरा घर कहां हैं?"

"मगरे में और तेरा?"

"मांझे में, यहां कहां रहती है?"

"अतरसिंह की बैठक में, वे मेरे मामा होते हैं।"

"मैं भी मामा के यहां आया हूं, उनका घर गुरु बाजार में है।"

इतने में दुकानदार निबटा, और इनका सौदा देने लगा। सौदा लेकर दोनों साथ-साथ चले। कुछ दूर जाकर लड़के ने मुस्कुराकर पूछा, "तेरी कुड़माई हो गई?" इस पर लड़की कुछ आंखें चढ़ाकर 'धत्' कहकर दौड़ गई, और लड़का मुंह देखता रह गया।

दूसरे-तीसरे दिन सब्जी वाले के यहां, दूध वाले के यहां अकस्मात दोनों मिल जाते। महीना-भर यही हाल रहा। दो-तीन बार लड़के ने फिर पूछा, "तेरी कुड़माई हो गई?" और उत्तर में वही 'धत्' मिला। एक दिन जब फिर लड़के ने वैसे ही हंसी में चिढ़ाने के लिए पूछा तो लड़की, लड़के की संभावना के विरुद्ध बोली, "हां, हो गई।"

"कब?"

"कल! देखते नहीं, यह रेशम से कढ़ा हुआ सालू।"

लड़की भाग गई लड़के ने घर की राह ली। रास्ते में एक लड़के को मोरी में ढकेल दिया, एक छावड़ी वाले की दिन-भर की कमाई खोई, एक कुत्ते पर पत्थर मारा और एक गोभीवाले के ठेले में दूध ऊड़ेल दिया। सामने

नहाकर आती हुई किसी वैष्णवी से टकराकर अंधे की उपाधि पाई, तब कहीं घर पहुंचा।

2

राम-राम, यह भी कोई लड़ाई है। दिन-रात खंदकों में बैठे हड्डियां अकड़ गई। लुधियाना से दस गुना जाड़ा और मेह और बर्फ ऊपर से। पिंडलियों तक कीचड़ में धंसे हुए हैं। जमीन कहीं दिखती नहीं, घंटे-दो-घंटे में कान के पर्दे फाड़ने वाले धमाके के साथ सारी खंदक हिल जाती है और सौ-सौ गज धरती उछल पड़ती है। इस गैबी-गोले से बचे तो कोई लड़े। नगरकोट का जलजला सुना था, यहां दिन में पचीस जलजले होते हैं। जो कहीं खंदक से बाहर साफा या कुहनी निकल गई, तो चटाक से गोली लगती है। न मालूम बेईमान मिट्टी में लेटे हुए हैं या घास की पत्तियों में छिपे रहते हैं।

लहनासिंह, और तीन दिन हैं। चार तो खंदक में बिता ही दिए। परसों 'रिलीफ' आ जाएगी और फिर सात दिन की छुट्टी। अपने हाथों झटका करेंगे और पेट-भर खाकर सोए रहेंगे। उसी फिरंगी मेम के बाग में मखमल का-सा हरा घास है। फल और दूध की वर्षा कर देती है। लाख कहते हैं, दाम नहीं लेती। कहती है, "तुम राजा हो, मेरे मुल्क को बचाने आए हो।"

चार दिन तक एक पलक नहीं झेंपी। बिना फेरे घोड़ा बिगड़ता है और बिना लड़े सिपाही। मुझे तो संगीन चढ़ाकर मार्च का हुक्म मिल जाए। फिर सात जर्मनों को अकेला मारकर न लौटूं, तो मुझे दरबार साहब की देहली पर मत्था टेकना नसीब न हो। पाजी कहीं के, कलों के घोड़े संगीन देखते ही मुंह फाड़ देते हैं, और पैर पकड़ने लगते हैं। यों अंधेरे में तीस-तीस मन का गोला फेंकते हैं। उस दिन धावा किया था—चार मील तक एक जर्मन नहीं छोड़ा था।

पीछे जनरल ने हट जाने का कमान दिया, नहीं तो—

"नहीं तो सीधे बर्लिन पहुंच जाते! क्यों?" सूबेदार हजारासिंह ने मुस्कुराकर कहा—"लड़ाई के मामले जमादार या नायब के चलाए नहीं चलते। बड़े अफसर दूर की सोचते हैं। तीन सौ मील का सामना है। एक तरफ बढ़ गए तो क्या होगा?"

"सूबेदार जी, सच है," लहनासिंह बोला—"पर करें क्या? हड्डियों-हड्डियों में तो जाड़ा धंस गया है। सूर्य निकलता नहीं, और खाई में दोनों तरफ से चंबे की बावलियों के-से सोते झर रहे हैं। एक धावा हो जाए, तो गर्मी आ जाए।"

"उदमी उठ, सिगड़ी में कोले डाल। वजीरा, तुम चार जने बाल्टियां लेकर खाई का पानी बाहर फेंको। लहनासिंह, शाम हो गई है, खाई के दरवाजे का पहरा बदल दे।" यह कहते हुए सूबेदार सारी खंदक में चक्कर लगाने लगे। वजीरासिंह

पलटन का विदूषक था। बाल्टी में गंदा पानी भरकर खाई के बाहर फेंकता हुआ बोला, "मैं पंडित बन गया हूं। करो जर्मनी के बादशाह का तर्पण!" इस पर सब खिलखिला पड़े और उदासी के बादल फट गए।

लहनासिंह ने दूसरी बाल्टी भरकर उसके हाथ में देकर कहा, "अपनी बाड़ी के खरबूजों में पानी दो। ऐसा खाद का पानी पंजाब-भर में नहीं मिलेगा।"

"हां, देश क्या है, स्वर्ग है। मैं तो लड़ाई के बाद सरकार से दस गुना जमीन यहां मांग लूंगा और फलों के बूटे लगाऊंगा।"

"लाड़ी होरां को भी यहां बुला लोगे? या वही दूध पिलाने वाली फिरंगी मेम"

"चुपकर। यहां वालों को शर्म नहीं।"

"देश-देश की चाल है। आज तक मैं उसे समझा न सका कि सिख तंबाकू नहीं पीते। वह सिगरेट देने में हठ करती है, ओठों में लगाना चाहती है, और मैं पीछे हटता हूं तो समझती है कि राजा बुरा मान गया, अब मेरे मुल्क के लिए लड़ेगा नहीं।"

"अच्छा, अब बोधासिंह कैसा है?"

"अच्छा है।"

"जैसे मैं जानता ही नहीं हूं! रात-भर तुम अपने कंबल उसे ओढ़ाते हो और आप सिगड़ी के सहारे गुजर करते हो। उसके पहरे पर आप पहरा दे आते हो। अपने सूखे लकड़ी के तख्तो पर उसे सुलाते हो, आप कीचड़ में पड़े रहते हो। कहीं तुम न मांदे पड़ जाना। जाड़ा क्या है, मौत है और 'निमोनिया' से मरने वालों को मुरब्बे नहीं मिला करते।"

"मेरा डर मत करो। मैं तो बुलेल की खड्ड के किनारे मरूंगा। भाई कीरतसिंह की गोदी पर मेरा सिर होगा और मेरे हाथ के लगाए हुए आंगन के आम के पेड़ की छाया होगी।"

वजीरासिंह ने त्योरी चढ़ाकर कहा, "क्या मरने-मारने की बात लगाई है? मरें जर्मनी और तुरक!

हां भाइयों, कुछ गाओ।

दिल्ली शहर तें पिशोर नुं जांदिए,
कर लेणा लौंगां दा बपार मड़िए;
कर लेणा नाड़ेदा सौदा अड़िए–
(ओय) लाणा चटाका कदुए नुं।
कद्दू बणया वे मजेदार गोरिए,
हुण लाणा चटाका कदुए नुं।।

कौन जानता था कि दाढ़ियों वाले घरबारी सिख ऐसा लुच्चों का गीत गाएंगे, पर सारी खंदक इस गीत से गूंज उठी और सिपाही फिर ताजे हो गए, मानों चार दिन से सोते और मौज ही करते रहे हों।

3

दो पहर रात गई है, अंधेरा है। सन्नाटा छाया हुआ है। बोधासिंह खाली बिस्कुटों के तीन टिनों पर अपने दोनों कंबल बिछाकर और लहनासिंह के दो कंबल और एक बरानकोट ओढ़कर सो रहा है। लहनासिंह पहरे पर खड़ा हुआ है। एक आंख खाई के मुंह पर है और एक बोधासिंह के दुबले शरीर पर। बोधासिंह कराहा।

"क्यों बोधा भाई, क्या है?"

"पानी पिला दो।"

लहनासिंह ने कटोरा उसके मुंह से लगाकर पूछा, "कहो कैसे हो?" पानी पीकर बोधा बोला, "कंपनी छुट रही है। रोम-रोम में तार दौड़ रहे हैं। दांत बज रहे हैं।"

"अच्छा, मेरी जर्सी पहन लो!"

"और तुम?"

"मेरे पास सिगड़ी है और मुझे गर्मी लगती है। पसीना आ रहा है।"

"न, मैं नहीं पहनता। चार दिन से तुम मेरे लिए..."

"हां, याद आईं मेरे पास दूसरी गर्म जर्सी है। आज सबेरे ही आई है। विलायत से मेम बुन-बुनकर भेज रही हैं। गुरु उनका भला करें।" यों कहकर लहना अपना कोट उतारकर जर्सी उतारने लगा।

"सच कहते हो?"

"और नहीं झूठ?" यों कहकर नहीं करते बोधा को उसने जबरदस्ती जर्सी पहना दी और आप खाकी कोट और जीन का कुर्ता भर पहनकर पहरे पर आ खड़ा हुआ। मेम की जर्सी की कथा केवल कथा थी।

आधा घंटा बीता। इतने में खाई के मुंह से आवाज आई–"सूबेदार हजारासिंह।"

"कौन लपटन साहब? हुक्म हुजूर!"–कहकर सूबेदार तनकर फौजी सलाम करके सामने हुआ।

"देखो, इसी दम धावा करना होगा। मील भर की दूरी पर पूरब के कोने में एक जर्मन खाई है। उसमें पचास से ज्यादा जर्मन नहीं हैं। इन पेड़ों के नीचे-नीचे दो खेत काटकर रास्ता है। तीन-चार घुमाव हैं। जहां मोड़ है वहां पंद्रह जवान खड़े कर आया हूं। तुम यहां दस आदमी छोड़कर सबको साथ ले जाकर उनसे

जा मिलो। खंदक छीनकर वहीं, जब तक दूसरा हुक्म न मिले, डटे रहो। हम यहां रहेंगे।"

"जो हुक्म।"

चुपचाप सब तैयार हो गए। बोधा भी कंबल उतारकर चलने लगा। तब लहनासिंह ने उसे रोका। लहनासिंह आगे हुआ तो बोधा के बाप सूबेदार ने ऊंगली से बोधा की ओर इशारा किया। लहनासिंह समझकर चुप हो गया। पीछे दस आदमी कौन रहें, इस पर बड़ी हुज्जत हुई कोई रहना न चाहता था। समझा-बुझाकर सूबेदार ने मार्च किया। लपटन साहब लहना की सिगड़ी के पास मुंह फेरकर खड़े हो गए और जेब से सिगरेट निकालकर सुलगाने लगे। दस मिनट बाद उन्होंने लहना की ओर हाथ बढ़ाकर कहा, "लो तुम भी पियो।"

आंख मारते-मारते लहनासिंह सब समझ गया। मुंह का भाव छिपाकर बोला, "लाओ साहब।" हाथ आगे करते ही उसने सिगड़ी के उजाले में साहब का मुंह देखा। बाल देखे। तब उसका माथा ठनका। लपटन साहब के पट्टियों वाले बाल एक दिन में ही कहां उड़ गए और उनकी जगह कैदियों से कटे बाल कहां से आ गए?

शायद साहब शराब पिए हुए हैं और उन्हें बाल कटवाने का मौका मिल गया है? लहनासिंह ने जांचना चाहा। लपटन साहब पांच वर्ष से उसकी रेजिमेंट में थे।

"क्यों साहब, हम लोग हिंदुस्तान कब जाएंगे?"

"लड़ाई खत्म होने पर। क्यों, क्या यह देश पसंद नहीं?"

"नहीं साहब, शिकार के वे मजे यहां कहां? याद है, पार साल नकली लड़ाई के पीछे हम आप जगाधरी जिले में शिकार करने गए थे।" "हां, हां, वहीं जब आप खोते पर सवार थे और आपका खानसामा अब्दुल्ला रास्ते के एक मंदिर में जल चढ़ाने को रह गया था?" "बेशक पाजी कहीं का—सामने से वह नीलगाय निकली कि ऐसी बड़ी मैंने कभी न देखी थी। और आपकी एक गोली कंधे में लगी और पुट्ठे में निकली। ऐसे अफसर के साथ शिकार खेलने में मजा है। क्यों साहब, शिमले से तैयार होकर उस नीलगाय का सिर आ गया था न? आपने कहा था कि रेजिमेंट की मैस में लगाएंगे।" "हां, पर मैंने वह विलायत भेज दिया"—"ऐसे बड़े-बड़े सींग! दो-दो फुट के तो होंगे?"

"हां, लहनासिंह, दो फुट चार इंच के थे। तुमने सिगरेट नहीं पिया?"

"पीता हूं साहब, दियासलाई ले आता हूं"—कहकर लहनासिंह खंदक में घुसा। अब उसे संदेह नहीं रहा था। उसने झटपट निश्चय कर लिया कि क्या करना चाहिए।

अंधेरे में किसी सोने वाले से वह टकराया।

"कौन? वजीरासिंह?"

"हां, क्यों लहना? क्या कयामत आ गई? जरा तो आंख लगने दी होती?"

4

"होश में आओ। कयामत आई है और लपटन साहब की वर्दी पहनकर आई है।"

"क्या?"

"लपटन साहब या तो मारे गए है या कैद हो गए हैं। उनकी वर्दी पहनकर यह कोई जर्मन आया है। सूबेदार ने इसका मुंह नहीं देखा। मैंने देखा और बातें की है। सौहरा साफ उर्दू बोलता है, पर किताबी उर्दू। और मुझे पीने को सिगरेट दिया है?"

"तो अब!"

"अब मारे गए। धोखा है। सूबेदार कीचड़ में चक्कर काटते फिरेंगे और यहां खाई पर धावा होगा। उठो, एक काम करो। पलटन के पैरों के निशान देखते-देखते दौड़ जाओ। अभी बहुत दूर न गए होंगे। सूबेदार से कहो एकदम लौट आएं। खंदक की बात झूठ है। चले जाओ, खंदक के पीछे से निकल जाओ। पत्ता तक न खड़के। देर मत करो।"

"हुकुम तो यह है कि यहीं..."

"ऐसी तैसी हुकुम की! मेरा हुकुम जमादार लहनासिंह जो इस वक्त यहां सब से बड़ा अफसर है, उसका हुकुम है। मैं लपटन साहब की खबर लेता हूं।"

"पर यहां तो तुम आठ ही हो।"

"आठ नहीं, दस लाख। एक-एक अकालिया सिख सवा लाख के बराबर होता है। चले जाओ।"

लौटकर खाई के मुहाने पर लहनासिंह दीवार से चिपक गया। उसने देखा कि लपटन साहब ने जेब से बेल के बराबर तीन गोले निकाले। तीनों को जगह-जगह खंदक की दीवारों में घुसेड़ दिया और तीनों में एक तार-सा बांध दिया। तार के आगे सूत की एक गुत्थी थी, जिसे सिगड़ी के पास रखा। बाहर की तरफ जाकर एक दियासलाई जलाकर गुत्थी पर रखने ही वाला था कि बिजली की तरह दोनों हाथों से उल्टी बंदूक को उठाकर लहनासिंह ने साहब की कुहनी पर तानकर दे मारा। धमाके के साथ साहब के हाथ से दियासलाई गिर पड़ी। लहनासिंह ने एक कुंदा साहब की गर्दन पर मारा और साहब "आंख! मीन गौट्ट" कहते हुए चित्त हो गए। लहनासिंह ने तीनों गोले बीनकर खंदक के बाहर फेंके और साहब को घसीटकर सिगड़ी के पास लिटाया। जेबों की तलाशी ली। तीन-चार लिफाफे और एक डायरी निकालकर उन्हें अपनी जेब के हवाले किया।

94

उसने कहा था ❖ चंद्रधर शर्मा 'गुलेरी'

साहब की मूर्च्छा हटी। लहनासिंह हंसकर बोला–"क्यों लपटन साहब? मिजाज कैसा है? आज मैंने बहुत बातें सीखीं। यह सीखा कि सिख सिगरेट पीते हैं। यह सीखा कि जगाधरी के जिले में नीलगाएं होती हैं और उनके दो फुट चार इंच के सींग होते हैं। यह सीखा कि मुसलमान खानसामा मूर्तियों पर जल चढ़ाते हैं और लपटन साहब खोते पर चढ़ते हैं। पर यह तो कहो, ऐसी साफ उर्दू कहां से सीख आए? हमारे लपटन साहब तो बिन डेम के पांच लफ्ज भी नहीं बोला करते थे।"

लहना ने पतलून के जेबों की तलाशी नहीं ली थी। साहब ने मानो जाड़े से बचने के लिए, दोनों हाथ जेबों में डाले।

लहनासिंह कहता गया–"चालाक तो बड़े हो पर मांझे का लहना इतने बरस लपटन साहब के साथ रहा है। उसे चकमा देने के लिए चार आंखें चाहिए। तीन महीने हुए एक तुर्की मौलवी मेरे गांव आया था। औरतों को बच्चे होने के ताबीज बांटता था और बच्चों को दवाई देता था। चौधरी के बड़ के नीचे मंजा बिछाकर हुक्का पीता रहता था और कहता था कि जर्मनी वाले बड़े पंडित हैं। वेद पढ़-पढ़कर उसमें से विमान चलाने की विद्या जान गए हैं। गौ को नहीं मारते। हिंदुस्तान में आ जाएंगे तो गोहत्या बंद कर देंगे। मंडी के बनियों को बहकाता कि डाकखाने से रूपया निकाल लो। सरकार का राज्य जाने वाला है। डाक-बाबू पोल्हूराम भी डर गया था। मैंने मुल्लाजी की दाढ़ी मूड़ दी थी। और गांव से बाहर निकालकर कहा था कि जो मेरे गांव में अब पैर रखा तो..."

साहब की जेब में से पिस्तौल चली और लहना की जांघ में गोली लगी। इधर लहना की हैनरी मार्टिन के दो फायरों ने साहब की कपाल-क्रिया कर दी। धमाका सुनकर सब दौड़ आए।

बोधा चिल्लाया–"क्या है?"

लहनासिंह ने उसे यह कहकर सुला दिया कि "एक हड़का हुआ कुत्ता आया था, मार दिया" और, औरों से सब हाल कह दिया। सब बंदूकें लेकर तैयार हो गए। लहना ने सापा फाड़कर घाव के दोनों तरफ पट्टियां कसकर बांधी। घाव मांस में ही था। पट्टियों के कसने से लहू निकलना बंद हो गया।

इतने में सत्तर जर्मन चिल्लाकर खाई में घुस पड़े। सिखों की बंदूकों की बाढ़ ने पहले धावे को रोका। दूसरे को रोका। पर यहां थे आठ (लहनासिंह तक-तककर मार रहा था–वह खड़ा था, और लेटे हुए थे) और वे सत्तर। अपने मुर्दा भाइयों के शरीर पर चढ़कर जर्मन आगे घुसे आते थे। थोड़े से मिनटों में वे...

अचानक आवाज आई, "वाहे गुरुजी की फतह? वाहे गुरुजी का खालसा!!" और धड़ाधड़ बंदूकों के फायर जर्मनों की पीठ पर पड़ने लगे। ऐन मौके पर जर्मन दो चक्की के पाटों के बीच में आ गए। पीछे से सूबेदार हजारासिंह के जवान

आग बरसाते थे और सामने लहनासिंह के साथियों के संगीन चल रहे थे। पास आने पर पीछे वालों ने भी संगीन पिरोना शुरू कर दिया।

एक किलकारी और–"अकाल सिक्खां दी फौज आई! वाहे गुरुजी की फतह! वाहे गुरुजी का खालसा! सत श्री अकालपुरुख!!!" और लड़ाई खत्म हो गई तिरेसठ जर्मन या तो शहीद हो गए थे या कराह रहे थे। सिखों में पंद्रह के प्राण गए। सूबेदार के दाहिने कंधे में से गोली आर–पार निकल गई लहनासिंह की पसली में एक गोली लगी। उसने घाव को खंदक की गीली मट्टी से पूर लिया और बाकी का सापा कसकर कमरबंद की तरह लपेट लिया। किसी को खबर न हुई कि लहना को दूसरा घाव–भारी घाव लगा है।

लड़ाई के समय चांद निकल आया था, ऐसा चांद, जिसके प्रकाश से संस्कृत-कवियों का दिया हुआ 'क्षयी' नाम सार्थक होता है। और हवा ऐसी चल रही थी जैसी बाणभट्ट की भाषा में "दंतवीणोपदेशाचार्य" कहलाती। वजीरासिंह कह रहा था कि कैसे मन–मन भर फ्रांस की भूमि मेरे बूटों से चिपक रही थी, जब मैं दौड़ा-दौड़ा सूबेदार के पीछे गया था। सूबेदार लहनासिंह से सारा हाल सुन और कागजात पाकर वे उसकी तुरंत-बुद्धि को सराह रहे थे और कह रहे थे कि तू न होता तो आज सब मारे जाते।

इस लड़ाई की आवाज तीन मील दाहिनी ओर की खाई वालों ने सुन ली थी। उन्होंने पीछे टेलीफोन कर दिया था। वहां से झटपट दो डॉक्टर और दो बीमार ढोने की गाड़ियां चलीं, जो कोई डेढ़ घंटे के अंदर आ पहुंचीं। फील्ड अस्पताल नजदीक था। सुबह होते-होते वहां पहुंच जाएंगे, इसीलिए मामूली पट्टी बांधकर एक गाड़ी में घायल लिटाए गए और दूसरी में लाशें रखी गई। सूबेदार ने लहनासिंह की जांघ में पट्टी बंधवानी चाही। पर उसने यह कहकर टाल दिया कि थोड़ा घाव है, सवेरे देखा जाएगा। बोधासिंह ज्वर में तप रहा था। उसे गाड़ी में लिटाया गया। लहना को छोड़कर सूबेदार जाते नहीं थे। यह देख लहना ने कहा, "तुम्हें बोधा की कसम है, और सूबेदारनीजी की सौगंध है जो इस गाड़ी में न चले जाओ।"

"और तुम?"

"मेरे लिए वहां पहुंचकर गाड़ी भेज देना, और जर्मन मुर्दों के लिए भी तो गाड़ियां आती होंगी। मेरा हाल बुरा नहीं है। देखते नहीं, मैं खड़ा हूं? वजीरासिंह मेरे पास है ही।"

"अच्छा, पर"

"बोधा गाड़ी पर लेट गया? भला। आप भी चढ़ जाओ। सुनिए तो, सूबेदारनी होरां को चिठ्ठी लिखो, तो मेरा मत्था टेकना लिख देना। और जब घर जाओ तो कह देना कि मुझसे जो उसने कहा था वह मैंने कर दिया।"

गाड़ियां चल पड़ी थीं। सूबेदार ने चढ़ते-चढ़ते लहना का हाथ पकड़कर कहा—"तूने मेरे और बोधा के प्राण बचाए हैं। लिखना कैसा? साथ ही घर चलेंगे। अपनी सूबेदारनी को तू ही कह देना। उसने क्या कहा था?"

"अब आप गाड़ी पर चढ़ जाओ। मैंने जो कहा, वह लिख देना, और कह भी देना।"

गाड़ी के जाते लहना लेट गया। "वजीरा पानी पिला दे, और मेरा कमरबंद खोल दे। तर हो रहा है।"

5

मृत्यु के कुछ समय पहले स्मृति बहुत साफ हो जाती है। जन्म-भर की घटनाएं एक-एक करके सामने आती हैं। सारे दृश्यों के रंग साफ होते हैं। समय की धुंध बिल्कुल उन पर से हट जाती है।

लहनासिंह बारह वर्ष का है। अमृतसर में मामा के यहां आया हुआ है। दही वाले के यहां, सब्जी वाले के यहां, हर कहीं, उसे एक आठ वर्ष की लड़की मिल जाती है। जब वह पूछता है, तेरी कुड़माई हो गई? तब धत् कहकर वह भाग जाती है। एक दिन उसने वैसे ही पूछा, तो उसने कहा, "हां, कल हो गई, देखते नहीं यह रेशम के फूलों वाला सालू?" सुनते ही लहनासिंह को दुख हुआ। क्रोध हुआ। क्यों हुआ?

"वजीरासिंह, पानी पिला दे।"

पच्चीस वर्ष बीत गए। अब लहनासिंह नं. 77 राइफल्स में जमादार हो गया है। उस आठ वर्ष की कन्या का ध्यान ही न रहा। न मालूम वह कभी मिली थी, या नहीं। सात दिन की छुट्टी लेकर जमीन के मुकदमें की पैरवी करने वह अपने घर गया। वहां रेजिमेंट के अफसर की चिठ्ठी मिली कि फौज लाम पर जाती है, फौरन चले आओ। साथ ही सूबेदार हजारासिंह की चिठ्ठी मिली कि मैं और बोधासिंह भी लाम पर जाते हैं। लौटते हुए हमारे घर होते जाना। साथ ही चलेंगे। सूबेदार का गांव रास्ते में पड़ता था और सूबेदार उसे बहुत चाहता था। लहनासिंह सूबेदार के यहां पहुंचा।

जब चलने लगे, तब सूबेदार बेढे में से निकलकर आया। बोला, "लहना, सूबेदारनी तुमको जानती हैं, बुलाती हैं। जा मिल आ।" लहनासिंह भीतर पहुंचा। सूबेदारनी मुझे जानती हैं? कब से? रेजिमेंट के क्वार्टरों में तो कभी सूबेदार के घर के लोग रहे नहीं। दरवाजे पर जाकर 'मत्था टेकना' कहा। असीस सुनी। लहनासिंह चुप।

"मुझे पहचाना?"

"नहीं।"

"तेरी कुड़माई हो गई धत् कल हो गई देखते नहीं, रेशमी बूटों वाला सालू अमृतसर में"

भावों की टकराहट से मूर्च्छा खुली। करवट बदली। पसली का घाव बह निकला।

"वजीरा, पानी पिला" उसने कहा था।

स्वप्न चल रहा है। सूबेदारनी कह रही है–"मैंने तेरे को आते ही पहचान लिया। एक काम कहती हूं। मेरे तो भाग फूट गए। सरकार ने बहादुरी का खिताब दिया है, लायलपुर में जमीन दी है, आज नमक-हलाली का मौका आया है। पर सरकार ने हम तीमियों की एक घंघरिया पलटन क्यों न बना दी, जो मैं भी सूबेदारजी के साथ चली जाती? एक बेटा है। फौज में भर्ती हुए उसे एक ही बरस हुआ। उसके पीछे चार और हुए, पर एक भी नहीं जिया। सूबेदारनी रोने लगी। अब दोनों जाते हैं। मेरे भाग! तुम्हें याद है, एक दिन तांगे वाले का घोड़ा दही वाले की दुकान के पास बिगड़ गया था। तुमने उस दिन मेरे प्राण बचाए थे, आप घोड़े की लातों में चले गए थे, और मुझे उठाकर दुकान के तख्ते पर खड़ा कर दिया था। ऐसे ही इन दोनों को बचाना। यह मेरी भिक्षा है। तुम्हारे आगे आंचल पसारती हूं।"

रोती-रोती सूबेदारनी ओबरी में चली गई लहना भी आंसू पोंछता हुआ बाहर आया।

"वजीरासिंह, पानी पिला" उसने कहा था।

लहना का सिर अपनी गोद में लिटाए वजीरासिंह बैठा है। जब मांगता है, तब पानी पिला देता है। आधे घंटे तक लहना चुप रहा, फिर बोला–"कौन! कीरतसिंह?"

वजीरा ने कुछ समझकर कहा–"हां।"

"भईया, मुझे और ऊंचा कर ले। अपने पट्टे पर मेरा सिर रख ले।" वजीरा ने वैसे ही किया।

"हां, अब ठीक है। पानी पिला दे। बस, अब के हाड़ में यह आम खूब फलेगा। चाचा-भतीजा दोनों यहीं बैठकर आम खाना। जितना बड़ा तेरा भतीजा है, उतना ही यह आम है। जिस महीने उसका जन्म हुआ था, उसी महीने में मैंने इसे लगाया था।" वजीरासिंह के आंसू टप-टप टपक रहे थे।

कुछ दिन पीछे लोगों ने अखबारों में पढ़ा–"फ्रांस और बेलजियम–68वीं सूची–मैदान में घावों से मरा–नं. 77 सिख राइफल्स जमादार लहनासिंह।"

* * *

बुद्धू का कांटा

गांव की लड़कियां हड्डियों और गहनों का बंडल नहीं होती। वहां वे दौड़ती हैं, कूदती हैं, हंसती हैं, गाती हैं, खाती हैं और पहनती हैं। नगरों में आकर वे खूंटे में बंधकर कुम्हलाती हैं, पीली पड़ जाती हैं, भूखी रहती हैं, सोती हैं, रोती हैं और मर जाती हैं।

रघुनाथ ने मील की दौड़ में इनाम पाया था। उस समय का दौड़ना उसके बहुत गुण बैठा। पानी में गोते खाने के पीछे की सारी शून्यता मिटने लगी। पाव मील दौड़ने पर लड़की जितने हाथ आगे बढ़ती थी, वे घटने लगे। सौ गज और जाते-जाते अचानक चीख मारकर, लड़खड़ाकर वह गिरने लगी। रघुनाथ उसके पास जा पहुंचा। अवश्य ही रघुनाथ के इतने हंफाने वाले श्रम के और मानसिक क्षोभ के पीछे यही भाव था कि इस लड़की को गुस्ताखी के लिए दंड दूं। रघुनाथ ने उसे दोनों बांहें डालकर पकड़ लिया। रघुनाथ के लिए स्त्री का और उस लड़की के लिए पुरुष का यह पहला स्पर्श था।

रघुनाथ प् प् प्रसाद त् त् त्रिवेदी—या रुग्नात् पर्शाद तिर्वेदी—यह क्या? क्या करें, दुविधा में जान हैं। एक ओर तो हिंदी का यह गौरवपूर्ण दावा है कि इसमें जैसा बोला जाता है वैसा लिखा जाता है और जैसा लिखा जाता है वैसा ही बोला जाता है। दूसरी ओर हिंदी के कर्णधारों का अविगत शिष्टाचार है कि जैसे धर्मोपदेशक कहते हैं कि हमारे कहने पर चलो, वैसे ही जैसे हिंदी के आचार्य लिखें वैसे लिखो, जैसे वे बोलें वैसे मत लिखो, शिष्टाचार भी कैसा? हिंदी साहित्य-सम्मेलन के सभापति अपने व्याकरणकषायति कंठ से कहें 'पर्षोत्तमदास' और 'हर्किसंलाल' और उनके पिट्‌ठू छापें ऐसी तरह कि पढ़ा जाए—'पुरुषोत्तमदास अ दास अ' और 'हरि कृष्णलाल अ'! अजी

जाने भी दो, बड़े-बड़े बह गए और गधा कहे कितना पानी! कहानी कहने चले हो, या दिल के फफोले फोड़ने?

अच्छा, जो हुकुम। हम लाला जी के नौकर हैं, बैंगनों के थोड़े ही हैं। रघुनाथप्रसाद त्रिवेदी अबके इंटरमीडिएट परीक्षा में बैठा है। उसके पिता दारसूरी के पहाड़ के रहने वाले और आगरे के बुझातिया बैंक के मैनेजर हैं। बैंक के दफ्तर के पीछे चौक में उनका तथा उनकी स्त्री का बारहमासिया मकान है। बाबू बड़े सीधे, अपने सिद्धांतों के पक्के और खरे आदमी हैं जैसे पुराने ढंग के होते हैं। बैंक के स्वामी इन पर इतना भरोसा करते है कि कभी छुट्‌टी नहीं देते और बाबू काम के इतने पक्के हैं कि छुट्‌टी मांगते नहीं। न बाबू वैसे कट्‌टर सनातनी हैं कि बिना मुंह धोए ही तिलक लगा कर स्टेशन पर दरभंगा महराज के स्वागत को जाएं और न ऐसे समाजी ही हैं कि खंजड़ी लेकर 'तोड़ पोपगढ़ लंका का' करने दौड़ें। उसूलों के पक्के हैं।

हां, उसूलों के पक्के हैं। सुबह का एक प्याला चाय पीते हैं तो ऐसा कि जेठ में भी नहीं छोड़ते और माघ में भी एक के दो नहीं करते। उड़द की दाल खाते हैं, क्या मजाल की बुखार में भी मूंग की दाल का एक दाना खा जाएं। आजकल के एम.ए., बी.ए. पासवालों पर हंसते हैं कि शेक्सपीयर और बेकन चाट जाने पर भी वे दफ्तर के काम की अंग्रेजी-चिट्‌टी नहीं लिख सकते। अपने जमाने के साथियों को सराहते हैं जो शेक्सपीयर के दो-तीन नाटक न पढ़कर सारे नाटक पढ़ते थे, डिक्शनरी से अंग्रेजी शब्दों के लैटिन धातु याद करते थे। अपने गुरु बाबू प्रकाश बिहारी मुखर्जी की प्रशंसा रोज करते थे कि उन्होंने 'लायब्रेरी इम्तहान' पास किया था। ऐसा कोई दिन ही बीतता होगा (निगोशिएबल इन्सट्रूमेंट एक्ट के अनुसार होने वाली तातीलों को मत गिनिए) कि जब उनके 'लायब्रेरी इम्तहान' का उपाख्यान नए बी.ए. हेडक्लर्क को उसके मन और बुद्धि की उन्नति के लिए उपदेश की तरह नहीं सुनाया जाता हो। लाट साहब ने मुखर्जी बाबू को बंगाल-लाइब्रेरी में जाकर खड़ा कर दिया। राजा हरिश्चंद्र के यज्ञ में बलि के खूंटे में बंधे हुए शुनःशेप की तरह बाबू आलमारियों की ओर देखने लगे। लाट साहब मनचाहे जैसी आलमारियों से मनचाहे जैसी किताब निकालकर मनचाहे जहां से पूछने लगे। सब अलमारियां खुल गई, सब किताबें चुक गई, लाट साहब की बांह दुख गई, पर बाबू कहते-कहते नहीं थके, लाट साहब ने बाबू को एक घड़ी दी और कहा कि मैं अंग्रेजी-विद्या का छिलका ही भर जानता हूं, तुम उसकी गिरी खा चुके हो। यह कथा पुराण की तरह रोज कही जाती थी।

इन उसूल-धन बाबूजी का एक उसूल यह भी था कि लड़के का विवाह छोटी उमर में नहीं करेंगे। इनकी जाति में पांच-पांच वर्ष की कन्याओं के पिता

लड़केवालों के लिए वैसे मुंह बाए रहते हैं जैसे पुष्कर की झील में मगरमच्छ नहानेवालों के लिए और वे कभी-कभी दरवाजे पर धरना दे कर आ बैठते थे कि हमारी लड़की लीजिए, नहीं तो हम आपके दरवाजे पर प्राण दे देंगे। उसूलों के पक्के बाबूजी इनके भय से देश ही नहीं जाते थे और वे कन्या-पिता-रूपी मगरमच्छ अपनी पहाड़ी गोह को छोड़ कर आगरे आकर बाबूजी की निद्रा को भंग करते थे। रघुनाथ की माता को सास बनने का बड़ा चाव था। जहां वह कुछ कहना आरंभ करती कि बाबूजी बैंक की लेजर-बुक खोलकर बैठ जाते या लकड़ी उठाकर घूमने चले देते। बहस करके स्त्रियों से आज तक कोई नहीं जीता, पर मौन रहकर जीत सकता है।

बाबू के पड़ोस में एक विवाह हुआ था। उस घर की मालकिन लाहना बांटती हुई रघुनाथ की मां के पास आईं रघुनाथ की मां ने नई बहू को आशीष दिया और स्वयं मिठाई रखने तथा बहू की गोद में भरने के लिए कुछ मेवा लाने भीतर गई इधर मोहल्ले की वृद्धा ने कहा–"पंद्रह बरस हो गए लाहना लेते-लेते। आज तक एक बतासा भी इनके यहां से नहीं मिला।" दूसरी वृद्धा, जो तीन बड़ी और दो छोटी बहुओं की सेवा से इतनी सुखी थी कि रोज मृत्यु को बुलाया करती थी, बोली, "बड़े भागों से बेटों का ब्याह होता है।"

तीसरी ने नाक की झुलनी हिलाकर कहा, "अपना खाने-पहनने का लोभ कोई छोड़े तब तो बेटे की बहू लावे। बहू के आते ही खाने-पहनने में कमी जो हो जाती है।" चौथी ने कहा, "ऐसे कमाने-खाने को आग लगे। यों तो कुत्ते भी अपना पेट भर लेते हैं। कमाई सफल करने का यही तो मौका होता है। इसके पति ने चारों बेटों के विवाह में मकान और जमीन गिरवी रख दिए थे और कम-से-कम अपने जीवन भर के लिए कंगाली का कंबल ओढ़ लिया था।"

अवश्य ही ये सब बातें रघुनाथ की मां को सुनाने के लिए कही गई थीं। रघुनाथ की मां भी जानती थी कि ये मुझे सुनाने को कही जा रही हैं। परंतु उसके आते ही मोहल्ले की एक और ही स्त्री की निंदा चल पड़ी और रघुनाथ की मां यह जानकर भी कि उस स्त्री के पास जाते ही मेरी भी ऐसी ही निंदा की जाएगी, हंसते-हंसते उसकी बातों में सम्मति देने लग गई पतोहुओं से सुखिनी बुढ़िया ने एक हल्के से अनुदात्त से कहा, "अब तू रघुनाथ का ब्याह इस साल तो करेगी?" "उसके चाचा जानें, गहने तो बनवा रहें हैं" रघुनाथ की मां ने भी वैसे ही हल्के उदात्त से उत्तर दिया। उसके अनुदात्त को यह समझ गई और इसके उदात्त को वे सब। स्वर का विचार हिंदुस्तान के मर्दों की भाषा में भले ही न रहा हो, स्त्रियों की भाषा में उससे अब भी कई अर्थ प्रकाश किए जाते हैं।

मैं तुम्हें सलाह देती हूं कि जल्दी रघुनाथ का ब्याह कर लो। कलयुग के दिन हैं, लड़का बोर्डिंग में रहता है, बिगड़ जाएगा। आगे तुम्हारी मर्जी, क्यों बहन सच है न? तू क्यों नहीं बोलती?

"मैं क्या कहूं, मेरे रघुनाथ-सा बेटा होता तो अब तक पोता खिलाती।" यों और दो-चार बातें करके यह स्त्रीदल चला गया और गृहिणी के हृदय-समुद्र को कई विचारों की लहरों से दलकता हुआ छोड़ गया।

सायंकाल भोजन करते समय बाबू बोले, "इन गर्मियों में रघुनाथ का ब्याह कर देंगे।"

स्त्री ने पहले ही लेजर और छड़ी छिपा कर ठान ली थी कि आज बाबूजी को दबाऊंगी कि पड़ोसियों की बोलियां नहीं सही जातीं। अचानक रंग पहले चढ़ गया। पूछने लगी, "हें आज यह कैसे सूझी?"

दारसूरी से भईया की चिट्ठी आई है। बहुत कुछ बातें लिखी हैं। कहा है कि तुम तो परदेशी हो गए। यहां चार महीने बाद बृहस्पति सिंहस्त हो जाएगा, फिर डेढ़-दो वर्ष तक ब्याह नहीं होंगे। इसीलिए छोटी-छोटी बच्चियों के ब्याह हो रहे हैं, बृहस्पति के सिंह के पेट में पहुंचने के पहले कोई चार-पांच वर्ष की लड़की नहीं बचेगी। फिर जब बृहस्पति कहीं शेर की दाढ़ में से जीता-जागता निकल आया तो न बराबर का घर मिलेगा, न जोड़ की लड़की। तुम्हें क्या है, गांव में बदनाम तो हम हो रहे हैं। मैंने अभी दो-तीन घर रोक रखे हैं। तुम जानो, अबके मेरा कहना न मानोगे तो मैं तुमसे जन्म-भर बोलने का नहीं।

भैया ठीक तो कहते हैं। मैं भी मानता हूं कि अब लड़के को उन्नीसवां वर्ष है। अब के इंटरमीडिएट पास हो जाएगा। अब हमारी नहीं चलेगी, देवर-भौजाई जैसा नचाएंगे, वैसा ही नाचना पड़ेगा। अब तक मेरी चली, यही बहुत हुआ।

भईया की कहो, मेरा कहना तो पांच वर्ष से मान रहे हो।

अच्छा अब जिद मत करो। मैंने दो महीने की छुट्टी ली है। छुट्टी मिलते ही देश चलते हैं। बच्चा को लिख दिया है कि इम्तहान देकर सीधा घर चला आ। दस-पंद्रह दिन में आ जाएगा। तब तक हम घर भी ठीक कर लें और दिन भी। अब तुम आगरे बहु को लेकर आओगी।'

स्त्री ने सोचा, बताशेवाली बुढ़िया का उलाहना तो मिटेगा।

1

'बा'छा (लड़का) मेरे हाल में आपका क्या जी लगेगा? गरीबों का क्या हाल? रब रोटी देता है, दिन-भर मेहनत करता हूं, रात पड़े रहता हूं। बा'छा, तुम जैसे साईं लोगों की बरकत से मैं हज कर आया, ख्वाजा का उर्स देख आया, तीन

बेले नमाज पढ़ लेता हूं, और मुझे क्या चाहिए? बा'छा, मेरा काम टट्टू चलाना नहीं है। अब तो इस मोती की कमाई खाता हूं, कभी सवार ले जाता हूं, कभी लादा, ढाई मण कनक पा लेता हूं, तो दो पौली बच जाती है। रब की मर्जी, मेरा अपना घर था, सिंहों के वक्त की माफी जमीन थी, नाते पड़ोसियों में मेरा नाम था। मैं धामपुर के नवाब का खाना बनाता था और मेरे घर में से उसके जनाने में पकाती थी। एक रात को मैं खाना बना-खिला के अपनी मंजरी पर सोया था कि मेरे मौला ने मुझे आवाज दी-"लाही, लाही, हज कर आ।" मैं आंखें मल कर खड़ा हो गया, पर कुछ दिखा नहीं। फिर सोने लगा कि फिर वही आवाज आई कि "लाही, तू मेरी पुकार नहीं सुनता? जा हज कर आ।" मैं समझा, मेरा मौला मुझे बुलाता है। फिर आवाज आई-"लाही, चल पड़, मैं तेरे नाल हूं, मैं तेरा बेड़ा पार करूंगा।" मुझसे रहा नहीं गया। मैंने अपना कंबल उठाया और आधी रात को चल पड़ा। बा'छा, मैं रातों चला, दिनों चला, भीख मांग कर चलते-चलते बंबई पहुंचा। वहां मेरे पल्ले टका नहीं था, पर एक हिंदू भाई ने मुझे टिकट ले दिया। काफले के साथ मैं जहाज पर चढ़ गया। वहीं मुझे छह महीने लगे। पूरी हज की। जब लौटा तो रास्ते में जहाज भटक गया। एक चट्टान पानी के नीचे थी, उससे टकरा गया। उसके पीछे की दोनों लालटेन ऊपर आ गई और वे हमें शैतान जैसी आंख दिखाई देने लगीं। सबने समझा मर जाएंगे, पानी में गोर बनेगी। कप्तान ने छोटी किश्तियां खोलीं और उनमें हाजियों को बिठाकर छोड़ दिया। मर्द का बच्चा आप अपनी जगह से नहीं टला, जहाज के नाल डूब गया। अंधेरे में कुछ सूझता नहीं था। सवेरा होते ही हमने देखा कि दो कश्तियां बह रही हैं और न जहाज है, न दूसरी कश्तियां। पता ही नहीं, हम कहां से किधर जा रहे थे। लहरें हमारी कश्तियों को उछालती, नचाती, डुबाती, झकझोरती थीं। जो पल बीतता था, हम खैर मनाते थे। पर मेरे मालिक ने करम किया। मेरे अल्लाह ने, मेरे मौला ने जैसे उस रात को कहा था, मेरा बेड़ा पार किया। तीन दिन, तीन रात हम बिना ठौर-ठिकाने के रहे, चौथे दिन माल के जहाज ने हमको उठा लिया और छठे दिन कराची में हमने दुआ की नमाज पढ़ी। पीछे सुना की तीन सौ हाजी मर गए।

वहां से मैं ख्वाजा की जियारत को चला, अजमेर शरीफ में दरगाह का दीदार पाया। इस तरह बा'छा, साढ़े सात महीने बाद मैं घर आया। आकर घर देखता हूं कि सब पटरा हो गया है। नवाब जब सवेरे उठा तो उसने नाश्ता मांगा। नौकरों ने कहा कि इलाही का पता नहीं। बस, वह जल गया। उसने मेरा घर फुंकवा दिया, मेरी जमीन अपनी रखवाल के भाई को दे दी और मेरी बीबी को लौंडी बना कर कैद कर लिया। मैं उसका क्या ले गया था, अपना कंबल ले गया था और

पिछले तीन महीने की तलब अपनी पेटी में उसके बावर्चीखाने में रख गया था। भला मेरा मौला बुलावे और मैं न जाऊं? पर उसको जो एक घंटा देर से खाना मिला, इससे बढ़कर और गुनाह क्या होता?

इसके पंद्रहवें दिन जनाने में एक सोने की अंगूठी खो गई नवाब ने मेरी घरवाली पर शक किया। उसने पूछा तो वह बोली कि मेरा कौन-सा घर और घरवाला बैठा है कि उसके पास अंगूठी ले जाऊंगी। मैं तो यहीं रहती हूं। सीधी बात थी, पर उससे सुनी नहीं गई जला-भुना तो था ही, बेंत लेकर लगा मारने। बा'छा, मैं क्या कहूं, मौला मेरा गुनाह बख्शे, और पांच बरस हो गए हैं। पर जब मैं घरवाली की पीठ पर पचासों दागों की गुच्छियां देखता हूं, तो यही पछतावा रहता है कि रब ने उस सूर का (तोबा! तोबा!) गला घोंटने को यहां क्यों रखा। मारते-मारते जब मेरी घरवाली बेहोश हो गई तब डर कर उसे गांव के बाहर फिकवा दिया। तीसरे दिन वह वहां से घिसटती-घिसटती चल कर अपने भाई के यहां पहुंची।

रघुनाथ ने रुंधे गले से कहा, "तुमने फरयाद नहीं की?"

कचहरियां गरीबों के लिए नहीं हैं बा'छा, वे तो सेठों के लिए हैं। गरीबों की फरयाद सुननेवाला सुनता है। उसने पंद्रह दिन में सुनकर हुकुम भी दे दिया। मेरी औरत को मारते-मारते उस पाजी के हाथ की उंगलियों में बेंत की एक सली चुभ गई थी। वही पक गई लहू में जहर हो गया। पंद्रहवें दिन मर गया। हज से आकर मैंने सारा हाल सुना। अपने जेल घर को देखा और अपने परदादे की सिंहों की माफी जमीन को भी देखा। चला आया। मस्जिद में जाकर रोया। मेरे मौला ने मुझे हुकुम दिया, "लाही, मैं तेरे नाल हूं, अपनी जोरू को धीरज दे।" मैं साले के यहां पहुंचा। उसने पच्चीस रुपए दिए, मैं टट्टू मोल लेकर पहाड़ चला आया और यहां रब का नाम लेता हूं और आप जैसे साईं लोगों की बंदगी करता हूं। रब का नाम बड़ा है।

रघुनाथ इम्तेहान देकर रेल से घराठनी तक आया। वहां तीस मील पहाड़ी रास्ता था। दूरी पर चूने के-से ढेर चमकते दिखने लगे, जो कभी न पिघलनेवाली बर्फ के पहाड़ थे। रास्ता सांप की तरह चक्कर खाता था। मालूम होता की एक घाटी पूरी हो गई है, पर ज्योंही मोड़ पर आते, त्योंही उसकी जड़ में एक और आधी मील का चक्कर निकल पड़ता। एक ओर ऊंचा पहाड़, दूसरी ओर ढाई फुट गहरा खड्डा और किराए के टट्टुओं की लत कि सड़क के छोर पर चलें जिससे सवार की एक टांग तो खड्ड पर ही लटकी रहे। आगे वैसा ही रास्ता, वैसी ही खड्ड, सामने वैसे ही कोने पर चलनेवाले टट्टू। जब धूप बढ़ी और जी न लगा तो मोती के स्वामी इलाही से रघुनाथ ने उसका इम्तेहान पूछा। उसने जो

सीधी और विश्वास से भरी, दुख की धाराओं से भीगी हुई कथा कही, उससे कुछ मार्ग कट गया। कितने गरीबों का इतिहास ऐसी चित्र घटनाओं की धूपछाया से भरा हुआ है। पर हम लोग प्रकृति के इन सच्चे चित्रों को न देखकर उपन्यासों की मृगतृष्णा में चमत्कार ढूंढ़ते हैं।

धूप चढ़ गई थी कि वे एक ग्राम में पहुंचे। गांव के बाहर सड़क के सहारे एक कुआं था और उसी के पास एक पेड़ के नीचे इलाही ने स्वयं और अपने मोती के लिए विश्राम करने का प्रस्ताव किया। घोड़े को न्हारी देकर और पानी-वानी पीकर धूप ढलते ही चल देंगे और बात-की-बात में आपको घर पहुंचा देंगे। रघुनाथ को भी टांगें सीधी करने में कोई उज्र न था। खाने की इच्छा बिल्कुल न थी। हां, पानी की प्यास लग रही थी। रघुनाथ अपने बक्से में से एक लोटा-डोर निकालकर कुएं की तरफ चला।

2

कुएं पर देखा कि छह-सात स्त्रियां पानी भरने और भरकर ले जाने की कई दशाओं में हैं। गांवों में पर्दा नहीं होता। वहां सब पुरुष सब स्त्रियों से और सब स्त्रियां सब पुरुषों से निडर होकर बातें कर लेती हैं। और शहरों के लंबे घूंघटों के नीचे जितना पाप होता है, उसका दसवां हिस्सा भी गांवों में नहीं होता। इसी से तो कहावत में बाप ने बेटे को उपदेश दिया है कि घूंघटवाली से बचना। अनजाना पुरुष किसी भी स्त्री से 'बहन' कह कर बात कर लेता है और स्त्री बाजार में जाकर किसी भी पुरुष से 'भाई' कह कर बोल लेती है। यही वाचिकसंधि दिन-भर के व्यवहारों में 'पासपोर्ट' का काम कर देती है। हंसी-ठट्ठा भी होता है, पर कोई दुर्भाव नहीं खड़ा होता। राजपूताने के गांवों में स्त्री ऊंट पर बैठी निकल जाती है ओर खेतों के लोग 'मामी जी, मामी जी' चिल्लाया करते हैं। न उनका अर्थ उस शब्द से बढ़कर कुछ होता है और न वह चिढ़ती है। एक गांव में बरात जीमने बैठी। उस समय स्त्रियां समधियों को गाली गाती हैं। पर गालियां न गाई जाती देख नागरिक-सुधारक बराती को बड़ा हर्ष हुआ। वह ग्राम के एक वृद्ध से कह बैठा, "बड़ी खुशी की बात है कि आपके यहां इतनी तरक्की हो गई है।" बुड्ढा बोला, "हां साहब, तरक्की हो रही है। पहले गालियों में कहा जाता था फलाने की फलानी के साथ और अमुक की अमुक के साथ। लोग-लुगाई सुनते थे, हंसते थे। अब घर-घर में वे ही बातें सच्ची हो रही हैं। अब गालियां गाई जाती हैं तो चोरों की दाढ़ी में तिनके निकलते हैं। तभी तो आंदोलन होते हैं कि गालियां बंद करो, क्योंकि वे चुभती हैं।"

रघुनाथ यदि चाहता तो किसी भी पानी भरनेवाली से पीने को पानी मांग लेता। परंतु उसने अब तक अपनी माता को छोड़कर किसी स्त्री से कभी बात नहीं की थी। स्त्रियों के सामने बात करने को उसका मुंह खुल न सका। पिता की कठोर शिक्षा से बालकपन से ही उसे वह स्वभाव पड़ गया था कि दो वर्ष प्रयाग में स्वतंत्र रहकर भी वह अपने चरित्र को केवल पुरुषों के समाज में बैठकर पवित्र रख सका था। जो कोने में बैठ कर उपन्यास पढ़ा करते हैं, उनकी अपेक्षा खुले मैदान में खेलनेवालों के विचार अधिक पवित्र रहते हैं। इसीलिए फुटबाल और हॉकी के खिलाड़ी रघुनाथ को कभी स्त्री-विषयक कल्पना ही नहीं होती थी। वह मानवीय सृष्टि में अपनी माता को छोड़कर और स्त्रियों के होने या न होने से अनभिज्ञ था। विवाह उसकी दृष्टि में एक आवश्यक किंतु दुर्ज्ञेय बंधन था जिसमें सब मनुष्य फसते हैं और पिता की आज्ञानुसार वह विवाह के लिए घर उसी रुचि से आ रहा था जिससे कि कोई पहले-पहल थियेटर देखने जाता है। कुएं पर इतनी स्त्रियों को इकट्ठा देखकर वह सहम गया, उसके ललाट पर पसीना आ गया और उसका बस चलता तो वह बिना पानी पिए ही लौट जाता। अस्तु, चुपचाप डोर लोटा लेकर एक कोने पर जा खड़ा हुआ और डोर खोलकर फांसा देने लगा।

प्रयाग के बोर्डिंग की टोटियों की कृपा से, जन्म-भर कभी कुएं से पानी नहीं खीचा था न लोटे में फांसा लगाया था। ऐसी अवस्था में उसने सारी डोर कुएं पर बिखेर दी और उसकी जो छोर लोटे से बांधी, वह कभी तो लोटे को एक सौ बीस अंश के कोण पर लटकाती और कभी उत्तर पर। डोर के बट जब खुलते हैं तब वह बहुत पेच खाती है। इन पेचों में रघुनाथ की बांहें भी उलझ गई। सिर नीचे किए ज्योंही वह डोर को सुलझाता था, त्योंही वह उलझती जाती थी। उसे पता नहीं था कि गांव की स्त्रियों के लिए वह अद्भुत कौतुक नयनोत्सव हो रहा था।

धीरे-धीरे टीका-टिप्पणी आरंभ हो गई एक ने हंसकर कहा, "पटवारी है, पैमाइश की जरीब फैलाता है।"

दूसरी बोली, "न, बाजीगर है, हाथ-पांव बांधकर पानी में कूद पढ़ेगा और फिर सूखा निकल आएगा।"

तीसरी बोली, "क्यों लल्ला, घरवालों से लड़कर आए हो?"

चौथी ने कहा, "क्या कुएं में दवाई डालोगे? इस गांव में तो बीमारी नहीं है।"

इतने में एक लड़की बोली, "काहे की दवाई और कहां का पटवारी? अनाड़ी है, लोटे में फांसा देना नहीं आता। भाई, मेरे घड़े को मत कुएं में डाल देना, तुमने तो सारी मेंड़ ही रोक ली!" यों कहकर वह सामने आकर अपना घड़ा उठाकर ले गई।

बुद्धू का कांटा ❖ चंद्रधर शर्मा 'गुलेरी'

पहली ने पूछा, "भाई तुम क्या करोगे?"

लड़की बात काट कर बोल उठी, "कुएं को बांधेंगे।"

पहली—अरे! बोल तो।

लड़की—मां ने सिखाया नहीं।

संकोच, प्यास, लज्जा और घबराहट से रघुनाथ का गला रुक रहा था, उसने खांसकर कंठ साफ करना चाहा। लड़की ने भी वैसी ही आवाज की। इस पर पहली स्त्री बढ़कर आगे आई और डोर उठाकर कहने लगी, "क्या चाहते हो? बोलते क्यों नहीं?"

लड़की—फारसी बोलेंगे।

रघुनाथ ने शर्म से कुछ आंखें ऊंची कीं, कुछ मुंह फेरकर कुएं से कहा, "मुझे पानी पीना है। लोटे से निकाल रहा हूं। निकाल लूंगा।"

लड़की—परसों तक।

स्त्री बोली, "तो हम पानी पिला दें। ला भागवंती, गगरी उठा ला। इनको पानी पिला दें।"

लड़की गगरी उठा लाई और बोली, "ले मामी के पालतू, पानी पी ले, शरमा मत, तेरी बहू से नहीं कहूंगी।"

इस पर सारी स्त्रियां खिलखिला कर हंस पड़ीं। रघुनाथ के चेहरे पर लाली दौड़ गई और उसने यह दिखाना चाहा कि मुझे कोई देख नहीं रहा है, यद्यपि दस-बारह स्त्रियां उसके भौचक्केपन को देख रही थीं। सृष्टि के आदि से कोई अपनी झेंप छिपाने को समर्थ न हुआ, न होगा। रघुनाथ उल्टा झेंप गया।

नहीं, नहीं, मैं आप ही...।

लड़की—कुएं में कूदके।

इस पर एक और हंसी का फव्वारा फूट पड़ा।

रघुनाथ ने कुछ आंखें उठाकर लड़की की ओर देखा। कोई चौदह-पंद्रह बरस की लड़की, शहर की छोकरियों की तरह पीली और दुबली नहीं, हृष्ट-पुष्ट और प्रसन्नमुख। आंखों के डेले काले, कोए सफेद नहीं, कुछ मटिया नीले और पिघलते हुए। यह जान पड़ता था कि डेले अभी पिघलकर बह जाएंगे। आंखों के चौतरंग हंसी, होठों पर हंसी और सारे शरीर पर नीरोग स्वास्थ्य की हंसी। रघुनाथ की आंखें और नीली हो गई।

स्त्री ने फिर कहा, "पानी पी लो जी, लड़की खड़ी है।"

रघुनाथ ने हाथ धोए। एक हाथ मुंह के आगे लगाया, लड़की गगरी से पानी पिलाने लगी। जब रघुनाथ आधा पी चुका था तब उसने श्वास लेते-लेते आंखें ऊंची कीं। उस समय लड़की ने ऐसा मुंह बनाया कि ठि-ठि करके रघुनाथ

हंस पड़ा, उसकी नाक में पानी चढ़ गया और सारी आस्तीन भीग गई लड़की चुप।

रघुनाथ को खांसते, डगमगाते देख वह स्त्री आगे चली आई और गगरी छीनती हुई लड़की को झिड़क कर बोली, "तुझे रात दिन-दिन ऊतपन ही सूझता है। इन्हें गलसूंड चला गया। ऐसी हंसी भी किस काम की। लो, मैं पानी पिलाती हूं।"

लड़की—दूध पिला दो, बहुत देर हुई, आंसू भी पोंछ दो।

सच में ही रघुनाथ के आंसू आ गए थे। उसने स्त्री से जल लेकर मुंह धोया और पानी पिया। धीरे से कहा, "बस जी, बस।"

लड़की—अब के आप निकाल लेंगे।

रघुनाथ को मुंह पोंछते देखकर स्त्री ने पूछा, "कहां रहते हो?"

आगरे।

इधर कहां जाओगे?

लड़की—(बीच ही में) शिकारपुर! वहां ऐसों का गुरुद्वारा है। स्त्रियां खिलखिला उठीं।

रघुनाथ ने अपने गांव का नाम बताया। "मैं पहले कभी इधर आया नहीं, कितनी दूर है, कब तक पहुंच जाऊंगा?" अब भी वह सिर उठाकर बात नहीं कर रहा था।

लड़की—यही पंद्रह-बीस दिन में, तीन-चार सौ कोस तो होगा।

स्त्री—दो-ढाई भर है, अभी घंटे भर में पहुंच जाते हो।

"रास्ता सीधा ही है न?"

लड़की—नहीं तो बाएं हाथ को मुड़कर चीड़ के पेड़ के नीचे दाहिने हाथ को मुड़ने के पीछे सातवें पत्थर पर फिर बाएं मुड़ जाना, आगे सीधे जाकर कहीं न मुड़ना सबसे आगे एक गीदड़ की गुफा है, सबसे उत्तर को बाड़ उलांघ कर चले जाना।

स्त्री—छोकरी, तू बहुत सिर चढ़ गई है, चिकर-चिकर करती ही जाती है! नहीं जी, एक ही रास्ता है, सामने नदी आवेगी, परले पार बाएं हाथ को गांव है।

लड़की—नदी में भी यों ही फांसा लगाकर पानी निकालना।

स्त्री उसकी बात अनसुनी करके बोली, "क्या उस गांव में डाकबाबू होकर आए हो?"

रघुनाथ—नहीं मैं तो प्रयाग में पढ़ता हूं।

लड़की—ओ हो, पिराग जी में पढ़ते हैं! कुएं से पानी निकालना पढ़ते होंगे?

स्त्री—चुपकर, ज्यादा बक-बक काम की नहीं, क्या तू इसीलिए मेरे यहां आई है?

इसपर महिला-मंडल फिर हंस पड़ा। रघुनाथ ने घबरा कर इलाही की ओर देखा तो वह मजे में पेड़ के नीचे चिलम पी रहा था। इस समय रघुनाथ को हाजी इलाही से ईर्ष्या होने लगी। उसने सोचा कि हज से लौटते समय समुद्र में खतरे कम हैं, और कुएं पर अधिक।

लड़की–क्यों जी, पिराग जी में अक्कल भी बिकती है?

रघुनाथ ने मुंह फेर लिया।

स्त्री–तो गांव में क्या करने जाते हो?

लड़की–कमाने-खाने।

स्त्री–तेरी कैंची नहीं बंद होती! यह लड़की तो पागल हो जाएगी।

रघुनाथ–मैं वहां के बाबू शोभराम जी का लड़का हूं।

स्त्री–अच्छा, अच्छा तो क्या तुम्हारा ही ब्याह है?

रघुनाथ ने सिर नीचा कर लिया।

लड़की–मामी, मामी, मुझे भी अपने नए पालतू के ब्याह में ले चलना। बड़ा ब्याहने चली है। यह घोड़ी है और वह जो चिलम पी रहा है नाना बनेगा। वाह जी, वाह, ऐसे बुद्ध के आगे भी कोई लहंगा पसारेगा!

स्त्री लड़की की ओर झपटी। लड़की गगरी उठाकर चलती बनी। स्त्री उसके पीछे दस कदम गई थी कि स्त्री-महामंडल एक अट्टहास से गूंज उठा।

रघुनाथ इलाही के पास लौट आया। पीछे मुड़कर देखने की उसकी हिम्मत न हुई उसके गले में भस्म का-सा स्वाद आ रहा था। जीवन-भर में यही उसका स्त्रियों से पहला परिचय हुआ। उसकी आत्मलज्जा इतनी तेज थी कि वह समझ गया कि मैं इनके सामने बन गया हूं। जीवन में ऐसी स्त्रियों से आधा संसार भरा रहेगा और ऐसी ही किसी से विवाह होगा। तुलसीदास ने ठीक ही कहा है कि "तुलसी गाए बजाए के दियो काठ में पांव।" स्त्रियों की टोली के वाक्य उसे गड़ रहे थे और सब वाक्यों के दुस्वप्न के ऊपर उस पिघलती हुई आंखों वाली कन्या का चित्र मंडरा रहा था।

3

बड़े ही उदास चित्त से रघुनाथ घर पहुंचा।

गांव पहुंचने के तीसरे दिन रघुनाथ सवेरा होते ही घूमने को निकला। पहाड़ी जमीन, जहां रास्ता देखने में कोस भर जंचे और चाहे उसमें दस मील का चक्कर काट लो, बिना पानी सींचे हुए हरे मखमल के गलीचे से ढकी हुई जमीन, उस पर जंगली गुलदाऊदी की पीली टिमकियां और वसंत के फूल, आलूबुखारे और पहाड़ी करौंदे की रज से भरे हुए छोटे-छोटे रंगीले फूल, जो पेड़ का पत्ता भी

नहीं दिखने दें, क्षितिज पर लटके हुए बादलों की-सी बर्फीले पहाड़ों की चोटियां, जिन्हें देखते आंखें अपने-आप बड़ी हो जातीं ओर जिनकी हवा की सांस लेने से छाती बढ़ती हुई जान पड़ती। नदी से निकली हुई छोटी-छोटी असंख्य नहरें जो सांप के-से चक्कर खा-खा कर फिर प्रधान नदी की पथरीली तलेटी में जा मिलतीं। ये सब दृश्य प्रयाग के ईंटों के घर और कीचड़ की सड़कों से बिल्कुल निराले थे। चलते-चलते रघुनाथ का मन नहीं भरा और घाटी के उतार-चढ़ाव की गिनती न करके वह नदी की चक्करों की सीध में हो लिया। एक ओर आम के पेड़ थे जो बौरों और कैरियों से लदे हुए थे, उनके सामने धान के खेत थे जिनमें से पानी किलचिल-किलचिल करता हुआ निकल रहा था। कहीं उसे कंटीली बाड़ों के बीच में होकर जाना पड़ता था और कहीं छोटे-छोटे झरने, जो नदी में जा मिले थे, लांघने पड़ते थे। इन प्रकृतिक दृश्यों का आनंद लेता हुआ हमारा चरित्रनायक नदी की ओर बढ़ा।

इस समय वहां कोई न था। रघुनाथ ने एक अकृत्रिम घाट–चौड़ी शिला–पर खड़े होकर नदी की शोभा देखी और सोचा कि हजामत बनाकर नहा-धोकर घर चलें। नई सभ्यता के प्रभाव से सेफ्टीरेजर और साबुन की टिकिया सफारी कोट की जेब में थी ही, ऊपर की पॉकेटबुक से एक आईना भी निकालना पड़ा। रघुनाथ उसी शिला-फलक पर बैठ गया और अपने मुख रूपी आकाश पर छाए हुए कोमल बादलों को मिटाने के लिए अमेरिका के इस जेबी बज्र को चलाने लगा।

कवियों को सोचने का समय शौचालय में मिलता है और युवाओं को स्वयं हजामत करने में। यदि नाई होता तो संसार के समाचारों से वही मगज चाट जाता। इसकी वैज्ञानिक युक्ति मुझे एक थियोसोफिस्ट ने बताई थी। वह बहुत से तर्क और कुतर्कों में सिद्ध कर रहा था कि पुरानी चालों में सूक्ष्म वैज्ञानिक रहस्य भरे पड़े हैं। यहां तक कि माता बच्चे के सिर में नजर से बचाने के लिए जो काजल का टीका लगा देती है अथवा दूध पिलाए पीछे बच्चे को धूल की चुटकी चटा देती है–इसका भी वह बिजली के विज्ञान से समाधान कर रहा था। उसने कहा की हजामत बनाते या बनवाते समय रोम खुल जाने से मस्तिष्क तक के स्नायु-तारों की बिजली हिल जाती है और वहां विचारशक्ति की खुजलाहट पहुंच जाती है। चाहे जो हो।

रघुनाथ की खुजलाहट का आरंभ यों हुआ कि वह नदी सहस्रों वर्षो से यों ही बह रही है और यों ही बहती जाएगी। किनारे के पहाड़ों ने, ऊपर के आकाश ने और नीचे की मिट्टी ने उसको यों ही देखा है और यों ही वे उसे देखते जाएंगे। यही क्या, नदी का प्रत्येक परमाणु अपने आने वाले परमाणु की पीठ को और पीछे वाले परमाणु के सामने देखता जाता है। अथवा, क्या पहाड़ को या तलेटी

की नदी की खबर है? क्या नदी के कारण परमाणु को दूसरे की खबर है? मैं यहां बैठा हूं, इन परमाणुओं को, इस पत्थरों को, इन बादलों को मेरी क्या खबर है? इस समय आगे-पीछे, नीचे-ऊपर, कौन मेरी परवाह करता है? मनुष्य अपने घमंड में त्रिलोकी का राजा बना फिरे, उसे अपने आत्मविश्वास के सिवा पूछता ही कौन है? इस समय मेरा यह हजामत बनाना किसके लिए ध्यान देने योग्य है? किसे पड़ी है कि मेरी लीलाओं पर ध्यान रखे।

इसी विचार की तार में ज्योंही उसने सिर उठाया त्योंही देखा कि कम-से-कम एक व्यक्ति को तो उसकी लीलाएं ध्यान देने योग्य हो रही थीं जो उनका अनुकरण करती थी। रघुनाथ क्या देखता है कि वही पानी पिलानेवाली लड़की सामने एक दूसरी शिला पर बैठी हुई है और उसकी नकल कर रही है।

उस दिन की हंसी की लज्जा रघुनाथ के जी से नहीं हटी थी। वह लज्जा और संकोच के मारे यही आशा करता था कि फिर कभी वह लड़की मुझे न दिखाई पड़े और अपनी ठिठोलियों से मुझे तंग न करे। अब, जिस समय वह यह सोच रहा था कि मुझे कोई न देख रहा है, वही लड़की उसके हजामत बनाने की नकल कर रही है। उसने हाथ में एक तिनका ले रखा है। जब रघुनाथ उस्तरा चलाता है तब वह तिनका चलाती है। जब रघुनाथ हाथ खींचता है तब वह तिनका रोक लेती है।

रघुनाथ ने मुंह दूसरी और किया। उसने भी वैसा ही किया। रघुनाथ ने दाहिना घुटना उठाकर अपना आसन बदला। वहां भी ऐसा ही हुआ। रघुनाथ ने बाईं हथेली धरती पर टेक कर अंगड़ाई ली। लड़की ने भी वही मुद्रा की। ये प्रयोग रघुनाथ ने यह निश्चय करने के लिए ही किए थे कि यह लड़की क्या वास्तव में मेरा मखौल कर रही है। उसने हल्का-सा खंखारा उधर से सुना। अब संदेह नहीं रह गया।

ऐसे अवसर पर बुद्धिमान लोग जो करना चाहते हैं, वही रघुनाथ ने किया। अर्थात वह मुंह बदलकर अपना काम करता गया और उसने विचार किया कि मैं उधर न देखूंगा। इस विचार का वही परिणाम हुआ जो ऐसे विचारों का होता है अर्थात दो ही मिनट में रघुनाथ ने अपने को उसी ओर देखते हुए पाया। अब लड़की ने भी अपना आसन बदल लिया था। रघुनाथ ने कई बार विचार किया कि मैं उधर न देखूंगा, पर वह फिर उधर ही देखने लगा। आंखें, जो मानो अभी पानी होकर बह जाएंगी, सफेद हल्का-सा नीला कोआ, जिसमें एक प्रकार की चंचलता, हंसी और घृणा तैर रही थी।

यह लड़की ऐसे पिंड नहीं छोड़ेगी। मैंने इसका क्या बिगाड़ा है? इससे पूछूं तो फिर वैसे ही बताएगी? पर खैर, आज तो अकेली यही है। इसकी चोटों पर

साधुवाद करने के लिए महिला-मंडल तो नहीं है। यह सोच कर रघुनाथ ने जोर से खंखारा। वही जवाब मिला। उसने हाथ बढ़ाकर अंगड़ाई ली। वहां भी अंग तोड़े गए। रघुनाथ ने एक पत्थर उठाकर नदी में फेंका, उधर ढेला फेंका गया और खलब करके पानी में बोला।

वह बिना वचनों की छेड़ रघुनाथ से सही न गई उसने एक छोटी-सी कंकरी उठाकर लड़की की शिला पर मारी। जवाब में वैसे ही एक कंकरी रघुनाथ की शिला में आ बजी। रघुनाथ ने दूसरी कंकरी उठा कर फेंकी जो लड़की के समीप जा पड़ी। इस पर एक कंकरी आ कर रघुनाथ की पॉकेट-बुक के आईने पर पट से बोली और उसे फोड़ गई रघुनाथ कुछ चिढ़ गया, उसकी हिम्मत कुछ बढ़ गई, अबके उसने जो कंकरी मारी कि वह लड़की के हाथ पर जा लगी।

इस पर लड़की ने हाथ को झट से उठाया और स्वयं उठी। जहां रघुनाथ बैठा था, वहां आई और उसके देखते-देखते उसने सामने से टोपी, उस्तरा और पॉकेट-बुक तथा साबुन की बट्टी को उठाकर नदी की ओर बढ़ी। जितना समय इस बात को लिखने ओर बांचने में लगा है, उतना समय भी नहीं लगा कि उसने सबको पानी में फेंक दिया। रघुनाथ उसके हाथ को नदी की ओर बढ़ते हुए देख, उसका तात्पर्य समझकर किंकर्त्तव्य-विमूढ़-सा हो ज्योंही दो कदम आगे धरता है कि पंकाली शिला पर उसका पैर फिसला और वह धड़ाम से सिर के बल पानी में गिरा पड़ा।

रघुनाथ तैरना नहीं जानता था, यद्यपि वह मित्रों के पास जाकर दारागंज की गंगा में नहा आया था। परंतु चाहे कितना ही तैराक हो, औंधे सिर पानी में गिरने पर तो गोता खा ही जाता है। रघुनाथ का सिर पैंदे के पास पहुंचते ही उसने दो गोते खाए और सीधा होते-होते उसकी सांस टूट गई यों तो नदी में पानी रघुनाथ के सिर से कुछ ही ऊंचा था और धीरज से उसके पैर टिक जाते तो वह हाथ फटफटा कर किनारे आ लगता, क्योंकि वह बहुत दूर नहीं गया था। पर फिसलन की घबराहट, सांस का टूटना, गले में पानी भर जाना, नीचे दलदल इस सबसे वह भौचक होकर बीस-तीस हाथ बढ़ाता ही चला गया। नदी की तलेटी में चट्टान थी, जो पानी के बहाव से क्रमशः खिरती जाती थी। वहां पानी का नाला कुछ जोर से बढ़कर चक्कर खाता था। वहां पहुंचकर, पानी कम होने पर भी हाथ-पैर मारने पर भी रघुनाथ के पैर नहीं टिके और उछलता हुआ पानी उसके मुंह में गया। वह नदी के बहाव की ओर जाने लगा। बालिका ने जान लिया कि बिना निकाले वह पानी से निकल न सकेगा। वह झट सारी से कछौटा कस कर पानी में कूद पड़ी। जल्दी से तैरती हुई आकर उसने रघुनाथ का हाथ पकड़ना चाहा कि इतने में रघुनाथ एक और चक्कर काट कर सिर पानी के नीचे करके

खांसने लगा। लड़की के हाथ उसकी चमड़े की पेटी आई थी जो उसने पतलून के ऊपर बांध रखी थी। वह एक हाथ से उसे खींचती हुई रघुनाथ को छर्रे के बहाव से निकाल लाई और दूसरे हाथ से पानी हटाती हुई किनारे की ओर बढ़ने लगी। अब रघुनाथ भी सीधा हो गया था। पानी चीरने में खड़ा या मुड़ा आदमी लेटे हुए की अपेक्षा बहुत दुखदायी होता है। हांफती हुई कुमारी ने बिड़राए हुए रघुनाथ को किनारे लगाया। रघुनाथ मुंह और बालों का पानी निचोड़ता हुआ तरबतर कुर्ते और पतलून से धाराएं बहाता हुआ चट्टान पर जा बैठा। पांच-सात बार खांसने पर, आंखें पोंछने पर उसने देखा कि भीगी हुई कुमारी उसके सामने खड़ी है और उन्हीं पिघलती हुई आंखों से घृणा, दया और हंसी झलकाती हुई कह रही है कि इस अनाड़ी के सामने भी कोई अपना लहंगा पसारेगी?

ये सब घटनाएं इतनी जल्दी-जल्दी हुई थीं कि रघुनाथ का सिर चकरा रहा था। अभी पानी की गूंज कानों को ढोल किए हुए था और मानसिक क्षोभ और लज्जा में वह पागल-सा हो रहा था। उसके मन की पिछली भित्ति पर चाहे यह अंकित हो रहा हो कि इस लड़की ने मुझे नदी में से निकाला है, पर सामने की भित्ति पर यही था कि शब्द के कोड़ों से वह मेरी चमड़ी उधेड़ डालती है। रघुनाथ उसे पकड़ने के लिए लपका और लड़की दो खेतों के बाड़ के बीच तंग सड़क पर दौड़ भागी। रघुनाथ पीछा करने लगा।

गांव की लड़कियां हड्डियों और गहनों का बंडल नहीं होती। वहां वे दौड़ती हैं, कूदती हैं, हंसती हैं, गाती हैं, खाती हैं और पहनती हैं। नगरों में आकर वे खूंटे में बंधकर कुम्हलाती हैं, पीली पड़ जाती हैं, भूखी रहती हैं, सोती हैं, रोती हैं और मर जाती हैं। रघुनाथ ने मील की दौड़ में इनाम पाया था। उस समय का दौड़ना उसके बहुत गुण बैठा। पानी में गोते खाने के पीछे की सारी शून्यता मिटने लगी। पाव मील दौड़ने पर लड़की जितने हाथ आगे बढ़ती थी, वे घटने लगे। सौ गज और जाते-जाते अचानक चीख मारकर, लड़खड़ाकर वह गिरने लगी। रघुनाथ उसके पास जा पहुंचा। अवश्य ही रघुनाथ के इतने हंफाने वाले श्रम के और मानसिक क्षोभ के पीछे यही भाव था कि इस लड़की को गुस्ताखी के लिए दंड दूं। रघुनाथ ने उसे दोनों बांहें डालकर पकड़ लिया। रघुनाथ के लिए स्त्री का और उस लड़की के लिए पुरुष का यह पहला स्पर्श था। रघुनाथ कुछ सोच भी न पाया था कि मैं क्या करूं, इतने में लड़की ने मुंह उसके सामने करके अपनी नखों से उसकी पीठ में और बगल में तेज चुटकियां काटीं। रघुनाथ की बांहें ढीली हुई, पर क्रोध नहीं। उसने एक मुक्का लड़की की नाक पर जमाया। लड़की सांस लेते रुकी। इतने में दौड़ने के वेग से, जो अभी न रुका था और मुक्के से दोनों नीचे गिर पड़े। दोनों धूल में लोटमलोट हो गए।

रघुनाथ धूल झाड़ता हुआ उठा। क्या देखता है कि लड़की के नाक से लहू बह रहा है। अपनी विजय का पहला आवेश एकदम से भूलकर वह पश्चात्ताप और दुख के पाश में फंस गया। उसका मुंह पसीना-पसीना हो गया। वह चाहता था कि इन लहू की बूंदों के साथ मैं भी धरती में समा जाऊं और उसके साथ ही अपनी आंखें भूमि में गड़ा भी रहा था। परंतु फिर क्षण में आंखें उठ आईं। लड़की अपनी भीगे और धूल लगे हुए आंचल से नाक पोंछते हुई उन्ही आंखों में वही घृणा की और पछतावे की दृष्टि डालती हुई चल रही थी–

"वाह, अच्छे मर्द हो। बड़े बहादुर हो। स्त्रियों पर हाथ उठाया करते हैं?"

रघुनाथ चुप।

"वाह, पिराग जी में खूब इलम पढ़ा। स्त्रियों पर हाथ उठाते होंगे?"

रघुनाथ ने नीचे सिर से, आंखें न उठाकर कहा–"मुझसे बड़ी भूल हो गई मुझे पता ही नहीं था कि मैं क्या कर रहा हूं। मेरा सिर ठिकाने नहीं है। मुझे चक्कर..."

"अभी चक्कर आवेंगे। स्त्रियों पर हाथ नहीं चलाया करते हैं।"

सड़क यहां चौड़ी हो गई थी। कचनार की एक बेल आम पर चढ़ी हुई थी और आम के तले पत्थरों का थांवला था। सुनसान था। दूर से नदी की कलकल ओर रह-रह कर खातीचिड़े की ठकठक-ठकठक आ रही थी। इस समय रघुनाथ का घोंघापन हटने लगा और स्त्रियों की ओर से झेंप इस पिघलती हुई आंखों वाली के वचन-बाणों के नीचे भागने लगी। ढाढ़स कर उसने पूछा–

"तुम्हारा नाम क्या है?"

"भागवंती।"

"रहती कहां हो?"

"मामी के पास, वही जिसने कुएं पर पानी नहीं पिलाया था!"

उस दिन का स्मरण आते ही रघुनाथ फिर चुप हो गया। फिर कुछ ठहरकर बोला–"तुम मेरे पीछे क्यों पड़ी हो?"

"तुम्हें आदमी बनाने को। जो तुम्हें बुरा लगा हो, तो मैंने भी अपने किए का लहू बहाकर फल पा लिया। एक सलाह दे जाती हूं।"

"क्या?"

"कल से नदी में नहाने मत जाना।"

"क्यों?"

"गोते खाओगे तो कोई बचानेवाला नहीं मिलेगा।"

रघुनाथ झेंपा, पर संभलकर कर बोला, "अब कोई मेरी जान बचाएगा। तो मैं पीछा नहीं करूंगा, दो गाली भी सुन लूंगा।"

"इसीलिए नहीं, मैं आज अपने बाप के यहां जाऊंगी।"

"तुम्हारा घर कहां है?"

"जहां अनाड़ियों के डूबने के लिए कोई नदी नहीं है।"

"हूं! फिर वही बात लाईं तो वहां पर चिढ़ानेवालों के भागने के लिए रास्ता भी नहीं होगा।"

"जी, यहां जो मैं आपके हाथ आ गई"

"नहीं तो?"

"कांटा न लगता तो पिराग जी तक दौड़ते तो हाथ न आती।"

"कांटा! कांटा कैसा?"

"यह देखो।"

रघुनाथ ने देखा कि उसके दाहिने पैर के तलवे में एक कांटा चुभा हुआ है। उसको यह सूझी कि यह मेरे दोष से हुआ है। बालिका के सहारे वह घुटने के बल बैठ गया और उसका पैर खींच कर रूमाल से धूल झाड़कर कांटे को देखने लगा।

कांटा मोटा था, पर पैर में बहुत पैठ गया था। वह उठकर बाड़ से एक और बड़ा कांटा तोड़ लाया। उससे और पतलून की जेब के चाकू से उसने कांटा निकाला। निकालते ही खून का डोरा बह निकला। कांटा प्राय: दो इंच लंबा और जहरीली कंटीली का था।

ओफ! कहकर रघुनाथ ने कमीज की आस्तीन फाड़ कर उसके पांव में पट्टी बांध दी।

बालिका चुप बैठी थी। रघुनाथ कांटे को निरख रहा था।

"अब तो दर्द नहीं?"

"कोई अहसान थोड़ा है, तुम्हारे भी कांटा गड़ जाए तो निकालवाने आ जाना।"

"अच्छा।" रघुनाथ का जी जल गया था। यह बर्ताव! "अच्छा क्या?" "जाओ, अपना रास्ता लो।"

"यह कांटा मैं ले जाऊंगा। आज की घटना की यादगारी रहेगी।"

"मैं जरा इसे देख लूं।"

रघुनाथ ने अंगूठे और तर्जनी से कांटा पकड़ कर उसकी ओर बढ़ाया।

अपनी दो अंगुलियों से उसे उठाकर और दूसरे हाथ से रघुनाथ को धक्का देकर लड़की हंसती-हंसती दौड़ गई रघुनाथ धूल में एक कलामुंडी खाकर ज्योंही उठा कि बालिका खेतों को फांदती हुई जा रही थी।

अबकी दफा उसका पीछा करने का साहस हमारे चरित्रनायक ने नहीं किया। नदी-तट पर जाकर कोट उठाया और चौंधिआए मस्तिष्क से घर की राह ली।

रघुनाथ के हृदय में स्त्री-जाति की अज्ञानता का भाव और उसके पृथक रहने का कुहरा तो था ही, अब उसके स्थान में उद्वेगपूर्ण ग्लानि का धूम इकट्ठा हो गया था। पर उस धूम के नीचे-नीचे उस चपल लड़की की चिंगारी भी चमक रही थी। अवश्य ही अपने पिछले अनुभव से वह इतना चमक गया था कि किसी स्त्री से बातें करने की उसकी इच्छा न थी, परंतु रह-रह कर उसके चित्त में उस पिघलती हुई आंखोंवाली का और अधिक हाल जानने और उसके वचन-कोड़े सहने की इच्छा होती थी। रघुनाथ का हृदय एक पहेली हो रहा था और उस पहेली में पहेली उस स्वतंत्र लड़की का स्वभाव था। रघुनाथ का हृदय धुएं से घुट रहा था और विवाह के पास आते हुए अवसर को वह उसी भाव से देख रहा था, जैसे चौत्र कृष्ण में बकरा आनेवाले नवरात्रों को देखता है।

इधर पिताजी और चाचा घर खोज रहे थे। आसपास गांवों में तीन-चार पत्रियां थीं, जिनके पिता अधिक धन के स्वामी न होने से अब तक अपना भार न उतार सके थे और अब बृहस्पति के सिंह का कवल हो जाने को अपने नरक-गमन का परवाना-सा देखकर भी आत्मघात नहीं कर रहे थे। हिंदू समाज में धौंस से कुछ नहीं होता, जरूरत से सब हो जाता है। बड़े से बड़े महाराज थैलियों के मुंह खुलवाकर भी शास्त्र-जड़ लोगों से यह नहीं कहला सकते कि 'अष्टवर्षा भवेद् गौरी' पर हड़ताल लगा दो। उल्टा अष्ट का अर्थ गर्भाष्ट्य करके सात वर्ष तीन महीने की आयु निकल बैठेंगे। परंतु कभी शुक्र का छिपना, और कभी बृहस्पति का भागना, कभी घर का न मिलना और कभी पल्ले पैसा न होना, कभी नाड़ी-विरोध और कभी कुछ-समझदार आदमी चाहे तो कन्या को चौदह-पंद्रह वर्ष की करके काशीनाथ से लेकर आजकल के महामहोपाध्यायों तक को अंगूठा दिखला सकता है।

दो घर तो ज्योतिषी ने खो दिए। तीसरे के बारे में भी उन्होंने लत्ता-पात करना चाहा था, पर कुछ तो ज्योतिषी के डाकखाने के द्वारा मनी-आर्डर का ग्रहों पर प्रभाव पड़ा और कुछ रघुनाथ के पिता के इस बिहारी के दोहे के पाठ का ज्योतिषी जी पर।

सुत पितु मारक जोग लखि, उपज्यो हिय अति सोग।
पुनि विहंस्यो पुन जोयसी, सुत लखि जारज जोग।।

विधि मिल गई झंडीपुर में सगाई निश्चित हुई बीस दिन पीछे बरात चढ़ेगी और रघुनाथ का विवाह होगा।

कन्यादान के पहले और पीछे वर-कन्या को, ऊपर एक दुशाला डालकर एक-दूसरे का मुंह दिखाया जाता है। उस समय दुल्हा-दुल्हन जैसे व्यवहार करते हैं उससे ही उनके भविष्य दांपत्य-सुख का थर्मामीटर मानने वाली स्त्रियां बहुत

बुद्धू का कांटा ❖ चंद्रधर शर्मा 'गुलेरी'

ध्यान से उस समय के दोनों के आकार-विकार को याद रखती हैं। जो हो, झंडीपुर की स्त्रियों में यह प्रसिद्ध है कि मुंह-दिखौनी के पीछे लड़के का मुंह सफेद फक हो गया और विवाह में जो कुछ अनुष्ठान वगैरह उसने किए वे पागल की तरह किए। मानो उसने कोई भूत देखा था। और लड़की ऐसी गुम हुई कि उसे काटो तो खून नहीं। दिन-भर वह चुप रही और बिड़राई आंखों से जमीन देखती रही, मानो उसे भी भूत दिख रहे हों। स्त्रियों ने इन लक्षणों को बहुत अशुभ माना था।

दुल्हन डोले में विदा होकर ससुराल आ रही थी। रघुनाथ घोड़े पर था। दोपहर चढ़ने से कहारों और बरातियों ने एक बड़ की छाया के नीचे बावड़ी के किनारे डेरा लगाया कि रोटी-पानी करके और धूप काट के चलेंगे। कोई नहाने लगा, कोई चूल्हा सुलगाने लगा। दुल्हन पालकी का पर्दा हटाकर हवा ले रही थी और अपने जीवन की स्वतंत्रता के बदले में पाई हुई हथकड़ियों और चांदी की बेड़ियों को निहार रही थी। मनुष्य पहले पशु है, फिर मनुष्य। सभ्यता या शांति का भाव पीछे आता है, पहले पाशविक बल और विजय का। रघुनाथ ने पास आकर कहा, "क्या कहा था, ऐसे मर्द के आगे कौन लहंगा पसारेगी?"

सिर पालकी के भीतर करके बालिका ने पर्दा डाल लिया।

रघुनाथ ने यह नहीं सोचा कि उसके जी पर क्या बीतती होगी। उसने अपनी विजय मानी और उसी की अकड़ में बदला लेना ठीक समझा।

"हां, फिर तो कहना, इस बुद्धू के आगे कौन लहंगा पसारेगा?"

चुप।

"क्यों, अब वह कैंची-सी जीभ कहां गई?"

चुप।

कहां तो रघुनाथ छेड़ से चिढ़ता था, अब कहां वह स्वयं छेड़ने लगा। उसकी इच्छा पहले तो यह थी कि यह बोली कभी न सुनू, परंतु अब वह चाहता था कि मुझे फिर वैसे ही उत्तर मिलें। विवाह के पहले अचंभे के पीछे उसने दुख की आह के साथ ही साथ एक संतोष की आह भरी थी, क्योंकि पहले दिन की घटनाओं ने उसके हृदय पर एक बड़ा अद्‌भुत परिवर्तन कर दिया था।

"कहो जी, अब प्रयागवालों को अकल सिखाने आई हो? अब इतनी बात कैसे सुनी जाती हैं?"

"मैं हाथ जोड़ती हूं, मुझसे मत बोलो। मैं मर जाऊंगी।"

"तो नदी में डूबते बुद्धुओं को कौन निकालेगा?"

"अब रहने दो। यहां से हट जाओ।"

"क्यों?"

"क्यों क्या, अब इस चक्की में ऐसा ही पिसना है। जन्म भर का रोग है, जन्म भर का रोना है।"

"नहीं, मुझे अकल सिखाने का..." रघुनाथ ने व्यंग्य से आरंभ किया था, पर इतने में एक कहार चिलम में तंबाकू डालने आ गया। भूमिका की सफाई बिना कहे और बिना हुए ही रह गई।

4

हिंदू घरों में, कुछ दिनों तक, दंपती चोरों की तरह मिलते हैं। यह संयुक्त कुटुंब-प्रणाली का वर या शाप है। रघुनाथ ने ऐसे चोरों के अवसर आगरे आकर ढूंढ़ने आरंभ किए, पर भागवंती टाल जाती थी? उसने रघुनाथ को एक भी बात कहने का, या सुनने का मौका न दिया।

जुलाई में रघुनाथ इलाहाबाद जाकर थर्ड ईयर में भरती हो गया। दशहरे और बड़े दिन की छुट्टियों में आकर उसने बहुत चाहा कि दो बातें कर सके, पर भागवंती उसके सामने ही नहीं होती थी। हां, कई बार उसे यह संदेह हुआ कि वह मेरी आहट पर ध्यान रखती और छिप-छिपकर मुझे देखती है, पर ज्योंही वह इस थोड़ा आगे बढ़ता कि भागवंती गायब हो जाती।

पढ़ने की चिंता में विघ्न डालनेवाली अब उसको यह नई चिंता लगी। यह बात उसके जी में जम गई कि मैंने अमानुष निर्दयता से और बोली-ठोली में उसके सीधे हृदय को दुखा दिया है। परंतु कभी-कभी यह सोचता कि क्या दोष मेरा ही है? उसने क्या कम ज्यादती की थी? जो ताने-तिश्ने उस समय उसके हृदय को बहुत ही चीरते हुए जान पड़े थे, वे अब उसकी स्मृति में बहुत प्यारे लगने लगे। सोचता था कि मैं ही आकर क्षमा मांगूंगा। जिन जांघों ने उसका पीछा किया था उन्हें बांधकर उसके सामने पड़कर कहूंगा कि उस दिन वाली चाल से मुझे कुचलती हुई चली जा। अथवा यह कहूंगा कि उसी नदी में मुझे ढकेल दे। यों तरह-तरह के तर्क-वितर्कों में उसका समय कटने लगा। न 'हॉकी' में अब उसकी कदर रही और न प्रोफेसर की आंखें वैसी रहीं। उसी कीचड़ लगे हुए पतलून को मेज पर रखकर सोचता, सोचता, सोचता रहता।

होली की छुट्टियां आईं। पहले सलाह हुई कि घर न जाऊं, काशी में एक मित्र के पास ही छुट्टियां बिताऊं। उस मित्र ने प्रसंग चलने पर कहा, "हां भाई, ब्याह के पीछे पहली होली है, तुम काहे को चलते हो!" वह रघुनाथ के हृदय के भार को क्या समझ सकता था? रघुनाथ ने हंसकर बात टाल दी। रात को सोचा कि चलो छुट्टियों में बोर्डिंग में ही रहूं, पास ही पब्लिक-लायब्रेरी है, दिन कट जाएंगे। रात को जब सोया तो पिघलती हुई आंखें, वही नाक से बहता हुआ खून और वह

आंसुओं से न ढकनेवाली हंसी, नींद न आ सकी। जैसे कोई सपने में चलता है, वैसे बेहोशी में ही सवेरे टिकट लेकर गाड़ी में बैठ गया। पता नहीं कि मैं किधर जा रहा हूं। चेत तब हुआ जब कुली 'टुंडला', 'टुंडला' चिल्लाए। रघुनाथ चौंका। अच्छा, जो हो, अब की दफा फिर उद्योग करूंगा। यों कहकर हृदय को दृढ़ करके घर पहुंचा।

होली का दिन था! जैसे कोजागर पूर्णिमा को चोरों के लिए घर के दरवाजे खुले छोड़कर हिंदू सोते हैं, वैसे माता-पिता टल गए थे। मां पकवान पका रही थी और बाप–खैर, बाप भी कहीं थे। रघुनाथ भीतर पहुंचा। भागवंती सिर पर हाथ धरे हुए कोने में बैठी थी। उसे देखते ही खड़ी हो गई वह दरवाजे की तरफ चढ़ने न पाई थी कि रघुनाथ बोला, "ठहरो, बाहर मत जाना।"

वह ठहर गई घूंघट खींचकर कोने की पीढ़ी के बान को देखने लगी।

"कहो, कैसी हो? आज तुमसे बातें करनी हैं।"

चुप।

"प्रसन्न रहती हो? कभी मुझे भी याद करती हो?"

चुप।

"मेरी छुट्टियां तीन ही दिन की हैं।"

चुप।

"तुम्हें मेरी कसम है, चुप मत रहो, कुछ बोलो तो, जवाब दो–पहले की तरह ताने ही से बोलो, मेरी शपथ है–सुनती हो?"

"मेरे कानों में पानी थोड़े ही भर गया है।"

"हां, बस, यों ठीक है, कुछ ही कहो, पर कहती जाओ। अच्छा होता यदि तुम मुझे उस दिन न निकालतीं और डूब जाने देतीं।"

"अच्छा होता यदि मेरा कांटा न निकालते और पैर गलकर मैं मर जाती।"

"तुमने कहा था कि कोई एहसान थोड़ा है, कांटा गड़ जाए, तो मैं भी निकाल दूंगी।"

"हां, निकाल दूंगी।"

"कैसे!"

"उसी कांटे से।"

"उसी कांटे से! वह है कहां?"

"मेरे पास।"

"क्यों?–कब से।"

"जब से पतलून ट्रंक में बंद होकर आगरे गई तब से।"

न मालूम पीढ़ी का बान कैसा अच्छा था, निगाहें उसपर से नहीं हटी। शायद तांत गिनी जा रही थी।

"अनाड़ी की बात की नकल करती हो?"

गिनती पूरी हो गई अब अपने नखों की बारी आई

"क्यों, फिर चुप?"

"हां!'–नखों पर से ध्यान नहीं हटा।"

रघुनाथ ने छत की ओर देखकर कहा–"अनाड़ियों की पीठ नख आजमाने के लिए अच्छी होती है।"

नख छिपा लिए गए।

"कांटा निकालोगी?"

"हां!"

"कांटा छत में थोड़ा ही है।"

"तो कहां है?"

"मैं तो अनाड़ी हूं, मुझे लल्लो-पत्तो करना नहीं आता, साफ कहना जानता हूं, सुनो!" यह कह कर रघुनाथ बढ़ा और उसने उसके दोनों हाथ पकड़ लिए।

उसने हाथ न हटाए।

"उस समय मैं जंगली था, वहशी था, अधूरा था, मनुष्य जब तक स्त्री की परछाई नहीं पा लेता तब तक पूरा नहीं होता। मेरे बुद्धूपन को क्षमा करो। मेरे हृदय में तुम्हारे प्रेम का एक भयंकर कांटा गड़ गया है। जिस दिन तुम्हें पहले-पहल देखा उस दिन से वह गड़ रहा है और अब तक गड़ा जा रहा है। तुम्हारी प्रेम की दृष्टि से मेरा यह शूल हटेगा।"

घूंघट के भीतर, जहां आंखें होनी चाहिए, वहां कुछ गीलापन दिखा।

"देखो, मैं तुम्हारे प्रेम के बिना जी नहीं सकता। मेरा उस दिन का रूखापन और जंगलीपन भूल जाओ। तुम मेरी प्राण हो, मेरा कांटा निकाल दो।"

रघुनाथ ने एक हाथ उसकी कमर पर डालकर उसे अपनी ओर खींचना चाहा। मालूम पड़ा कि नदी के किनारे का किला, नींव के गल जाने से, धीरे-धीरे धंस रहा है। भागवंती का बलवान शरीर, निस्सार होकर, रघुनाथ के कंधे पर झूल गया। कंधा आंसुओं से गीला हो गया।

"मेरा कसूर, मेरा गंवारपन, मैं उजड्ड, मेरा अपराध, मेरा पाप, मैंने क्या कह डा...डा...डा...आ...घिग्घी बंध चली।

उसका मुंह बंद करने का एक ही उपाय था। रघुनाथ ने वही किया।

* * *

सुखमय जीवन

कमला जोर से चीख उठी और बोली, "आपको ऐसी बातें कहते लज्जा नहीं आती? धिक्कार है आपकी शिक्षा को और धिक्कार आपकी विद्या को! इसी को आपने सभ्यता मान रखा है कि अपरिचित कुमारी से एकांत ढूंढ़ कर ऐसा घृणित प्रस्ताव करें। तुम्हारा यह साहस कैसे हो गया? तुमने मुझे क्या समझ रखा है? 'सुखमय जीवन' का लेखक और ऐसा घृणित चरित्र! चिल्लू भर पानी में डूब मरो। अपना काला मुंह मत दिखाओ। अभी चाचाजी को बुलाती हूं।"

मैं सुनता जा रहा था क्या मैं स्वप्न देख रहा हूं, यह अग्नि-वर्षा मेरे किस अपराध पर? तो भी मैंने हाथ नहीं छोड़ा। कहने लगा, "सुनो कमला, यदि तुम्हारी कृपा हो जाए, तो सुखमय जीवन..."

परीक्षा देने के पीछे और उसके फल निकलने के पहले दिन किस बुरी तरह बीतते हैं, यह उन्हीं को मालूम है जिन्हें उन्हें गिनने का अनुभव हुआ है। सुबह उठते ही परीक्षा से आज तक कितने दिन गए, यह गिनते हैं और फिर 'कहावती आठ हफ्ते' में कितने दिन घटते हैं, यह गिनते हैं। कभी-कभी उन आठ हफ्तों पर कितने दिन चढ़ गए, यह भी गिनना पड़ता है। खाने बैठे है और डाकिए के पैर की आहट आई, कलेजा मुंह को आया। मोहल्ले में तार का चपरासी आया कि हाथ-पांव कांपने लगे। न जागते चैन, न सोते-सपने में भी यह दिखता है कि परीक्षक साहब एक आठ हफ्ते की लंबी छुरी लेकर छाती पर बैठे हुए हैं।

मेरा भी बुरा हाल था। एल.एल.बी. का फल अबकी और भी देर से निकलने को था। न मालूम क्या हो गया था, या तो कोई परीक्षक मर गया था, या उसको प्लेग हो गया था। उसके पर्चे किसी दूसरे के पास भेजे जाने को थे। बार-बार यही सोचता था कि प्रश्नपत्रों की जांच किए पीछे

सारे परीक्षकों और रजिस्ट्रारों को भले ही प्लेग हो जाए, अभी तो दो हफ्ते माफ करें। नहीं तो परीक्षा के पहले ही उन सबको प्लेग क्यों न हो गया? रात-भर नींद नहीं आई थी, सिर घूम रहा था, अखबार पढ़ने बैठा कि देखता क्या हूं लिनोटाइप की मशीन ने चार-पांच पंक्तियां उल्टी छाप दी हैं। बस, अब नहीं सहा गया, सोचा कि घर से निकल चलो, बाहर ही कुछ जी बहलेगा। लोहे का घोड़ा उठाया कि चल दिए।

तीन-चार मील जाने पर शांति मिली। हरे-हरे खेतों की हवा, कहीं पर चिड़ियों की चहचह और कहीं कुओं पर खेतों को सींचते हुए किसानों का सुरीला गाना, कहीं देवदार के पत्तों की सोंधी बास और कहीं उनमें हवा का सी-सी करके बजना। सबने मेरे परीक्षा के भूत की सवारी को हटा लिया। बाइसिकल भी गजब की चीज है। न दाना मांगे, न पानी, चलाए जाइए जहां तक पैरों में दम हो। सड़क में कोई था ही नहीं, कहीं-कहीं किसानों के लड़के और गांव के कुत्ते पीछे लग जाते थे। मैंने बाइसिकल को और भी हवा कर दिया। सोचा था कि मेरे घर सितारपुर से पंद्रह मील पर कालानगर हैं–वहां की मलाई की बर्फ अच्छी होती है और वहीं मेरे एक मित्र रहते हैं, वे कुछ सनकी हैं। कहते है कि जिसे पहले देख लेंगे, उससे विवाह करेंगे। उनसे कोई विवाह की चर्चा करता है, तो अपने सिद्धांत के मंडल का व्याखान देने लग जाते हैं। चलो, उन्ही से सिर खाली करें।

ख्याल-पर-ख्याल बंधने लगा। उनके विवाह का इतिहास याद आया। उनके पिता कहते थे कि सेठ गणेशलाल की एकलौती बेटी से अबकी छुट्टियों में तुम्हारा ब्याह कर देंगे। पड़ोसी कहते थे कि सेठ जी की लड़की कानी और मोटी है और आठ ही वर्ष की है। पिता कहते थे कि लोग जल कर ऐसी बातें उड़ाते हैं, और लड़की वैसी भी हो तो क्या, सेठजी के कोई लड़का है नहीं बीस-तीस हजार का गहना देंगे। मित्र महाशय मेरे साथ-साथ डिबेटिंग क्लबों में बाल-विवाह और माता-पिता की जबरदस्ती पर इतने व्याख्यान झाड़ चुके थे कि अब मारे लज्जा के साथियों को मुंह नहीं दिखाते थे। क्योंकि पिताजी के सामने चीं करने की हिम्म्त नहीं थी। व्यक्तिगत विचार से साधारण विचार उठने लगे। हिंदू-समाज ही इतना सड़ा हुआ है कि हमारे उच्च विचार चल नहीं सकते। अकेला चना भाड़ नहीं फोड़ सकता। हमारे सद्विचार एक तरह के पशु हैं जिनकी बलि माता-पिता की जिद और हठ की वेदी पर चढ़ाई जाती है। ...भारत का उद्धार तब तक नहीं हो सकता...

फिस्स्स्! एकदम अर्श से फर्श पर गिर पड़े। बाइसिकल की फूंक निकल गई कभी गाड़ी नाव पर, कभी नाव गाड़ी पर। पंप साथ नहीं थी और नीचे देखा तो जान पड़ा कि गांव के लड़कों ने सड़क पर ही कांटों की बाड़ लगाई है। उन्हें

भी दो गालियां दीं पर उससे तो पंक्चर सुधरा नहीं। कहां तो भारत का उद्धार हो रहा था और कहां अब कालानगर तक इस चरखे को खैंच ले जाने की आपत्ति से कोई निस्तार नहीं दिखता। पास के मील के पत्थर पर देखा कि कालानगर यहां से सात मील है। दूसरे पत्थर के आते-आते मैं बेदम हो लिया था। धूप जेठ की, और कंकरीली सड़क, जिसमें लदी हुई बैलगाड़ियों की मार से छह-छह इंच शक्कर की-सी बारीक पिसी हुई सफेद मिट्टी बिछी हुई! काले पेटेंट लेदर के जूतों पर एक-एक इंच सफेद पॉलिश चढ़ गई लाल मुंह को पोंछते-पोंछते रूमाल भीग गया और मेरा सारा आकार सभ्य विद्वान का-सा नहीं, वरन सड़क कूटने वाले मजदूर का-सा हो गया। सवारियों के हम लोग इतने गुलाम हो गए हैं कि दो-तीन मील चलते ही छठी का दूध याद आने लगता है!

2

"बाबूजी क्या बाइसिकल में पंक्चर हो गया?"

एक तो चश्मा, उस पर रेत की तह जमी हुई, उस पर ललाट से टपकते हुए पसीने की बूंदें, गर्मी की चिढ़ और काली रात-सी लंबी सड़क, मैंने देखा ही नहीं था कि दोनों ओर क्या है। यह शब्द सुनते ही सिर उठाया, तो देखा की एक सोलह-सत्रह वर्ष की कन्या सड़क के किनारे खड़ी है।

"हां, हवा निकल गई है और पंक्चर भी हो गया है। पंप मेरे पास है नहीं। कालानगर बहुत दूर तो है नहीं, अभी जा पहुंचता हूं।"

अंत का वाक्य मैंने केवल ऐंठ दिखाने के लिए कहा था। मेरा जी जानता था की पांच मील पांच सौ मील के से दिख रहे थे।

"इस सूरत से तो आप कालानगर क्या कलकत्ते पहुंच जाएंगे। जरा भीतर चलिए, कुछ जल पीजिए। आपकी जीभ सूखकर तालू से चिपक गई होगी। चाचाजी की बाइसिकल में पंप है और हमारा नौकर गोबिंद पंक्चर सुधारना भी जानता है।"

"नहीं, नहीं"

"नहीं, नहीं, क्या, हां, हां!"

यों कह कर बालिका ने मेरे हाथ से बाइसिकल छीन ली और सड़क के एक तरफ हो ली। मैं भी उसके पीछे चला। देखा कि एक कंटीली बाड़ से घिरा बगीचा है जिसमें एक बंगला है। यहीं पर कोई 'चाचाजी' रहते होगें, परंतु यह बालिका कैसी...

मैंने चश्मा रूमाल से पोंछा और उसका मुंह देखा। पारसी चाल की एक गुलाबी साड़ी के नीचे चिकने काले बालों से घिरा हुआ उसका मुखमंडल दमकता था और उसकी आंखें मेरी ओर कुछ दया, कुछ हंसी और विस्मय से देख रही थीं। बस, पाठक! ऐसी आंखें मैंने कभी नहीं देखी थीं। मानो वो मेरे कलेजे को

घोल कर पी गई। एक अद्भुत कोमल, शांत ज्योति उनमें से निकल रही थी। कभी एक तीर में मारा जाना सुना है? कभी एक निगाह में हृदय बेचना पड़ा है? कभी तारामैत्रक और चक्षुमैत्र नाम आए हैं? मैंने एक सेकंड में सोचा और निश्चय कर लिया कि ऐसी सुंदर आंखें त्रिलोकी में न होगीं और यदि किसी स्त्री की आंखों को प्रेम-बुद्धि से कभी देखूंगा तो इन्हीं को।

"आप सितारपुर से आए हैं। आपका नाम क्या है?"

"मैं जयदेवशरण वर्मा हूं। आपके चाचाजी..."

"ओ-हो, बाबू जयदेवशरण वर्मा, बी.ए., जिन्होंने 'सुखमय जीवन' लिखा है! मेरा बड़ा सौभाग्य है कि आपके दर्शन हुए! मैंने आपकी पुस्तक पढ़ी है और चाचाजी तो उसकी प्रशंसा किए बिना एक दिन भी नहीं जाने देते। वे आपसे मिलकर बहुत प्रसन्न होंगे, बिना भोजन किए आपको न जाने देगें और आपके ग्रंथ को पढ़ने से हमारा परिवार-सुख कितना बढ़ा है, इस पर कम-से-कम दो घंटे तक व्याख्यान देंगे।"

स्त्री के सामने उसके नैहर की बड़ाई कर दे और लेखक के सामने उसके ग्रंथ की। यह प्रिय बनने का अमोघ मंत्र है। जिस साल मैंने बी.ए. पास किया था उस साल कुछ दिन लिखने की धुन उठी थी। लॉ कॉलेज के फर्स्ट ईयर में सेक्शन और कोड की परवाह न करके एक 'सुखमय जीवन' नामक पोथी लिख चुका था। समालोचकों ने आड़े हाथों लिया था और वर्ष-भर में सत्रह प्रतियां बिकी थीं। आज मेरी कदर हुई कि कोई उसका सराहनेवाला तो मिला।

इतने में हम लोग बरामदे में पहुंचे, जहां पर कनटोप पहने, पंजाबी ढंग की दाढ़ी रखे एक अधेड़ महाशय कुर्सी पर बैठे पुस्तक पढ़ रहे थे। बालिका बोली...

"चाचाजी, आज आपके बाबू जयदेवशरण वर्मा बी.ए. को साथ लाई हूं। इनकी बाइसिकल बेकाम हो गई है। अपने प्रिय ग्रंथकार से मिलाने के लिए कमला को धन्यवाद मत दीजिए, दीजिए उनके पंप भूल आने को!"

वृद्ध ने जल्दी ही चश्मा उतारा और दोनों हाथ बढ़ाकर मुझसे मिलने के लिए कदम बढ़ाए।

"कमला, जरा अपनी माता को बुला ला। आइए बाबू साहब, आइए। मुझे आपसे मिलने की बड़ी उत्कंठा थी। मैं गुलाबराय वर्मा हूं। पहले कमसेरियट में हेड क्लर्क था। अब पेंशन लेकर इस एकाक स्थान में रहता हूं। दो गौ रखता हूं और कमला तथा उसके भाई प्रबोध को पढ़ाता हूं। मैं ब्रह्मसमाजी हूं, मेरे यहां पर्दा नहीं है। कमला ने हिंदी मिडिल पास कर लिया है। हमारा समय शास्त्रों के पढ़ने में बीतता है। मेरी धर्म-पत्नी भोजन बनाती और कपड़े सी लेती है, मैं उपनिषद और योग वासिष्ठ का तर्जुमा पढ़ा करता हूं। स्कूल में लड़के बिगड़ जाते हैं, प्रबोध को इसिलिए घर पर पढ़ाता हूं।"

इतना परिचय दे चुकने पर वृद्ध ने श्वास लिया। मुझे इतना ज्ञान हुआ कि कमला के पिता मेरी जाति के ही हैं। जो कुछ उन्होंने कहा था, उसकी ओर मेरे कान नहीं थे मेरे कान उधर थे, जिधर से माता को लेकर कमला आ रही थी।

"आपका ग्रंथ बड़ा ही अपूर्व है। दांपत्य सुख चाहनेवालों के लिए लाख रुपए से भी अनमोल है। धन्य है आपको! स्त्री को कैसे प्रसन्न रखना, घर में कलह कैसे नहीं होने देना, बाल-बच्चों को क्योंकर सच्चरित्र बनाना, इन सब बातों में आपके उपदेश पर चलने वाला पृथ्वी पर ही स्वर्ग-सुख भोग सकता है। पहले कमला की मां और मेरी कभी-कभी खट-पट हो जाया करती थी। उसके ख्याल अभी पुराने ढंग के हैं। पर जब से मैं रोज भोजन पीछे उसे आध घंटे तक आपकी पुस्तक का पाठ सुनाने लगा हूं, तब से हमारा जीवन हिंडोले की तरह झूलते-झूलते बीतता हैं। मुझे कमला की मां पर दया आई, जिसको वह कूड़ा-करकट रोज सुनना पड़ता होगा।" मैंने सोचा कि हिंदी के पत्र-संपादकों में यह बूढ़ा क्यों न हुआ? यदि होता तो आज मेरी तूती बोलने लगती।

"आपको गृहस्थ-जीवन का कितना अनुभव है! आप सब कुछ जानते है! भला, इतना ज्ञान कभी पुस्तकों में मिलता है? कमला की मां कहा करती थी कि आप केवल किताबों के कीड़े हैं, सुनी-सुनाई बातें लिख रहे हैं। मैं बार-बार यह कहता था कि इस पुस्तक के लिखने वाले को परिवार का खूब अनुभव है। धन्य है आपकी सहधर्मिणी! आपका और उसका जीवन कितना सुख से बीतता होगा! और जिन बालकों के आप पिता हैं, वे कैसे बड़भागी हैं कि सदा आपकी शिक्षा में रहते हैं, आप जैसे पिता का उदाहरण देखते हैं।"

कहावत है कि वेश्या अपनी अवस्था कम दिखाना चाहती है और साधु अपनी अवस्था अधिक दिखाना चाहता है। भला, ग्रंथकार का पद इन दोनों में किसके समान है? मेरे मन में आई कि कहूं दूं कि अभी मेरा पचीसवां वर्ष चल रहा है, कहां का अनुभव और कहां का परिवार? फिर सोचा के ऐसा कहने से ही मैं वृद्ध महाशय की निगाहों से उतर जाऊंगा और कमला की मां सच्ची हो जाएगी कि बिना अनुभव के छोकरे ने गृहस्थ के कर्तव्य-धर्मों पर पुस्तक लिख मारी है। यह सोचकर मैं मुस्करा दिया और ऐसी तरह मुंह बनाने लगा कि वृद्ध समझा कि अवश्य मैं संसार-समुद्र में गोते मारकर नहाया हुआ हूं।

3

वृद्ध ने उस दिन मुझे जाने नहीं दिया। कमला की माता ने प्रीति के साथ भोजन कराया और कमला ने पान लाकर दिया। न मुझे अब कालानगर की मलाई की बर्फ याद रही न सनकी मित्र की। चाचा जी की बातों में फी सैकड़े सत्तर तो

मेरी पुस्तक और उनके रामबाण लाभों की प्रशंसा थी, जिसको सुनते-सुनते मेरे कान दुख गए। फी सैकड़े पचीस वह मेरी प्रशंसा और मेरे पति-जीवन और पितृ जीवन की महिमा गा रहे थे। काम की बात बीसवां हिस्सा थी जिससे मालूम पड़ा कि अभी कमला का विवाह नहीं हुआ, उसे अपनी फूलों की क्यारी को संभालने का बड़ा प्रेम है, 'सखी' के नाम से 'महिला-मनोहर' मासिक प्रत्र में लेख भी दिया करती है।

सायंकाल को मैं बगीचे में टहलने निकला। देखता क्या हूं एक कोने में केले के झाड़ों के नीचे मोतिए और रजनीगंधा की क्यारियां हैं और कमला उनमें पानी दे रही है। मैंने सोचा की यही समय है। आज मरना है या जीना है। उसको देखते ही मेरे हृदय में प्रेम की अग्नि जल उठी थी और दिन-भर वहां रहने से वह धधकने लग गई थी। दो ही पहर में मैं बालक से युवा हो गया था। अंग्रेजी महाकाव्यों में, प्रेममय उपन्यासों में और कोर्स के संस्कृत-नाटकों में जहां-जहां प्रेमिका-प्रेमिक का वार्तालाप पढ़ा था, वहां-वहां का दृश्य स्मरण करके वहां-वहां के वाक्यों को घोख रहा था, पर यह निश्चय नहीं कर सका कि इतने थोड़े परिचय पर भी बात कैसी करनी चाहिए। अंत में अंग्रेजी पढ़नेवाले की धृष्टता ने आर्यकुमार की शालीनता पर विजय पाई और चपलता कहिए, बेसमझी कहिए, ढीठपन कहिए, पागलपन कहिए, मैंने दौड़ कर कमला हाथ पकड़ लिया। उसके चेहरे पर सुर्खी दौड़ गई और डोलची उसके हाथ से गिर पड़ी। मैं उसके कान में कहने लगा –

"आपसे एक बात कहनी है।"

"क्या? यहां कहने की कौन-सी बात है?"

"जब से आपको देखा है तब से..."

"बस चुप करो। ऐसी धृष्टता!"

अब मेरा वचन-प्रवाह उमड़ चुका था। मैं स्वयं नहीं जानता था कि मैं क्या कर रहा हूं, पर लगा बकने "प्यारी कमला, तुम मुझे प्राणों से बढ़कर हो, प्यारी कमला, मुझे अपना भ्रमर बनने दो। मेरा जीवन तुम्हारे बिना मरुस्थल है, उसमें मंदाकिनी बनकर बहो। मेरे जलते हुए हृदय में अमृत की पट्टी बन जाओ। जब से तुम्हें देखा है, मेरा मन मेरे अधीन नहीं है। मैं तब तक शांति न पाऊंगा जब तक तुम..."

कमला जोर से चीख उठी और बोली, "आपको ऐसी बातें कहते लज्जा नहीं आती? धिक्कार है आपकी शिक्षा को और धिक्कार आपकी विद्या को! इसी को आपने सभ्यता मान रखा है कि अपरिचित कुमारी से एकांत ढूंढ़ कर ऐसा घृणित प्रस्ताव करें। तुम्हारा यह साहस कैसे हो गया? तुमने मुझे क्या समझ रखा

है? 'सुखमय जीवन' का लेखक और ऐसा घृणित चरित्र! चिल्लू भर पानी में डूब मरो। अपना काला मुंह मत दिखाओ। अभी चाचाजी को बुलाती हूं।"

मैं सुनता जा रहा था क्या मैं स्वप्न देख रहा हूं, यह अग्नि-वर्षा मेरे किस अपराध पर? तो भी मैंने हाथ नहीं छोड़ा। कहने लगा, "सुनो कमला, यदि तुम्हारी कृपा हो जाए, तो सुखमय जीवन..."

"देखा तेरा सुखमय जीवन! आस्तीन के सांप! पापात्मा!! मैंने साहित्य-सेवी जान कर और ऐसे उच्च विचारों का लेखक समझ कर तुझे अपने घर में घुसने दिया और तेरा विश्वास और सत्कार किया था। प्रच्छन्नपापिन! वकदांभिक! बिड़ालव्रतिक! मैंने तेरी सारी बातें सुन ली हैं।" चाचाजी आ कर लाला-लाल आंखें दिखाते हुए, क्रोध से कांपते हुए कहने लगे, "शैतान, तुझे यहां आकर माया-जाल फैलाने का स्थान मिला। ओफ! मैं तेरी पुस्तक से छला गया। पवित्र जीवन की प्रशंसा में फार्मों-के-फार्म काले करनेवाले, तेरा ऐसा हृदय! कपटी! विष के घड़े।"

उनका धाराप्रवाह बंद ही नहीं होता था, पर कमला की गालियां और थीं और चाचाजी की और। मैंने भी गुस्से में आकर कहा, "बाबू साहब, जबान संभाल कर बोलिए। आपने अपनी कन्या को शिक्षा दी है और सभ्यता सिखाई है, मैंने भी शिक्षा पाई है और कुछ सभ्यता सीखी है। आप धर्म-सुधारक हैं। यदि मैं उसके गुण रूपों पर आसक्त हो गया, तो अपना पवित्र प्रणय उसे क्यों न बताऊं? पुराने ढर्रे के पिता दुराग्रही होते सुने गए हैं। आपने क्यों सुधार का नाम लजाया है?"

"तुम सुधार का नाम मत लो। तुम तो पापी हो। 'सुखमय जीवन' के कर्ता हो कर..."

"भाड़ में जाय 'सुखमय जीवन'! उसी के मारे नाकों दम है!! 'सुखमय जीवन' के कर्ता ने क्या यह शपथ खा ली है कि जनम-भर क्वांरा ही रहे? क्या उसे प्रेमभाव नहीं हो सकता? क्या उसमें हृदय नहीं होता?"

"हैं, जनम-भर क्वांरा?"

"हैं काहे की? मैं तो आपकी पुत्री से निवेदन कर रहा था कि जैसे उसने मेरा हृदय हर लिया है वैसे यदि अपना हाथ मुझे दे, तो उसके साथ 'सुखमय जीवन' के उन आदर्शों का प्रत्यक्ष अनुभव करुं, जो अभी तक मेरी कल्पना में है। पीछे हम दोनों आपकी आज्ञा मांगने आते। आप तो पहले ही दुर्वासा बन गए।"

"तो आपका विवाह नहीं हुआ? आपकी पुस्तक से तो जान पड़ता है कि आप कई वर्षों के गृहस्थ-जीवन का अनुभव रखते हैं। तो कमला की माता ही सच्ची थीं।"

इतनी बातें हुई थीं, पर न मालूम क्यों मैंने कमला का हाथ नहीं छोड़ा था। इतनी गर्मी के साथ शास्त्रार्थ हो चुका था, परंतु वह हाथ जो क्रोध के कारण लाल हो गया था, मेरे हाथ में ही पकड़ा हुआ था। अब उसमें सात्विक भाव का पसीना आ गया था और कमला ने लज्जा से आंखें नीची कर ली थीं। विवाह के पीछे कमला कहा करती है कि न मालूम विधाता की किस कला से उस समय मैंने तुम्हें झटक कर अपना हाथ नहीं खेंच लिया। मैंने कमला के दोनों हाथ खैंच कर अपने हाथों के संपुट में ले लिए (और उसने उन्हें हटाया नहीं!) और इस तरह चारों हाथ जोड़ कर वृद्ध से कहा-

"चाचाजी, उस निकम्मी पोथी का नाम मत लीजिए। बेशक, कमला की मां सच्ची हैं। पुरुषों की अपेक्षा स्त्रियां अधिक पहचान सकती हैं कि कौन अनुभव की बातें कह रहा है और कौन हांक रहा है। आपकी आज्ञा हो, तो कमला और मैं दोनों सच्चे सुखमय जीवन का आरंभ करें। दस वर्ष पीछे मैं जो पोथी लिखूंगा, उसमें किताबी बातें न होंगी, केवल अनुभव की बातें होगी।"

वृद्ध ने जेब से रूमाल निकाल कर चश्मा पोंछा और अपनी आंखें पोंछीं। आंखों पर कमला की माता की विजय होने के क्षोभ के आंसू थे, या घर बैठी पुत्री को योग्य पात्र मिलने के हर्ष के आंसू, राम जाने।

उन्होंने मुस्करा कर कमला से कहा, "दोनों मेरे पीछे-पीछे चले आओ। कमला! तेरी मां ही सच कहती थी।" वृद्ध बंगले की ओर चलने लगे। उनकी पीठ फिरते ही कमला ने आंखें मूंद कर मेरे कंधे पर सिर रख दिया।

* * *

सआदत हसन मंटो की कहानियों में प्यार के रंग

मशहूर अफसानानिगार सआदत हसन मंटो

स आदत हसन मंटो उर्दू के प्रसिद्ध लेखकों में से एक रहे हैं, जिन्हें उनकी लघु कहानियों जैसे "बू," "खोल दो," "ठंडा गोश्त," और "टोबा टेकसिंह" के लिए जाना जाता है। सआदत हसन मंटो का जन्म 11 मई 1912 को जिला लुधियाना के गांव पपड़ौदी (समराला नजदीक) में हुआ। उनके पिता गुलाम हसन मंटो कश्मीरी थे। मंटो के जन्म के जल्द बाद वह अमृतसर चले गए। मंटो की प्राथमिक पढ़ाई घर में ही हुई 1931 में उन्होंने मैट्रिक पास की और उसके बाद हिंदु सभा कॉलेज में एफ.ए. में दाखिला लिया। वह एक प्रसिद्ध उर्दू कहानीकार थे। मंटो केवल कहानीकार नहीं, बल्कि फिल्म और रेडियो पटकथा लेखक, और पत्रकार भी थे। अपने छोटे से जीवनकाल में, उन्होंने बाइस लघु कथा संग्रह, एक उपन्यास, रेडियो नाटक के पांच संग्रह, रचनाओं के तीन संग्रह, और व्यक्तिगत रेखाचित्र के दो संग्रह प्रकाशित किए।

मंटो का जीवन ज्यादातर अमृतसर, मुंबई, और लाहौर में बीता। अमृतसर उनके कहानी साहित्य का एक महत्वपूर्ण हिस्सा था, और उन्होंने अपने अफसानों में अमृतसर, लाहौर, और मुंबई के जीवन को बखूबी उकेरा। मंटो को अपने छोटे से जीवन में इतना प्रभावशाली साहित्यिक योगदान देने के लिए जाना जाता है कि उनके समकालीन बड़े लेखक भी उनकी प्रशंसा करते हैं।

मंटो ने 22 साल की उम्र में अलीगढ़ मुस्लिम यूनिवर्सिटी में दाखिला लिया, जहां उनकी मुलाकात अली सरदार जाफरी से हुई और वहां की प्रगतिशील माहौल ने उनकी रचनात्मकता को प्रोत्साहित किया। 1936 में उनका पहला उर्दू कहानी संग्रह 'आतिशपारे' प्रकाशित हुआ। इसके बाद वे अमृतसर लौटे और फिर लाहौर गए, जहां उन्होंने अखबार 'पारस' और साप्ताहिक 'मुसव्विर' में काम किया। जनवरी 1941 में वे दिल्ली आए

और ऑल इंडिया रेडियो में काम करना शुरू किया। दिल्ली में उन्होंने रेडियो नाटकों के चार संग्रह प्रकाशित किए और कई समसामयिक लेख भी लिखे। 1942 में वे बंबई चले गए और वहां पत्रिकाओं का संपादन और फिल्म लेखन किया।

उनकी शाहकार कहानियां हैं। टोबा टेक सिंह, बू, ठंडा गोश्त, खोल दो। जलियांवाला बाग हत्याकांड की मंटो के मन पर गहरी छाप थी। इसको लेकर ही मंटो ने अपनी पहली कहानी 'तमाशा' लिखी। उनकी रचनाएं हैं आतिशपारे, मंटो के अफसाने, धुआं, अफसाने और ड्रामे, लज्जत-ए-संग, सियाह हाशिए, बादशाहत का खात्मा, खाली बोतलें खाली डिब्बे, लाउडस्पीकर (सकैच), ठंडा गोश्त, सड़क के किनारे, यजीद, पर्दे के पीछे, बगैर उन्वान के, बगैर इजाजत, बुरके, शिकारी औरतें, सरकंडों के पीछे, शैतान, 'रत्ती, माशा, तोला', काली सलवार, नमरूद की खुदायी, गंजे फरिशते (सकैच), मंटो के मजामीन, सड़क के किनारे, मंटो की बेहतरीन कहानियां।

मंटो को उनकी कहानियों में अश्लीलता के आरोप के चलते छह बार अदालत का सामना करना पड़ा। इनमें से तीन बार पाकिस्तान के बनने से पहले और तीन बार पाकिस्तान के बनने के बाद था, लेकिन कोई भी मामला साबित नहीं हो सका। उनके कई कार्यों का दूसरी भाषाओं में भी अनुवाद भी हुआ है।

वैसे तो मंटो ने कई ओर विषयों पर भी लिखा है, लेकिन उनकी कहानियों में तवाइफ को जिस रूप में प्रस्तुत किया गया है, वह समाज के उस ढांचे पर सीधा प्रहार है जो औरत के अस्तित्व को उसकी पेशेवर पहचान के आधार पर आंकता है। आमतौर पर समाज तवाइफ या वेश्या को केवल उसकी देह और उसकी मजबूरियों के चश्मे से देखता है, उसे अपमान और नफरत का पात्र मानता है। लेकिन मंटो ने अपनी कहानियों में तवाइफ को एक अलग दृष्टिकोण से देखा है। उन्होंने उसे एक औरत के रूप में चित्रित किया है, न कि केवल एक पेशेवर के रूप में। उनकी कहानियों में तवाइफ भी इंसान है, जो तमाम कठिनाइयों और सामाजिक वर्जनाओं के बावजूद स्वाभिमान और प्रेम से परिपूर्ण है। उसके अंदर भी भावनाएं और इच्छाएं हैं। मंटो का नाम यौन विषयों से इस तरह जुड़ गया है कि अन्य विषय नजरअंदाज हो गए। जबकि उन्होंने अपनी कलम से प्रेम और रोमांस का चित्रण भी किया है। मंटो की लिखी मोहब्बत की कहानियों में दीवानगी, आत्म समर्पण की भावना मौजूद है। सआदत हसन मंटो की कहानियां प्रेम के नैतिक और अनैतिक पहलुओं का गहन और विवादास्पद चित्रण करती हैं।

एक तरफ मंटो की साहित्यिक गतिविधियां चल रही थीं और दूसरी तरफ उनके दिल में आगे पढ़ने की ख्वाहिश पैदा हो गई आखिर फरवरी, 1934 को

22 साल की उम्र में उन्होंने अलीगढ़ मुस्लिम यूनिवर्सिटी में दाखिला लिया। यह यूनिवर्सिटी उन दिनों प्रगतिशील मुस्लिम नौजवानों का गढ़ बनी हुई थी। यहीं मंटो की मुलाकात अली सरदार जाफरी से हुई और यहां के माहौल ने उसके मन में कुलबुलाती रचनात्मकता को उकसाया। मंटो ने कहानियां लिखना शुरू कर दिया। 'तमाशा' के बाद कहानी 'इंकिलाब पसंद' (1935) नाम से लिखी, जो अलीगढ़ मैगजीन में प्रकाशित हुई

1936 में मंटो का पहला मौलिक उर्दू कहानियों का संग्रह प्रकाशित हुआ, उसका शीर्षक था 'आतिशपारे'। अलीगढ़ में मंटो अधिक नहीं ठहर सके और एक साल पूरा होने से पहले ही अमृतसर लौट गए। वहां से वह लाहौर चले गए, जहां उन्होंने कुछ दिन 'पारस' नाम के एक अखबार में काम किया और कुछ दिन के लिए 'मुसव्विर' नामक साप्ताहिक का संपादन किया। फिर जनवरी, 1941 में दिल्ली आकर ऑल इंडिया रेडियो में काम करना शुरू किया। दिल्ली में मंटो सिर्फ 17 महीने रहे, लेकिन यह सफर उनकी रचनात्मकता का स्वर्णकाल था। यहां उनके रेडियो-नाटकों के चार संग्रह प्रकाशित हुए 'आओ', 'मंटो के ड्रामे', 'जनाजे' तथा 'तीन औरतें'। उनका विवादास्पद 'धुआं' और समसामियक विषयों पर लिखे गए लेखों का संग्रह 'मंटो के मजामीन' भी दिल्ली प्रवास के दौरान ही प्रकाशित हुआ। मंटो जुलाई, 1942 में लाहौर को अलविदा कहकर बंबई पहुंच गए। जनवरी, 1948 तक बंबई में रहे और कुछ पत्रिकाओं का संपादन तथा फिल्मों के लिए लेखन का कार्य किया।

मंटो और उनके परिवार ने भारत छोड़ दिया और लाहौर में बस गए। लाहौर में, वे प्रमुख साहित्यकारों जैसे फैज अहमद फैज, नासिर काजमी, अहमद राही, और अहमद नदीम कास्मी के संपर्क में रहे। वे पाक टी हाउस में अपने समकालीन साहित्यिक और राजनीतिक चर्चाओं के लिए जाने जाते थे। यहां पर उन्होंने कई ज्वलंत साहित्यिक और राजनीतिक मुद्दों पर चर्चा की और एक खास स्थान बना लिया।

मंटो का रुझान धीरे-धीरे रूसी साहित्य की ओर बढ़ने लगा। जिसका प्रभाव हमें उनके रचनाकर्म में दिखाई देता है। रूसी साम्यवादी साहित्य में उनकी दिलचस्पी बढ़ रही थी। मंटो की मुलाकात इन्हीं दिनों अब्दुल बारी नाम के एक पत्रकार से हुई, जिसने उन्हें रूसी साहित्य के साथ-साथ फ्रांसीसी साहित्य भी पढ़ने के लिए प्रेरित किया। इसके बाद मंटो ने विक्टर ह्यूगो, लॉर्ड लिटन, गोर्की, आंतोन चेखव, पुश्किन, ऑस्कर वाइल्ड, मोपासां आदि का अध्ययन किया।

अब्दुल बारी की प्रेरणा पर ही उन्होंने विक्टर ह्यूगो के एक ड्रामे 'द लास्ट डेज ऑफ ए कंडेम्ड' का उर्दू में अनुवाद किया, जो 'सरगुजश्त-ए-असीर'

शीर्षक से लाहौर से प्रकाशित हुआ। यह ड्रामा ह्यूगो ने मृत्युदंड के विरोध में लिखा था, जिसका अनुवाद करते हुए मंटो ने महसूस किया कि इसमें जो बात कही गई है वह उसके दिल के बहुत करीब है। अगर मंटो की कहानियों को ध्यान से पढ़ा जाए, तो यह समझना मुश्किल नहीं होगा कि इस ड्रामे ने उसके रचनाकर्म को कितना प्रभावित किया था। विक्टर ह्यूगो के इस अनुवाद के बाद मंटो ने ऑस्कर वाइल्ड से ड्रामे 'वेरा' का अनुवाद शुरू किया। दो ड्रामों का अनुवाद कर लेने के बाद मंटो ने अब्दुल बारी के ही कहने पर रूसी कहानियों का एक संकलन तैयार किया और उन्हें उर्दू में रूपांतरित करके 'रूसी अफसाने' शीर्षक से प्रकाशित करवाया।

* * *

एक प्रेम कहानी

अपने दिल की धड़कनें सलाम के तौर पर पेश करता हूं। हैरान न हो जाएइगा कि यह कौन है जो आपसे यों बेधड़क हमकलाम है। मैं अर्ज किए देता हूं। कल शाम को सवा छह बजे नहीं, छह बजकर ग्यारह मिनट पर जब आप अमृत सिनेमा के पास तांगे में से उतरीं तो मैंने आपको देखा। बस एक ही नजर ने मुझपर जादू कर दिया।

आप अपनी सहेलियों के साथ फिल्म देखने चली और मैं बाहर खड़ा आपको अपनी कल्पना की आंखों से मुख्तलिफ रूप में देखता रहा। दो घंटे के बाद आप बाहर निकलीं। फिर जियारत नसीब हुई और मैं हमेशा-हमेशा के लिए आपका गुलाम हो गया।

मेरी समझ में नहीं आता मैं आपको क्या लिखूं। बस इतना पूछना चाहता हूं, क्या आप मेरी मोहब्बत को अपने हुस्नो-जमाल की शायाने-शान समझेंगी या नहीं।

अगर आपने ठुकरा दिया तो मैं खुदकुशी नहीं करूंगा, जिंदा रहूंगा ताकि आपके दीदार होते रहें।

आपके हुस्नो-जमाल का परिस्तार।

मुझसे संबंधित आम लोगों को यह शिकायत है कि मैं प्रेम कहानी नहीं लिखता। मेरे अफसानों में क्योंकि इश्को-मोहब्बत की चाशनी नहीं होती इसीलिए वो बिल्कुल सपाट होते हैं। मैं अब यह प्रेम कहानी लिख रहा हूं ताकि लोगों की यह शिकायत किसी हद तक दूर हो जाए।

जमील का नाम अगर आपने पहले नहीं सुना तो अब सुन लीजिए। उसका परिचय मुख्तसर तौर पर कराए देता हूं। वो मेरा लंगोटिया दोस्त था, हम इकट्ठे स्कूल में पढ़े, फिर कॉलेज में एक साथ दाखिल हुए।

मैं एम.ए. में फेल हो गया और वो पास। मैंने पढ़ाई छोड़ दी मगर उसने जारी रखी। डबल एम.ए. किया और पता नहीं कहां गायब हो गया। सिर्फ इतना सुनने में आया था कि उसने एक पांच बच्चों वाली मां से शादी कर ली थी और बाहर चला गया था। वहां से वापस आया या कहां रहा, इस संबंध में मुझे कुछ मालूम नहीं।

जमील बड़ा आशिक मिजाज था। स्कूल के दिनों ही में उसका मन बेकरार रहता था कि वो किसी लड़की की मोहब्बत में गिरफ्तार हो जाए। मुझे ऐसी गिरफ्तारी से कोई खास दिलचस्पी नहीं थी। लेकिन उसकी सरगर्मियों में जो इश्क से जुड़ी होतीं, बराबर हिस्सा लिया करता था।

जमील लंबे कद का नहीं था मगर अच्छे खदो-खाल का मालिक था। मेरा मतलब है उसे खूबसूरत न कहा जाए तो उसके कबूल सूरत होने में शको-शुबह नहीं था। रंग गोरा और सुर्खी माइल, तेज-तेज बातें करने वाला, बला का जहीन, मनोविज्ञान का छात्र, बड़ा सेहतमंद।

उसके दिलो-दिमाग में जवानी तक पहुंचने से कुछ अर्सा पहले ही प्रेम करने की जबरदस्त ख्वाहिश पैदा हो गई थी। उसको गालिब के इस 'शेर' का अर्थ अच्छी तरह मालूम था-

इश्क पर जोर नहीं है ये वो आतिश गालिब
कि लगाये न लगे और बुझाये न बुझे

मगर इसके विपरीत वो ये आग खुद अपनी माचिस से लगाना चाहता था। उसने इस कोशिश में कई माचिस जलाईं मेरा मतलब यह है कि कई लड़कियों के इश्क में गिरफ्तार हो जाने के लिए नए-नए सूट सिलवाए, बढ़िया से बढ़िया टाइयां खरीदीं, सेंट की सैंकड़ों शीशियां इस्तेमाल कीं मगर यह सूट, टाइयां और सेंट उसकी कोई मदद न कर सके।

मैं और वो, दोनों शाम को कंपनी बाग का रुख करते। वो खूब सजा बना होता। उसके कपड़ों से बेहतरीन खुशबू निकल रही होती। बाग की रविशों पर कई लड़कियां बदसूरत, खूबसूरत, कबूल सूरत 'महवे खिराम' होती थीं। वो उनमें से किसी एक को अपने इश्क के लिए चुनने की कोशिश करता मगर नाकाम रहता।

एक दिन उसने मुझसे कहा, "सआदत मैंने आखिरकार एक लड़की चुन ही ली है। खुदा की कसम, चंदे आफ्ताब, चंदे माहताब है। मैं कल सुबह सैर के लिए निकला। बहुत-सी लड़कियां भाई के साथ स्कूल जा रही थीं। उनमें एक बुर्कापोश लड़की ने जब अपनी नकाब हटाई तो उसका चेहरा देखकर मेरी आंखें

उस पर टिकी रह गई। क्या हुस्नो-जमाल था। बस मैंने वहीं फैसला कर लिया कि जमील अब ज्यादा न भागो, उस हसीना के इश्क में तुम्हें गिरफ्तार होना चाहिए। होना क्या तुम हो चुके हो।"

उसने फैसला कर लिया कि वो रोज सुबह उठकर उस मुकाम पर जहां उसने काफिर-जमाल हसीना को देखा था, पहुंच जाया करेगा और उसको अपनी तरफ ध्यान दिलाने की कोशिश करेगा।

इसके लिए उसके जहीन दिमाग ने बहुत से प्लैन सोचे थे। एक जो दूसरे के मुकाबले में ज्यादा प्रभावशाली था, उसने मुझे बता दिया था।

उसने हिसाब लगाकर सोचा था कि दस दिन लगातार उस लड़की को एक ही मुकाम पर खड़े रहकर देखने और घूरने से इतना मालूम हो जाएगा कि इसका मतलब क्या है? यानि वो क्या चाहता है। इस मुद्दत के बाद वो इसकी प्रतिक्रिया देखेगा और विचार करने के बाद कोई फैसला लेगा।

यह डर था कि वो लड़की देखना या घूरना पसंद न करे। भाई से या अपने वालिदैन से उसके इस रवैये की शिकायत कर दे। यह भी मुमकिन था कि वो राजी हो जाती। उसकी साबित कदमी उस पर इतना असर करती कि उसके साथ भाग जाने को तैयार हो जाती।

जमील ने तमाम पहलुओं पर अच्छी तरह विचार कर लिया था। शायद जरूरत से ज्यादा। इसीलिए कि दूसरे रोज जब वो अलार्म बजने पर उठा तो उसने उस मुकाम पर जहां उस लड़की से उसकी पहली बार मुठभेड़ हुई थी, जाने का ख्याल तर्क कर दिया।

उसने मुझसे कहा, "सआदत मैंने सोचा कि हो सकता है स्कूल में छुट्टी हो क्योंकि जुमा है। मालूम नहीं इस्लामी स्कूल में पढ़ती है या किसी गवर्नमेंट स्कूल में। फिर यह भी मुमकिन था कि अगर मैं उसे ज्यादा शिद्दत से घूरता तो वो भिन्ना जाती। इसके अलावा इस बात की क्या जमानत थी कि दस दिन के अंदर-अंदर मुझे उसकी प्रतिक्रिया अच्छी तरह से मालूम हो जाएगी। शायद वो रजामंद हो जाती, मेरा मतलब है मुझे आसानी से गुफ्तगू का मौका दे देती, तो मैं उससे क्या कहता।"

मैंने कहा, "यही कि तुम उससे मोहब्बत करते हो।"

जमील संजीदा हो गया। "यार, मुझसे कभी कहा न जाता, तुम सोचो न अगर यह सुनकर वो मेरे मुंह पर यह पत्थर दे मारती कि जनाब आपको इसका क्या हक हासिल है, तो मैं क्या जवाब देता। ज्यादा से ज्यादा मैं यह कह सकता कि हुजूर मोहब्बत करने का हक हर इंसान को हासिल है। मगर वो एक और पत्थर मुझे मार सकती थी कि तुम बकवास करते हो, कौन कहता है कि तुम इंसान हो।"

किस्सा मुख्तसर यह कि जमील उस हसीनो-जमील लड़की की मोहब्बत में खुद को अपने स्वाभिमान के कारण गिरफ्तार न करा सका। मगर उसकी ख्वाहिश बदस्तूर मौजूद थी। एक और सुंदर चेहरे वाली लड़की उसकी मुंतजर निगाहों के सामने आई और उसने फौरन ठान लिया कि उससे इश्क लड़ाना शुरू कर देगा।

जमील ने सोचा कि उससे खतो-किताबत की जाए, इसीलिए उसने पहले खत के कई टुकड़े फाड़ने के बाद एक आखरी, इश्को-मोहब्बत में शराबोर, तहरीर मुकम्मल की, जो मैं यहां नकल करता हूं।

जाने-जमील!

अपने दिल की धड़कनें सलाम के तौर पर पेश करता हूं। हैरान न हो जाएइगा कि यह कौन है जो आपसे यों बेधड़क हमकलाम है। मैं अर्ज किए देता हूं। कल शाम को सवा छह बजे नहीं, छह बजकर ग्यारह मिनट पर जब आप अमृत सिनेमा के पास तांगे में से उतरीं तो मैंने आपको देखा। बस एक ही नजर ने मुझपर जादू कर दिया।

आप अपनी सहेलियों के साथ फिल्म देखने चली गई और मैं बाहर खड़ा आपको अपनी कल्पना की आंखों से मुख्तलिफ रूप में देखता रहा। दो घंटे के बाद आप बाहर निकलीं। फिर जियारत नसीब हुई और मैं हमेशा-हमेशा के लिए आपका गुलाम हो गया।

मेरी समझ में नहीं आता मैं आपको क्या लिखूं। बस इतना पूछना चाहता हूं, क्या आप मेरी मोहब्बत को अपने हुस्नो-जमाल की शायाने-शान समझेंगी या नहीं।

अगर आपने ठुकरा दिया तो मैं खुदकुशी नहीं करूंगा, जिंदा रहूंगा ताकि आपके दीदार होते रहें।

आपके हुस्नो-जमाल का परिस्तार।

जमील!

यह खत उसने मेरे घर में एक खुशबूदार कागज पर अपनी रफ तहरीर में मुंतकिल किया था। लिफाफा फूलदार और खुशबूदार था जिसको जमालियाती जौक ने पसंद नहीं किया था।

चंद रोज के बाद जमील मुझसे मिला तो मालूम हुआ कि उसने यह खत उस लड़की तक नहीं पहुंचाया।

पहली बात यह है कि इश्क का आगाज खत से करना अनुचित है। दूसरी इसीलिए कि इस खत की तहरीर ठीक नहीं है। उसने खुद को लड़की तसव्वर करके यह खत पढ़ा और उसको बहुत मजहकाखीज मालूम हुआ। तीसरी इसीलिए कि तफ्तीश करने के बाद उसको मालूम हुआ कि लड़की हिंदू है।

यह मामला भी शुरू होने से पहले ही खत्म हो गया।

उसके घर में मेरा आना जाना था। मुझसे कोई पर्दा वगैरह नहीं था। हम घंटों बैठे पढ़ाई या गपबाजियों में मशगूल रहते। उसकी दो बहनें थीं, छोटी-छोटी। उनसे बड़ी बचकाना किस्म की पुर लुत्फ बातें होतीं। उसकी मौसी की एक आखिरी दर्जे की सीधी साधी लड़की अजरा थी। उम्र यही कोई सतरह-अठारह बरस होगी। उसका हम दोनों मजाक उड़ाया करते थे।

जमील की जब दूसरी कोशिश भी नाकाम साबित हुई तो वो दो महीने तक खामोश रहा। इस दौरान उसने इश्क में गिरफ्तार होने की कई नई कोशिश की। लेकिन उसके बाद उसको एकदम दौरा पड़ा और उसने एक हफ्ते के अंदर-अंदर पांच-छह लड़कियों को अपनी इश्क की बंदूक के लिए निशाने के तौर पर चुन लिया। लेकिन नतीजा वही ढाक के तीन पात। सिर्फ चार लड़कियों के संबंध में, मुझे उसकी इश्किया मुहिम के बारे में इल्म है।

पहली ने जो उसकी दूर-दराज की रिश्तेदार थी, अपनी मां के जरिए उसकी मां तक अल्टिमेटम भिजवा दिया कि अगर जमील ने उसको फिर बुरी नजरों से देखा तो उसके हक में अच्छा नहीं होगा।

दूसरी गौर से देखने पर चेचक के दागों वाली निकली।

तीसरी की छठे-सातवें रोज एक कसाई से मंगनी हो गई।

चौथी को उसने एक लंबा इश्किया खत लिखा जो उसकी मौसी की बेटी अजरा के हाथ आ गया। मालूम नहीं किस तरह। पहले जमील उसका मजाक उड़ाया करता था, अब उसने उड़ाना शुरू कर दिया। इतना कि जमील के नाक में दम आ गया।

जमील ने मुझे बताया, "सआदत यह अजरा जिसे हम बेवकूफी की हद तक सीधी-साधी समझते हैं, सख्त जालिम है। सब समझती है। जिस लड़की को मैंने खत लिखा था और गलती से अपनी मेज के दराज में रखकर यह सोचने में मशगूल था कि वो इसका क्या जवाब लिखेगी, यह कमबख्त जाने कैसे ले उड़ी। अब उसने मेरा 'मुहं' बंद कर दिया है। कभी-कभी ऐसी तल्ख बातें करती है कि मुझे रुलाती है और खुद भी रोती है। मैं तो तंग आ गया हूं।"

उससे बहुत ज्यादा तंग आकर उसने अपने इश्क की मुहिम और तेज कर दी। अबकी उसने चौदह लड़कियां चुनीं मगर अच्छी तरह गौर करने के बाद उनमें से सिर्फ एक बाकी रह गई दस उसके मकान से बहुत दूर रहती थीं जिनको हर रोज देखने के लिए उसका दिल गवाही नहीं देता था। दो ऐसी थीं जिनके खानदानी होने के बारे में उसे शुबहा था। बारह हुई। तेरहवीं ने एक दिन ऐसी बुरी तरह घूरा कि उसके होश ठिकाने लग गए।

चौदहवीं जो चौदहवीं का चांद थी, पट जाती मगर वो कमबख्त कम्युनिस्ट थी। जमील ने सोचा था कि उसका प्रेम पाने के लिए वो जरूर कम्युनिस्ट बन जाता। खादी के कपड़े पहनकर मजदूरों के हक में दस बारह तकरीरें भी कर देता। मगर मुसीबत यह थी कि उसके वालिद साहब रिटायर्ड इंजिनियर थे, उनकी पेंशन यकीनन बंद हो जाती। यहां से नाउमीदी हुई तो उसने सोचा कि इश्कबाजी फजूल है। शराफत यही है कि वो किसी से शादी कर ले। उसके बाद अगर तबियत चाहे तो अपनी बीवी की मोहब्बत में गिरफ्तार हो जाए। चुनांचे उसने मुझे इस फैसले से आगाह किया। तय यह हुआ कि वो अपनी अम्मा जान और अपने अब्बा जान से बात करे।

बहुत दिनों की सोच विचार के बाद उसने इस गुफ्तगू का खाका तैयार किया। सबसे पहले उसने अपनी अम्मी से बात की। वो खुश हुई। इधर-उधर अपने अजीजों में उन्होंने जमील के लिए मौजूं रिश्ता ढूंढने की कोशिश की मगर नाकामी हुई पड़ोस में खान बहादुर की लड़की थी। एम.ए., बड़ी जहीन और तबियत की बहुत अच्छी। मगर उसकी नाक चिपटी थी। खाला की बेटी हुस्न आरा थी और बेहद काली। सोगरा थी मगर उसके मां-बाप बड़े खसीस थे। जहेज में जितने जोड़े जमील की मां चाहती थी, उससे वो आधे भी देने को रजामंद नहीं थे। अजरा का तो कोई सवाल ही पैदा नहीं होता था।

जमील की मां ने बड़ी कोशिशों के बाद रावलपिंडी के एक अच्छे और खुशहाल खानदान की लड़की से बातचीत तय कर ली। जमील अपनी नाकाम इश्कबाजियों से इतना तंग आ गया था कि उसने अपनी मां से यह भी न पूछा कि शक्ल सूरत कैसी है। वैसे उसने अपने जिंदा तसव्वर में इसका अंदाजा लगा लिया था और मुफस्सल तौर पर सोच लिया था कि वो उसकी मोहब्बत में किस तरह गिरफ्तार होगा।

यह सिलसिला काफी देर तक जारी रहा। मैं खुश था कि जमील की शादी हो रही है। उसके मर्ज-ए-इश्क का एक फकत यही इलाज था।

महीने गुजर गए। आखिर रावलपिंडी के इस प्रतिष्ठित और खुशहाल घराने की लड़की से जिसका नाम शरीफा था, उसकी मंगनी हो गई

इस तकरीब पर उसे ससुराल की तरफ से हीरे की अंगूठी मिली। जो वो हर वक्त पहने रहता था। इस पर उसने एक नज्म भी लिखी जिसका कोई शेर मुझे याद नहीं। एक बरस तक सोचता रहा कि उसे अपनी दुल्हन को कब अपने यहां लाना चाहिए। आदमी चूंकि आजाद और रौशन ख्याल किस्म का था इसीलिए उसकी ख्वाहिश थी कि मां बाप से अलग अपना घर बनाए। यह कैसा होना चाहिए, इसमें किस डिजाइन का फर्नीचर हो, नौकर कितने हों, माहवार खर्च

कितना होगा, सास के साथ उसका क्या सलूक होगा, इन तमाम बातों के बारे में उसने काफी सोच विचार किया। नतीजा यह हुआ कि लड़की वाले तंग आ गए। वो चाहते थे कि रुख्सती का मरहला जल्द से जल्द तय हो।

जमील इस बारे में कोई फैसला न कर सका। लेकिन उसकी अम्मी ने एक तारीख मुकर्रर कर दी। कार्ड-वार्ड छप गए। वलीमे की दावत के लिए जरूरी सामान का बंदोबस्त कर लिया गया। उसके वालिद बुजुर्गवार शेख मुहम्मद इस्माइल साहब रिटायर्ड इंजिनियर बहुत खुश थे। मगर जमील बहुत परेशान था। इसीलिए कि वो अपने बनने वाले घर का आखरी नक्शा तैयार नहीं कर सका था।

रुख्सती की तारीख 9 अक्टूबर मुकर्रर की गई थी। 8 अक्टूबर की शाम को बहुत देर तक, मेरा ख्याल है रात के दो बजे तक उस आने वाले हादसे के संबंध में बातचीत करते रहे। लेकिन किसी नतीजे पर न पहुंचे। आखिर तय यह हुआ कि जो होता है, होने दिया जाए।

और हुआ यह कि 9 अक्टूबर की सुबह को, मुंह अंधेरे जमील मेरे पास सख्त बेचैनी और पीड़ा के आलम में आया और उसने मुझे यह खबर सुनाई कि उसकी मौसी की लड़की अजरा ने, जो बेवकूफी की हद तक सीधी-साधी थी, खुदकुशी कर ली है। इसीलिए कि उसको जमील से बहुत प्रेम था। वो बर्दाश्त न कर सकी कि उसके 'महबूबो-माबूद' की शादी किसी और लड़की से हो। इस बारे में उसने जमील के नाम एक खत लिखा, जिसकी इबारत बहुत दर्दनाक थी। मेरा ख्याल है कि यह तहरीर यादगार के तौर पर उसके पास सुरक्षित होगी।

* * *

बेगू

मैं उससे पूरा एक घंटा गुफ्तगू करता रहा। उससे साफ लफ्जों में कह दिया कि मैं तुमसे मोहब्बत करता हूं और शादी का ख्वाहिशमंद हूं। ये सुनकर वह बिल्कुल हैरान न हुई लेकिन, उसकी निगाहें जो दूर पहाड़ियों की स्याही और आसमान की नीलाहट को आपस में मिलता हुआ देख रही थीं इस बात की पनाहगार थीं कि वो किसी गहरे ख्याल में डूबी हुई है। कुछ अर्सा खामोश रहने के बाद उसने मेरे इसरार पर सिर्फ इतना जवाब दिया।

"अच्छा आप कश्मीर न जाएं।"

ये जवाब इख्तिसार के बावजूद हौसला अफजा था...इस मुलाकात के बाद हम दोनों बेतकल्लुफ हो गए। अब पहला सा हिजाब न रहा। हम घंटों एक दूसरे के साथ बातें करते रहते। एक रोज मैंने उससे निशानी के तौर पर कुछ मांगा तो उसने बड़े भोले अंदाज में अपने सर के क्लिप उतार कर मेरी हथेली पर रख दिए और मुस्कुरा कर कहा, "मेरे पास यही कुछ है।"

तसल्लियां और दिलासे बेकार हैं। लोहे और सोने के से मिलकर बनी दवा का कई बार अनुभव कर चुका हूं। कौन सी दवा है जो मेरे हलक से नहीं उतारी गई मैं आपके अखलाक का ममनून हूं मगर डॉक्टर साहब मेरी मौत यकीनी है। आप कैसे कह रहे हैं कि मैं दिक का मरीज नहीं। क्या मैं हर रोज खून नहीं थूकता?

आप यही कहेंगे कि मेरे गले और दांतों की खराबी का नतीजा है मगर मैं सब कुछ जानता हूं। मेरे दोनों फेफड़े छत्ते की तरह जालीदार हो चुके हैं। आपके इंजेक्शन मुझे दोबारा जिंदगी नहीं बख्श सकते। देखिए, मैं इस वक्त आपसे बातें कर रहा हूं। मगर सीने पर एक वजनी इंजन

दौड़ता हुआ महसूस कर रहा हूं। मालूम होता है कि मैं एक अंधेरे गड्ढे में उतर रहा हूं...कब्र भी तो एक अंधेरा गड्ढा ही है।

आप मेरी तरफ इस तरह न देखिए डॉक्टर साहब, मुझे इस चीज का पूरा अहसास है कि आप अपने अस्पताल में किसी मरीज का मरना पसंद नहीं करते मगर जो चीज अटल है वो होकर रहेगी। आप ऐसा कीजिए कि मुझे यहां से रुखसत कर दीजिए। मेरी टांगों में तीन-चार मील चलने की ताकत अभी बाकी है। किसी करीब के गांव में चला जाऊंगा और...मगर मैं तो रो रहा हूं। नहीं नहीं। डॉक्टर साहब यकीन कीजिए। मुझे मौत से खौफ नहीं। ये मेरे जज्बात हैं, जो आंसुओं की शक्ल में बाहर निकल रहे हैं।

आह! आप क्या जानें। इस मदकूक के सीने से क्या कुछ बाहर निकलने को मचल रहा है। मैं अपने अंजाम से बाखबर हूं। आज से पांच बरस पहले भी मैं इस वहशतनाक अंजाम से बाखबर था। जानता था और अच्छी तरह जानता था कि कुछ अर्से के बाद मेरी जिंदगी की दौड़ खत्म हो जाएगी।

मैंने उस गेंद को जिसे आप जिंदगी के नाम से पुकारते हैं, खुद अपने पांव पर कुल्हाड़ी मारकर काटा है। इसमें किसी का कोई कसूर नहीं। वाकिया ये है कि मैं इस खेल में लज्जत महसूस कर रहा हूं। लज्जत...हां लज्जत...मैंने अपनी जिंदगी की कई रातें हुस्न-फरोश औरतों के तारीक अड्डों पर गुजारी हैं। शराब के नशे में चूर मैंने किस बेदर्दी से खुद को इस हालत में पहुंचाया।

मुझे याद है, उन ही अड्डों की स्याह पेशा औरत...क्या नाम था उसका? हां गुलजार, मुझे इस बुरी तरह अपनी जवानी को कीचड़ में लत-पत करते देखकर मुझसे हमदर्दी करने लग गई थी। बेवकूफ औरत, उसको क्या बताता कि मैं इस कीचड़ में किस का अक्स देखने की कोशिश कर रहा था। मुझे गुलजार और उसकी दीगर हमपेशा औरतों से नफरत थी और अब भी है लेकिन क्या आप मरीजों को जहर नहीं खिलाते, अगर उससे अच्छे नतीजे की उम्मीद हो।

मेरे दर्द की दवा ही अंधेरी जिंदगी थी। मैंने बड़ी कोशिश और मुसीबतों के बाद इस अंजाम को बुलाया है जिसकी कुछ रुएदाद आपने मेरे सिरहाने एक तख्ती पर लिखकर लटका रखी है। मैंने उसके इंतजार में एक एक घड़ी किस बेताबी से काटी है, आह! कुछ न पूछिए! लेकिन अब मुझे तसल्ली हासिल हो चुकी है। मेरी जिंदगी का मकसद पूरा हो गया। मैं दिक और सिल का मरीज हूं। इस मर्ज ने मुझे खोखला कर दिया है...आप हकीकत का इजहार क्यों नहीं कर देते।

बाखुदा इससे मुझे और तसल्ली हासिल होगी। मेरी आखिरी सांस आराम से निकलेगी...हां डॉक्टर साहब ये तो बताईए, क्या आखिरी लम्हात वाकई

तकलीफदेह होते हैं? मैं चाहता हूं मेरी जान आराम से निकले। आज मैं वाकई बच्चों की सी बातें कर रहा हूं। आप अपने दिल में यकीनन मुस्कुराते होंगे कि मैं आज पहले से बहुत ज्यादा बातूनी हो गया हूं...दीया जब बुझने के करीब होता है तो उसकी रोशनी तेज हो जाया करती है। क्या मैं झूठ कह रहा हूं?

आप तो बोलते ही नहीं और मैं हूं कि बोले जा रहा हूं। हां, हां, बैठिए। मेरा जी चाहता है, आज किसी से बातें किए जाऊं। आप न आते तो खुदा मालूम मेरी क्या हालत होती। आपका सफेद सूट आंखों को किस कदर भला मालूम हो रहा है। कफन भी इसी तरह साफ सुथरा होता है फिर आप मेरी तरफ इस तरह क्यों देख रहे हैं। आपको क्या मालूम कि मैं मरने के लिए किस कदर बेताब हूं।

अगर मरने वालों को कफन खुद पहनना हो तो आप देखते मैं उसको कितनी जल्दी अपने गिर्द लपेट लेता। मैं कुछ अर्सा और जिंदा रहकर क्या करूंगा? जब कि वो मर चुकी है। मेरा जिंदा रहना फुजूल है। मैंने इस मौत को बहुत मुश्किलों के बाद अपनी तरफ आमादा किया है और अब मैं इस मौके को हाथ से जाने नहीं दे सकता। वो मर चुकी है और अब मैं भी मर रहा हूं। मैंने अपनी संगदिली...वो मुझे संगदिल के नाम से पुकारा करती थी, की कीमत अदा कर दी है और खुदा गवाह है कि उसका कोई भी सिक्का खोटा नहीं। मैं पांच साल तक उनको परखता रहा हूं, मेरी उम्र इस वक्त पच्चीस बरस की है। आज से ठीक सात बरस पहले मेरी उससे मुलाकात हुई थी। आह, इन सात बरसों की रुएदाद कितनी हैरत अफजा है अगर कोई शख्स उसकी तफसील कागजों पर फैला दे तो इंसानी दिलों की दास्तानों में कैसा दिलचस्प इजाफा हो। दुनिया एक ऐसे दिल की धड़कन से आश्ना होगी जिसने अपनी गलती की कीमत खून की उन थूकों में अदा की है जिन्हें आप हर रोज जलाते रहते हैं कि उनके जरासीम दूसरों तक न पहुंचें।

आप मेरी बकवास सुनते-सुनते क्या तंग तो नहीं आ गए? खुदा मालूम क्या-क्या कुछ बकता रहा हूं। तकल्लुफ से काम न लीजिए, आप वाकई कुछ नहीं समझ सकते, मैं खुद नहीं समझ सका। सिर्फ इतना जानता हूं कि बटोत से वापस आकर मेरे दिल-ओ-दिमाग का हर जोड़ हिल गया था। अब यानी आज जब कि मेरे जुनून का दौरा खत्म हो चुका है और मौत को चंद कदम के फासले पर देख रहा हूं। मुझे यूं महसूस होता कि वो वजन जो मेरी छाती को दाबे हुए था हल्का हो गया है और मैं फिर जिंदा हो रहा हूं।

मौत में जिंदगी...कैसी दिलचस्प चीज है! आज मेरे जहन से धुंद के तमाम बादल उठ गए हैं। मैं हर चीज को रोशनी में देख रहा हूं। सात बरस पहले के तमाम वाकियात इस वक्त मेरी नजरों के सामने हैं। देखिए...मैं लाहौर से गर्मियां गुजारने के लिए कश्मीर की तैयारियां कर रहा हूं। सूट सिलवाए जा रहे हैं। बूट

बेगू ❖ सआदत हसन मंटो

डिब्बों में बंद किए जा रहे हैं। होल्डाल और ट्रंक कपड़ों से भरे जा रहे हैं। मैं रात की गाड़ी से जम्मू रवाना होता हूं। शमीम मेरे साथ है। गाड़ी के डिब्बे में बैठकर हम काफी वक्त तक बातें करते रहते हैं।

गाड़ी चलती है। शमीम चला जाता है। मैं सो जाता हूं। दिमाग हर किस्म की फिक्र से आजाद है। सुबह जम्मू स्टेशन पर जागता हूं। कश्मीर की हसीन वादी की होने वाली सैर के ख्यालात में मगन लारी पर सवार होता हूं। बटोत से एक मील के फासले पर लारी का पहिया पंक्चर हो जाता है। शाम का वक्त है इसीलिए रात बटोत के होटल में काटनी पड़ती है। उस होटल का कमरा मुझे बेहद गलीज मालूम होता है मगर क्या मालूम था कि मुझे वहां पूरे दो महीने रहना पड़ेगा।

सुबह सवेरे उठता हूं तो मालूम होता है कि लारी के इंजन का एक पुर्जा भी खराब हो गया है। इसीलिए मजबूरन एक दिन और बटोत में ठहरना पड़ेगा। ये सुनकर मैं काफी उदास हो गया था! इस उदासी को दूर करने के लिए मैं...मैं उस रोज शाम को सैर के लिए निकलता हूं। चीड़ के पेड़ों की सांसें, जंगली परिंदों के नगमे, सेब से लदे पेड़ों का सौंदर्य और ढलते सूरज का दिलकश दृश्य, लारी वाले की लापरवाही और रंग में भंग डालने वाली तकदीर की गुस्ताखी का ख्याल, सभी परेशानियों को भुला देता है। मैं नेचर के दिल खुश कर देने वाले मंजरों का लुत्फ उठाता सड़क के एक मोड़ पर पहुंचता हूं...दफअतन मेरी निगाहें उससे दो-चार होती हैं। बेगू मुझसे बीस कदम के फासले पर अपनी भैंस के साथ खड़ी है...जिस दास्तान का अंजाम इस वक्त आपके पेश-ए-नजर है, उसका आगाज यहीं से होता है।

वो जवान थी। उसकी जवानी पर बटोत की फिजा पूरी शिद्दत के साथ सामने थी। हरा लिबास पहने हुए वो सड़क के दरमियान मकई का एक दराज कद बूटा मालूम हो रही थी चेहरे का तांबे जैसा चमकदार रंग और उसकी आंखों की रोशनी ने एक अनोखी और खास कैफियत पैदा कर दी थी। उसकी आंखें बिलकुल साफ और पारदर्शी थीं, किसी झरने या तालाब के पानी की तरह...मैं उसको कितना अर्सा देखता रहा, ये मुझे मालूम नहीं। लेकिन इतना याद है कि अचानक मैंने पाया कि मेरा दिल संगीत से भरा हुआ है, और फिर मैं मुस्कुरा दिया।

उसकी बहकी हुई निगाहों की तवज्जो भैंस से हटकर मेरे तबस्सुम से टकराई मैं घबरा गया। उसने एक तेज तजस्सुस से मेरी तरफ देखा, जैसे वो किसी भूले हुए ख्वाब को याद कर रही है। फिर उसने अपनी छड़ी को दांतों में दबाकर कुछ सोचा और मुस्कुरा दी। उसका सीना चश्मे के पानी की तरह धड़क रहा था। मेरा दिल भी मेरे पहलू में अंगड़ाइयां ले रहा था और ये पहली मुलाकात किस कदर लजीज थी। उसका जायका अभी तक मेरे जिस्म की हर रग में मौजूद है।

वो चली गई...मैं उसको आंखों से ओझल होते देखता रहा। वो इस अंदाज से चल रही थी जैसे कुछ याद कर रही है। कुछ याद करती है मगर फिर भूल जाती है। उसने जाते हुए पांच-छ मर्तबा मेरी तरफ मुड़कर देखा लेकिन फौरन सिर फेर लिया। जब वो अपने घर में दाखिल हो गई, जो सड़क के नीचे मकई के छोटे से खेत के साथ बना हुआ था। मैंने अपनी तरफ ध्यान दिया हुआ, मैं उसकी मोहब्बत में गिरफ्तार हो चुका था। इस अहसास ने मुझे सख्त मुतहय्यर किया। मेरी उम्र उस वक्त अठारह साल की थी। कॉलेज में अपने साथियों से मैं मोहब्बत के बारे में बहुत कुछ सुन चुका था। इश्किया दास्तानें भी अक्सर मेरे जेर मुताला रही थीं। मगर मोहब्बत के हकीकी मानी मेरी नजरों से छिपे थे। उसके जाने के बाद जब मैंने अपने दिल की धड़कनों में एक नाकाबिल-ए-बयान कड़वाहट महसूस की, तो मैंने सोचा, शायद इसी का नाम मोहब्बत है...ये मोहब्बत ही थी...औरत से मोहब्बत करने का पहला मकसद ये होता है कि वो मर्द की हो जाए यानी वो उससे शादी कर ले और आराम से अपनी बाकी की जिंदगी गुजार दे।

शादी के बाद ये मोहब्बत करवट बदलती है। फिर मर्द अपनी महबूबा के कांधों पर एक घर तामीर करता है। मैंने जब बेगू से अपने दिल को वाबस्ता होते महसूस किया तो फितरी तौर पर मेरे दिल में उस जीवन साथी का ख्याल पैदा हुआ जिसके साथ मैं अपने कमरे की चार दीवारी में कई ख्वाब देख चुका था। इस ख्याल के आते ही मेरे दिल से ये सदा उठी, "देखो सईद, ये लड़की ही तुम्हारे ख्वाबों की परी है।" चुनांचे मैं तमाम चीजों पर गौर करता हुआ होटल वापस आया और एक माह के लिए होटल का वो कमरा किराए पर उठा लिया जो मुझे बेहद गलीज महसूस हुआ था। मुझे अच्छी तरह याद है कि होटल का मालिक मेरे इस इरादे को सुनकर बहुत हैरान हुआ था।

इसीलिए कि मैं सुबह होटल की गंदगी पर एक तवील लेक्चर दे चुका था। दास्तान कितनी लंबी होती जा रही है। मगर मुझे मालूम है कि आप इसे गौर से सुन रहे हैं...हां, हां आप सिगरेट सुलगा सकते हैं। मेरे गले में आज खांसी के आसार महसूस नहीं होते। आपकी डिबिया देखकर मेरे जहन में एक और वाकिया की याद ताजा हो गई है।

बेगू भी सिगरेट पिया करती थी। मैंने कई बार उसे गोल्ड फ्लेक की डिबियां लाकर दी थीं। वो बड़े शौक से उनको मुंह में दबाकर धुएं के बादल उड़ाया करती थी। धूआं! मैं उसी नीले-नीले धुएं को अब भी देख रहा हूं जो उसके गीले होंटों पर रक्स किया करता था...हां, तो दूसरे रोज मैं शाम को उसी वक्त उधर सैर को गया, जहां मुझे वो सड़क पर मिली थी।

देर तक सड़क के एक किनारे पत्थरों की दीवार पर बैठा रहा मगर वो नजर न आई...उठा और टहलता-टहलता आगे निकल गया। सड़क के दाएं हाथ ढलान थी, जिसपर चीड़ के दरख्त उगे हुए थे। बाएं हाथ बड़े-बड़े पत्थरों के कटे फटे सर उभर रहे थे। उन पर जमी हुई मिट्टी के ढेलों में घास उगी हुई थी। हवा ठंडी और तेज थी। चीड़ के तागा नुमा पत्तों की सरसराहट कानों को बहुत भली मालूम होती थी। जब मोड़ मुड़ा तो अचानक मेरी निगाहें सामने उठीं। मुझसे सौ कदम के फासले पर वो अपनी भैंस को एक संगीन हौज से पानी पिला रही थी।

मैं करीब पहुंचा मगर उसको नजर भर के देखने की जरूरत न कर सका और आगे निकल गया और जब वापस मुड़ा तो वो घर जा चुकी थी। अब हर रोज उस तरफ सैर को जाना मेरी आदत हो गई मगर बीस रोज तक मैं उससे मुलाकात न कर सका। मैंने कई बार बावली पर पानी पीते वक्त उससे हमकलाम होने का इरादा किया, मगर जुबान गूंगी हो गई, कुछ बोल न सका।

करीबन हर रोज मैं उसको देखता, मगर रात को जब मैं तसव्वुर में उसकी शक्ल देखना चाहता तो एक धुंद सी छा जाती। ये अजीब बात है कि मैं उसकी शक्ल को इसके बावजूद कि उसे हर रोज देखता था भूल जाता था। बीस दिनों के बाद एक रोज चार बजे के करीब जब कि मैं एक बावली के ऊपर चीड़ के साये में लेटा था।

वो खुर्द साल लड़के को लेकर ऊपर चढ़ी। उसको अपनी तरफ आता देखकर मैं सख्त घबरा गया। दिल में यही आया कि वहां से भाग जाऊं लेकिन इसकी सकत भी न रही। वो मेरी तरफ देखे बगैर आगे निकल गई चूंकि उसके कदम तेज थे, इसीलिए लड़का पीछे रह गया। मैं उठकर बैठ गया। उसकी पीठ मेरी तरफ थी। अचानक लड़के ने एक चीख मारी और चश्म-ए-जदन में चीड़ के खुश्क पत्तों पर से फिसल कर नीचे आ रहा।

मैं फौरन उठा और भागकर उसे अपने बाजूओं में थाम लिया। चीख सुनकर वो मुड़ी और दौड़ने के लिए बढ़े हुए कदम रोककर आहिस्ता-आहिस्ता मेरी तरफ आईं अपनी जवान आंखों से मुझे देखा और लड़के से ये कहा, "खुदा जाने तुम क्यों गिर पड़ते हो?"

मैंने गुफ्तगु शुरू करने का एक मौका पाकर उससे कहा, "बच्चा है इसकी उंगली पकड़ लीजिए। इन पत्तों ने खुद मुझे कई बार औंधे मुंह गिरा दिया है।"

ये सुनकर वो खिलखिला कर हंस पड़ी, "आपके हैट ने तो खूब लुढ़कनियां खाई होंगी।"

"आप हंसती क्यों हैं? किसी को गिरते देखकर आप इतनी खुश क्यों होती है और जो किसी रोज आप गिर पड़ीं तो...वो घड़ा जो हर रोज शाम

के वक्त आप घर ले जाती है किस बुरी तरह जमीन पर गिरकर टुकड़े टुकड़े हो जाएगा।"

"मैं नहीं गिर सकती..." ये कहते हुए उसने नीचे बावली की तरफ देखा। उसकी भैंस नाले पर बंधे हुए पुल की तरफ धीरे-धीरे जा रही थी। ये देखकर उसने अपने हलक से एक अजीब किस्म की आवाज निकाली। उसकी गूंज अभी तक मेरे कानों में महफूज है। किस कदर जवान थी ये आवाज। उसने बढ़कर लड़के को कांधे पर उठा लिया और भैंस को "ए छल्लां, ए छल्लां" के नाम से पुकारती हुई झटपट में नीचे उतर गई

भैंस को वापस मोड़कर उसने मेरी तरफ देखा और घर को चल दी...उस मुलाकात के बाद उससे हमकलाम होने की झिझक दूर हो गई हर रोज शाम के वक्त बावली पर या चीड़ के दरख्तों तले मैं उससे कोई न कोई बात शुरू कर देता। शुरू-शुरू में हमारी गुफ्तगू का मौजू भैंस था।

फिर मैंने उससे उसका नाम दरयाफ्त किया और उसने मेरा। इसके बाद गुफ्तगू का रुख असल मतलब की तरफ आ गया। एक रोज दोपहर के वक्त जब वो नाले में एक बड़े से पत्थर पर बैठी अपने कपड़े धो रही थी, मैं उसके पास बैठ गया। मुझे किसी खास बात का इजहार करने पर तैयार देखकर उसने जंगली बिल्ली की तरह मेरी तरफ घूरकर देखा और जोर-जोर से अपनी सलवार को पत्थर पर झटकते हुए कहा, "आप कश्मीर कब जा रहे हैं। यहां बटोत में क्या धरा है जो आप यहां ठहरे हुए हैं।"

ये सुनकर मैंने मुस्तफसिराना निगाहों से उसकी तरफ देखा। गोया मैं उसके सवाल का जवाब खुद उसकी जबान से चाहता हूं। उसने निगाहें नीची कर लीं और मुस्कुराते हुए कहा, "आप सैर करने के लिए आए हैं। मैंने सुना है कश्मीर में बहुत से बाग हैं। आप वहां क्यों नहीं चले जाते?"

मौका अच्छा था, चुनांचे मैंने दिल के तमाम दरवाजे खोल दिए। वो मेरे जज्बात के बहते हुए धारे का शोर खामोशी से सुनती रही। मेरी आवाज नाले के पानी की गुनगुनाहट में जो नन्हे नन्हे संगरेजों से खेलता हुआ बह रहा था डूब डूब कर उभर रही थी। हमारे सुरों के ऊपर अखरोट के घने दरख्त में चिड़ियां चहचहा रही थीं। हवा इस कदर तर-ओ-ताजा और लतीफ थी कि उसका हर झोंका बदन पर एक खुशगवार कपकपी तारी कर देता था।

मैं उससे पूरा एक घंटा गुफ्तगू करता रहा। उससे साफ लफ्जों में कह दिया कि मैं तुमसे मोहब्बत करता हूं और शादी का ख्वाहिशमंद हूं। ये सुनकर वह बिल्कुल हैरान न हुई लेकिन, उसकी निगाहें जो दूर पहाड़ियों की स्याही और आसमान की नीलाहट को आपस में मिलता हुआ देख रही थीं इस बात की

पनाहगार थीं कि वो किसी गहरे ख्याल में डूबी हुई है। कुछ अर्सा खामोश रहने के बाद उसने मेरे इसरार पर सिर्फ इतना जवाब दिया।

"अच्छा आप कश्मीर न जाएं।"

ये जवाब इख्तिसार के बावजूद हौसला अफजा था...इस मुलाकात के बाद हम दोनों बेतकल्लुफ हो गए। अब पहला सा हिजाब न रहा। हम घंटों एक दूसरे के साथ बातें करते रहते। एक रोज मैंने उससे निशानी के तौर पर कुछ मांगा तो उसने बड़े भोले अंदाज में अपने सर के क्लिप उतार कर मेरी हथेली पर रख दिए और मुस्कुरा कर कहा, "मेरे पास यही कुछ है।"

ये क्लिप मेरे पास अभी तक महफूज हैं। खैर कुछ दिनों की तूल तवील गुफ्तगुओं के बाद मैंने उसकी जबान से कहलवा लिया कि वो मुझसे शादी करने पर रजामंद है। मुझे अच्छी तरह याद है कि जब उस रोज शाम को उसने अपने घड़े को सर पर संभालते हुए अपनी रजामंदी का इजहार इन अलफाज में किया था कि "हां मैं चाहती हूं।" तो मेरी मसर्रत की कोई इंतेहा न रही थी।

मुझे ये भी याद है कि होटल को वापस आते हुए मैं कुछ गाया भी था। उस खुशी से मरी शाम के चौथे दिन, जब मैं आने वाली सुखद घड़ी के ख्वाब देख रहा था, अचानक उस मकान की सारी दीवारें गिर गई, जिन्हें मैंने बड़े प्यार और ध्यान से खड़ा किया था।

जब मैं बिस्तर में पड़ा था, तभी सुबह स्यालकोट के एक साहब, जो कि मौसम परिवर्तन के कारण बटोत में ठहरे हुए थे और जो मेरी बेगू के प्रति मोहब्बत को कुछ हद तक जानते थे, मेरी चारपाई पर बैठ गए और बहुत ही विचारशील ढंग से कहने लगे, "वजीर बेगम से आपकी मुलाकातों का जिक्र आज बटोत के हर बच्चे की जबान पर है। मैं वजीर बेगम के कैरेक्टर से एक हद तक वाकिफ था। इसीलिए कि स्यालकोट में इस लड़की के सिलसिले बहुत कुछ सुन चुका हूं। मगर यहां बटोत में इसकी तसदीक हो गई है। एक हफ्ता पहले यहां का कसाई इसके बारे में एक लंबी कहानी सुना रहा था। परसों पान वाला आपसे हमदर्दी का इजहार कर रहा था कि आप इस्मत बाख्ता लड़की के दाम में फंस गए हैं। कल शाम को एक और साहब कह रहे थे कि आप टूटी हुई हांडिया खरीद रहे हैं। मैंने ये भी सुना है कि कुछ लोग उससे आपकी गुफ्तगु पसंद नहीं करते। इसीलिए कि जब से आप बटोत में आए हैं वो उनकी नजरों से ओझल हो गई है। मैंने आपसे हकीकत का इजहार कर दिया है। अब आप बेहतर सोच सकते हैं।"

इस्मत बाख्ता लड़की, टूटी हुई हांडिया, लोग उससे मेरी गुफ्तगू को पसंद नहीं करते, मुझे अपनी समाअत पर यकीन न आता था। बेगू और...इसका ख्याल ही नहीं

किया जा सकता था। मगर जब दूसरे रोज मुझे होटल वाले ने निहायत ही राजदाराना लहजे में चंद बातें कहीं तो मेरी आंखों के सामने तारीक धुंद सी छा गई ।

"बाबू जी, आप बटोत में सैर के लिए आए हैं मगर देखता हूं कि आप यहां की एक हुस्न-फरोश लड़की की मोहब्बत में गिरफ्तार हैं। उसका ख्याल अपने दिल से निकाल दीजिए। मेरा उस लड़की के घर आना-जाना है, मुझे ये भी मालूम हुआ है कि आपने उसको कुछ कपड़े भी खरीद दिए हैं। आपने यकीनन और भी कई रुपए खर्च किए होंगे, माफ कीजिए मगर ये सरासर हिमाकत है। मैं आपसे ये बातें हरगिज न करता क्योंकि यहां बीसियों ऐशपसंद मुसाफिर आते हैं मगर आपका दिल उन स्याहियों से पाक नजर आता है। आप बटोत से चले जाएं, इस चरित्रहीन लड़की से गुफ्तगू करना अपनी इज्जत खतरे में डालना है।"

जाहिर है कि इन बातों ने मुझे बेहद अफ्सुर्दा बना दिया था वो मुझसे सिगरेट, मिठाई और इसी किस्म की दूसरी मामूली चीजें तलब किया करती थी और मैं बड़े शौक और मोहब्बत से उसकी ये ख्वाहिश पूरी किया करता था। उसमें एक खास लुत्फ था। मगर अब होटल वाले की बात ने मेरे जहन में मुहीब ख्यालात का एक तलातुम बरपा कर दिया। गुजश्ता मुलाकातों के जितने चित्र मेरे दिल-ओ-दिमाग में महफूज थे और जिन्हें मैं हर रोज बड़े प्यार से अपने तसव्वुर में लाकर एक खास किस्म की मिठास महसूस किया करता था, दफअतन अंधकार से भर गए।

मुझे उसके नाम ही से उफूनत आने लगी। मैंने अपने जज्बात पर काबू पाने की बहुत कोशिश की मगर बेसूद। मेरा दिल जो एक कॉलेज के तालिब-ए-इल्म के सीने में धड़कता था, अपने ख्वाबों की ये बुरी और भयानक दशा देखकर चिल्ला उठा। उसकी बातें जो कुछ अर्सा पहले बहुत भली मालूम होती थीं मक्कारी में डूबी हुई मालूम होने लगीं। गुजश्ता वाकियात बेगू की हरकतें, उसकी चाल-ढाल और अपने चारों ओर के माहौल को ध्यान में रखते हुए गहराई से अध्ययन किया, तो चीजें रौशन हो गई। उसका हर शाम को एक मरीज के यहां दूध लेकर जाना और वहां एक अर्सा तक बैठी रहना, बावली पर हर ऐरे-गेरे आदमी से बेबाकाना गुफ्तगू, दुपट्टे के बगैर एक पत्थर से दूसरे पर उछल कूद, अपनी हम उम्र लड़कियों से कहीं ज्यादा शोख और आजाद रवी..."वो यकीनन चरित्रहीन लड़की है।" मैंने ये राय मुरत्तिब तो कर ली मगर आंसुओं से मेरी आंखें गीली हो गई। खूब रोया मगर दिल का बोझ हल्का न हुआ।

मैं चाहता था कि एक बार आखिरी बार उससे मिलूं और उसके मुंह पर अपने तमाम गुस्से को थूक दूं। यही सूरत थी जिससे मुझे कुछ सुकून हासिल हो सकता था। चुनांचे में शाम को बावली की तरफ गया। वो पगडंडी पर अनार की

झाड़ियों के पीछे बैठी मेरा इंतजार कर रही थी। उसको देखकर मेरा दिल किसी कदर कुढ़ा, मेरा हलक उस रोज की तल्खी कभी फरामोश नहीं कर सकता। उसके करीब पहुंचा और पास ही एक पत्थर पर बैठ गया। छल्लां, उसकी भैंस और उसका बछड़ा चंद गजों के फासले पर बैठे जुगाली कर रहे थे। मैंने गुफ्तगू का आगाज करना चाहा मगर कुछ न कह सका।

गुस्से और अफसुर्दगी ने मेरी जबान पर कुफ्ल लगा दिया, मुझे खामोश देखकर उसकी आंखों की चमक मांद पड़ गई, जैसे चश्मे के पानी में किसी ने अपने मिट्टी भरे हाथ धो दिए हैं। फिर वो मुस्कुराई, ये मुस्कुराहट मुझे किसी कदर बनावटी और फीकी मालूम हुई मैंने सर झुका लिया और कंकड-पत्थर से खेलना शुरू कर दिया था। शायद मेरा रंग जर्द पड़ गया था। उसने गौर से मेरी तरफ देखा और कहा, "आप बीमार हैं?"

उसका ये कहना था कि मैं बरस पड़ा, "हां, बीमार हूं, और ये बीमारी तुम्हारी दी हुई है, तुम्हीं ने ये रोग लगाया है बेगू! मैं तुम्हारे चाल चलन की सब कहानी सुन चुका हूं और तुम्हारे सारे हालात से बाखबर हूं।"

मेरी चुभती हुई बातें सुनकर और बदले हुए तेवर देखकर वो भौंचक्का सी रह गई और कहने लगी, "अच्छा, तो मैं अच्छी लड़की नहीं हूं। आपको मेरे चाल चलन के मुतअल्लिक सब कुछ मालूम हो चुका है। मेरी समझ में नहीं आता कि ये आप कैसी बहकी बहकी बातें कर रहे हैं।"

मैं चिल्लाया, "गोया तुमको मालूम ही नहीं। जरा अपने गिरेबान में मुंह डालकर देखो तो अपनी स्यहकारियों का सारा नक्शा तुम्हारी आंखों तले घूम जाएगा।" मैं तैश में आ गया, "कितनी भोली बनती हो, जैसे कुछ जानती ही नहीं। परों पर पानी पड़ने ही नहीं देतीं। मैं क्या कह रहा हूं भला तुम क्या समझो, जाओ जाओ बेगू, तुमने मुझे सख्त दुख पहुंचाया है।" ये कहते कहते मेरी आंखों में आंसू डबडबा आए।

वो भी सख्त मुज्तरिब हो गई और जलकर बोल उठी, "आखिर मैं भी तो सुनूं कि आपने मेरे बारे में क्या क्या सुना है। पर आप तो रो रहे हैं।"

"हां। रो रहा हूं। इसीलिए कि तुम्हारे कर्म ही इतने काले हैं कि उनपर मातम किया जाए। तुम पाकबाजों की कदर क्या जानो। अपना जिस्म बेचने वाली लड़की मोहब्बत क्या जाने। तुम...तुम सिर्फ इतना जानती हो कि कोई मर्द आए और तुम्हें अपनी छाती से भींच कर चूमना चाटना शुरू कर दे और जब सैर हो जाए तो अपनी राह ले। क्या यही तुम्हारी जिंदगी है।"

मैं गुस्से की शिद्दत से दीवाना हो गया था। जब उसने मेरी जबान से इस किस्म के सख्त कलमात सुने तो उसने ऐसा जाहिर किया जैसे उसकी नजर में

ये सब गुफ्तगू एक पहेली है। उस वक्त तैश की हालत में मैंने उसकी हैरत को नुमाइशी ख्याल किया और एक कहकहा लगाते हुए कहा, "जाओ! मेरी नजरों से दूर हो जाओ, तुम नापाक हो।"

ये सुनकर उसने डरी हुई आवाज में सिर्फ इतना कहा, "आपको क्या हो गया है?"

"मुझे क्या हो गया...क्या हो गया है।" मैं फिर बरस पड़ा, "अपनी जिंदगी की मक्कारियों पर नजर दौड़ाओ...तुम्हें सब कुछ मालूम हो जाएगा। तुम मेरी बात इसीलिए नहीं समझती हो कि मैं तुमसे शादी करने का ख्वाहिशमंद था। इसीलिए कि मेरे सीने में शहवानी ख्यालात नहीं, इसीलिए कि मैं तुम से सिर्फ मोहब्बत करता हूं। जाओ मुझे तुमसे सख्त नफरत है।"

जब मैं बोल चुका तो उसने थूक निगलकर अपने हलक को साफ किया और थरथराई हुई आवाज में कहा, "शायद आप ये ख्याल करते होंगे कि मैं जानबूझ कर अंजान बन रही हूं। मगर सच जानिए मुझे कुछ मालूम नहीं आप क्या कह रहे हैं। मुझे याद है कि एक शाम आप सड़क पर से गुजर रहे थे, आपने मेरी तरफ देखा था और मुस्कुरा दिए थे। यहां बीसियों लोग हम लड़कियों को देखते हैं और मुस्कुरा कर चले जाते हैं। फिर आप मुतवातिर बावली की तरफ आते रहे। मुझे मालूम था आप मेरे लिए आते हैं मगर इसी किस्म के कई वाकए मेरे साथ गुजर चुके हैं। एक रोज आपने मेरे साथ बातें कीं और इसके बाद हम दोनों एक दूसरे से मिलने लगे। आपने शादी के लिए कहा, मैं मान गई मगर इससे पहले इस किस्म की कई दरख्वास्तें सुन चुकी हूं। जो मर्द भी मुझसे मिलता है दूसरे तीसरे रोज मेरे कान में कहता है, 'बेगू देख मैं तेरी मोहब्बत में गिरफ्तार हूं। रात दिन तू ही मेरे दिल-ओ-दिमाग में बसी रहती है।' आपने भी मुझसे यही कहा। अब बताइए मोहब्बत क्या चीज है। मुझे क्या मालूम कि आपने दिल में क्या छुपा रखा है। यहां आप जैसे कई लोग हैं जो मुझसे यही कहते हैं, 'बेगू तुम्हारी आंखें कितनी खूबसूरत हैं। जी चाहता है कि सदके हो जाऊं। तुम्हारे होंट किस कदर प्यारे हैं, जी चाहता है इनको चूम जाऊं।'

वो मुझे चूमते रहे हैं क्या ये मोहब्बत नहीं है? कई बार मेरे दिल में ख्याल आया है कि मोहब्बत कुछ और ही चीज है मगर मैं पढ़ी-लिखी नहीं, इसीलिए मुझे क्या मालूम हो सकता है। मैंने कायदा पढ़ना शुरू किया मगर छोड़ दिया। अगर मैं पढ़ूं तो फिर छल्लां और उसके बछड़े का पेट कौन भरे। आप अखबार पढ़ लेते हैं इसीलिए आपकी बातें बड़ी होती हैं। मैं कुछ नहीं समझ सकती, छोड़िए इस किस्से को। आईए कुछ और बातें करें। मुझे आपसे मिलकर बड़ी खुशी होती है। मेरी मां कह रही थीं कि बेगू तू हैट वाले बाबू के पीछे दीवानी हो गई है।"

बेगू ❖ सआदत हसन मंटो

मेरी नजरों के सामने से वो काला पर्दा उठने लगा था जो इस अंजाम का बाइस था। मगर फौरन मेरे जोश और गुस्से ने फिर उसे गिरा दिया। बेगू की गुफ्तगू बेहद सादा और मासूमियत से पुर थी मगर मुझे उसका हर लफ्ज बनावट में लिपटा नजर आया। मैंने एक लम्हा भी उसकी अहमियत पर गौर न किया।

"बेगू, मैं बच्चा नहीं हूं कि तुम मुझे चिकनी चुपड़ी बातों से बेवकूफ बना लोगी।" मैंने गुस्से में उससे कहा, "ये फरेब किसी और को देना। कहते हैं कि झूठ के पांव नहीं होते। तुमने अभी अभी अपनी जबान से इस बात का इकरार किया है, अब मैं क्या कहूं।"

"नहीं, नहीं कहिए!" उसने कहा।

"कई लोग तुम्हारे मुंह को चूमते रहे हैं। तुम्हें शर्म आनी चाहिए!"

"हाय आप तो समझते ही नहीं। अब मैं क्या झूठ बोलती हूं। मैं खुद थोड़ा ही उनके पास जाती हूं और मुंह बढ़ाकर चूमने को कहती हूं। अगर आप उस रोज मेरे बालों को चूमना चाहते जबकि आप इनकी तारीफ कर रहे थे, तो क्या मैं इंकार कर देती? मैं किस तरह इंकार कर सकती हूं, मुझे छल्लां बहुत प्यारी लगती है और मैं हर रोज उसको चूमती हूं। इसमें क्या हर्ज है। मैं चाहती हूं कि लोग मेरे बालों, मेरे होंटों और मेरे गालों की तारीफ करें, इससे मुझे बड़ी खुशी होती है खबर नहीं क्यों?

मैं सुबह सवेरे उठती हूं और छल्लां को लेकर घास चराने के लिए बाहर चली जाती हूं, दोपहर को रोटी खाकर फिर घर से निकल आती हूं। शाम को पानी भरती हूं। हर रोज मेरा यही काम है, मुझे याद है कि आपने मुझसे कई बार कहा था कि मैं पानी भरने न आया करूं, भैंस न चराया करूं। शायद आप इसी वजह से नाराज हो रहे हैं। मगर ये तो बताईए कि मैं घर पर रहूं तो फिर आप मुलाकात कैसे कर सकेंगे? मैंने सुना है कि पंजाब में लड़कियां घर से बाहर नहीं निकलतीं मगर हम पहाड़ी लोग हैं हमारा यही काम है।"

"तुम्हारा यही काम है कि हर आने-जाने वाले से लिपटना शुरू कर दो। तुम पहाड़ी लोगों के चलन मुझसे छुपे हुए नहीं, ये तकरीर किसी और को सुनाना। घर पर रहो या बाहर रहो। अब मुझे इससे कोई सरोकार नहीं। इन पहाड़ियों में रह कर जो सबक तुमने सीखा है वो मुझे पढ़ाने की कोशिश न करो"

"आप बहुत तेज होते जा रहे हैं बहुत चल निकले हैं।" उसने बिगड़ कर कहा, "मालूम होता है लोगों ने आपके बहुत कान भरे हैं। मुझे भी तो पता लगे कि वो कौन "मरन जोगे" हैं जो मेरे बारे में आपको ऐसी बातें सुनाते रहे हैं। आप ख्वाहमख्वाह इतने गर्म होते जा रहे हैं। ये सच है कि मैं मर्दों के साथ बातें

करती हूं और उनसे मिलती हूं मगर..." ये कहते हुए उसके गाल सुर्ख हो गए। मगर मैंने उसकी तरफ ध्यान न दिया।

एक लम्हा खामोश रहने के बाद वो फिर बोली, "आप कहते हैं कि मैं बुरी लड़की हूं, ये गलत है। मैं पगली हूं, सचमुच पगली हूं। कल आपके चले जाने के बाद मैं पत्थर पर बैठकर देर तक रोती रही। जाने क्यों? ऐसा कई दफा हुआ है कि मैं घंटों रोया करती हूं। आप हंसेंगे मगर इस वक्त भी मेरा जी चाहता है कि यहां से उठ भागूं और इस पहाड़ी की चोटी पर भागती हुई चढ़ जाऊं और फिर कूदती फांदती नीचे उतर जाऊं। मेरे दिल में हर वक्त एक बेचौनी सी रहती है। भैंस चराती हूं, पानी भरती हूं, लकड़ियां काटती हूं लेकिन ये सब काम मैं ऊपरे दिल से करती हूं। मेरा जी किसी को ढूंढता है। मालूम नहीं किसको...मैं दीवानी हूं।"

बेगू की ये अजीब-ओ-गरीब बातें जो दर-हकीकत उसकी जिंदगी का एक निहायत उलझा हुआ बाब थीं और जिसे गौर से जानने करने के बाद सब राज हल हो सकते थे, उस वक्त मुझे किसी मुजरिम का बिन मतलब का बयान मालूम हुआ। बेगू और मेरे दरमियान इस कदर तारीक और मोटा पर्दा हाइल हो गया था कि हकीकत की समाने आना बहुत मुश्किल था।

"तुम दीवानी हो।" मैंने उससे कहा, "क्या मर्दों के साथ बैठकर झाड़ियों के पीछे पहरों बातें करते रहना भी इस दीवानगी ही की एक शाख है? बेगू, तुम पगली हो मगर अपने काम में आठों गांठ होशियार!"

"मैं बातें करती हूं, उनसे मिलती हूं, मैंने इससे कब इंकार किया है। अभी-अभी मैंने आपसे अपने दिल की सच्ची बात कही तो आपने मजाक उड़ाना शुरू कर दिया। अब अगर मैं कुछ और कहूं तो इससे क्या फायदा होगा। आप कभी मानेंगे ही नहीं।"

"नहीं, नहीं, कहो, क्या कहती हो, तुम्हारा नया फलसफा भी सुन लूं।"

"सुनिए फिर।" ये कह कर उसने थकी हुई हिरनी की तरह मेरी तरफ देखा और आह भरकर बोली, "ये बातें जो मैं आज आपको सुनाने लगी हूं मेरी जबान से पहले कभी नहीं निकलीं। मैं ये आपको भी न सुनाती, मगर मजबूरी है। आप अजीब-ओ-गरीब आदमी हैं। मैं बहुत से लोगों से मिलती रही हूं। मगर आप बिल्कुल निराले हैं। शायद यही वजह है कि मुझे आप से..."

वो हिचकिचाई..."हां आपसे प्यार हो गया है। आपने कभी मुझसे गैर बात नहीं कही। हालांकि मैं जिससे मिलती रही हूं वो मुझसे कुछ और ही कहता था। मेरी अम्मां जानती है कि मैं घर में हर वक्त आप की ही बातें करती रहती हूं, मेरा मुंह थकता ही नहीं। आपने नहीं कहा पर मैंने गाहकों के पास दूध ले

जाना छोड़ दिया। लोगों से बातें करना छोड़ दीं। पानी भरने के लिए भी ज्यादा छोटी बहन ही को भेजती रही हूं। आपके आने से पहले मैं लोगों से मिलती रही हूं। अब मैं आपको क्या बताऊं कि मैं उनसे क्यों मिलती थी...मुझे कोई मर्द भी बुलाता तो मैं उससे बातें करने लगती थी।

इसीलिए...नहीं, नहीं मैं नहीं बताऊंगी...मेरा दिल जो चाहता था वो उन लोगों के पास नहीं था। मैं बुरी नहीं, अल्लाह की कसम, बेगुनाह हूं, खुदा मालूम लोग मुझे बुरा क्यों कहते हैं। आप भी मुझे बुरा कहते हैं जिस तरह आपने आज मेरे मुंह पर इतनी गालियां दी हैं अगर आपके बजाए कोई और होता तो मैं उसका मुंह नोच लेती मगर आप...अब मैं क्या कहूं, मैं बहुत बदल गई हूं। आप बहुत अच्छे आदमी हैं। मैं ख्याल करती थी कि आप मुझे कुछ सिखाएंगे, मुझे अच्छी अच्छी बातें सुनाएंगे। लेकिन आप मुझसे ख्वामख्वाह लड़ रहे हैं। आपको क्या मालूम कि मैं आपकी कितनी इज्जत करती हूं। मैंने आपके सामने कभी गाली नहीं दी। हालांकि हमारे घर सारा दिन गाली गलौच होती रहती है।"

मेरी समझ में कुछ न आया कि वो क्या कह रही है? डॉक्टर साहब! इस पहाड़ी लड़की की गुफ्तगू किस कदर सादा थी। मगर अफसोस है कि उस वक्त मेरे कानों में रूई ठुंसी हुई थी। उसके हर लफ्ज से मुझे इस्मत फरोशी की बू आ रही थी। मैं कुछ न समझ सका।

"बेगू! तुम हजार कस्में खाओ। मगर मुझे यकीन नहीं आता। अब जो तुम्हारे जी में आए करो। मैं कल बटोत छोड़ कर जा रहा हूं। मैंने तुमसे मोहब्बत की, मगर तुमने उसकी कदर न की। तुमने मेरे दिल को बहुत दुख दिया है...खैर अब जाता हूं, मुझे और कुछ नहीं कहना।"

मुझे जाता देखकर वो सख्त बेचौन हो गई और मेरा बाजू पकड़कर और फिर उसे फौरन डरते हुए छोड़कर थर्राई हुई आवाज में सिर्फ इस कदर कहा, "आप जा रहे हैं?"

मैंने जवाब दिया, "हां, जा रहा हूं ताकि तुम्हारे चाहने वालों के लिए मैदान साफ हो जाए।"

"आप न जाईए, अल्लाह की कसम मेरा कोई चाहने वाला नहीं।" ये कहते हुए उसकी आंखें नमनाक हो गई, "न जाईए, न जाईए न..." आखिरी अल्फाज उसकी गुलूगीर आवाज में दब गए। उसका रोना मेरे दिल पर कुछ असर न कर सका। मैं चल पड़ा। मगर उसने मुझे बाजू से पकड़ लिया और रोती हुई आवाज में कहा, "आप खफा क्यों हो गए हैं। मैं आइंदा किसी आदमी से बात न करूंगी। अगर आपने मुझे किसी मर्द के साथ देखा तो आप इस छड़ी से

जितना चाहिए पीट लीजिएगा। आईए घर चलें। मैं आपके लिए हुक्का ताजा करके लाऊंगी।"

मैं खामोश रहा और उसका हाथ छोड़कर फिर चल पड़ा। उस वक्त बेगू से एक मिनट की गुफ्तगू करना भी मुझे गिरां गुजर रहा था। मैं चाहता था कि वो लड़की मेरी नजरों से हमेशा के लिए ओझल हो जाए। मैंने बमुश्किल दो गज का फासला तय किया होगा कि वो मेरे सामने आ खड़ी हुई उसके बाल परेशान थे, आंखों के डोरे सुर्ख और उभरे हुए थे, सीना आहिस्ता आहिस्ता धड़क रहा था।

उसने पूछा, "क्या आप वाकई जा रहे हैं?"

मैंने तेजी से जवाब दिया, "तो और क्या झूठ बक रहा हूं।"

"जाईए।"

मैंने उसकी तरफ देखा। उसकी आंखों से अश्क रवां थे और गाल आंसुओं की वजह से मैले हो रहे थे मगर उसकी आंखों में एक अजीब किस्म की चमक नाच रही थी।

"जाईए।" ये कह कर वो उलटे पांव मुड़ी। उसका कद पहले से लंबा हो गया था।

मैंने नीचे उतरना शुरू कर दिया। थोड़ी दूर जाकर मैंने झाड़ियों के पीछे से रोने की आवाज सुनी। वो रो रही थी। वो थर्राई हुई आवाज अभी तक मेरे कानों में आ रही है। ये है मेरी दास्तान डॉक्टर साहब, मैंने उस पहाड़ी लड़की की मोहब्बत को ठुकरा दिया। इस गलती का अहसास मुझे पूरे दो साल बाद हुआ जब मेरे एक दोस्त ने मुझे ये बताया कि बेगू ने मेरे जाने के बाद अपने शबाब को दोनों हाथों से लुटाना शुरू कर दिया और दिक के मरीजों से मिलने की वजह से वो खुद उसका शिकार हो गई।

फिर बाद अजां मुझे मालूम हुआ कि इस मर्ज ने आखिर उसे कब्र की गोद में सुला दिया...उसकी मौत का बाइस मेरे सिवा और कौन हो सकता है। वो जिंदगी की शाहराह पर अपना रास्ता तलाश करती थी मगर मैं उसको भूल भुलैय्यों में छोड़कर भाग आया जिसका नतीजा ये हुआ कि वो भटक गई, मैं मुजरिम था। चुनांचे मैंने अपने लिए वही मौत तजवीज की जिससे वो दो-चार हुई वो वजन जो मैं पांच साल अपनी छाती पर उठाए फिरता रहा हूं, खुदा का शुक्र है कि अब हल्का हो गया है।

मैं मरीज की दास्तान खामोशी से सुनता रहा। वो बोल चुका तो फिर भी खामोश रहा। मैं नहीं चाहता था कि उसके जज्बात पर रायजनी करूं। चुनांचे वहां से उठकर चला गया। मुझे कई मरीजों की दास्तानें सुनने का इत्तफाक हुआ है मगर ये निहायत अजीब-ओ-गरीब और पुरअसर दास्तान थी। गो मरीज बीमारी

की वजह से हड्डियों का ढांचा रह गया था, मगर हैरत है कि उसने अपने तवील बयान को किस तरह जारी रखा।

सुबह के वक्त मैं उसका टेम्परेचर देखने के लिए आया, मगर वो मर चुका था। सफेद चादर ओढ़े वो बड़े सुकून से सो रहा था।

जब उसको नहलाने लगे तो अस्पताल के एक नौकर ने मुझे बुलाया और कहा, "डॉक्टर साहब इसकी मुट्ठी में कुछ है।" मैंने उसकी बंद मुट्ठी को आधा खोलकर देखा, लोहे के दो क्लिप थे। उसकी बेगू की यादगार!

"इनको निकालना नहीं, ये इसके साथ ही दफन होंगे।" मैंने नहलाने वालों से कहा और दिल में गम की एक अजीब-ओ-गरीब कैफियत लिए दफ्तर चला गया।

* * *

शांति

शांति ने कहा, "हम पूछती, तुम कोई लड़की मांगता तो हम लाकर देता।"

मकबूल ने उससे पूछा कि ये बैठे-बैठे उसे क्या ख्याल आया। क्यों उसने ये सवाल किया तो वो खामोश हो गई।

मकबूल ने इसरार किया तो शांति ने बताया कि मकबूल उसे एक बेकार औरत समझता है। उसको हैरत है कि मर्द उसके पास क्यों आते हैं जबकि वो इतनी ठंडी है। मकबूल उससे सिर्फ बातें करता है और चला जाता है। वो उसे खिलौना समझता है। आज उसने सोचा, मुझ जैसी सारी औरतें तो नहीं, मकबूल को औरत की जरूरत है, क्यों न वो उसे एक मंगा दे।

मकबूल ने पहली बार शांति की आंखों में आंसू देखे। एक दम वो उठी और चिल्लाने लगी, "हम कुछ भी नहीं है...जाओ चले जाओ...हमारे पास क्यों आता है तुम...जाओ।"

मकबूल ने कुछ न कहा। खामोशी से उठा और चला गया।

दोनों पैरेजन डेरी के बाहर बड़े धारियों वाले छाते के नीचे कुर्सीयों पर बैठे चाय पी रहे थे। उधर समुंदर था जिसकी लहरों की गुनगुनाहट सुनाई दे रही थी। चाय बहुत गर्म थी। इसीलिए दोनों धीरे-धीरे घूंट भर रहे थे। मोटी भवों वाली यहूदन की जानी-पहचानी सूरत थी। ये बड़ा गोल मटोल चेहरा, तीखी नाक। मोटे-मोटे बहुत ही ज्यादा सुर्खी लगे होंट। शाम को हमेशा दरमियान वाले दरवाजे के साथ वाली कुर्सी पर बैठी दिखाई देती थी। मकबूल ने एक नजर उसकी तरफ देखा और बलराज से कहा, "बैठी है जाल फेंकने।"

बलराज मोटी भवों की तरफ देखे बगैर बोला, "फंस जाएगी कोई न कोई मछली।"

मकबूल ने एक पेस्ट्री मुंह में डाली, "ये कारोबार भी अजीब कारोबार है। कोई दुकान खोलकर बैठती है। कोई चल फिर के सौदा बेचती है। कोई इस तरह रेस्त्रां में ग्रहक के इंतजार में बैठी रहती है...जिस्म बेचना भी एक कला है और मेरा ख्याल है बहुत मुश्किल आर्ट है...ये मोटी भवों वाली कैसे गाहक को अपनी तरफ मुतवज्जा करती है। कैसे किसी मर्द को ये बताती होगी कि वो बिकाऊ है।"

बलराज मुस्कुराया, "किसी रोज वक्त निकालो कि कुछ देर यहां बैठो। तुम्हें मालूम हो जाएगा कि निगाहों ही निगाहों में कैसे और किस तरह सौदे होते हैं इस जिन्स का भाव कैसे चुकता है।" ये कहकर उसने एकदम मकबूल का हाथ पकड़ा, "उधर देखो, उधर।"

मकबूल ने मोटी यहूदन की तरफ देखा। बलराज ने उसका हाथ दबाया, "नहीं यार...उधर कोने के छाते के नीचे देखो।"

मकबूल ने उधर देखा। एक दुबली-पतली, गोरी-चिट्टी लड़की कुर्सी पर बैठ रही थी। बाल कटे हुए थे। नाक नक्शा ठीक था। हल्के पीले रंग की जॉर्जट की साड़ी पहने हुए मलबूस थी। मकबूल ने बलराज से पूछा, "कौन है ये लड़की?"

बलराज ने उस लड़की की तरफ देखते हुए जवाब दिया, "अमां वही है जिसके बारे में तुमसे कहा था कि बड़ी अजीब-ओ-गरीब है।"

मकबूल ने कुछ देर सोचा फिर कहा, "कौन सी यार तुम, तुम तो जिस लड़की से भी मिलते हो अजीब-ओ-गरीब ही होती है।"

बलराज मुस्कुराया, "ये बड़ी खासुलखास है...जरा गौर से देखो।"

मकबूल ने गौर से देखा। बुरीदा बालों का रंग भोसला था। हल्के बसंती रंग की साड़ी के नीचे छोटी आस्तीनों वाला ब्लाउज। पतली-पतली बहुत ही गोरी बांहें। लड़की ने अपनी गर्दन मोड़ी तो मकबूल ने देखा कि उसके बारीक होंटों पर सुर्खी फैली हुई सी थी।

"मैं और तो कुछ नहीं कह सकता मगर तुम्हारी इस अजीब-ओ-गरीब लड़की को सुर्खी इस्तेमाल करने का सलीका नहीं है...अब और गौर से देखा है तो साड़ी की पहनावट में भी खामियां नजर आई हैं। बाल संवारने का अंदाज भी सुधरा नहीं।"

बलराज हंसा, "तुम सिर्फ खामियां ही देखते हो। अच्छाईयों पर तुम्हारी निगाह कभी नहीं पड़ती।"

मकबूल ने कहा, "जो अच्छाईयां हैं वो अब बयान कर दीजिए, लेकिन पहले ये बता दीजिए कि आप उस लड़की को जाती तौर पर जानते हैं या..."

लड़की ने जब बलराज को देखा तो मुस्कुराई मकबूल रुक गया, "मुझे जवाब मिल गया। अब आप मोहतरमा की खूबियां बता दीजिए।"

"सबसे पहली खूबी उस लड़की में ये है कि बहुत साफ गो है। कभी झूठ नहीं बोलती। जो उसने उसूल लिए बना रखे हैं उन पर बड़ी पाबंदी से अमल करती है। पर्सनल हाईजीन का बहुत ख्याल रखती है। मोहब्बत-वोहब्बत की बिल्कुल काइल नहीं। इस मामले में दिल उसका बर्फ है।"

बलराज ने चाय का आखिरी घूंट पिया, "कहिए क्या ख्याल है?"

मकबूल ने लड़की को एक नजर देखा, "जो खूबियां तुमने बताई हैं एक ऐसी औरत में नहीं होनी चाहिए जिसके पास मर्द सिर्फ इस ख्याल से जाते हैं कि वो उनसे असली नहीं तो नकली मोहब्बत जरूर करेगी। खुद फरेबी हैं अगर ये लड़की किसी मर्द की मदद नहीं करती तो मैं समझता हूं बड़ी बेवकूफ है।"

"यही मैंने सोचा था...मैं तुमसे क्या बयान करूं, रूखेपन की हद तक साफ गो है। इससे बातें करो तो कई बार धक्के से लगते हैं...एक घंटा हो गया, तुमने कोई काम की बात नहीं की...मैं चली, और ये जा वो जा...तुम्हारे मुंह से शराब की बू आती है। जाओ चले जाओ...साड़ी को हाथ मत लगाओ मैली हो जाएगी।" ये कह कर बलराज ने सिगरेट सुलगाया।

"अजीब-ओ-गरीब लड़की है। पहली दफा जब उससे मुलाकात हुई तो मैं बाई गॉड चकरा गया। छूटते ही मुझसे कहा, फिफ्टी से एक पैसा कम नहीं होगा। जेब में हैं तो चलो वर्ना मुझे और काम हैं।"

मकबूल ने पूछा, "नाम क्या है उसका।"

"शांति बताया इसने...कश्मीरन है।"

मकबूल कश्मीरी था, चौंक पड़ा, "कश्मीरन!"

"तुम्हारी हम-वतन।"

मकबूल ने लड़की की तरफ देखा। "नाक नक्शा साफ कश्मीरीयों का था। यहां कैसे आई?"

"मालूम नहीं!"

"कोई रिश्तेदार है इसका?" मकबूल लड़की में दिलचस्पी लेने लगा।

"वहां कश्मीर में कोई हो तो मैं कह नहीं सकता। यहां बंबई में अकेली रहती है।" बलराज ने सिगरेट ऐश ट्रे में दबाया "हार्बनी रोड पर एक होटल है, वहां इसने एक कमरा किराए पर ले रखा है...ये मुझे एक रोज इत्तिफाकन मालूम हो गया वर्ना ये अपने ठिकाने का पता किसी को नहीं देती। जिसको मिलना होता है यहां पैरेजेन डेरी में चला आता है। शाम को पूरे पांच बजे आती है यहां!"

मकबूल कुछ देर खामोश रहा। फिर वेटर को इशारे से बुलाया और उससे बिल लाने के लिए कहा। इस दौरान में एक खुशपोश नौजवान आया और उस लड़की के पास वाली कुर्सी पर बैठ गया। दोनों बातें करने लगे।

मकबूल बलराज से मुखातिब हुआ, "इससे कभी मुलाकात करनी चाहिए।"

बलराज मुस्कुराया, "जरूर जरूर...लेकिन इस वक्त नहीं, मसरूफ है। कभी आ जाना यहां शाम को...और साथ बैठ जाना।"

मकबूल ने बिल अदा किया। दोनों दोस्त उठकर चले गए।

दूसरे रोज मकबूल अकेला आया और चाय का आर्डर देकर बैठ गया। ठीक पांच बजे वो लड़की बस से उतरी और पर्स हाथ में लटकाए मकबूल के पास से गुजरी। चाल भद्दी थी। जब वो कुछ दूर, कुर्सी पर बैठ गई तो मकबूल ने सोचा, "उसमें यौन इच्छा पैदा करने वाली कशिश तो नाम की भी नहीं। हैरत है कि इसका कारोबार कैसे और किस तरह चलता है...लिपस्टिक कैसे बेहूदा तरीके से इस्तेमाल की है इसने...साड़ी की पहनावट आज भी खामियों से भरी है।"

फिर उसने सोचा कि उससे कैसे मिले। उसकी चाय मेज पर आ चुकी थी वरना उठकर वो उस लड़की के पास जा बैठता। उसने चाय पीना शुरू कर दी। इस दौरान में उसने एक हल्का-सा इशारा किया।

लड़की ने देखा कुछ देर के बाद उठी और मकबूल के सामने वाली कुर्सी पर बैठ गई मकबूल पहले तो कुछ घबराया लेकिन फौरन ही संभलकर लड़की से मुखातिब हुआ, "चाय शौक फरमाएंगी आप।"

"नहीं।"

उसके जवाबों के इस इख्तिसार में रूखापन था। मकबूल ने कुछ देर खामोश रहने के बाद कहा, "कश्मीरीयों को तो चाय का बड़ा शौक होता है।"

लड़की ने बड़े बेहंगम अंदाज में पूछा, "तुम चलना चाहते हो मेरे साथ।"

मकबूल को जैसे किसी ने औंधे मुंह गिरा दिया। घबराहट में वो सिर्फ इस कदर कह सका, "हां..."

लड़की ने कहा, "फिफ्टी रूपीज...यस और नौ?"

ये दूसरा रेला था मगर मकबूल ने अपने कदम जमा लिए, "चलिए!"

मकबूल ने चाय का बिल अदा किया। दोनो उठकर टैक्सी स्टैंड की तरफ रवाना हुए। रास्ते में उसने कोई बात न की। लड़की भी खामोश रही। टैक्सी में बैठे तो उसने मकबूल से पूछा, "कहां जाएगा तुम?"

मकबूल ने जवाब दिया, "जहां तुम ले जाओगी।"

"हम कुछ नहीं जानता...तुम बोलो किधर जाएगा?"

मकबूल को कोई और जवाब न सूझा तो कहा, "हम कुछ नहीं जानता!"

लड़की ने टैक्सी का दरवाजा खोलने के लिए हाथ बढ़ाया, "तुम कैसा आदमी है...खाली पीली जोक करता है।"

मकबूल ने उसका हाथ पकड़ लिया, "मैं मजाक नहीं करता...मुझे तुमसे सिर्फ बातें करनी हैं।"

वो बिगड़ कर बोली, "क्या...तुम तो बोला था फिफ्टी रुपीज यस!"

मकबूल ने जेब में हाथ डाला और दस-दस के पांच नोट निकालकर उसकी तरफ बढ़ा दिए, "ये लो घबराती क्यों हो।"

उसने नोट ले लिए। "तुम जाएगा कहां।"

मकबूल ने कहा, "तुम्हारे घर।"

"नहीं।"

"क्यों नहीं।"

तुमको बोला है नहीं..."उधर ऐसी बात नहीं होगी।"

मकबूल मुस्कुराया, "ठीक है। ऐसी बात उधर नहीं होगी।"

वो कुछ हैराव सी हुई, "तुम कैसा आदमी है।"

"जैसा मैं हूं। तुमने बोला फिफ्टी रूपीज यस कि नो...मैंने कहा यस और नोट तुम्हारे हवाले कर दिए। तुमने बोला उधर ऐसी बात नहीं होगी। मैंने कहा बिलकुल नहीं होगी...अब और क्या कहती हो।"

लड़की सोचने लगी। मकबूल मुस्कुराया, "देखो शांति, बात ये है। कल तुमको देखा। एक दोस्त ने तुम्हारी कुछ बातें सुनाईं जो मुझे दिलचस्प मालूम हुई। आज मैंने तुम्हें पकड़ लिया। अब तुम्हारे घर चलते हैं। वहां कुछ देर तुमसे बातें करूंगा और चला जाऊंगा...क्या तुम्हें ये मंजूर नहीं।"

"नहीं...ये लो अपने फिफ्टी रूपीज।" लड़की के चेहरे पर झुंजलाहट थी।

"तुम्हें बस फिफ्टी रूपीज की पड़ी है...रुपए के इलावा भी दुनिया मैं और बहुत सी चीजें हैं...चलो, ड्राईवर को अपना ऐड्रेस बताओ...मैं शरीफ आदमी हूं। तुम्हारे साथ कोई धोका नहीं करूंगा।"

मकबूल के अंदाज-ए-गुफ्तगू में सच्चाई थी। लड़की प्रभावित हुई उसने कुछ देर सोचा फिर कहा, "चलो...ड्राईवर, हार्बनी रोड!"

टैक्सी चली तो उसने नोट मकबूल की जेब में डाल दिए, "ये मैं नहीं लूंगी।"

मकबूल ने इसरार न किया, "तुम्हारी मर्जी!"

टैक्सी एक पांच मंजिला बिल्डिंग के पास रुकी। पहली और दूसरी मंजिल पर मसाज खाने थे। तीसरी, चौथी और पांचवें मंजिल होटल के लिए मखसूस थी। बड़ी तंग-ओ-तार जगह थी। चौथी मंजिल पर सीढ़ियों के सामने वाला कमरा शांति का था। उसने पर्स से चाबी निकालकर दरवाजा खोला। बहुत मुख्तसर

सामान था। लोहे का एक पलंग जिस पर उजली चादर बिछी थी। कोने में ड्रेसिंग टेबल। एक स्टूल, उसपर टेबल फैन। चार ट्रंक थे वो पलंग के नीचे धरे थे।

मकबूल कमरे की सफाई से बहुत प्रभावित हुआ। हर चीज साफ सुथरी थी। तकिए के गिलाफ आमतौर पर मैले होते हैं मगर उसके दोनों तकिए पर बेदाग गिलाफों में थे।

मकबूल पलंग पर बैठने लगा तो शांति ने उसे रोका, "नहीं...उधर बैठने का इजाजत नहीं...हम किसी को अपने बिस्तर पर नहीं बैठने देता। कुर्सी पर बैठो।" ये कहकर वह खुद पलंग पर बैठ गई।

मकबूल मुस्कुराकर कुर्सी पर टिक गया।

शांति ने अपना पर्स तकिए के नीचे रखा और मकबूल से पूछा, "बोलो...क्या बातें करना चाहते हो?"

मकबूल ने शांति की तरफ गौर से देखा, "पहली बात तो ये है कि तुम्हें होंटों पर लिपस्टिक लगानी बिल्कुल नहीं आती।"

शांति ने बुरा न माना। सिर्फ इतना कहा, "मुझे मालूम है।"

"उठो, मुझे लिपस्टिक दो मैं तुम्हें सिखाता हूं।" ये कह कर मकबूल ने अपना रूमाल निकाला।

शांति ने उससे कहा, "ड्रेसिंग टेबल पर पड़ा है, उठा लो।"

मकबूल ने लिपस्टिक उठाई उसे खोलकर देखा, "इधर आओ, मैं तुम्हारे होंट पोछूं।"

"तुम्हारे रूमाल से नहीं...मेरा लो।" ये कहकर उसने ट्रंक खोला और एक धुला हुआ रूमाल मकबूल को दिया। मकबूल ने उसके होंट पोंछे। बड़े अच्छे से नई सुर्खी उनपर लगाई फिर कंघी से उसके बाल ठीक किए और कहा, "लो अब आईना देखो।"

शांति उठकर ड्रेसिंग टेबल के सामने खड़ी हो गई बड़े गौर से उसने अपने होंटों और बालों का मुआइना किया। पसंदीदा नजरों से तबदीली महसूस की और पलटकर मकबूल से सिर्फ इतना कहा, "अब ठीक है।"

फिर पलंग पर बैठकर पूछा, "तुम्हारा कोई बीवी है?"

मकबूल ने जवाब दिया। "नहीं।"

कुछ देर खामोशी रही। मकबूल चाहता था बातें हों जल्द ही उसने सिलसिल-ए-कलाम शुरू किया।

"इतना तो मुझे मालूम है कि तुम कश्मीर की रहने वाली हो। तुम्हारा नाम शांति है। यहां रहती हो...ये बताओ तुमने फिफ्टी रूपीज का मामला क्यों शुरू किया?"

शांति ने ये बेतकल्लुफ जवाब दिया, "मेरा फादर श्रीनगर में डॉक्टर है...मैं वहां हॉस्पिटल में नर्स था। एक लड़के ने मुझको खराब कर दिया...मैं भाग कर इधर को आ गई यहां हमको एक आदमी मिला। वो हमको फिफ्टी रूपीज दिया. ..बोला हमारे साथ चलो। हम गया, बस काम चालू हो गया। हम यहां होटल में आ गया, पर हम इधर किसी से बात नहीं करती। सब रंडी लोग है, किसी को यहां नहीं आने देती।"

मकबूल ने कुरेद-कुरेद कर तमाम वाकियात मालूम करना मुनासिब ख्याल न किया। कुछ और बातें हुई जिनसे उसे पता चला कि शांति को जिस्मानी मामलो से कोई दिलचस्पी नहीं थी। जब उसका जिक्र आया तो उसने बुरा सा मुंह बनाकर कहा, "आई डोंट लाइक। इट इज बैड।"

उसके नजदीक फिफ्टी रूपीज का मामला एक कारोबारी मामला था। श्रीनगर के अस्पताल में जब किसी लड़के ने उसको खराब किया तो जाते वक्त दस रुपए देना चाहे। शांति को बहुत गुस्सा आया। नोट फाड़ दिया।

इस वाकिये का उसके दिमाग पर ये असर हुआ कि उसने बाकायदा कारोबार शुरू कर दिया। पचास रुपए फीस खुदबखुद मुकर्रर हो गई अब लज्जत का सवाल ही कहां पैदा होता था...चूंकि नर्स रह चुकी थी इसीलिए बड़ी मोहतात रहती थी।

एक बरस हो गया था उसे बंबई में आए हुए। इस दौरान में उसने दस हजार रुपए बचाए होते मगर उसको रेस खेलने की लत पड़ गई पिछली रेसों पर उसके पांच हजार उड़ गए लेकिन उसको यकीन था कि वो नई रेसों पर जरूर जीतेगी, "हम अपना लॉस पूरा कर लेगा।"

उसके पास कौड़ी-कौड़ी का हिसाब मौजूद था। सौ रुपए रोजाना कमा लेती थी जो फौरन बैंक में जमा करा दिए जाते थे। सौ से ज्यादा वो नहीं कमाना चाहती थी। उसको अपनी सेहत का बहुत ख्याल था।

दो घंटे गुजर गए तो उसने अपनी घड़ी देखी और मकबूल से कहा, "तुम अब जाओ...हम खाना खाएगा और सो जाएगा।"

मकबूल उठकर जाने लगा तो उसने कहा, "बातें करने आओ तो सुबह के टाइम आओ। शाम के टाइम हमारा नुकसान होती है।"

मकबूल ने "अच्छा" कहा और चल दिया।

दूसरे रोज सुबह दस बजे के करीब मकबूल शांति के पास पहुंचा। उसका ख्याल था कि वो उसका आना पसंद नहीं करेगी मगर उसने कोई नागवारी जाहिर न की। मकबूल देर तक उसके पास बैठा रहा। इस दौरान में शांति को सही तरीके पर साड़ी पहननी सिखाई लड़की जहीन थी। जल्दी सीख गई।

कपड़े उसके पास काफी तादाद में और अच्छे थे। ये सबके सब उसने मकबूल को दिखाए। उसमें बचपना था न बुढ़ापा। शबाब भी नहीं था। वो जैसे कुछ बनते-बनते एक दम रुक गई थी, एक ऐसे मुकाम पर ठहर गई थी जिसके मौसम का वक्त निश्तिन नहीं हो सकता।

वो खूबसूरत थी न बदसूरत, औरत थी न लड़की। वो फूल थी न कली। शाख थी न तना। उसको देखकर बाज औकात मकबूल को बहुत उलझन होती थी। वो उसमें वो नुक्ता देखना चाहता था, जहां उसने गलत-मलत होना शुरू किया था।

शांति के बारे में और ज्यादा जानने के लिए मकबूल ने उससे हर दूसरे-तीसरे रोज मिलना शुरू कर दिया। वो उसकी कोई खातिर मदारत नहीं करती थी। लेकिन अब उसने उसको अपने साफ सुथरे बिस्तर पर बैठने की इजाजत दे दी थी। एक दिन मकबूल को बहुत तअज्जुब हुआ जब शांति ने उससे कहा, "तुम कोई लड़की मांगता?"

मकबूल लेटा हुआ था, चौंककर उठा, "क्या कहा?"

शांति ने कहा, "हम पूछती, तुम कोई लड़की मांगता तो हम लाकर देता।"

मकबूल ने उससे पूछा कि ये बैठे-बैठे उसे क्या ख्याल आया। क्यों उसने ये सवाल किया तो वो खामोश हो गई।

मकबूल ने इसरार किया तो शांति ने बताया कि मकबूल उसे एक बेकार औरत समझता है। उसको हैरत है कि मर्द उसके पास क्यों आते हैं जबकि वो इतनी ठंडी है। मकबूल उससे सिर्फ बातें करता है और चला जाता है। वो उसे खिलौना समझता है। आज उसने सोचा, मुझ जैसी सारी औरतें तो नहीं, मकबूल को औरत की जरूरत है, क्यों न वो उसे एक मंगा दे।

मकबूल ने पहली बार शांति की आंखों में आंसू देखे। एक दम वो उठी और चिल्लाने लगी, "हम कुछ भी नहीं है...जाओ चले जाओ...हमारे पास क्यों आता है तुम...जाओ।"

मकबूल ने कुछ न कहा। खामोशी से उठा और चला गया।

मुतवातिर एक हफ्ता वो पैरेजेन डेरी जाता रहा। मगर शांति दिखाई न दी। आखिर एक सुबह उसने उसके होटल का रुख किया। शांति ने दरवाजा खोल दिया मगर कोई बात न की। मकबूल कुर्सी पर बैठ गया।

शांति के होंटों पर सुर्खी पुराने भद्दे तरीके पर लगी थी। बालों का हाल भी पुराना था। साड़ी की पहनावट तो और ज्यादा बेकार थी। मकबूल उससे मुखातिब हुआ, "मुझसे नाराज हो तुम?"

शांति ने जवाब न दिया और पलंग पर बैठ गई मकबूल ने तुंद लहजे में पूछा, "भूल गई जो मैंने सिखाया था?"

शांति खामोश रही। मकबूल ने गुस्से में कहा, "जवाब दो वर्ना याद रखो मारूंगा।"

शांति ने सिर्फ इतना कहा, "मारो।"

मकबूल ने उठकर एक जोर का चांटा उसके मुंह पर जड़ दिया...शांति बिलबिला उठी। उसकी हैरतजदा आंखों से टप-टप आंसू गिरने लगे।

मकबूल ने जेब से अपना रूमाल निकाला। गुस्से में उसके होंटों की भद्दी सुर्खी पोंछी। उसने मुजाहमत की लेकिन मकबूल अपना काम करता रहा। लिपस्टिक उठाकर नई सुर्खी लगाई कंघे से उसके बाल संवारे, फिर उसने हूकूमत भरे लहजे में कहा, "साड़ी ठीक करो अपनी।"

शांति उठी और साड़ी ठीक करने लगी मगर एक दम उसने फूट-फूट कर रोना शुरू कर दिया और रोती-रोती खुद को बिस्तर पर गिरा दिया। मकबूल थोड़ी देर खामोश रहा। जब शांति के रोने की शिद्दत कुछ कम हुई तो उसके पास जाकर कहा, "शांति उठो...मैं जा रहा हूं।"

शांति ने तड़पकर करवट बदली और चिल्लाई, "नहीं नहीं...तुम नहीं जा सकते।" और दोनों बाजू फैलाकर दरवाजे के दरमियान में खड़ी हो गई, "तुम गया तो मार डालूंगी।"

वो हांप रही थी। उसका सीना जिसपर मकबूल ने कभी गौर ही नहीं किया था जैसे गहरी नींद से उठने की कोशिश कर रहा था।

मकबूल की हैरतजदा आंखों के सामने शांति ने एक के बाद एक बड़ी तेजी से कई रंग बदले। उसकी नमनाक आंखें चमक रही थीं। सुर्खी लगे बारीक होंट हौले-हौले लरज रहे थे। एक दम आगे बढ़कर मकबूल ने उसको अपने सीने के साथ भींच लिया।

दोनों पलंग पर बैठे तो शांति ने अपना सर नेवढ़ा कर मकबूल की गोद में डाल दिया। उसके आंसू बंद होने ही में न आते थे।

मकबूल ने उसको प्यार किया। रोना बंद करने के लिए कहा तो वो आंसुओं में अटक-अटक कर बोली, "उधर श्रीनगर में...एक आदमी ने हमको मार दिया था...इधर एक आदमी ने...हमको जिंदा कर दिया।"

दो घंटे के बाद जब मकबूल जाने लगा तो उसने जेब से पच्चास रुपए निकाल कर शांति के पलंग पर रखे और मुस्कुरा कहा, "ये लो अपने फिफ्टी रूपीज!"

शांति ने बड़े गुस्से और बड़ी नफरत से नोट उठाए और फेंक दिए।

फिर उसने तेजी से अपनी ड्रेसिंग टेबल का एक दरवाजा खोला और मकबूल से कहा, "इधर आओ...देखो ये क्या है?"

मकबूल ने देखा, दराज में सौ सौ के कई नोटों के टुकड़े पड़े थे। मुट्ठी भर के शांति ने उठाए और हवा में उछाले, "हम अब ये नहीं मांगता!"

मकबूल मुस्कुराया। हौले से उसने शांति के गाल पर छोटी सी चपत लगाई और पूछा, "अब तुम क्या मांगता है!"

शांति ने जवाब दिया, "तुमको।" ये कहकर वो मकबूल के साथ चिमट गई और रोना शुरू कर दिया।

मकबूल ने उसके बाल संवारते हुए बड़े प्यार से कहा, "रोओ नहीं...तुमने जो मांगा है वो तुम्हें मिल गया है।"

* * *

शह नशीं पर

धुली हुई आंखों से उसने मेरी तरफ गौर से देखा। और पूछा। "तुम कौन हो?"

वो जानती थी कि मैं कौन हूं। और ये पूछते हूए कि मैं कौन हूं। वो मेरे बारे में कुछ दरयाफ्त न कर रही थी। बल्कि वो ये पूछ रही थी कि वो खुद कौन है।

मैंने जवाब दिया। "तुम शीला हो।"

उसके भिंचे हुए होंट एक खफीफ इर्तिआश के साथ खुले और वो सिसकियों में कहने लगी। "शीला...शीला...शि।" वो शह-नशीन पर बैठ गई वो थकी हुई मालूम होती थी। लेकिन इका ईकी उसे कुछ ख्याल आया और जो ख्वाब वो देख रही थी। उसे अपने दिमाग से झटककर उठ खड़ी हुई और घबराए लहजे में कहने लगी...मैं...मैं...क्या कह रही थी?...मुझे कुछ नहीं हुआ मैं अच्छी हूं...और मैं यहां कैसे चली आई?

वो सफेद सलमा लगी साड़ी में शह-नशीन पर आई और ऐसा मालूम हुआ कि किसी ने नकरई तारों वाला अनार छोड़ दिया है। साड़ी के थिरकते हुए रेशमी कपड़े पर जब जगह जगह सलमा का काम टिमटिमाने लगता तो मुझे जिस्म पर वो तमाम टिमटिमाहटें गुदगुदी करती महसूस होतीं...वो खुद एक अर्सा से मेरे लिए गुदगुदी बनी हुई थी।

मैं उसको तकरीबन दो सौ मर्तबा देख चुका हूं। और इन तमाम दर्शनों के चिग अलाहिदा-अलाहिदा मेरे दिल-ओ-दिमाग पर छपे हुए हैं। एक बार मैंने उसे सहन में तीतरी के पीछे दौड़ते देखा था। एक लम्हे के लिए वो मेरी निगाहों के सामने आई और गुजर गई और जब कभी मैं इस

वाकिया को याद करता हूं तो मुझे अपने दिल में एक ऐसे परिंदे की फड़फड़ाहट सुनाई देती है। जो डर कर इका ईकी उड़ जाए। इसी तरह एक रोज मैंने उसे शह-नशीन पर धूप में अपने गीले बाल झटकते देखा था। और अब मैं जिस वक्त उस तस्वीर को अपने जेहन के पर्दे पर खींचता हूं तो मुझे कभी स्याही नजर आती है और कभी उजाला।

मैं उसको इतना देख चुका हूं कि अब मैं इसके सामने आए बगैर उसे जब चाहूं देख सकता हूं। पहले पहल मुझे इस काम में दिक्कत महसूस हुई थी मगर अब कोई मुश्किल पेश नहीं आती। अभी कल शाम को जब मुझे एक दोस्त के यहां बैठे-बैठे उसे देखने की ख्वाहिश पैदा हुई थी। तो मैंने आंखें बंद किए बगैर उसे अपने सामने ला खड़ा किया। वो हू-बहू वैसी थी जैसी कि वो है और इस बात का न मेरे दोस्त को पता चला और न उस की बहन को जो मेरे सामने कुर्सी पर बैठी थी। मैंने एक लम्हे के लिए उसे अपने जेहन की डिबिया में से निकाल कर देखा। और फौरन ही वहीं बंद कर दिया। किसी को मालूम तक न हुआ। कि मैंने क्या कर दिया है। उसको देखने के बाद मैंने यूं सिलसिला कलाम शुरू किया। गोया मेरा जेहन एक लम्हे के लिए भी गैर हाजिर न हुआ था....जी हां सूखी हुई मछलियों से सख्त बू आती है। न जाने ये लोग उन्हें खाते किस तरह हैं। मेरी तो नाक...और इस के बाद मुख्तलिफ किस्म की नाकों पर गुफ्तगू शुरू हो गई थी।

उसकी नाक मुझे बहुत पसंद है। मेरे पास हल्के गुलाबी रंग की सीट है जो मुझे सिर्फ इसीलिए अजीज है कि उसकी प्यालियों की दस्ती उस की नाक से मिलती जुलती है। आप हंसोगे। मगर...एक रोज सुबह को जब मैंने उसे करीब से देखा तो मेरे दिल में अजीब-ओ-गरीब ख्वाहिश पैदा हुई कि उसकी नाक पकड़कर उसके होंटों का रस पी लूं।

उसके होंट मुझे प्यारे लगते थे। शायद इसीलिए कि वो हर वक्त नमआलूद रहते थे। ये नमी उनमें संगतरे की लड़यों की मानिंद चमक पैदा कर देती थी। उनके चूमने की ख्वाहिश अगर मेरे दिल में पैदा होती थी तो इसका कारण ये न था कि मैंने किताबों में पढ़ा था और लोगों से सुना था कि औरतों के होंट चूमे जाते हैं.....अगर मुझे ये इल्म न होता तो भी मेरे दिल में उनको चूमने की ख्वाहिश पैदा होती उसके होंट ही कुछ इस किस्म के थे कि वो एक नमुकम्मल बोसा मालूम होते थे।

वो मेरे हमसाए डॉक्टर की इकलौती लड़की थी। सारा दिन वो नीचे अपने बाप की डिसपेंसरी में बैठी रहती। कभी कभी जब में उसे बाजार से गुजरते हुए शीशों में से दवाईयों की अलमारी के पास खड़ी देखता। तो मुझे वो एक

लंबी गर्दन वाली बोतल दिखाई देती जिसमें कोई खुशरंग स्याल माद्दा उबल रहा हो। एक रोज मैं डिसपेंसरी में डॉक्टर साहब से दवा लेने के लिए गया। मुझे जुकाम की शिकायत थी। डॉक्टर साहब ने उस से कहा, "बेटा! इनके रूमाल पर यू-किलिप्टस ऑयल के चंद कतरे टपका दो।"

उसने मेरा रूमाल लिया और अलमारी में से एक छोटी सी बोतल निकालकर दवा के कतरे टपकाने लगी। उस वक्त मेरे जी में आया कि उठकर उसका हाथ थाम लूं और कहूं, "इस शीशी को बंद कर दीजिए अगर आप अपनी आंखों का एक आंसू मुझे इनायत फर्मा दें। तो मेरी बहुत-सी बीमारियां दूर हो जाएं।" लेकिन मैं खामोश बैठा दवा के उन सफेद कतरों की तरफ देखता रहा। जो मेरे रूमाल में जज्ब हो रहे थे।

जब से मैंने उसे देखना शुरू किया है। मेरी दिली ख्वाहिश रही है कि वो रोए और मैं उसकी आंखों में आंसू तैरते हुए देखूं। मैंने तसव्वुर में कई मर्तबा उसकी आंखों को नमनाक देखा है और गालिबन यही वजह है कि मैं उसे सचमुच रोता देखना चाहता हूं। उसकी घनी पलकों में फंसे हुए आंसू बहुत अच्छे मालूम होंगे। चक पर से जब बारिश के कतरे रुक रुक कर नीचे फिसल रहे हों तो कितने दिलफरेब दिखाई दिया करते हैं।

मुम्किन है औरत की आंखों में आप आंसू जरूरी ख्याल न करें। पर मैं आंसुओं को हटाकर औरत की आंखों का तसव्वुर ही नहीं कर सकता। आंसू आंखों का पसीना है और मजदूर की पेशानी सिर्फ उसी सूरत में मजदूर की पेशानी हो सकती है। जब उस पर पसीने के कतरे चमक रहे हों। और औरत की आंखें सिर्फ उसी सूरत में औरत की आंखें हो सकती हैं। जब आंसुओं से डबडबाई रहती हो।

वो सफेद सलमा लगी साड़ी में शह-नशीन पर आई और ऐसा मालूम हुआ कि किसी ने नकरई तारों वाला अनार छोड़ दिया है। साड़ी के थिरकते हुए रेशमी कपड़े पर जगह-जगह सलमे का काम टिमटिमा रहा था। और मुझे अपने जिस्म पर गुदगुदी हो रही थी। उसने इका ईकी पलटकर मेरी तरफ देखा। गोया उसको फौरन ही इस बात का अहसास हुआ कि उसके इलावा रात की खामोशी में कोठे पर कोई और शक्स भी है...उसकी आंखें...उसकी आंखें दो मोती रोल रही थीं...वो रो रही थी...वो...वो रो रही थी...मेरे देखते-देखते और कबल इसके कि मैं कुछ कर सकूं। उसकी आंखों से उसके शबाब के पहले पसीने के कतरे छिलके और...संगीन फर्श पर फिसल गए। वो मेरी खलल-अंदाज निगाहों की ताब न ला सके। वो दरअसल चुपचाप दूसरों को खबर किए बगैर नौजाईदा बच्चों की तरह थोड़ी देर इन दो नरम-ओ-नाजुक पनगोड़ों में लेटे रहना चाहते

थे। मगर मेरी निगाहों के शोर से मचल गए। वो रो रही थी। पर मैं खुश था। उसकी नम-आलूद आंखें कुहरे में लिपटी हुई झीलें मालूम होती थीं रहस्य से भरी बड़ी फिक्रमंद, पानी की पतली-सी तह के नीचे उसकी आंखों की सफेदी और स्याही उन नन्ही नन्ही मछलियों की तरह झिलमिला रही थीं, जो पानी के ऊपर आने से डरती हों।

मैंने उसको देखना छोड़कर उसकी आंखों को देखना शुरू कर दिया। जिस तरह दिसंबर की सर्द और गीली रात में खुली फिजा के अंदर दो दिए जल रहे हों। उसकी आंखें दूर से बहुत दूर से मुझे देखती रहीं। मैंने उनकी तरफ बढ़ना शुरू किया...दो आंसू बने, घनी पलकों में थोड़ी देर फंसे रहे। फिर आहिस्ता-आहिस्ता उसके जर्द गालों पर ढलक गए। दाहिनी आंख में एक और आंसू बना, बाहर निकला...गाल की हड्डी पर थोड़ी देर के लिए उस मुसाफिर की तरह जिसकी मंजिल करीब हो, एक लहजे के लिए सुस्ताया और फिसलकर तेजी से उसके लबों के एक गोशे के करीब से होकर आगे दौड़ने वाला ही था कि होंटों की नमी ने उसे अपनी तरफ खींच लिया। और वो एक पतली-सी धार बनकर फिसल गया।

धुली हुई आंखों से उसने मेरी तरफ गौर से देखा। और पूछा। "तुम कौन हो?"

वो जानती थी कि मैं कौन हूं। और ये पूछते हूए कि मैं कौन हूं। वो मेरे बारे में कुछ दरयाफ्त न कर रही थी। बल्कि वो ये पूछ रही थी कि वो खुद कौन है।

मैंने जवाब दिया। "तुम शीला हो।"

उसके भिंचे हुए होंट एक खफीफ इर्तिआश के साथ खुले और वो सिसकियों में कहने लगी। "शीला...शीला...शि।" वो शह-नशीन पर बैठ गई वो थकी हुई मालूम होती थी। लेकिन इका ईकी उसे कुछ ख्याल आया और जो ख्वाब वो देख रही थी। उसे अपने दिमाग से झटककर उठ खड़ी हुई और घबराए लहजे में कहने लगी...मैं...मैं...क्या कह रही थी?...मुझे कुछ नहीं हुआ मैं अच्छी हूं...और मैं यहां कैसे चली आई?

मैंने उसे बड़े तसल्ली आमेज लहजे में कहा। "घबराओ नहीं शीला...तुमने मुझसे कुछ नहीं कहा...ऐसी बातें न कही जाती हैं और न सुनी जाती हैं।"

शीला ने इस अंदाज से मेरी तरफ देखा। गोया मैंने उसकी कोई चोरी पकड़ ली है कैसी बातें?.....कैसी बातें?.....कोई बात भी तो हो!

मैंने उससे कहा। "परसों जब तुम नीचे डिस्पेंसरी में लाल लाल जीब निकाल कर तोते से खेल रही थीं। और तुम्हारी बिलौरीं उंगलियां बोतलों से टकराकर एक अजीब किस्म की झनकार पैदा कर रही थीं। उस वक्त तुम एक न-मुकम्मल

औरत थीं। पर आज जबकि तुम्हारी आंखें रो रही हैं। तुम मुकम्मल औरत बन गई हो। क्या तुम्हें ये फर्क महसूस नहीं होता? होता है, जरूर होता है। वो चीज जो कल थी आज तुम में नहीं है और जो आज है कल न रहेगी। पर वो दाग जो मुसर्रत का गर्म लोहा तुम्हारे दिल पर लगा गया है। हमेशा वैसे का वैसा रहेगा...ये कितनी अच्छी बात है...तुम्हारी जिंदगी में एक ऐसी चीज तो होगी। जो सारी की सारी तुम्हारी होगी...एक ऐसी चीज जिसकी मिल्कियत पर किसी को रश्क नहीं हो सकता...काश मेरा दिल तुम्हारा दिल होता...किसी औरत का दिल होता...जो एक ही दाग को काफी समझता है...औरत के दिल की आबादी में कई वीराने समा सकते हैं...वीरानों का ये हुजूम बजाए खुद एक आबादी है...तुम खुश-किस्मत हो...वो दिन जिसके लिए तुम्हें इंतेजार करना पड़ता। तुमने बहुत जल्द देख लिया...तुम खुश-किस्मत हो।”

वो मेरी तरफ उस मुर्गी की तरह हैरत से देखने लगी जिसने पहली बार अंडा दिया हो।

वो अपने को टटोलने लगी। “खुश-किस्मत!...मैं खुश-किस्मत...वो कैसे?... आपको कैसे मालूम हुआ।”

मैंने जवाब दिया। “जब पतंग कट जाए और कोठों पर चढ़े हुए लौंडे डोर लूटने के लिए शोर मचाना शुरू कर दें। तो किसी के बताने की जरूरत नहीं रहती कि पतंग कट गई है...जो पतंग तुमने हवा की बुलंदियों में उड़ाई थी कहां है?...कल तक उसकी डोर तुम्हारे हाथ में थी, पर आज नजर नहीं आती!”

उसकी आंखों से टप-टप आंसू गिरने लगे।

“...मैं खुश-किस्मत हूं...” आंसुओं में भीगे हुए लफ्ज उसके मुंह से निकले। “मैं खुश-किस्मत हूं...आप इन लौंडों से जो डोर लूटने के लिए कोठों पर चढ़े रहते हैं, कम शोर नहीं मचा रहे...”

आंसू इतनी तेजी से बहने लगे। उसने मेरी तरफ इस बारिश में से देखा और कहा। “मेरी आंखों से आंसू निकालकर आप किस का हलक तर करना चाहते हैं...मैं सब जानती हूं। ये सुईयां आप मुझे क्यों चुभो रहे हैं।”

उसने नफरत से मुंह फेर लिया। उसकी अकल उस वक्त उस चाकू के फल की मानिंद थी। जिसे जरूरत से ज्यादा सान पर लगाया गया हो।

मैंने उससे बड़े इत्मिनान से कहा, “जो कुछ हो चुका है। उसका मुझे इल्म है। और अगर इस वक्त मैं तुमसे ये सब भूल जाने के लिए कहता, तुमसे बनावटी शब्दों हमदर्दी करता। मदारियों के तरह एक हाथ में तुम्हारा दर्द, तुम्हारा सारा गम लेकर छू मंत्र के जरिए से गायब कर देता, तो तुम यकीनन मुझे अपना दोस्त मानतीं, पर मैं ऐसा नहीं कर सकता...दिल तुम्हारा है और जो भी उस पर

गुजरा है वो तुम्हारा है। मैं क्यों तुम्हारे दिल को इस नेअमत से महरूम करूं, क्यों तुम्हें इस दर्द को भूल जाने के लिए कहूं जो तुम्हारे जीवन का सार है। इसी दर्द पर इसी दुख देने वाले वाकिये पर जो बीत चुका है तुम्हें अपनी जिंदगी के आने वाले दिनों की बुनियादें मजबूत करनी होंगी...मैं झूठ नहीं बोलता शीला, पर अगर तुम चाहती हो तो तुम्हारी तसकीन के लिए मैं ये भी कर सकता हूं। बोलो मैं क्या कहूं?"

ये सुनकर उसने तेजी से कहा, "मुझे किसी की हमदर्दी की जरूरत नहीं!"

"मैं जानता हूं...ऐसे हालात में किसी की हमदर्दी की जरूरत नहीं हुआ करती...आग के अंदर कूदने वाले खेल में हिदायत देने वालों की क्या जरूरत?... प्रेम की अर्थी को दूसरे के कांधों से क्या सरोकार, ये लाश तो जिंदगी भर हमें अपने ही कांधों पर उठाए फिरना होगी..."

वो बीच में बोल उठी। "उठाऊंगी...आपको इससे क्या...ऐसी-ऐसी भयानक बातें सुनाकर आप मुझे किस लिए डराना चाहते हैं!...मैंने उससे मोहब्बत की.. .और क्या मैं अब भी उससे मोहब्बत नहीं करती!...उसने मुझे धोका दिया है। मेरे साथ फरेब किया है, पर ये फरेब और धोका भी तो उसी ने दिया है जिससे मैं मोहब्बत करती हूं...मैं जानती हूं कि उसने मेरी जिंदगी बर्बाद कर दी है। मुझे कहीं का नहीं रखा। लेकिन फिर क्या हुआ...मैंने एक बाजी खेली और हार गई...आप मुझे डराना चाहते हैं, मुझे ताने देना चाहते हैं...मुझे...मुझे, जिसे अब मौत तक की परवाह नहीं रही...मैंने मौत का नाम लिया है और...देखिए आपके बदन पर कपकपी दौड़ गई है, आप मौत से डरते हैं। मगर मेरी तरफ देखिए मैं मौत से नहीं डरती!"

मैंने उसकी तरफ देखा, उसके लबों पर एक जबरदस्ती की मुस्कुराहट नाच रही थी। उसकी आंखों में आंसुओं की पतली तह के नीचे एक अजीब किस्म की रोशनी जल रही थी। और वो खुद कांप रही थी हौलेहौले।

मैंने दुबारा उस को गौर से देखा और कहा, "मौत से डरता हूं। इसीलिए कि मैं जिंदा रहना चाहता हूं। तुम मौत से नहीं डरती, इसीलिए कि तुम्हें जिंदा रहना नहीं आता। जो शख्स जिंदा रहने का सलीका नहीं जानते। उनके लिए जिंदा रहना भी मौत के बराबर है...अगर तुम मरना चाहती हो तो बड़े शौक से मर जाओ।"

वो हैरत से मेरा मुंह ताकने लगी। मैंने कहना शुरू किया। तुम मरना चाहती हो। इसीलिए कि तुम समझती हो कि दुख के इस पहाड़ का बोझ जो इका ईकी तुम पर टूट पड़ा है। तुमसे उठाया न जाएगा...ये गलत है...जब तुम मोहब्बत करने की ताकत रखती हो। तो उसकी शिकस्त के सदमे बर्दाश्त करने की भी कुव्वत

रखती हो...वो लज्जत वो हज वो खुशी जो तुमने इससे मोहब्बत करके हासिल की, तुम्हारी जिंदगी का अर्क है उसे संभालकर रखो। और बाकी तमाम उम्र इन चंद घूंटों पर बसर करो...वो मर्द जिससे तुम ने मोहब्बत की, इतना जरूरी, इतना अहम नहीं है, जितनी कि तुम्हारी मोहब्बत है, जो तुमको उससे है...उस मर्द को भूल जाओ, लेकिन अपनी मोहब्बत को याद रखो, उसकी याद पर जियो...उन लम्हों की याद पर जिनको हासिल करने के लिए तुमने अपनी जिंदगी की सबसे कीमती शैय तोड़ डाली...क्या तुम उन लम्हों को भूल सकती हो, जिसकी कीमत में तुमने एक बेशबहा मोती बहा दिया है...हरगिज नहीं...मर्द ऐसे लम्हों को भूल सकता है भूल जाता है। इसीलिए कि उसे कोई कीमत अदा नहीं करनी पड़ती.. .पर औरतें नहीं भूल सकतीं। जिन्हें चंद घड़ियों की फुर्सत के लिए अपनी सारी जिंदगी चकना चूर कर देनी पड़ती है...तुम मरना चाहती हो!...क्या तुम इस सराय में इतने महंगे दामों पर कमरा उठाकर भी उसको छोड़ देना चाहती हो...जिंदा रहो...नहीं-नहीं इस जिंदगी का इस्तेमाल करो। हमें मरना जरूर है। इसीलिए जिंदा रहना भी जरूरी है..."

मेरी बातों ने उस पर थकान सी तारी कर दी। वो निढाल होकर शह-नशीन पर बैठ गई और कहने लगी। "मैं थक गई हूं..."

"जाओ, सो जाओ...आराम करो और दूसरी मुसीबतों का मुकाबला करने के लिए खुद में हिम्मत पैदा करो..." ये कह कर मैं चलने ही को था। कि मुझे दफअतन एक ख्याल आया और इस ख्याल के आते ही थोड़ी देर के लिए मेरा दिल बैठ-सा गया। मैंने सोचा अगर इसने अपने आपको मार लिया तो...और ये सोचते हुए मुझे ये खदशा पैदा हुआ कि मुझमें एक चीज की कमी हो जाएगी। चुनांचे मैं पलटा और उसके करीब जाकर उससे इल्तिजाईया लहजे में कहा। "शीला! मैं तुमसे एक दरखास्त करना चाहता हूं..."

शीला ने गर्दन उठाकर मेरी तरफ देखा।

"देखो शीला, मैं तुमसे इल्तिजा करता हूं कि खुदकुशी के ख्याल से बाज आओ.....तुम जिंदा रहो, जरूर जिंदा रहो।"

उसने मेरी बात सुनी और पूछा "क्यों।"

"क्यों?...ये तुम मुझसे क्यों पूछती हो शीला? तुम्हारा दिल अच्छी तरह जानता है कि मैं तुम से इल्तिजा कर रहा हूं...छोड़ो इन बातों को...मुझे तुमसे कोई शिकायत नहीं है और न मुझे अपने आप से कोई शिकायत है...बात ये है कि मैंने जो बात शुरू की थी। अब उसे अंजाम तक पहुंचाना चाहता हूं.....मैं खुदगर्ज हूं.....हर इंसान खुदगर्ज है...मैं तुमसे इल्तिजा कर रहा हूं कि तुम मरने का ख्याल निकाल दो और जियो...ये खुदगर्जी है...तुम जिंदा होगी तो मेरी मोहब्बत जवान

रहेगी...तुम्हारी जिंदगी के हर दौर के साथ मैं अपनी मोहब्बत को वाबस्ता देखना चाहता हूं...पर तुम्हारी इजाजत से..."

वो देर तक सोचती रही। वो अब ज्यादा संजीदा हो गई थी। थोड़ी देर के बाद उसने बड़े धीमे लहजे में कहा। "मुझे जिंदा रहना होगा।"

उसके इस धीमे लहजे में एक हौसला था। इस थकी हुई जवानी को ऊंघती हुई चांदनी में छोड़कर मैं नीचे अपने फ्लैट पर चला आया और सो गया।

* * *

शारदा

नजीर ने उससे पहचान की, "आपका नाम?"

शकुंतला की बहन ने कहा, "शारदा।"

नजीर ने फिर उससे पूछा, "आपका वतन।"

"जयपुर।" उसका लहजा बहुत तीखा और नाराजगी भरा था।

नजीर ने मुस्कुराकर उससे कहा, "देखिए आपको मुझसे नाराज होने का कोई हक नहीं, करीम ने अगर कोई ज्यादती की है तो आप उसको सजा दे सकती हैं, लेकिन मेरा कोई कुसूर नहीं।" ये कहकर वो उठा और उसको अचानक अपने बाजूओं में समेट कर उसके होंटों को चूम लिया। वो कुछ कहने भी न पाई थी कि नजीर उससे मुखातिब हुआ, "ये कुसूर अलबत्ता मेरा है, इसकी सजा मैं भुगतने के लिए तैयार हूं।"

लड़की के माथे पर बेशुमार तब्दीलियां नुमूदार हुई। उसने तीन चार मर्तबा जमीन पर थूका। गालिबन गालियां देने वाली थी, लेकिन चुप हो गई उठ खड़ी हुई थी, लेकिन फौरन ही बैठ गई।

नजीर ब्लैक मार्कीट से विस्की की बोतल लाने गया। बड़े डाकखाने से कुछ आगे बंदरगाह के फाटक से कुछ उधर सिगरेट वाले की दुकान से उसको स्कॉच मुनासिब दामों पर मिल जाती थी। जब उसने पैंतीस रुपए अदा करके कागज में लिपटी हुई बोतल ली तो उस वक्त ग्यारह बजे थे दिन के। यूं तो वो रात को पीने का आदी था मगर उस रोज मौसम खुशगवार होने के बाइस वो चाहता था कि सुबह ही से शुरू करदे और रात तक पीता रहे।

बोतल हाथ में पकड़े वो खुश खुश घर की तरफ रवाना हुआ। उसका इरादा था कि बोरीबंदर के स्टैंड से टैक्सी लेगा। एक पैग उसमें बैठ कर

पिएगा और हल्के हल्के सुरूर में घर पहुंच जाएगा। बीवी मना करेगी तो वो उससे कहेगा, "मौसम देख कितना अच्छा है। फिर वो उसे वो भोंडा-सा शेर सुनाएगा;

की फरिश्तों की राह अब्र ने बंद
जो गुनाह कीजिए सवाब है आज

वो कुछ देर जरूर झगड़ा करेगी, लेकिन बिल-आखिर खामोश हो जाएगी और उसके कहने पर कीमे के पराठे बनाना शुरू कर देगी।

दुकान से बीस-पचीस गज दूर गया होगा कि एक आदमी ने उसको सलाम किया। नजीर का हाफिजा कमजोर था। उसने सलाम करने वाले आदमी को न पहचाना, लेकिन उस पर ये जाहिर न किया कि वो उसको नहीं जानता, चुनांचे बड़े तरीके से कहा, "क्यों भई कहां होते हो, कभी नजर ही नहीं आए।"

उस आदमी ने मुस्कुराकर कहा, "हुजूर, मैं तो यहीं होता हूं। आप ही कभी तशरीफ नहीं लाए?"

नजीर ने उसको फिर भी न पहचाना, "मैं अब जो तशरीफ ले आया हूं।"

"तो चलिए मेरे साथ।"

नजीर उस वक्त बड़े अच्छे मूड में था, "चलो।"

उस आदमी ने नजीर के हाथ में बोतल देखी और मानी खेज तरीके पर मुस्कुराया, "बाकी सामान तो आपके पास मौजूद है।"

ये फिकरा सुनकर नजीर ने फौरन ही सोचा कि वो दलाल है, "तुम्हारा नाम क्या है?"

"करीम...आप भूल गए थे!"

नजीर को याद आ गया कि शादी से पहले एक करीम उसके लिए अच्छी अच्छी लड़कियां लाया करता था। बड़ा ईमानदार दलाल था। उसको गौर से देखा तो सूरत जानी-पहचानी मालूम हुई फिर पिछले तमाम वाकियात उसके जेहन में उभर आए। करीम से उसने माजरत चाही, "यार, मैंने तुम्हें पहचाना नहीं था। मेरा ख्याल है, गालिबन छह बरस हो गए हैं तुमसे मिले हुए।"

"जी हां।"

"तुम्हारा अड्डा तो पहले ग्रांट रोड का नाका हुआ करता था?"

करीम ने बीड़ी सुलगाई और जरा फख्र से कहा, "मैंने वो छोड़ दिया है। आपकी दुआ से अब यहां एक होटल में धंदा शुरू कर रखा है।"

नजीर ने उसको दाद दी, "ये बहुत अच्छा किया है तुमने?"

करीम ने और ज्यादा फख्रिया लहजे में कहा, "दस छोकरियां हैं...एक बिल्कुल नई है।"

नजीर ने उसको छेड़ने के अंदाज में कहा, "तुम लोग यही कहा करते हो।"

करीम को बुरा लगा, "कसम कुरान की, मैंने कभी झूठ नहीं बोला। सुअर खाऊं अगर वो छोकरी बिल्कुल नई न हो।" फिर उसने अपनी आवाज धीमी की और नजीर के कान के साथ मुंह लगाकर कहा, "आठ दिन हुए हैं जब पहला पैसेंजर आया था, झूठ बोलूं तो मेरा मुंह काला हो।"

नजीर ने पूछा, "कुंवारी थी?"

"जी हां...दो सौ रुपए लिए थे उस पैसेंजर से?"

नजीर ने करीम की पसलियों में एक ठोंका दिया, "लो, यहीं भाव पक्का करने लगे।"

करीम को नजीर की ये बात फिर बुरी लगी, "कसम कुरान की, सुअर हो जो आप से भाव करे, आप तशरीफ ले चलिए। आप जो भी देंगे मुझे कबूल होगा। करीम ने आपका बहुत नमक खाया है।"

नजीर की जेब में उस वक्त साढे चार सौ रुपए थे। मौसम अच्छा था, मूड भी अच्छा था। वो छह बरस पीछे के जमाने में चला गया। बिन पिए मसरूर था, "चलो यार आज तमाम अय्याशियां रहीं...एक बोतल का और बंदोबस्त हो जाना चाहिए।"

करीम ने पूछा, "आप कितने में लाए हैं ये बोतल?"

"पैंतीस रुपए में।"

"कौन सा ब्रांड है?"

"जॉनी वॉकर!"

करीम ने छाती पर हाथ मारकर कहा, "मैं आपको तीस में लादूंगा।"

नजीर ने दस दस के तीन नोट निकाले और करीम के हाथ में दे दिए।

"नेकी और पूछ पूछये लो, मुझे वहां बिठाकर तुम पहला काम यही करना। तुम जानते हो, मैं ऐसे मामलो में अकेला नहीं पिया करता।"

करीम मुस्कुराया, "और आप को याद होगा, मैं डेढ़ पैग से ज्यादा नहीं पिया करता।"

नजीर को याद आ गया कि करीम वाकई आज से छह बरस पहले सिर्फ डेढ़ पैग लिया करता था।

ये याद करके नजीर भी मुस्कुराया, "आज दो रहीं।"

"जी नहीं, डेढ़ से ज्यादा एक कतरा भी नहीं।"

करीम एक थर्ड क्लास बिल्डिंग के पास ठहर गया। जिसके एक कोने में छोटे से मैले बोर्ड पर मेरीना होटल लिखा था। नाम तो खूबसूरत था मगर इमारत निहायत ही गलीज थी। सीढ़ियां शिकस्ता, नीचे सूद खोर पठान बड़ी-बड़ी सलवारें पहने खाटों पर लेटे हुए थे। पहली मंजिल पर क्रिस्चियन आबाद थे। दूसरी मंजिल पर जहाज के बेशुमार खलासी। तीसरी मंजिल होटल के मालिक के पास थी।

चौथी मंजिल पर कोने का एक कमरा करीम के पास था जिसमें कई लड़कियां मुर्गियों की तरह अपने डरबे में बैठी थीं।

करीम ने होटल के मालिक से चाबी मंगवाई एक बड़ा लेकिन बेहंगम सा कमरा खोला जिसमें लोहे की एक चारपाई, एक कुर्सी और एक तिपाई पड़ी थी। तीन अतराफ से ये कमरा खुला था, यानी बेशुमार खिड़कियां थीं, जिनके शीशे टूटे हुए थे और कुछ नहीं, लेकिन हवा की बहुत इफरात थी।

करीम ने आराम कुर्सी जो कि बेहद मैली थी, एक उससे ज्यादा मैले कपड़े से साफ की और नजीर से कहा, "तशरीफ रखिए, लेकिन मैं ये अर्ज कर दूं। इस कमरे का किराया दस रुपए होगा।"

नजीर ने कमरे को अब जरा गौर से देखा, "दस रुपए ज्यादा हैं यार?"

करीम ने कहा, "बहुत ज्यादा हैं, लेकिन क्या किया जाए। साला होटल का मालिक ही बनिया है। एक पैसा कम नहीं करता और नजीर साहब, मौज शौक करने वाले आदमी भी ज्यादा की परवाह नहीं करते।"

नजीर ने कुछ सोच कर कहा, "तुम ठीक कहते हो, किराया पेशगी दे दूं?"

"जी नहीं...आप पहले छोकरी तो देखिए।" ये कहकर वो अपने डरबे में चला गया।

थोड़ी देर के बाद वापस आया तो उसके साथ एक निहायत ही शर्मीली लड़की थी। घरेलू किस्म की हिंदू लड़की, सफेद धोती बांधे थी। उम्र चौदह बरस के लगभग होगी। खुश शक्ल तो नहीं थी, लेकिन भोली भाली थी।

करीम ने उससे कहा, "बैठ जाओ, ये साहब मेरे दोस्त हैं, बिल्कुल अपने आदमी हैं।"

लड़की नजरें नीचे किए लोहे की चारपाई पर बैठ गई करीम ये कहकर चला गया, "अपना इत्मीनान कर लीजिए नजीर साहब...मैं गिलास और सोडा लाता हूं।"

नजीर आराम कुर्सी पर से उठकर लड़की के पास बैठ गया। वो सिमट कर एक तरफ हट गई नजीर ने उससे छह बरस पहले के अंदाज में पूछा, "आपका नाम?"

लड़की ने कोई जवाब न दिया। नजीर ने आगे सरक कर उसके हाथ पकड़े और फिर पूछा, "आपका नाम क्या है जनाब?"

लड़की ने हाथ छुड़ा कर कहा, "शकुंतला।"

और नजीर को शकुंतला याद आ गई जिस पर राजा दुष्यंत आशिक हुआ था, "मेरा नाम दुष्यंत है।"

नजीर मुकम्मल अय्याशी पर तुला हुआ था। लड़की ने उसकी बात सुनी और मुस्कुरा दी। इतने में करीम आ गया। उसने नजीर को सोडे की चार बोतलें

दिखाईं जो ठंडी होने के बाइस पसीना छोड़ रही थीं, "मुझे याद है कि आपको रोजर का सोडा पसंद है बर्फ में लगा हुआ लेकर आया हूं।"

नजीर बहुत खुश हुआ, "तुम कमाल करते हो।" फिर वो लड़की से मुखातिब हुआ, "जनाब, आप भी शौक फरमाएंगी?"

लड़की ने कुछ न कहा। करीम ने जवाब दिया, "नजीर साहब, ये नहीं पीती। आठ दिन तो हुए हैं इसको यहां आए हुए।"

ये सुनकर नजीर को अफसोस सा हुआ, "ये तो बहुत बुरी बात है।"

करीम ने विस्की की बोतल खोलकर नजीर के लिए एक बड़ा पैग बनाया और उसको आंख मार कर कहा, "आप राजी कर लीजिए इसे।"

नजीर ने एक ही जुरए में गिलास खत्म किया। करीम ने आधा पैग पिया, फौरन ही उसकी आवाज नशा आलूद हो गई जरा झूमकर उसने नजीर से पूछा, "छोकरी पसंद है ना आपको?"

नजीर ने सोचा कि लड़की उसे पसंद है कि नहीं, लेकिन वो कोई फैसला न कर सका।

उसने शकुंतला की तरफ गौर से देखा। अगर इसका नाम शकुंतला न होता बहुत मुम्किन है वो उसे पसंद कर लेता। वो शकुंतला जिस पर राजा दुष्यंत शिकार खेलते-खेलते आशिक हुआ था, बहुत ही खूबसूरत थी। कम अज कम किताबों में यही दर्ज था कि वो चंदे आफताब चंदे माहताब थी। आहू चश्म थी। नजीर ने एक बार फिर अपनी शकुंतला की तरफ देखा।

उसकी आंखें बुरी नहीं थीं। आहू चश्म तो नहीं थी, लेकिन उसकी आंखें उसकी अपनी आंखें थीं, काली काली और बड़ी बड़ी। उसने और कुछ सोचा और करीम से कहा, "ठीक है यार...बोलो, मामला कहां तय होता है?"

करीम ने आधा पैग अपने लिए और उंडेला और कहा, "सौ रुपए!"

नजीर ने सोचना बंद कर दिया था, "ठीक है!"

करीम अपना दूसरा आधा पैग पीकर चला गया। नजीर ने उठकर दरवाजा बंद कर दिया। शकुंतला के पास बैठा तो वो घबरा सी गई नजीर ने उसका प्यार लेना चाहा तो वो उठकर खड़ी हुई नजीर को उसकी ये हरकत नागवार महसूस हुई, लेकिन उसने फिर कोशिश की। बाजू से पकड़कर उसको अपने पास बिठाया, जबरदस्ती उसको चूमा।

बहुत ही बेकैफ सिलसिला था। अलबत्ता विस्की का नशा अच्छा था। वो अब तक छ पैग पी चुका था और उसको अफसोस था कि इतनी महंगी चीज बिल्कुल बेकार गई है, इसीलिए कि शकुंतला बिल्कुल अल्हड़ थी।

उसको ऐसे मामलो के आदाब की कोई वाकफियत ही नहीं थी। नजीर एक अनाड़ी तैराक के साथ इधर उधर बेकार हाथ-पांव मारता रहा। आखिर उकता गया। दरवाजा खोलकर उसने करीम को आवाज दी जो अपने डरबे में मुर्गियों के साथ बैठा था। आवाज सुनकर दौड़ा आया, "क्या बात है नजीर साहब?"

नजीर ने बड़ी नाउम्मीदी से कहा, "कुछ नहीं यार, ये अपने काम की नहीं है?"

"क्यूं?"

"कुछ समझती ही नहीं।"

करीम ने शकुंतला को अलग ले जाकर बहुत समझाया। मगर वो न समझ सकी। शर्माई, लजाई, धोती संभालती कमरे से बाहर निकल गई करीम ने उसपर कहा, "मैं अभी हाजिर करता हूं।"

नजीर ने उसको रोका, "जाने दो, कोई और ले आओ।" लेकिन उसने फौरन ही इरादा बदल लिया, "वो जो तुम्हें रुपए दिए थे, उसकी बोतल ले आओ और शकुंतला के सिवा जितनी लड़कियां इस वक्त मौजूद हैं उन्हें यहां भेज दो...मेरा मतलब है जो पीती हैं। आज और कोई सिलसिला नहीं होगा। उनके साथ बैठकर बातें करूंगा और बस!"

करीम नजीर को अच्छी तरह समझता था। उसने चार लड़कियां कमरे में भेज दीं। नजीर ने उन सबको सरसरी नजर से देखा, क्योंकि वो अपने दिल में फैसला कर चुका था कि प्रोग्राम सिर्फ पीने का होगा। चुनांचे उसने उन लड़कियों के लिए गिलास मंगवाए और उनके साथ पीना शुरू कर दिया।

दोपहर का खाना होटल से मंगवाकर खाया और शाम के छह बजे तक उन लड़कियों से बातें करता रहा। बड़ी फुजूल किस्म की बातें, लेकिन नजीर खुश था। जो कोफ्त शकुंतला ने पैदा की थी, दूर हो गई थी।

आधी बोतल बाकी थी, वो साथ लेकर घर चला गया। पंद्रह रोज के बाद फिर मौसम की वजह से उसका जी चाहा कि सारा दिन पी जाए। सिगरेट वाले की दुकान से खरीदने के बजाय उसने सोचा क्यों न करीम से मिलूं, वो तीस में दे देगा।

चुनांचे वो उसके होटल में पहुंचा। इत्तफाक से करीम मिल गया। उसने मिलते ही बहुत हौले से कहा, "नजीर साहब, शकुंतला की बड़ी बहन आई हुई है। आज सुबह ही गाड़ी से पहुंची है, बहुत हटीली है। मगर आप उसको जरूर राजी कर लेंगे।"

नजीर कुछ सोच न सका। उसने अपने दिल में इतना कहा, "चलो देख लेते हैं।" लेकिन उसने करीम से कहा, "तुम पहले यार विस्की ले आओ।" ये कहकर उसने तीस रुपए जेब से निकालकर करीम को दिए।

करीम ने नोट लेकर नजीर से कहा, "मैं ले आता हूं, आप अंदर कमरे में बैठें।"

नजीर के पास सिर्फ दस रुपए थे, लेकिन वो कमरे का दरवाजा खुलवा कर बैठ गया। उसने सोचा था कि विस्की की बोतल लेकर एक नजर शकुंतला की बहन को देखकर चल देगा। जाते वक्त दो रुपए करीम को दे देगा।

तीन तरफ से खुले हुए हवादार कमरे में निहायत ही मैली कुर्सी पर बैठकर उसने सिगरेट सुलगाया और अपनी टांगें रख दीं। थोड़ी ही देर के बाद आहट हुई, करीम दाखिल हुआ। उसने नजीर के कान के साथ मुंह लगाकर हौले से कहा, "नजीर साहब, आ रही है, लेकिन आप ही राम कीजिएगा उसे।"

ये कहकर वो चला गया। पांच मिनट के बाद एक लड़की जिसकी शक्ल-ओ-सूरत करीब करीब शकुंतला से मिलती थी। त्योरी चढ़ाए, शकुंतला के से अंदाज में सफेद धोती पहने कमरे में दाखिल हुई बड़ी बेपरवाई से उसने माथे के करीब हाथ ले जाकर "आदाब" कहा और लोहे के पलंग पर बैठ गई नजीर ने यूं महसूस किया कि वो उससे लड़ने आई है। छह बरस पीछे के जमाने में डुबकी लगाकर वो उससे मुखातिब हुआ, "आप शकुंतला की बहन हैं।"

उसने बड़े तीखे और नाराजगी भरे लहजे में कहा, "जी हां।"

नजीर थोड़ी देर के लिए खामोश हो गया। उसके बाद उस लड़की को जिसकी उम्र शकुंतला से गालिबन तीन बरस बड़ी थी, बड़े गौर से देखा। नजीर की ये हरकत उसको बहुत नागवार महसूस हुई वो बड़े जोर से टांग हिलाकर उससे मुखातिब हुई, "आप मुझसे क्या कहना चाहते हैं?"

नजीर के होंटों पर छह बरस पीछे की मुस्कुराहट जाहिर हुई, "जनाब, आप इस कदर नाराज क्यों हैं?"

वो बरस पड़ी, "मैं नाराज क्यों न हूं...ये आपका करीम मेरी बहन को जयपुर से उड़ा लाया है। बताईए आप, मेरा खून नहीं खौलेगा। मुझे मालूम हुआ है कि आपको भी वो पेश की गई थी?"

नजीर की जिंदगी में ऐसा मामला कभी नहीं आया था। कुछ देर सोचकर उसने उस लड़की से बड़े खुलूस के साथ कहा, "शकुंतला को देखते ही मैंने फैसला कर लिया था कि ये लड़की मेरे काम की नहीं। बहुत अल्हड़ है, मुझे ऐसी लड़कियां बिल्कुल पसंद नहीं। आप शायद बुरा मानें लेकिन ये हकीकत है कि मैं उन औरतों को बहुत ज्यादा पसंद करता हूं जो मर्द की जरूरियात को समझती हों।"

उसने कुछ न कहा, नजीर ने उससे पहचान की, "आपका नाम?"

शकुंतला की बहन ने कहा, "शारदा।"

नजीर ने फिर उससे पूछा, "आपका वतन।"

"जयपुर।" उसका लहजा बहुत तीखा और नाराजगी भरा था।

नजीर ने मुस्कुराकर उससे कहा, "देखिए आपको मुझसे नाराज होने का कोई हक नहीं, करीम ने अगर कोई ज्यादती की है तो आप उसको सजा दे सकती हैं, लेकिन मेरा कोई कुसूर नहीं।" ये कहकर वो उठा और उसको अचानक अपने बाजूओं में समेट कर उसके होंटों को चूम लिया। वो कुछ कहने भी न पाई थी कि नजीर उससे मुखातिब हुआ, "ये कुसूर अलबत्ता मेरा है, इसकी सजा मैं भुगतने के लिए तैयार हूं।"

लड़की के माथे पर बेशुमार तब्दीलियां नुमूदार हुई। उसने तीन चार मर्तबा जमीन पर थूका। गालिबन गालियां देने वाली थी, लेकिन चुप हो गई उठ खड़ी हुई थी, लेकिन फौरन ही बैठ गई। नजीर ने चाहा कि वो कुछ कहे, "बताईए, आप मुझे क्या सजा देना चाहती हैं?"

"वो कुछ कहने वाली थी कि डरबे से किसी बच्चे के रोने की आवाज आईं लड़की उठी, नजीर ने उसे रोका, "कहां जा रही हैं आप?"

वो एक दम मां बन गई, "मुन्नी रो रही है, दूध के लिए।" ये कह कर वो चली गई

नजीर ने उसके बारे में सोचने की कोशिश की मगर कुछ सोच न सका। इतने में करीम विस्की की बोतल और सोडा लेकर आ गया। उसने नजीर के लिए छोटा डाला। अपना गिलास खत्म किया और नजीर से राजदाराना लहजे में कहा, "कुछ बातें हुई शारदा से, मैंने तो समझा था कि आपने पटा लिया होगा?"

नजीर ने मुस्कुरा कर जवाब दिया, "बड़ी गुस्सैली औरत है!"

"जी हां, सुबह आई है, मेरी जान खा गई आप जरा उसको राम करें, शकुंतला खुद यहां आई थी। इसीलिए कि उसका बाप उसकी मां को छोड़ चुका है और इस शारदा का मामला भी ऐसा ही है। उसका पति शादी के फौरन बाद ही उसको छोड़कर खुदा मालूम कहां चला गया था...अब अकेली अपनी बच्ची के साथ मां के पास रहती है, आप मना लीजिए न उसको?"

नजीर ने उससे कहा, "मनाने की क्या बात है?"

करीम ने उसको आंख मारी, "साली मुझसे तो मानती नहीं, जब से आई है डांट रही है।"

इतने में शारदा अपनी एक साल की बच्ची को गोद में उठाए अंदर कमरे में आईं करीम को उसने गुस्से से देखा। उसने आधा पैग पिया और बाहर चला गया।

मुन्नी को बहुत जुखाम था। नाक बहुत बुरी तरह बह रही थी। नजीर ने करीम को बुलाया और उसको पांच का नोट देकर कहा, "जाओ, एक विक्स की बोतल ले आओ।"

करीम ने पूछा, "वो क्या होती है?"

नजीर ने उससे कहा, "जुकाम की दवा है।" ये कहकर उसने एक पर्चे पर उस दवा का नाम लिख दिया, "किसी भी स्टोर से मिल जाएगी।"

"जी अच्छा।" कहकर करीम चला गया। नजीर मुन्नी की तरफ मुतवज्जा हुआ। उसको बच्चे बहुत अच्छे लगते थे। मुन्नी खुश शक्ल नहीं थी, लेकिन कमसिनी के बाइस नजीर के लिए दिलकश थी। उसने उसको गोद में लिया, मां से सो नहीं रही थी। सर में हौले हौले उंगलियां फेर कर उसको सुला दिया और शारदा से कहा, "उसकी मां तो मैं हूं।"

शारदा मुस्कुराई, "लाईए, मैं उसको अंदर छोड़ आऊं।"

शारदा उसको अंदर ले गई और चंद मिनट के बाद वापस आ गई अब उसके चेहरे पर गुस्से के आसार नहीं थे। नजीर उसके पास बैठ गया। थोड़ी देर वो खामोश रहा। इसके बाद उसने शारदा से पूछा, "क्या आप मुझे अपना पति बनने की इजाजत दे सकती हैं?" और उसके जवाब का इंतजार किए बगैर उसको अपने सीने के साथ लगा लिया। शारदा ने गुस्से का इजहार न किया, "जवाब दीजिए जनाब?"

शारदा खामोश रही। नजीर ने उठकर एक पैग पिया, तो शारदा ने नाक सिकोड़कर उससे कहा, "मुझे इस चीज से नफरत है।"

नजीर ने एक पैग गिलास में डाला। उसमें सोडा हल करके उठाया और शारदा के पास बैठ गया। "आपको इस से नफरत है, क्यों?"

शारदा ने मुख्तसर सा जवाब दिया, "बस है।"

"तो आज से नहीं रहेगी...ये लीजिए।" ये कहकर उसने गिलास शारदा की तरफ बढ़ा दिया।

"मैं हर्गिज नहीं पियूंगी।"

"मैं कहता हूं, तुम हर्गिज इंकार नहीं करोगी।"

शारदा ने गिलास पकड़ लिया। थोड़ी देर तक उसको अजीब निगाहों से देखती रही, फिर नजीर की तरफ मजलूमाना निगाहों से देखा और नाक उंगलियों से बंद करके सारा गिलास गटागट पी गई उबकाई आने को थी मगर उसने रोक ली। धोती के पल्लू से अपने आंसू पोंछकर उसने नजीर से कहा, "ये पहली और आखिरी बार है, लेकिन मैंने क्यों पी?"

नजीर ने उसके गीले होंट चूमे और कहा, "ये मत पूछो।" ये कहकर उसने दरवाजा बंद कर दिया।

शारदा ❖ सआदत हसन मंटो

शाम को सात बजे उसने दरवाजा खोला। करीम आया तो शारदा नजरें झुकाए बाहर चली गई करीम बहुत खुश था। उसने नजीर से कहा, "आपने कमाल कर दिया, आप से सौ तो नहीं मांगता, पचास दे दीजिए।"

नजीर शारदा से बेहद मुतमइन था। इस कदर मुतमइन कि वो गुजश्ता तमाम औरतों को भूल चुका था। वो उसके जिन्सी सवालात का सौ फीसदी सही जवाब थी। उसने करीम से कहा, "मैं कल अदा कर दूंगा...होटल का किराया भी कल चुकाऊंगा। आज मेरे पास विस्की मंगाने के बाद सिर्फ दस रुपए बाकी थे।"

करीम ने कहा, "कोई बात नहीं, मैं तो इस बात से बहुत खुश हूं कि आपने शारदा से मामला तय कर लिया...हुजूर, मेरी जान खा गई थी। अब शकुंतला से वो कुछ नहीं कह सकती।"

करीम चला गया, शारदा आई उसकी गोद में मुन्नी थी। नजीर ने उसको पांच रुपए दिए लेकिन शारदा ने इंकार कर दिया। इस पर नजीर ने उससे मुस्कुरा कर कहा, "मैं इसका बाप हूं। तुम ये क्या कर रही हो?"

शारदा ने रुपए ले लिए, बड़ी खामोशी के साथ। शुरू शुरू में वो बहुत बातूनी मालूम होती थी। ऐसा लगता था कि बातों के दरिया बहा देगी। मगर अब वो बात करने से गुरेज करती थी। नजीर ने उसकी बच्ची को गोद में लेकर प्यार किया और जाते वक्त शारदा से कहा, "लो भई शारदा, मैं चला। कल नहीं तो परसों जरूर आऊंगा।"

लेकिन नजीर दूसरे रोज ही आ गया। शारदा के जिस्मानी खुलूस ने उस पर जादू सा कर दिया था। उसने करीम को पिछले रुपए अदा किए। एक बोतल मंगवाई और शारदा के साथ बैठ गया। उसको पीने के लिए कहा तो वो बोली, "मैंने कह दिया था कि वो पहला और आखिरी गिलास था।"

नजीर अकेला पीता रहा। सुबह ग्यारह बजे से वो शाम के सात बजे तक होटल के उस कमरे में शारदा के साथ रहा, जब घर लौटा तो वो बेहद मुतमइन था। पहले रोज से भी ज्यादा मुतमइन। शारदा अपनी वाजिबी शक्ल-ओ-सूरत और कम गोई के बावजूद उसके शहवानी हवास पर छा गई थी। नजीर बार-बार सोचता था, "ये कैसी औरत है...मैंने अपनी जिंदगी में ऐसी खामोश, मगर जिस्मानी तौर पर ऐसी पुरगो औरत नहीं देखी।"

नजीर ने हर दूसरे दिन शारदा के पास जाना शुरू कर दिया। उसको रुपए पैसे से कोई दिलचस्पी नहीं थी। नजीर साठ रुपए करीम को देता था। दस रुपए होटल वाला ले जाता था। बाकी पचास में से करीबन तेरह रुपए करीम अपनी कमीशन के वजा कर लेता था मगर शारदा ने इसके विषय में नजीर से कभी जिक्र नहीं किया था।

दो महीने गुजर गए। नजीर के बजट ने जवाब दे दिया। इसके इलावा उसने बड़ी शिद्दत से महसूस किया कि शारदा उसकी अजदवाजी जिंदगी में बहुत बुरी तरह हाइल हो रही है। वो बीवी के साथ सोता है तो उसको एक कमी महसूस होती है। वो चाहता कि इसके बजाय शारदा हो।

ये बहुत बुरी बात थी। नजीर को चूंकि इसका अहसास था, इसीलिए उसने कोशिश की कि शारदा का सिलसिला किसी न किसी तरह खत्म हो जाए। चुनांचे उसने शारदा ही से कहा, "शारदा, मैं शादीशुदा आदमी हूं। मेरी जितनी जमा पूंजी थी, खत्म हो गई है। समझ में नहीं आता, मैं क्या करूं। तुम्हें छोड़ भी नहीं सकता, हालांकि में चाहता हूं कि इधर का कभी रुख न करूं।"

शारदा ने ये सुना तो खामोश हो गई, फिर थोड़ी देर के बाद कहा, "जितने रुपए मेरे पास हैं, आप ले सकते हैं। सिर्फ मुझे जयपुर का किराया दे दीजिए ताकि मैं शकुंतला को लेकर वापस चली जाऊं।"

नजीर ने उसका प्यार लिया और कहा, "बकवास न करो, तुम मेरा मतलब नहीं समझीं। बात ये है कि मेरा रुपया बहुत खर्च हो गया है, बल्कि यूं कहो कि खत्म हो गया है, मैं ये सोचता हूं कि तुम्हारे पास कैसे आ सकूंगा?"

शारदा ने कोई जवाब न दिया। नजीर एक दोस्त से कर्ज लेकर जब दूसरे रोज होटल में पहुंचा तो करीम ने बताया कि वो जयपुर जाने के लिए तैयार बैठी है। नजीर ने उसको बुलाया मगर वो न आई करीम के हाथ उसने बहुत से नोट भिजवाए और ये कहा, "आप ये रुपए ले लीजिए और मुझे अपना एड्रेस दे दीजिए।"

नजीर ने करीम को अपना एड्रेस लिखकर दे दिया और रुपए वापस कर दिए। शारदा आई, गोद में मुन्नी थी। उसने आदाब अर्ज किया, और कहा, "मैं आज शाम को जयपुर जा रही हूं।"

नजीर ने पूछा, "क्यों?"

शारदा ने ये मुख्तसर जवाब दिया, "मुझे मालूम नहीं।" और ये कह कर चली गई

नजीर ने करीम से कहा उसे बुला कर लाए, मगर वो न आई नजीर चला गया। उसको यूं महसूस हुआ कि उसके बदन की हरारत चली गई है। उसके सवाल का जवाब चला गया है।

वो चली गई, वाकई चली गई करीम को उसका बहुत अफसोस था। उसने नजीर से शिकायत के तौर पर कहा, "नजीर साहब, आपने क्यों उसको जाने दिया?"

नजीर ने उससे कहा, "भाई, मैं कोई सेठ तो हूं नहीं...हर दूसरे रोज पचास एक, दस होटल के, तीस बोतल, और ऊपर का खर्च अलाहिदा। मेरा तो दीवाला फट गया है...खुदा की कसम मकरूज हो गया हूं।"

ये सुनकर करीम खामोश हो गया। नजीर ने उससे कहा, "भई मैं मजबूर था, कहां तक ये किस्सा चलाता?"

करीम ने कहा, "नजीर साहब, उसको आपसे मोहब्बत थी।"

नजीर को मालूम नहीं था कि मोहब्बत क्या होती है। वो फकत इतना जानता था कि शारदा में जिस्मानी खुलूस है। वो उसके मर्दाना सवालात का बिल्कुल सही जवाब है। इसके अलावा वो शारदा के संबंधित और कुछ नहीं जानता था, अलबत्ता उसने कुछ शब्दों में उससे ये जरूर कहा था कि उसका शौहर अय्याश था और उसको सिर्फ इसीलिए छोड़ गया था कि दो बरस तक उसके यहां औलाद नहीं हुई थी। लेकिन जब वो उससे अलग हुआ तो नौ महीने के बाद मुन्नी पैदा हुई जो बिल्कुल अपने बाप पर है।"

शकुंतला को वो अपने साथ ले गई वो उसका ब्याह करना चाहती थी। उसकी ख्वाहिश थी कि वो शरीफाना जिंदगी बसर करे। करीम ने नजीर को बताया कि वो उससे बहुत मोहब्बत करती है। करीम ने बहुत कोशिश की थी कि शकुंतला से पेशा कराए। कई पैसेंजर आते थे। एक रात के दो दो सौ रुपए देने के लिए तैयार थे, मगर शारदा नहीं मानती थी, करीम से लड़ना शुरू कर देती थी।

करीम उससे कहता था, "तुम क्या कर रही हो?"

वो जवाब देती, "अगर तुम बीच में न होते तो मैं ऐसा कभी न करती। नजीर साहब का एक पैसा खर्च न होने देती।"

शारदा ने नजीर से एक बार उसका फोटो मांगा था जो उसने घर से लाकर उसको दे दिया था। ये वो अपने साथ जयपुर ले गई थी। उसने नजीर से कभी मोहब्बत का इजहार नहीं किया था, जब दोनों बिस्तर पर लेटे होते तो वो बिल्कुल खामोश रहती।

नजीर उसको बोलने पर उकसाता मगर वो कुछ न कहती, लेकिन नजीर उसके जिस्मानी खुलूस का काइल था। जहां तक इस बात का तअल्लुक था, वो प्रेम की मूरत थी।

वो चली गई, नजीर के सीने का बोझ हल्का हो गया, क्योंकि उसकी घरेलू जिंदगी में बहुत बुरी तरह हाइल हो गई थी। अगर वो कुछ देर और रहती तो बहुत मुम्किन था कि नजीर अपनी बीवी से बिल्कुल गाफिल हो जाता। कुछ दिन गुजरे तो वो अपनी असली हालत पर आने लगा। शारदा का जिस्मानी लम्स उसके जिस्म से आहिस्ता आहिस्ता दूर होने लगा।

ठीक पंद्रह दिन के बाद जबकि नजीर घर में बैठा दफ्तर का काम कर रहा था। उसकी बीवी ने सुबह की डाक लाकर उसे दी। सारे खत वही खोला करती थी।

एक खत उसने खोला और देखकर नजीर से कहा, "मालूम नहीं गुजराती है या हिन्दी।"

नजीर ने खत लेकर देखा। उसको मालूम न हो सका कि हिन्दी है या गुजराती। अलग ट्रे में रख दिया और अपने काम में मशगूल हो गया। थोड़ी देर के बाद नजीर की बीवी ने अपनी छोटी बहन नईमा को आवाज दी। वो आई तो वो खत उठाकर उसे दिया, "जरा पढ़ो तो क्या लिखा है? तुम तो हिन्दी और गुजराती पढ़ सकती हो।"

नईमा ने खत देखा और कहा, "हिन्दी है।" और ये कहकर पढ़ना शुरू किया।

"जयपुर, प्रिय नजीर साहब।" इतना पढ़कर वो रुक गई नजीर चौंका। नईमा ने एक सतर और पढ़ी। "आदाब, आप तो मुझे भूल चुके होंगे। मगर जब से मैं यहां आई हूं, आपको याद करती रहती हूं।" नईमा का रंग सुर्ख हो गया। उसने कागज का दूसरा रुख देखा, "कोई शारदा है।"

नजीर उठा, जल्दी से उसने नईमा के हाथ से खत लिया और अपनी बीवी से कहा, "खुदा मालूम कौन है...मैं बाहर जा रहा हूं। इसको पढ़ाकर उर्दू में लिखवा लाऊंगा।"

उसने बीवी को कुछ कहने का मौका ही न दिया और चला गया। एक दोस्त के पास जाकर उसने शारदा के खत जैसे कागज मंगवाए और हिन्दी में वैसी ही रोशनाई से एक खत लिखवाया। पहले फिकरे वही रखे। मजमून ये था कि बंबई सेंट्रल पर शारदा उससे मिली थी। उसको इतने बड़े चित्रकार से मिलकर बहुत खुशी हुई थी वगैरा वगैरा।

शाम को घर आया तो उसने नया खत बीवी को दिया और उर्दू की नकल पढ़कर सुना दी। बीवी ने शारदा के संबंध में उससे पूछताछ की तो उसने कहा, "अर्सा हुआ है मैं एक दोस्त को छोड़ने गया था। शारदा को ये दोस्त जानता था। वहां प्लेटफार्म पर मेरी मुलाकात हुई चित्रकारी का उसे भी शौक था।"

बात आई गई होगी। लेकिन दूसरे रोज शारदा का एक और खत आ गया। उसको भी नजीर ने उसी तरीके से गोल किया और फौरन शारदा को तार दिया कि वो खत लिखना बंद कर दे और उसके नए पते का इंतजार करे। डाकखाने जाकर उसने पोस्टमैन को ताकीद कर दी कि जयपुर का खत वो अपने पास रखे, सुबह आकर वो उससे पूछ लिया करेगा। तीन खत उसने इस तरह वसूल किए। इसके बाद शारदा उसको उसके दोस्त के पते से खत भेजने लगी।

शारदा बहुत कम बोलने वाली थी, लेकिन खत बहुत लंबे लिखती थी। उसने नजीर के सामने कभी अपनी मोहब्बत का इजहार नहीं किया था, लेकिन

उसके खत इजहार से पुर होते थे। गिले शिकवे, जुदाई, इस किस्म की आम बातें जो इश्किया खतों में होती हैं। नजीर को शारदा से वो मोहब्बत नहीं थी जिसका जिक्र अफसानों और नाविलों में होता है, इसीलिए उसकी समझ में नहीं आता था कि वो जवाब में क्या लिखे, इसीलिए ये काम उसका दोस्त ही करता था। हिन्दी में जवाब लिखकर वो नजीर को सुना देता था और नजीर कह देता था, "ठीक है।"

शारदा बंबई आने के लिए बेकरार थी लेकिन वो करीम के पास नहीं ठहरना चाहती थी। नजीर उसकी रिहाइश का और कहीं बंदोबस्त नहीं कर सकता था। क्योंकि मकान उन दिनों मिलते ही नहीं थे। उसने होटल का सोचा मगर ख्याल आया, ऐसा न हो कि राज फाश हो जाए, चुनांचे उसने शारदा को लिखवा दिया कि वो अभी कुछ देर इंतिजार करे।

इतने में सांप्रदायिक तनाव शुरू हो गए। बंटवारे से पहले अजीब अफरा-तफरी मची थी। उसकी बीवी ने कहा कि वो लाहौर जाना चाहती है, "मैं कुछ देर वहां रहूंगी, अगर हालात ठीक हो गए तो वापस आ जाऊंगी, वर्ना आप भी वहीं चले आईएगा।"

नजीर ने कुछ देर उसे रोका। मगर जब उसका भाई लाहौर जाने के लिए तैयार हुआ तो वो और उसकी बहन उसके साथ चली गई और वो अकेला रह गया। उसने शारदा को सरसरी तौर पर लिखा कि वो अब अकेला है। जवाब में उसका तार आया कि वो आ रही है।

इस तार के मजमून के मुताबिक वो जयपुर से चल पड़ी थी। नजीर बहुत सिटपिटाया। मगर उसका जिस्म बहुत खुश था। वो शारदा के जिस्म का खुलूस चाहता था। वो दिन फिर से मांगता था जब वो शारदा के साथ चिमटा होता था। सुबह ग्यारह बजे से लेकर शाम के सात बजे तक, अब रुपए के खर्च का सवाल ही नहीं था। करीम भी नहीं था, होटल भी नहीं था। उसने सोचा, "मैं अपने नौकर को राजदार बना लूंगा। सब ठीक हो जाएगा। दस-पंद्रह रुपए उसका मुंह बंद कर देंगे। मेरी बीवी वापस आई तो वो उससे कुछ नहीं कहेगा।"

दूसरे रोज वो स्टेशन पहुंचा। फ्रंटियर मेल आई मगर शारदा, तलाश के बावजूद उसे न मिली। उसने सोचा, शायद किसी वजह से रुक गई है, दूसरा तार भेजेगी।

उससे अगले रोज वो पहले की तरह ही सुबह की ट्रेन से अपने दफ्तर रवाना हुआ। वो महालक्ष्मी उतरता था। गाड़ी वहां रुकी तो उसने देखा कि प्लेटफार्म पर शारदा खड़ी है। उसने जोर से पुकारा, "शारदा!"

शारदा ने चौंक कर उसकी तरफ देखा, "नजीर साहब।"

"तुम यहां कहां?"

शारदा ने शिकायतन कहा, "आप मुझे लेने न आए तो मैं यहां आपके दफ्तर पहुंची। पता चला कि आप अभी तक नहीं आए। यहां प्लेटफार्म पर अब आपका इंतिजार कर रही थी।"

नजीर ने कुछ देर सोच कर उससे कहा, "तुम यहां ठहरो, मैं दफ्तर से छुट्टी लेकर अभी आता हूं।"

शारदा को बैंच पर बिठाकर जल्दी जल्दी दफ्तर गया। एक अर्जी लिखकर वहां चपरासी को दे आया और शारदा को अपने घर ले गया। रास्ते में दोनों ने कोई बात न की, लेकिन उनके जिस्म आपस में गुफ्तगू करते रहे। एक दूसरे की तरफ खिंचते रहे।

घर पहुंचकर नजीर ने शारदा से कहा, "तुम नहा लो, मैं नाश्ते का बंदोबस्त कराता हूं।"

शारदा नहाने लगी। नजीर ने नौकर से कहा कि उसके एक दोस्त की बीवी आई है। जल्दी नाश्ता तैयार कर दे। उससे ये कहकर नजीर ने अलमारी से बोतल निकाली। एक पैग जो दो के बराबर था गिलास में उंडेला और पानी में मिलाकर पी गया।

वो उसी होटल वाले ढंग से शारदा से इख्तिलात चाहता था।

शारदा नहा धोकर बाहर निकली और नाश्ता करने लगी। उसने इधर उधर की बेशुमार बातें कीं। नजीर ने महसूस किया जैसे वो बदल गई है। वो पहले बहुत कमगो थी। अक्सर खामोश रहती थी, मगर अब वो बात-बात पर अपनी मोहब्बत का इजहार करती थी।

नजीर ने सोचा, "ये मोहब्बत क्या है...अगर ये इसका इजहार न करे तो कितना अच्छा है, मुझे उसकी खामोशी ज्यादा पसंद थी। उसके जरिए से मुझ तक बहुत सी बातें पहुंच जाती थीं, मगर अब उसको जाने क्या हो गया है। बातें करती है तो ऐसा मालूम होता है अपने इश्किया खत पढ़कर सुना रही है।"

नाश्ता खत्म हुआ तो नजीर ने एक पैग तैयार किया और शारदा को पेश किया, लेकिन उसने इंकार कर दिया। नजीर ने इसरार किया तो शारदा ने उसको खुश करने की खातिर, नाक बंद करके वो पैग पी लिया। बुरा सा मुंह बनाया, पानी लेकर कुल्ली की।

नजीर को अफसोस सा हुआ कि शारदा ने क्यों पी। उसके इसरार पर भी इंकार किया होता तो ज्यादा अच्छा था। मगर उसने उसके बारे में ज्यादा गौर न किया। नौकर को बहुत दूर एक काम पर भेजा। दरवाजा बंद किया और शारदा के साथ बिस्तर पर लेट गया। तुमने लिखा था कि "वो दिन फिर कब आएंगे, लो आ

190

गए हैं फिर वही दिन, बल्कि रातें भी। उन दिनों रातें नहीं होती थीं, सिर्फ दिन होते थे। होटल के मैले कुचौले दिन। यहां हर चीज उजली है, हर चीज साफ है, होटल का किराया भी नहीं, करीम भी नहीं, यहां हम अपने मालिक आप हैं।"

शारदा ने अपने फिराक की बातें शुरू कर दीं। ये जमाना उसने कैसे काटा। वही किताबों और अफसानों वाली फिजूल बातें, गिले, शिकवे, आहें। रातें तारे गिनगिन कर काटना। नजीर ने एक और पैग पिया और सोचा, "कौन तारे गिनता है, गिन कैसे सकता है इतने सारे तारों को...बिल्कुल फिजूल है, बेहूदा बकवास है।"

ये सोचते हुए उसने शारदा को अपने साथ लगा गया। बिस्तर साफ था, शारदा साफ थी। वो खुद साफ था। कमरे की फजा भी साफ थी, लेकिन क्या वजह थी, नजीर के दिल-ओ-दिमाग पर वो कैफियत तारी नहीं होती थी जो उस गलीज होटल में लोहे की चारपाई पर शारदा की कुर्बत में होती थी।

नजीर ने सोचा, शायद उसने कम पी है। उठकर उसने एक पैग बनाया और एक ही जुरए में खत्म करके शारदा के साथ लेट गया। शारदा ने फिर वही लाख मर्तबा कही हुई बातें शुरू कर दीं। वही जुदाई की बातें, वही गिले शिकवे। नजीर उकता गया और इस उकताहट ने उसके जिस्म को कुंद कर दिया। उसको महसूस होने लगा कि शारदा की सान घिसकर बेकार हो गई है, उसके जिस्म के जज्बात अब वो तेज नहीं कर सकती, लेकिन वो फिर भी उसके साथ देर तक लेटा रहा।

फारिग हुआ तो उसका जी चाहा कि टैक्सी पकड़े और अपने घर चला जाए, अपनी बीवी के पास, मगर जब उसने सोचा कि वो तो अपने घर में है, और उसकी बीवी लाहौर में, तो दिल ही दिल में बहुत झुंझलाया। उसको ये ख्वाहिश हुई कि उसका घर होटल बन जाए, वो दस रुपए किराए के दे। करीम को पचास रुपए अदा करे और चला जाए।

शारदा के जिस्म का खुलूस बदस्तूर बरकरार था, मगर वो फिजा नहीं थी, वो सौदेबाजी नहीं थी। ये सब चीजें मिल मिलाकर जो एक माहौल बनाती थीं, वो नहीं था। नजीर अपने घर में था। उस बिस्तर पर था जिसपर उसकी सादा लौह बीवी उसके साथ सोती थी।

ये अहसास के तहत-श्शूऊर में था, इसीलिए वो समझ न सकता था कि मामला क्या है। कभी वो ये सोचता था कि विस्की खराब है, कभी ये सोचता था कि शारदा ने तवज्जोह नहीं बरती और कभी ये ख्याल करता था कि वो खामोश रहती तो सब ठीक होता। फिर वो ये सोचता, इतनी देर के बाद मिली है, दिल की भड़ास तो निकालनी थी बेचारी को। एक दो दिन में ठीक हो जाएगी, वही पुरानी शारदा बन जाएगी।

पंद्रह दिन गुजर गए, मगर नजीर को शारदा वो पुरानी होटल वाली शारदा महसूस न हुई उसकी बच्ची जयपुर में थी। होटल में वो उसके साथ होती थी। नजीर उसके जुकाम के लिए, उसकी फुंसियों के लिए, उसके गले के लिए दवाएं मंगवाया करता था। अब ये चीज नहीं थी। वो बिल्कुल अकेली थी। नजीर उसको और उसकी मुन्नी को बिल्कुल एक समझता था।

एक बार शारदा की दूध से भरी हुई छातियों पर दबाव डालने की वजह से नजीर के बालों भरे सीने पर दूध के कई कतरे चिमट गए थे और उसने एक अजीब किस्म की लज्जत महसूस की थी। उसने सोचा था, मां बनना कितना अच्छा है...और ये दूध। मर्दों में ये कितनी बड़ी कमी है कि वो खा-पीकर सब हज्म कर जाते हैं। औरतें खाती हैं और खिलाती भी हैं। किसी को पालना...अपने बच्चे ही को सही, कितनी शानदार चीज है।

अब मुन्नी, शारदा के साथ नहीं थी। वो नामुकम्मल थी। उसकी छातियां भी नामुकम्मल थीं, अब इन में दूध नहीं था। वो सफेद सफेद आब-ए-हयात। नजीर अब उसको अपने सीने के साथ भींचता था तो वो उसको मना नहीं करती थी। शारदा, अब वो शारदा नहीं थी, लेकिन हकीकत ये है कि शारदा वही शारदा थी, बल्कि उससे कुछ ज्यादा थी। यानी इतनी देर जुदा रहने के बाद उसका जिस्मानी रिश्ता तेज हो गया था। वो रुहानी तौर पर भी नजीर को चाहती थी लेकिन नजीर को ऐसा महसूस होता था कि शारदा में अब वो पहली सी कशिश या जो कुछ भी था, नहीं रहा।

पंद्रह दिन लगातार उसके साथ गुजारने पर वो इसी नतीजे पर पहुंचा था। पंद्रह दिन दफ्तर से गैर हाजिरी बहुत काफी थी। उसने अब दफ्तर जाना शुरू कर दिया। सुबह उठकर दफ्तर जाता और शाम को लौटता। शारदा ने बिल्कुल बीवियों की तरह उसकी खिदमत शुरू कर दी। बाजार से ऊन खरीदकर उसके लिए एक स्वेटर बुन दिया। शाम को दफ्तर से आता तो उसके लिए सोडे मंगवा कर रखे होती। बर्फ, थर्मस में डाली होती। सुबह उठकर उसका शेव का सामान मेज पर रखती। पानी गर्म कराके उसको देती। वो शेव कर चुकता तो सारा सामान साफ कर देती। घर की सफाई कराती, खुद झाड़ू देती। नजीर और भी ज्यादा उकता गया।

रात को वो इकट्ठे सोते थे। मगर अब उसने ये बहाना किया कि वो कुछ सोच रहा है, इसीलिए अकेला सोना चाहता है। शारदा दूसरे पलंग पर सोने लगी। मगर ये नजीर के लिए एक और उलझन हो गई वो गहरी नींद सोई होती और वो जागता रहता और सोचता कि आखिर ये सब कुछ है क्या? ये शारदा यहां क्यों है? करीम के होटल में उसने उसके साथ चंद दिन बड़े अच्छे गुजरे थे, मगर ये उसके साथ क्यों चिमट गई है। आखिर इसका अंजाम क्या होगा। मोहब्बत वगैरा

सब बकवास है जो एक छोटी-सी बात थी वो अब नहीं रही। इसको वापस जयपुर जाना चाहिए।

कुछ दिनों के बाद उसने ये महसूस करना शुरू कर दिया कि वो गुनाह कर रहा है। वो करीम के होटल में भी करता था। उसने शादी से पहले भी ऐसे बेशुमार किए थे, मगर उनका उसको अहसास ही नहीं था लेकिन अब उसने बड़ी शिद्दत से महसूस करना शुरू किया था कि वो अपनी बीवी से बेवफाई कर रहा है, अपनी सादा लौह बीवी से जिसको उसने कई बार शारदा के खतों के सिलसिले में चकमा दिया था।

शारदा अब और भी ज्यादा बेकशिश हो गई वो उससे रूखा बरताव करने लगा, मगर उसके इल्तिफात में कोई फर्क न आया। वो इतना जानती थी कि आर्टिस्ट लोग मौजी होते हैं, इसीलिए वो उससे उसकी बेइल्तिफाती का गिला नहीं करती थी।

पूरा एक महीना हो गया, जब नजीर ने दिन गिने तो उसको बहुत उलझन हुई "ये औरत क्या पूरा एक महीना यहां रही है? मैं किस कदर जलील आदमी हूं...जैसे मुझे उसका बहुत ख्याल है, जैसे उसके बगैर मेरी जिंदगी अजीरन है। मैं कितना बड़ा फ्राड हूं। उधर अपनी बीवी से गद्दारी कर रहा हूं, इधर शारदा से। मैं क्यों नहीं उससे साफ साफ कह देता कि भई अब मुझे तुमसे लगाव नहीं रहा। लेकिन सवाल ये है कि मुझे लगाओ नहीं रहा या शारदा में वो पहली सी बात नहीं रही?"

वो उसके बारे में सोचता मगर उसे कोई जवाब न मिलता। उसके जेहन में अजीब अफरा-तफरी फैली थी। वो अब अखलाक के बारे सोचता था। बीवी से जो वो गद्दारी कर रहा था, उसका अहसास हर वक्त उस पर हावी रहता था।

कुछ दिन और गुजरे तो ये अहसास और भी ज्यादा शदीद हो गया और नजीर को खुद से नफरत होने लगी, "मैं बहुत जलील हूं। ये औरत मेरी दूसरी बीवी क्यों बन गई है। मुझे इसकी कब जरूरत थी। ये क्यों मेरे साथ चिपक गई है। मैंने क्यों इसको यहां आने की इजाजत दी, जब उसने तार भेजा था। लेकिन वो तार ऐसे वक्त पर मिला था कि मैं उसको रोक ही नहीं सकता था।"

फिर वो सोचता कि शारदा जो कुछ करती है, बनावट है। वो उसको इस बनावट से अपनी बीवी से जुदा करना चाहती है। इससे उसकी नजरों में शारदा और भी गिर गई उससे नजीर का सुलूक और ज्यादा रूखा हो गया। इस रूखेपन को देखकर शारदा बहुत ज्यादा मुलायम हो गई उसने नजीर के आराम और सुकून का ज्यादा ख्याल रखना शुरू कर दिया लेकिन नजीर को उसके इस रवय्ये से बहुत उलझन होती। वो इससे बेहद नफरत करने लगा।

एक दिन उसकी जेब खाली थी, बैंक से रुपए निकलवाने उसको याद नहीं रहे थे। दफ्तर बहुत देर से गया, इसीलिए कि उसकी तबीयत ठीक नहीं थी। जाते वक्त शारदा ने उससे कुछ कहा तो वो उस पर बरस पड़ा, "बकवास न करो, मैं ठीक हूं। बैंक से रुपए निकलवाने भूल गया हूं और सिगरेट मेरे सारे खत्म हैं।"

दफ्तर के पास की दुकान से उसको गोल्ड फ्लेक का डिब्बा मिला। ये सिगरेट उसको नापसंद थी मगर उधार मिल गए थी। इसीलिए दो तीन मजबूरन पीनी पड़ी। शाम को घर आया तो देखा, तिपाई पर उसका मन भाता सिगरेट का डिब्बा पड़ा है। ख्याल किया कि खाली है, फिर सोचा शायद एक दो इसमें पड़े हों। खोलकर देखा तो भरा हुआ था। शारदा से पूछा, "ये डिब्बा कहां से आया?"

शारदा ने मुस्कुरा कर जवाब दिया, "अंदर अलमारी में पड़ा था।"

नजीर ने कुछ न कहा। उसने सोचा, शायद मैंने खोलकर अंदर अलमारी में रख दिया था और भूल गया। लेकिन दूसरे दिन फिर तिपाई पर सालिम डिब्बा मौजूद था। नजीर ने जब शारदा से उसकी बाबत पूछा तो उसने मुस्कुरा कर वही जवाब दिया, "अंदर अलमारी में पड़ा था।"

नजीर ने बड़े गुस्से के साथ कहा, "शारदा, तुम बकवास करती हो। तुम्हारी ये हरकत मुझे पसंद नहीं। मैं अपनी चीजें खुद खरीद सकता हूं। मैं भिकारी नहीं हूं जो तुम मेरे लिए हर रोज सिगरेट खरीदा करो।"

शारदा ने बड़े प्यार से कहा, "आप भूल जाते हैं, इसीलिए मैंने दो मर्तबा गुस्ताखी की।"

नजीर ने बेवजह और ज्यादा गुस्से से कहा, "मेरा दिमाग खराब है, लेकिन मुझे ये गुस्ताखी हरगिज पसंद नहीं।"

शारदा का लहजा बहुत ही मुलायम हो गया, "मैं आपसे माफी मांगती हूं।"

नजीर ने एक लहजे के लिए ख्याल किया कि शारदा की कोई गलती नहीं। उसे आगे बढ़कर उसका मुंह चूम लेना चाहिए, इसीलिए कि वो उसका इतना ख्याल रखती थी। मगर फौरन ही उसको अपनी बीवी का ख्याल आया कि वो गद्दारी कर रहा था, चुनांचे उसने शारदा से बड़े नफरत भरे लहजे में कहा, "बकवास न करो। मेरा ख्याल है कि तुम्हें कल यहां से रवाना कर दूं। कल सुबह तुम्हें जितने रुपए दरकार होंगे दे दूंगा।"

लेकिन ये कह कर नजीर ने महसूस किया जैसे वो बड़ा कमीना और नीच है।

शारदा ने कुछ न कहा, "रात को वो नजीर के साथ सोई सारी रात उससे प्यार करती रही। नजीर को उससे उलझन होती रही मगर उसने शारदा पर इसका

इजहार न किया। सुबह उठा तो नाश्ते पर बेशुमार लजीज चीजे थी। फिर भी उसने शारदा से कोई बात न की। बेफिक्र होकर वो सीधा बैंक गया। जाने से पहले उसने शारदा से सिर्फ इतना कहा, "मैं बैंक जा रहा हूं, अभी वापस आता हूं।"

बैंक की वो शाख जिसमें नजीर का रुपया जमा था बिल्कुल नजदीक था। वो दो सौ रुपए निकलवाकर फौरन ही वापस आ गया। उसका इरादा था कि वो सब रुपया शारदा के हवाले कर देगा और उसको टिकट वगैरा लेकर रुख्सत कर देगा। मगर वो जब घर पहुंचा तो उसके नौकर ने बताया कि वो चली गई है। उस ने पूछा, "कहां?"

नौकर ने बताया, "जी, मुझसे उन्होंने कुछ नहीं कहा, अपना ट्रंक और बिस्तर साथ ले गई हैं।"

नजीर अंदर कमरे में आया तो उसने देखा कि तिपाई पर उसके पसंदीदा सिगरेट का डिब्बा पड़ा है। भरा हुआ!

* * *

दो कौमें

एक रोज घर में कोई नहीं था। मुख्तार की मां और बहन दोनों किसी अजीज के चालीसवें पर गई हुई थीं। शारदा रोज की तरह अपना थैला उठाए सुबह दस बजे आईं मुख्तार सहन में चारपाई पर लेटा अखबार पढ़ रहा था। शारदा ने उससे पूछा, "बहन जी कहां हैं?"

मुख्तार के हाथ कांपने लगे, "वो...वो कहीं बाहर गई है।"

शारदा ने पूछा, "माता जी?"

मुख्तार उठकर बैठ गया, "वो...वो भी उसके साथ ही गई हैं।"

"अच्छा!" ये कह कर शारदा ने किसी कदर घबराई हुई निगाहों से मुख्तार को देखा और नमस्ते करके चलने लगी। मुख्तार ने उसको रोका, "ठहरो शारदा!"

शारदा को जैसे बिजली के करंट ने छू लिया, चौंक कर रुक गई, "जी?"

मुख्तार चारपाई पर से उठा, "बैठ जाओ...वो लोग अभी आ जाएंगे!"

"जी नहीं...मैं जाती हूं।" ये कह कर भी शारदा खड़ी रही।

मुख्तार ने शारदा को पहली मर्तबा झरनों में से देखा। वो ऊपर कोठे पर कटा हुआ पतंग लेने गया तो उसे झरनों में से एक झलक दिखाई दी। सामने वाले मकान की बालाई मंजिल की खिड़की खुली थी। एक लड़की डोंगा हाथ में लिए नहा रही थी। मुख्तार को बड़ा ताज्जुब हुआ कि ये लड़की कहां से आ गई, क्योंकि सामने वाले मकान में कोई लड़की नहीं थी, जो थीं, ब्याही जा चुकी थीं। सिर्फ रूप कौर थी, उसका पिलपिला खाविंद कालू मल था, उसके तीन लड़के थे और बस।

मुख्तार ने पतंग उठाया और ठिटक के रह गया...लड़की बहुत खूबसूरत थी। उसके नंगे बदन पर सुनहरे रोए थे। उनमें फंसी हुई पानी की नन्ही-नन्ही बूंदियां चमक रही थीं। उसका रंग हल्का सांवला था, सांवला भी नहीं। तांबे के रंग जैसा, पानी की नन्ही-नन्ही बूंदियां ऐसी लगती थीं जैसे उस का बदन पिघल कर कतरे कतरे बनकर गिर रहा है।

मुख्तार ने झरने के सुराखों के साथ अपनी आंखें जमा दीं और उस लड़की को जो डोंगा हाथ में लिए नहा रही थी, दिलचस्पी और गौर से देखना शुरू कर दिया। उसकी उम्र ज्यादा से ज्यादा सोलह बरस की थी, गीले सीने पर उसकी छोटी-छोटी गोल छातियां जिन पर पानी के कतरे फिसल रहे थे, बड़ी दिलफरेब थे। उसको देखकर मुख्तार के दिल-ओ-दिमाग में सिफली जज्बात पैदा न हुए। एक जवान, खूबसूरत, और बिल्कुल नंगी लड़की उसकी निगाहों के सामने थी। होना ये चाहिए था कि मुख्तार के अंदर शहवानी हैजान बरपा हो जाता, मगर वो बड़े ठंडे इन्हेमाक से उसे देख रहा था, जैसे किसी चित्रकार की तस्वीर देख रहा है।

लड़की के निचले होंट के इख्ततामी कोने पर बड़ा-सा तिल था...बेहद गंभीर, बेहद संजीदा, जैसे वो अपने वजूद से बेखबर है, लेकिन दूसरे उसके वजूद से आगाह हैं, सिर्फ इस हद तक कि उसे वहीं होना चाहिए था जहां कि वो था।

बांहों पर सुनहरे रोएं पानी की बूंदों के साथ लिपटे हुए चमक रहे थे। उसके सर के बाल सुनहरे नहीं, भोसले थे, जिन्होंने शायद सुनहरे होने से इंकार कर दिया था। जिस्म सुडौल और गदराया हुआ था लेकिन उसको देखने से उत्तेजना पैदा नहीं होती थी। मुख्तार देर तक झरने के साथ आंखें जमाए रहा।

लड़की ने बदन पर साबुन मला। मुख्तार तक उसकी खुशबू पहुंची। सलोने, तांबे जैसे रंग वाले बदन पर सफेद सफेद झाग बड़े सुहाने मालूम होते थे। फिर जब ये झाग पानी के बहाव से फिस्ले तो मुख्तार ने महसूस किया जैसे उस लड़की ने अपना बुलबुलों का लिबास बड़े इत्मिनान से उतार कर एक तरफ रख दिया है।

गुस्ल से फारिग होकर लड़की ने तौलिए से अपना बदन पोंछा। बड़े सुकून और इत्मिनान से आहिस्ता-आहिस्ता कपड़े पहने। खिड़की के डंडे पर दोनों हाथ रखे और सामने देखा। एक दम उसकी आंखें शर्माहट की झीलों में गर्क हो गई। उसने खिड़की बंदकर दी। मुख्तार बेइख्तयार हंस पड़ा।

लड़की ने फौरन खिड़की के पट खोले और बड़े गुस्से में झरने की तरफ देखा। मुख्तार ने कहा, "मैं कसूरवार बिल्कुल नहीं...आप क्यों खिड़की खोलकर नहा रही थीं।"

लड़की ने कुछ न कहा। गुस्से भरी निगाहों से झरने को देखा और खिड़की बंद कर ली।

चौथे दिन रूप कौर आई उसके साथ यही लड़की थी। मुख्तार की मां और बहन दोनों सिलाई और क्रोशिए के काम की माहिर थीं, गली की अक्सर लड़कियां उनसे ये काम सीखने के लिए आया करती थीं। रूप कौर भी उस लड़की को इसी गरज से लाई थी क्योंकि उसको क्रोशिए के काम का बहुत शौक था। मुख्तार अपने कमरे से निकलकर सहन में आया तो उसने रूप कौर को प्रणाम किया। लड़की पर उसकी निगाह पड़ी तो वो सिमट सी गई मुख्तार मुस्कुरा कर वहां से चला गया।

लड़की रोजाना आने लगी। मुख्तार को देखती तो सिमट जाती। आहिस्ता-आहिस्ता उसकी ये प्रतिक्रिया दूर हुई और उसके दिमाग से ये ख्याल किसी कदर मिट गया कि मुख्तार ने उसे नहाते देखा था।

मुख्तार को मालूम हुआ कि उसका नाम शारदा है। रूप कौर के चाचा की लड़की है, यतीम है। चिचो की मल्लियां में एक गरीब रिश्तेदार के साथ रहती थी। रूप कौर ने उसको अपने पास बुला लिया। एंट्रेंस पास है, बड़ी जहीन है, क्योंकि उसने क्रोशिए का मुश्किल से मुश्किल काम यूं चुटकियों में सीख लिया था।

दिन गुजरते गए। इस दौरान में मुख्तार ने महसूस किया कि वो शारदा की मोहब्बत में गिरफ्तार हो गया है। ये सब कुछ धीरे-धीरे हुआ। जब मुख्तार ने उसको पहली बार झरने में से देखा था तो उस वक्त उसके सामने एक नजारा था, बड़ा फरहतनाक नजारा। लेकिन अब शारदा आहिस्ता-आहिस्ता उसके दिल में बैठ गई थी। मुख्तार ने कई दफा सोचा था कि ये मोहब्बत का मामला बिल्कुल गलत है, इसीलिए कि शारदा हिंदू है। मुस्लमान कैसे एक हिंदू लड़की से मोहब्बत करने की जुरअत कर सकता है। मुख्तार ने अपने आपको बहुत समझाया लेकिन वो अपने मोहब्बत के जज्बे को मिटा न सका।

शारदा अब उससे बातें करने लगी थी मगर खुल के नहीं, उसके दिमाग में मुख्तार को देखते ही ये एहसास बेदार हो जाता था कि वो नंगी नहा रही थी और मुख्तार झरने में से उसे देख रहा था।

एक रोज घर में कोई नहीं था। मुख्तार की मां और बहन दोनों किसी अजीज के चालीसवें पर गई हुई थीं। शारदा रोज की तरह अपना थैला उठाए सुबह दस बजे आई मुख्तार सहन में चारपाई पर लेटा अखबार पढ़ रहा था। शारदा ने उससे पूछा, "बहन जी कहां हैं?"

मुख्तार के हाथ कांपने लगे, "वो...वो कहीं बाहर गई है।"

शारदा ने पूछा, "माता जी?"

मुख़्तार उठकर बैठ गया, "वो...वो भी उसके साथ ही गई हैं।"

"अच्छा!" ये कह कर शारदा ने किसी कदर घबराई हुई निगाहों से मुख़्तार को देखा और नमस्ते करके चलने लगी। मुख़्तार ने उसको रोका, "ठहरो शारदा!"

शारदा को जैसे बिजली के करंट ने छू लिया, चौंक कर रुक गई, "जी?"

मुख़्तार चारपाई पर से उठा, "बैठ जाओ...वो लोग अभी आ जाएंगे!"

"जी नहीं...मैं जाती हूं।" ये कह कर भी शारदा खड़ी रही।

मुख़्तार ने बड़ी जुरअत से काम लिया, आगे बढ़ा, उसकी एक कलाई पकड़ी और खींच कर उसके होंटों को चूम लिया। ये सब कुछ इतनी जल्दी हुआ कि मुख़्तार और शारदा दोनों को एक लहजे के लिए बिल्कुल पता न चला कि क्या हुआ है...इसके बाद दोनों लरजने लगे। मुख़्तार ने सिर्फ इतना कहा, "मुझे माफ़ कर देना!"

शारदा खामोश खड़ी रही। उसका तांबे जैसा रंग सुर्खी माइल हो गया। होंटों में लज्जा भरी कपकपाहट थी, जैसे वो छेड़े जाने पर शिकायत कर रहे हैं। मुख़्तार अपनी हरकत और उसके नताइज भूल गया। उसने एक बार फिर शारदा को अपनी तरफ खींचा और सीने के साथ भींच लिया...शारदा ने विरोध न की। वो सिर्फ हैरान मूर्ति कर तरह खड़ी थी। वो एक सवाल बन गई थी...एक ऐसा सवाल जो अपने आप से किया गया हो। वो शायद खुद से पूछ रही थी, ये क्या हुआ है, ये क्या हो रहा है? क्या उसे होना चाहिए था...क्या ऐसा किसी और से भी हुआ है?

मुख़्तार ने उसे चारपाई पर बिठा लिया और पूछा, "तुम बोलती क्यों नहीं हो शारदा?"

शारदा के दुपट्टे के पीछे उसका सीना धड़क रहा था। उसने कोई जवाब न दिया। मुख़्तार को उसका ये रवैया बहुत परेशान कर रहा था, "बोलो शारदा, अगर तुम्हें मेरी ये हरकत बुरी लगी है तो कह दो...खुदा की कसम मैं माफी मांग लूंगा...तुम्हारी तरफ निगाह उठाकर नहीं देखूंगा। मैंने कभी ऐसी जुरअत न की होती, लेकिन जाने मुझे क्या हो गया है...दरअसल...दरअसल मुझे तुमसे मोहब्बत है।"

शारदा के होंट हिले जैसे उन्होंने लफ्ज 'मोहब्बत' अदा करने की कोशिश की है। मुख़्तार ने बड़ी गर्मजोशी से कहना शुरू किया, "मुझे मालूम नहीं, तुम मोहब्बत का मतलब समझती हो कि नहीं...मैं खुद इसके विषय में ज्यादा नहीं जानता, सिर्फ इतना जानता हूं कि तुम्हें चाहता हूं, तुम्हारी सारी हस्ती को अपनी इस मुट्ठी में ले लेना चाहता हूं। अगर तुम चाहो तो मैं अपनी सारी जिंदगी तुम्हारे हवाले कर दूंगा, शारदा तुम बोलती क्यों नहीं हो?"

शारदा की आंखें सपने देखने लगीं। मुख्तार ने फिर बोलना शुरू कर दिया, "मैंने उस रोज झरने में से तुम्हें देखा...नहीं, तुम मुझे खुद दिखाई दीं...वो एक ऐसा नजारा था जो मैं कयामत तक नहीं भूल सकता...तुम शर्माती क्यों हो...मेरी निगाहों ने तुम्हारी खूबसूरती चुराई तो नहीं...मेरी आंखों में सिर्फ उस नजारे की तस्वीर है...तुम उसे जिंदा कर दो तो मैं तुम्हारे पांव चूम लूंगा।" ये कहकर मुख्तार ने शारदा का एक पांव चूम लिया।

वो कांप गई चारपाई पर से एक दम उठकर उसने लर्जा आवाज में कहा, "ये आप क्या कर रहे हैं?...हमारे धर्म में..."

मुख्तार खुशी से उछल पड़ा, "धर्म-वर्म को छोड़ो...प्रेम के धर्म में सब ठीक है।" ये कहकर उसने शारदा को चूमना चाहा। मगर वो तड़प कर एक तरफ हटी और बड़े शर्मीले अंदाज में मुस्कुराती भाग गई मुख्तार ने चाहा कि वो उड़कर ममटी पर पहुंच जाए। वहां से नीचे सहन में कूदे और नाचना शुरू कर दे।

मुख्तार की वालिदा और बहन आ गई तो शारदा आई मुख्तार को देखकर उसने फौरन निगाहें नीची कर लीं। मुख्तार वहां से खिसक गया कि राज खुल न जाए।

दूसरे रोज ऊपर कोठे पर चढ़ा। झरने में से झांका तो देखा कि शारदा खिड़की के पास खड़ी बालों में कंघी कर रही है। मुख्तार ने उसको आवाज दी, "शारदा।"

शारदा चौंकी। कंघी उसके हाथ से छूट कर नीचे गली में जा गिरी। मुख्तार हंसा। शारदा के होंटों पर भी मुस्कुराहट पैदा हुई मुख्तार ने उससे कहा, "कितनी डरपोक हो तुम...हौले से आवाज दी और तुम्हारी कंघी छूट गई"

शारद ने कहा, "अब ला के दीजिए नई कंघी मुझे...ये तो मोरी में जा गरी है।"

मुख्तार ने जवाब दिया, "अभी लाऊं।"

शारद ने फौरन कहा, "नहीं नहीं...मैंने तो मजाक किया है।"

मैंने भी मजाक किया था, "तुम्हें छोड़कर मैं कंघी लेने जाता? कभी नहीं!"

शारद मुस्कुराई, "मैं बाल कैसे बनाऊं?"

मुख्तार ने झरने के सुराखों में अपनी उंगलियां डालीं, "ये मेरी उंगलियां ले लो!"

शारद हंसी...मुख्तार का जी चाहा कि वो अपनी सारी उम्र उस हंसी की छाओं में गुजार दे। "शारदा, खुदा की कसम, तुम हंसी हो, मेरा रोवां रोवां शादमां हो गया है...तुम क्यों इतनी प्यारी हो? क्या दुनिया में कोई और लड़की भी तुम जितनी प्यारी होगी...ये कमबख्त झरने...ये मिट्टी के जलील पर्दे। जी चाहता है इनको तोड़ फोड़ दूं।"

शारदा फिर हंसी। मुख्तार ने कहा, "ये हंसी कोई और न देखे, कोई और न सुने। शारदा सिर्फ मेरे सामने हंसना...और अगर कभी हंसना हो तो मुझे बुला लिया करो। मैं इसके इर्दगिर्द अपने होंटों की दीवारें खड़ी कर दूंगा।

शारद ने कहा, "आप बातें बड़ी अच्छी करते हैं।"

"तो मुझे इनाम दो...मोहब्बत की एक हल्की सी निगाह उन झरनों से मेरी तरफ फेंक दो...मैं उसे अपनी पलकों से उठा कर अपनी आंखों में छुपा लूंगा।" मुख्तार ने शारदा के पीछे दूर एक साया सा देखा और फौरन झरने से हट गया। थोड़ी देर बाद वापस आया तो खिड़की खाली था। शारद जा चुकी थी।

आहिस्ता आहिस्ता मुख्तार और शारद दोनों घुलमिल गए। तन्हाई का मौका मिलता तो देर तक प्यार मोहब्बत की बातें करते रहते...एक दिन रूप कौर और उसका खाविंद लाला कालू मल कहीं बाहर गए हुए थे। मुख्तार गली में से गुजर रहा था कि उसको एक कंकर लगा। उसने ऊपर देखा, शारदा थी। उसने हाथ के इशारे से उसे बुलाया।

मुख्तार उसके पास पहुंच गया। बिल्कुल तन्हाई थी, खूब घुल मिल के बातें हुई।

मुख्तार ने उससे कहा, "उस रोज मुझसे गुस्ताखी हुई थी और मैंने माफी मांग ली थी। आज फिर गुस्ताखी करने का इरादा रखता हूं, लेकिन माफी नहीं मांगूंगा।" और अपने होंट शारदा के कपकपाते हुए होंटों पर रख दिए।

शारद ने शर्मीली शरारत से कहा, "अब माफी मांगिए।"

"जी नहीं...अब ये होंट आपके नहीं...मेरे हैं, क्या मैं झूठ कहता हूं?"

शारदा ने निगाहें नीची कर के कहा, "ये होंट क्या, मैं ही आपकी हूं।"

मुख्तार एक दम संजीदा हो गया, "देखो शारदा। हम इस वक्त एक आतिश फिशां पहाड़ पर खड़े हैं तुम सोच लो, समझ लो...मैं तुम्हें यकीन दिलाता हूं। खुदा की कसम खाकर कहता हूं कि तुम्हारे सिवा मेरी जिंदगी में और कोई औरत नहीं आएगी...मैं कसम खाता हूं कि जिंदगी भर मैं तुम्हारा रहूंगा। मेरी मोहब्बत साबित कदम रहेगी...क्या तुम भी इसका वादा करती हो?"

शारद ने अपनी निगाहें उठाकर मुख्तार की तरफ देखा, "मेरा प्रेम सच्चा है।"

मुख्तार ने उसको सीने के साथ भींच लिया और कहा, "जिंदा रहो...सिर्फ मेरे लिए, मेरी मोहब्बत के लिए वक्फ रहो...खुदा की कसम शारदा। अगर तुम्हारा प्रेम मुझे न मिलता तो मैं यकीनन खुदकुशी कर लेता...तुम मेरी आगोश में हो। मुझे ऐसा महसूस होता है कि सारी दुनिया की खुशियों से मेरी झोली भरी हुई है। मैं बहुत खुशनसीब हूं।"

शारदा ने अपना सिर मुख्तार के कंधे पर गिरा दिया, "आप बातें करना जानते हैं...मुझसे अपने दिल की बात नहीं कही जाती।"

देर तक दोनों एक दूसरे में खोए रहे। जब मुख्तार वहां से गया तो उसकी रूह एक नई और सुहानी लज्जत से भरपूर थी। सारी रात वो सोचता रहा। दूसरे दिन कलकत्ते चला गया, जहां उसका बाप कारोबार करता था। आठ दिन के बाद वापस आया। शारदा हमेशा की तरह क्रोशिए का काम सीखने मुकर्ररा वक्त पर आई उसकी निगाहों ने इससे कई बातें कीं, कहां गायब रहे इतने दिन? मुझसे कुछ न कहा और कलकत्ते चले गए?...मोहब्बत के बड़े दावे करते थे?...मैं नहीं बोलूंगी तुम से...मेरी तरफ क्या देखते हो, क्या कहना चाहते हो मुझसे?

मुख्तार बहुत कुछ कहना चाहता था मगर तन्हाई नहीं थी। वो काफी लंबी गुफ्तगू उससे करना चाहता था। दो दिन गुजर गए, मौका न मिला। निगाहों ही निगाहों में गूंगी बातें होती रहीं। आखिर तीसरे रोज शारदा ने उसे बुलाया। मुख्तार बहुत खुश हुआ। रूप कौर और उसका खाविंद लाला कालू मल घर में नहीं थे।

शारदा सीढ़ियों में मिली। मुख्तार ने वहीं उसको अपने सीने के साथ लगाना चाहा, वो तड़प कर ऊपर चली गई नाराज थी। मुख्तार ने उससे कहा, "देखो मेरी जान, मेरे पास बैठो, मैं तुमसे बहुत जरूरी बातें करना चाहता हूं। ऐसी बातें जिनका हमारी जिंदगी से बड़ा गहरा तअल्लुक है।"

शारदा उसके पास पलंग पर बैठ गई, "तुम बात टालो नहीं...बताओ मुझे बताए बगैर कलकत्ते क्यों गए...सच, मैं बहुत रोई।"

मुख्तार ने बढ़कर उसकी आंखें चूमीं, "उस रोज मैं जब से गया तो सारी रात सोचता रहा...जो कुछ उस रोज हुआ उसके बाद ये सोच विचार लाजमी थी। हमारी हैसियत मियां-बीवी की थी। मैंने गलती की। तुमने कुछ न सोचा। हमने एक ही जस्त में कई मंजिलें तय कर लीं और ये गौर ही न किया कि हमें जाना किस तरफ है...समझ रही हो ना शारदा?"

शारदा ने आंखें झुका लीं, "जी हां।"

"मैं कलकत्ते इसीलिए गया था कि अब्बा जी से मशवरा करूं। तुम्हें सुनकर खुशी होगी मैंने उनको राजी कर लिया है। मुख्तार की आंखें खुशी से चमक उठीं। शारदा के दोनों हाथ अपने हाथों में लेकर उसने कहा, "मेरे दिल का सारा बोझ हल्का हो गया है...मैं अब तुम से शादी कर सकता हूं।"

शारदा ने हौले से कहा, "शादी।"

"हां शादी।"

शारद ने पूछा, "कैसे हो सकती है हमारी शादी?"

मुख्तार मुस्कुराया, "इसमें मुश्किल ही क्या है...तुम मुसलमान हो जाना!"

शारद एक दम चौंकी, "मुसलमान?"

मुख्तार ने बड़े इत्मिनान से कहा, "हां हां...इसके इलावा और हो ही क्या सकता है...मुझे मालूम है कि तुम्हारे घर वाले बड़ा हंगामा मचाएंगे लेकिन मैंने इसका इंतेजाम कर लिया है। हम दोनों यहां से गायब हो जाएंगे, सीधे कलकत्ते चलेंगे। बाकी काम अब्बा जी के सुपुर्द है। जिस रोज वहां पहुंचेंगे उसी रोज मौलवी बुलाकर तुम्हें मुसलमान बना देंगे। शादी भी उसी वक्त हो जाएगी।"

शारदा के होंट जैसे किसी ने सी दिए। मुख्तार ने उसकी तरफ देखा, "खामोश क्यों हो गई?"

शारदा न बोली। मुख्तार को बड़ी उलझन हुई, "बताओ शारदा क्या बात है?"

शारदा ने बमुश्किल इतना कहा, "तुम हिंदू हो जाओ।"

"मैं हिंदू हो जाऊं?" मुख्तार के लहजे में हैरत थी। वो हंसा, "मैं हिंदू कैसे हो सकता हूं?"

"मैं कैसे मुसलमान हो सकती हूं।" शारदा की आवाज मद्धम थी।

"तुम क्यों मुसलमान नहीं हो सकतीं...मेरा मतलब है कि...तुम मुझसे मोहब्बत करती हो। इसके इलावा इस्लाम सबसे अच्छा मजहब है...हिंदू मजहब भी कोई मजहब है। गाय का पेशाब पीते हैं। बुत पूजते हैं...मेरा मतलब है कि ठीक है अपनी जगह ये मजहब भी। मगर इस्लाम का मुकाबला नहीं कर सकता।" मुख्तार के ख्यालात परेशान थे, "तुम मुसलमान हो जाओगी तो बस...मेरा मतलब है कि सब ठीक हो जाएगा।"

शारदा के चेहरे का तांबे जैसा रंग जर्द पड़ गया, "आप हिंदू नहीं होंगे?"

मुख्तार हंसा, "पागल हो तुम?"

शारदा का रंग और जर्द पड़ गया, "आप जाईए...वो लोग आने वाले हैं।" ये कह कर वो पलंग पर से उठी।

मुख्तार हैरान हो गया, "लेकिन शारदा..."

"नहीं नहीं, जाईए आप...जल्दी जाईए...वो आजाएंगे।" शारदा के लहजे में उपेक्षा का भाव था।

मुख्तार ने अपने खुश्क हलक से बमुशकिल ये अलफाज निकाले, "हम दोनों एक दूसरे से मोहब्बत करते हैं। शारदा तुम नाराज क्यों हो गई?"

"जाओ...चले जाओ...हमारा हिंदू मजहब बहुत बुरा है...तुम मुसलमान बहुत अच्छे हो।" शारदा के लहजे में नफरत थी। वो दूसरे कमरे में चली गई और दरवाजा बंद कर दिया। मुख्तार अपना इस्लाम सीने में दबाए वहां से चला गया।

* * *

सूर्यकांत त्रिपाठी 'निराला' की कहानियों में प्यार के रंग

सूर्यकांत त्रिपाठी 'निराला': हिंदी में मुक्तछंद के प्रवर्तक

'महाप्राण' के नाम से विख्यात सूर्यकांत त्रिपाठी 'निराला' छायावादी युग के चार स्तंभों में से एक हैं। निराला का जन्म 21 फरवरी 1896 को बंगाल की महिषादल रियासत (जिला मेदिनीपुर) में हुआ। इस जन्मतिथि को लेकर विभिन्न मत हैं, लेकिन विद्वतजनों के अनुसार, निराला ने 1930 से वसंत पंचमी के दिन अपना जन्मदिन मनाना शुरू किया था। उनकी कीर्ति का आधार उनकी लंबी कविताएं हैं, जैसे 'सरोज-स्मृति', 'राम की शक्ति-पूजा', और 'कुकुरमुत्ता', जो उनके प्रसिद्ध गीतों और प्रयोगशील कवि-कर्म के साथ-साथ रची जाती रहीं। उन्होंने पर्याप्त मात्रा में कथा और कथेतर-लेखन भी किया और अनुवादक के रूप में भी सक्रिय रहे। हिंदी में मुक्तछंद के प्रवर्तक के रूप में भी उन्हें जाना जाता है। वे मानते थे कि मनुष्यों की मुक्ति की तरह कविता की भी मुक्ति होनी चाहिए। अपने 1930 में प्रकाशित कविता-संग्रह 'परिमल' की भूमिका में उन्होंने लिखा, ''मनुष्यों की मुक्ति कर्म के बंधन से छुटकारा पाना है और कविता की मुक्ति छंदों के शासन से अलग हो जाना है।''

निराला के बचपन में उनका नाम सुर्जकुमार रखा गया। उनके पिता पंडित रामसहाय तिवारी उन्नाव (बैसवाड़ा) जिले के गढ़ाकोला गांव के निवासी थे और महिषादल में सिपाही की नौकरी करते थे। निराला की शिक्षा हाई स्कूल तक ही हुई, लेकिन उन्होंने हिंदी, संस्कृत, बांग्ला, और स्वाध्याय से अन्य भाषाओं का ज्ञान प्राप्त किया। निराला, श्री रामकृष्ण परमहंस, स्वामी विवेकानंद और श्री रवींद्रनाथ टैगोर से विशेष रूप से प्रभावित थे। मैट्रीकुलेशन कक्षा में पहुंचते-पहुंचते इनकी दार्शनिक रुचि

का परिचय मिलने लगा। निराला स्वच्छन्द प्रकृति के थे और स्कूल में पढ़ने से अधिक उनकी रुचि घूमने, खेलने, तैरने और कुश्ती लड़ने इत्यादि में थी। संगीत में उनकी विशेष रुचि थी। अध्ययन में उनका विशेष मन नहीं लगता था। इस कारण उनके पिता कभी-कभी उनसे कठोर व्यवहार करते थे, जबकि उनके हृदय में अपने एकमात्र पुत्र के लिए विशेष स्नेह था।

पन्द्रह वर्ष की अल्पायु में निराला का विवाह मनोहरा देवी से हो गया। रायबरेली जिले में डलमऊ के पं. रामदयाल की पुत्री मनोहरा देवी सुंदर और शिक्षित थीं, उनको संगीत का अभ्यास भी था। पत्नी के जोर देने पर ही उन्होंने हिंदी सीखी। इसके बाद अतिशीघ्र ही उन्होंने बंगला के बजाय हिन्दी में कविता लिखना शुरू कर दिया। बचपन के नैराश्य और एकाकी जीवन के पश्चात् उन्होंने कुछ वर्ष अपनी पत्नी के साथ सुख से बिताए, किन्तु यह सुख ज्यादा दिनों तक नहीं टिका और उनकी पत्नी की मृत्यु उनकी 20 वर्ष की अवस्था में ही हो गई। बाद में उनकी पुत्री जो कि विधवा थी, की भी मृत्यु हो गई। वे आर्थिक विषमताओं से भी घिरे रहे। ऐसे समय में उन्होंने विभिन्न प्रकाशकों के साथ प्रूफ रीडर के रूप में काम किया, उन्होंने 'समन्वय' का भी सम्पादन किया।

उनका जीवन दुख से भरा रहा। तीन साल की उम्र में उनकी मां का निधन हो गया और बीस साल की उम्र में उनके पिता का भी। अत्यधिक अभावों में संयुक्त परिवार की जिम्मेदारी उठाते हुए निराला ने एक और बड़ा आघात तब झेला, जब प्रथम विश्व युद्ध के बाद फैली महामारी में उनकी पत्नी मनोहरा देवी, उनके चाचा, भाई और भाभी का निधन हो गया।

सूर्यकांत त्रिपाठी 'निराला' की पहली नियुक्ति महिषादल राज्य में 1918 से 1922 तक हुई इस अवधि के बाद वे संपादन, स्वतंत्र लेखन और अनुवाद कार्य की ओर मुड़े। 1922 से 1923 के दौरान उन्होंने कोलकत्ता से प्रकाशित पत्रिका 'समन्वय' का संपादन किया, और अगस्त 1923 से 'मतवाला' के संपादक मंडल में शामिल हो गए। इसके बाद लखनऊ में 'गंगा पुस्तक माला कार्यालय' में उनकी नियुक्ति हुई, जहां वे मासिक पत्रिका 'सुधा' से 1935 तक जुड़े रहे। 1935 से 1940 के बीच उन्होंने लखनऊ में कुछ समय बिताया, और 1942 से मृत्यु तक इलाहाबाद में रहकर स्वतंत्र लेखन और अनुवाद कार्य में संलग्न रहे।

उनकी पहली कविता "जन्मभूमि" जून 1920 में 'प्रभा' नामक मासिक पत्र में प्रकाशित हुई, और उनका पहला कविता संग्रह 1923 में 'अनामिका' नाम से आया। उनका पहला निबंध 'बंग भाषा का उच्चारण' अक्टूबर 1920 में मासिक पत्रिका 'सरस्वती' में प्रकाशित हुआ।

सूर्यकांत त्रिपाठी 'निराला': हिंदी में मुक्तछंद के प्रवर्तक

निराला का लेखन उनके समकालीन कवियों से अलग था, क्योंकि उन्होंने कविता में कल्पना का सहारा बहुत कम लिया और यथार्थ को प्रमुखता दी। उन्हें हिंदी में मुक्तछंद के प्रवर्तक के रूप में भी जाना जाता है। 1930 में प्रकाशित अपने काव्य संग्रह 'परिमल' की भूमिका में उन्होंने लिखा।

'मनुष्यों की मुक्ति की तरह कविता की भी मुक्ति होती है। मनुष्यों की मुक्ति कर्म के बंधन से छुटकारा पाना है और कविता की मुक्ति छंदों के शासन से अलग हो जाना है। जिस तरह मुक्त मनुष्य कभी किसी तरह दूसरों के प्रतिकूल आचरण नहीं करता, उसके तमाम कार्य औरों को प्रसन्न करने के लिए होते हैं, फिर भी वह स्वतंत्र रहता है। उसी तरह कविता का भी हाल है।'

निराला का यह दृष्टिकोण उनकी कविता में स्वतंत्रता और सामाजिक यथार्थ को अभिव्यक्त करने का प्रतिबिंब है।

निराला का व्यक्तित्व सिद्धांतवादी और साहसी था। वे सतत संघर्ष के मार्ग पर चले, जिसने कभी-कभी उन्हें विक्षिप्तता की ओर भी धकेला। उनके जीवन और रचना की विविधता और समृद्धता उनके रचना-संसार में स्पष्ट रूप से देखी जा सकती है। हिंदी साहित्य में उनके आक्रोश और विद्रोह, करुणा और प्रतिबद्धता की कई मिसालें हैं। उनका जीवन का उत्तरार्ध इलाहाबाद में बीता और 15 अक्टूबर 1961 को दारागंज नामक मोहल्ले में उनका निधन हुआ।

निराला की प्रमुख काव्य-कृतियां हैं: 'अनामिका' (1923), 'परिमल' (1930), 'गीतिका' (1936), 'तुलसीदास' (1939), 'कुकुरमुत्ता' (1942), 'अणिमा' (1943), 'बेला' (1946), 'नए पत्ते' (1946), 'अर्चना' (1950), 'आराधना' (1953), 'गीत कुंज' (1954), 'सांध्य काकली' और 'अपरा'। उनकी प्रमुख कहानी-संग्रहों में 'लिली', 'सखी', और 'सुकुल की बीवी' शामिल हैं, जबकि उनके चर्चित उपन्यासों में 'कुल्ली भाट' और 'बिल्लेसुर बकरिहा' हैं। निबंधों की उनकी पुस्तक 'चाबुक' भी प्रसिद्ध है।

साल 1976 में भारत सरकार ने सूर्यकांत त्रिपाठी निराला पर डाक टिकट जारी किया।

* * *

लिली

पद्मा की आबदार आंखों से आंसुओं के मोती टूटने लगे, जो उसके हृदय की कीमत थे, जिनका मूल्य समझने वाला वहां कोई न था।

माता ने ठोढ़ी पर एक उंगली रख रामेश्वरजी की तरफ देखकर कहा, "प्यार भी करती है, मानती भी नहीं, अजीब लड़की है।"

"चुप रहो।" पद्मा की सजल आंखें भौंहों से सट गई, "विवाह और प्यार एक बात है? विवाह करने से होता है, प्यार आप होता है। कोई किसी को प्यार करता है, तो वह उससे विवाह भी करता है? पिताजी जज साहब को प्यार करते हैं, तो क्या इन्होंने उनसे विवाह भी कर लिया है?"

रामेश्वरजी हंस पड़े।

पद्मा के चंद्र-मुख पर षोड़श कला की शुभ्र चंद्रिका अम्लान खिल रही है। एकांत कुंज की कली-सी प्रणय के वासंती मलयस्पर्श से हिल उठती, विकास के लिए व्याकुल हो रही है।

पद्मा की प्रतिभा की प्रशंसा सुनकर उसके पिता ऑनरेरी मैजिस्ट्रेट पंडित रामेश्वरजी शुक्ल उसके उज्ज्वल भविष्य पर अनेक प्रकार की कल्पनाएं किया करते हैं। योग्य वर के अभाव से उसका विवाह अब तक रोक रखा है। मैट्रिक परीक्षा में पद्मा का सूबे में पहला स्थान आया था। उसे वृत्ति मिली थी। पत्नी को शुक्लजी समझा देते हैं कि योग्य वर न मिलने के कारण विवाह रुका हुआ है। साल-भर से कन्या को देखकर माता भविष्य-शंका से कांप उठती हैं।

पद्मा काशी विश्वविद्यालय के कला-विभाग में दूसरे साल की छात्रा है। गर्मियों की छुट्टी है, इलाहाबाद घर आई हुई है। अबके पद्मा का उभार, उसका रंग-रूप, उसकी चितवन-चलन-कौशल-वार्तालाप पहले से

सभी बदल गए हैं। उसके हृदय में अपनी कल्पना से कोमल सौंदर्य की भावना, मस्तिष्क में लोकाचार से स्वतंत्र अपने उच्छृंखल आनुकूल्य के विचार पैदा हो गए हैं। उसे निस्संकोच चलती-फिरती, उठती-बैठती, हंसती-बोलती देखकर माता हृदय के बोलवाले तार से कुछ और ढीली तथा बेसुरी पड़ गई हैं।

एक दिन संध्या के डूबते सूर्य के सुनहले प्रकाश में, बिना बादल के नील आकाश के नीचे, छत पर, दो कुर्सियां डलवा माता और कन्या गंगा का रजत-सौंदर्य एकटक देख रही थी। माता पद्मा की पढ़ाई, कॉलेज की छात्राओं की संख्या, बालिकाओं के होस्टल का प्रबंध आदि बातें पूछती हैं, पद्मा उत्तर देती है। हाथ में है हाल की निकली स्ट्रैंड मैगजीन की एक प्रति। वो तस्वीरें देखती जाती है। हवा का एक हल्का झोंका आया, खुले रेशमी बाल, सिर से साड़ी को उड़ाकर, गुदगुदाकर चला गया। "सिर ढक लिया करो, तुम बेहया हुई जाती हो।" माता ने रुखाई से कहा। पद्मा ने सिर पर साड़ी की जरीदार किनारी चढ़ा ली, आंखें नीची कर किताब के पन्ने उलटने लगी।

"पद्मा!" गंभीर होकर माता ने कहा।

"जी!" चलते हुए उपन्यास की एक तस्वीर देखती हुई नम्रता से बोली।

मन से अपराध की छाप मिट गई, माता की वात्सल्य-सरिता में कुछ देर के लिए बाढ़-सी आ गई, गहरी सांस लेकर से बोली, "कानपुर में एक नामी वकील महेशप्रसाद त्रिपाठी हैं।"

"हूं" एक दूसरी तस्वीर देखती हुई।

"उनका लड़का आगरा यूनिवर्सिटी से एम.ए. में इस साल फर्स्ट क्लास फर्स्ट आया है।"

"हूं" पद्मा ने सिर उठाया। आंखें प्रतिभा से चमक उठीं।

"तेरे पिताजी को मैंने भेजा था, वह परसों देखकर लौटे हैं। कहते थे, लड़का हीरे का टुकड़ा, गुलाब का फूल है। बातचीत दस हजार में पक्की हो गई है।"

"हूं" मोटर की आवाज सुन पद्मा उठकर छत के नीचे देखने लगी। हर्ष से हृदय में तरंगें उठने लगीं। मुस्कुराहट दबाकर आप ही में हंसती हुई चुपचाप बैठ गई

माता ने सोचा, लड़की बड़ी हो गई है, विवाह के प्रसंग से प्रसन्न हुई है। खुलकर कहा, "मैं बहुत पहले से तेरे पिताजी से कह रही थी, वह तेरी पढ़ाई के विचार में पड़े थे।"

नौकर ने आकर कहा, "राजेंद्र बाबू मिलने आए हैं।"

पद्मा की माता ने एक कुर्सी डाल देने के लिए कहा। कुर्सी डालकर नौकर राजेंद्र बाबू को बुलाने नीचे उतर गया। तब तक दूसरा नौकर रामेश्वरजी का भेजा हुआ पद्मा की माता के पास आया। कहा, "जरूरी काम से कुछ देर के लिए पंडितजी ने बुलाया हैं।"

जीने से पद्मा की माता उतर रही थीं, रास्ते में राजेंद्र से भेंट हुई राजेंद्र ने हाथ जोड़कर प्रणाम किया। पद्मा की माता ने कंधे पर हाथ रखकर आशिर्वाद दिया और कहा, "चलो, पद्मा छत पर है, बैठो, मैं अभी आती हूं।"

राजेंद्र जज का लड़का है, पद्मा से तीन साल बड़ा, पढ़ाई में भी। पद्मा अपराजिता बड़ी-बड़ी आंखों की उत्सुकता से प्रतीक्षा में थी, जब से छत से उसने देखा था।

"आइए, राजेन बाबू, कुशल तो है?" पद्मा ने राजेंद्र का उठकर स्वागत किया। एक कुर्सी की तरफ बैठने के लिए हाथ से इंगित कर खड़ी रही। राजेंद्र बैठ गया, पद्मा भी बैठ गई।

"राजेन, तुम उदास हो!"

"तुम्हारा विवाह हो रहा है?" राजेंद्र ने पूछा।

पद्मा उठकर खड़ी हो गई बढ़कर राजेंद्र का हाथ पकड़कर बोली, "राजेन, तुम्हें मुझ पर विश्वास नहीं? जो प्रतिज्ञा मैंने की है, हिमालय की तरह उस पर अटल रहूंगी।"

पद्मा अपनी कुर्सी पर बैठ गई मैगजीन खोल उसी तरह पन्नों में नजर गड़ा दी। जीने से आहट मालूम हुई।

माता निगरानी की निगाह से देखती हुई आ रही थीं। प्रकृति स्तब्ध थी। मन में वैसी ही अंवेषक चपलता।

"क्यों बेटा, तुम इस साल बी.ए. हो गए?" हंसकर पूछा।

"जी हां।" सिर झुकाए हुए राजेंद्र ने उत्तर दिया।

"तुम्हारा विवाह कब तक करेंगे तुम्हारे पिताजी, जानते हो?"

"जी नहीं।"

"तुम्हारा विचार क्या है?"

"आप लोगों से आज्ञा लेकर विदा होने के लिए आया हूं, विलायत भेज रहे हैं पिताजी।" नम्रता से राजेंद्र ने कहा।

"क्या बैरिस्टर होने की इच्छा है?" पद्मा की माता ने पूछा।

"जी हां।"

"तुम साहब बनकर विलायत से आना और साथ एक मेम भी लाना, मैं उसकी शुद्धि कर लूंगी।" पद्मा हंसकर बोली।

नौकर ने एक तश्तरी पर दो प्यालों में चाय दी–दो रकाबियों पर कुछ बिस्कुट और केक। दूसरा एक मेज उठा लिया। राजेंद्र और पद्मा की कुर्सी के बीच रख दी, एक धुली तौलिया ऊपर से बिछा दी। सासर पर प्याले तथा रकाबियों पर बिस्कुट और केक रखकर नौकर पानी लेने गया, दूसरा आज्ञा की प्रतीक्षा में खड़ा रहा।

"मैं निश्चय कर चुका हूं, जबान भी दे चुका हूं। अबके तुम्हारी शादी कर दूंगा।" पंडित रामेश्वरजी ने कन्या से कहा।

"लेकिन मैंने भी निश्चय कर लिया है, डिग्री प्राप्त करने से पहले विवाह न करूंगी।" सिर झुकाकर पद्मा ने जवाब दिया।

"मैं मैजिस्ट्रेट हूं बेटी, अब तक अक्ल ही की पहचान करता रहा हूं, शायद इससे ज्यादा सुनने की तुम्हें इच्छा न होगी।" गर्व से रामेश्वरजी टहलने लगे।

पद्मा के हृदय के खिले गुलाब की कुल पंखडिया हवा के एक पुरजोर झोंके से कांप उठीं। मुक्ताओं-सी चमकती हुई दो बूंदें पलकों के पत्रों से झड़ पड़ी। यही उसका उत्तर था।

"राजेंद्र जब आया, तुम्हारी माता को बुलाकर मैंने जीने पर नौकर भेज दिया था, एकांत में तुम्हारी बातें सुनने के लिए। तुम हिमालय की तरह अटल हो, मैं भी वर्तमान की तरह सत्य और दृढ़।" रामेश्वरजी ने कहा, "तुम्हें इसीलिए मैंने नहीं पढ़ाया कि तुम कुल-कलंक बनो।"

"आप यह सब क्या कह रहे हैं?"

"चुप रहो। तुम्हें नहीं मालूम? तुम ब्राह्मण-कुल की कन्या हो, वह क्षत्रिय-घराने का लड़का है-ऐसा विवाह नहीं हो सकता।" रामेश्वरजी की सांस तेज चलने लगीं, आंखें भौंहों से मिल गई।

"आप नहीं समझे मेरे कहने का मतलब।" पद्मा की निगाह कुछ उठ गई

"मैं बातों का बनाना आज से नहीं, दस साल से देख रहा हूं। तू मुझे चराती है? वह बदमाश!"

"इतना बहुत है। आप अदालत के अफसर है! अभी-अभी आपने कहा था, अब तक अक्ल की पहचान करते रहे हैं, यह आपकी अक्ल की पहचान है! आप इतनी बड़ी बात राजेंद्र को उसके सामने कह सकते हैं? बतलाइए, हिमालय की तरह अटल सुन लिया, तो इससे आपने क्या सोचा?"

आग लग गई, जो बहुत दिनों से पद्मा की माता के हृदय में सुलग रही थी।

"हट जा मेरी नजरों से बाहर, मैं समझ गया।" रामेश्वर जी क्रोध से कांपने लगे।

"आप गलती कर रहे हैं, आप मेरा मतलब नहीं समझे, मैं भी बिना पूछे हुए बतलाकर कमजोर नहीं बनना चाहती।"

पद्मा जेठ की लू में झुलस रही थी, स्थल पद्म-सा लाल चेहरा तम-तमा रहा था। आंखों की दो सीपियां पुरस्कार की दो मुक्ताएं लिए सगर्व चमक रही थीं।

रामेश्वरजी भ्रम में पड़ गए। चक्कर आ गया। पास की कुर्सी पर बैठ गए। सर हथेली से टेककर सोचने लगे। पद्मा उसी तरह खड़ी दीपक की निष्कम्प शिखा-सी अपने प्रकाश में जल रही थी।

"क्या अर्थ है, मुझे बता।" माता ने बढ़कर पूछा।

"मतलब यह, राजेन को संदेह हुआ था, मैं विवाह कर लूंगी–यह जो पिताजी पक्का कर आए हैं, इसके लिए मैंने कहा था कि मैं हिमालय की तरह अटल हूं, न कि यह कि मैं राजेंद्र के साथ विवाह करूंगी। हम लोग कह चुके थे कि पढ़ाई का अंत होने पर दूसरी चिंता करेंगे।"

पद्मा उसी तरह खड़ी सीधे ताकती रही।

"तू राजेंद्र को प्यार नहीं करती?" आंख उठाकर रामेश्वरजी ने पूछा।

"प्यार? करती हूं।"

"करती है?"

"हां, करती हूं।"

"बस, और क्या?"

"पिता!"

पद्मा की आबदार आंखों से आंसुओं के मोती टूटने लगे, जो उसके हृदय की कीमत थे, जिनका मूल्य समझने वाला वहां कोई न था।

माता ने ठोढ़ी पर एक उंगली रख रामेश्वरजी की तरफ देखकर कहा, "प्यार भी करती है, मानती भी नहीं, अजीब लड़की है।"

"चुप रहो।" पद्मा की सजल आंखें भौंहों से सट गई, "विवाह और प्यार एक बात है? विवाह करने से होता है, प्यार आप होता है। कोई किसी को प्यार करता है, तो वह उससे विवाह भी करता है? पिताजी जज साहब को प्यार करते हैं, तो क्या इन्होंने उनसे विवाह भी कर लिया है?"

रामेश्वरजी हंस पड़े।

1

रामेश्वरजी ने शंका की दृष्टि से डॉक्टर से पूछा, "क्या देखा आपने डॉक्टर साहब?"

"बुखार बड़े जोर का है, अभी तो कुछ कहा नहीं जा सकता।

जिस्म की हालत अच्छी नहीं, पूछने से कोई जवाब भी नहीं देती। कल तक अच्छी थी, आज एकाएक इतने जोर का बुखार, क्या सबब है?" डॉक्टर ने प्रश्न की दृष्टि से रामेश्वरजी की तरफ देखा।

रामेश्वरजी पत्नी की तरफ देखने लगे।

डॉक्टर ने कहा, "अच्छा, मैं एक नुस्खा लिखे देता हूं, इससे जिस्म की हालत अच्छी रहेगी। थोड़ी-सी बर्फ मंगा लीजिएगा। आइस-बैग तो क्यों होगा आपके यहां? एक नौकर मेरे साथ भेज दीजिए, मैं दे दूंगा। इस वक्त एक सौ

चार डिग्री बुखार है। बर्फ डालकर सिर पर रखिएगा। एक सौ एक तक आ जाए, तब जरूरत नहीं।"

डॉक्टर चले गए। रामेश्वरजी ने अपनी पत्नी से कहा, "यह एक दूसरा फसाद खड़ा हुआ। न तो कुछ कहते बनता है, न करते। मैं कौम की भलाई चाहता था, अब खुद ही नकटों का सरताज हो रहा हूं। हम लोगों में अभी तक यह बात न थी कि ब्राह्मण की लड़की का किसी क्षत्रिय लड़के से विवाह होता। हां, ऊंचे कुल की लड़कियां ब्राह्मणों के नीचे कुलों में गई हैं। लेकिन, यह सब आखिर कौम ही में हुआ है।"

"तो क्या किया जाए?" स्फारित, स्फुरित आंखें, पत्नी ने पूछा।

"जज साहब से ही इसकी बचत पूछूंगा। मेरी अक्ल अब और नहीं पहुंचती। अरे छीटा!"

"जी!" छीटा चिलम रखकर दौड़ा।

"जज साहब से मेरा नाम लेकर कहना, जल्द बुलाया है।"

"और भैया बाबू को भी बुला लाऊं?"

"नहीं-नहीं।" रामेश्वरजी की पत्नी ने डांट दिया।

जज साहब पुत्र के साथ बैठे हुए वार्तालाप कर रहे थे। इंग्लैंड के मार्ग, रहन-सहन, भोजन-पान, अदब-कायदे का बयान कर रहे थे। इसी समय छीटा बंगले पर हाजिर हुआ, और झुककर सलाम किया। जज साहब ने आंख उठाकर पूछा, "कैसे आए छीटाराम?"

"हुजूर को सरकार ने बुलाया है, और कहा है, बहुत जल्द आने के लिए कहना।"

"क्यों?"

"बीबी रानी बीमार हैं, डॉक्टर साहब आए थे, और हुजूर" बाकी छीटा ने कह ही डाला था।

"और क्या?"

"हुजूर" छीटा ने हाथ जोड़ लिए। उसकी आंखें डबडबा आईं।

जज साहब बीमारी कड़ी समझकर घबरा गए! ड्राइवर को बुलाया। छीटा चल दिया। ड्राइवर नहीं था। जज साहब ने राजेंद्र से कहा, "जाओ, मोटर ले आओ। चलें, देखें, क्या बात है।"

राजेंद्र को देखकर रामेश्वरजी सूख गए। टालने की कोई बात न सूझी। कहा, "बेटा, पद्मा को बुखार आ गया है, चलो, देखो, तब तक मैं जज साहब से कुछ बातें करता हूं।"

राजेंद्र उठ गया। पद्मा के कमरे में एक नौकर सिर पर आइस-बैग रखे खड़ा था। राजेंद्र को देखकर एक कुर्सी पलंग के नजदीक रख दी।

"पद्मा!"

"राजेन!"

पद्मा की आंखों से टप-टप गर्म आंसू गिरने लगे। पद्मा को एकटक प्रश्न की दृष्टि से देखते हुए राजेन्द्र ने रूमाल से उसके आंसू पोंछ दिए।

सिर पर हाथ रखा, बड़े जोर से धड़क रही थी।

पद्मा ने पलकें मूंद ली, नौकर ने फिर सिर पर आइस-बैग रख दिया।

सिरहाने थरमामीटर रखा था। झाड़कर, राजेन्द्र ने आहिस्ते से बगल में लगा दिया। उसका हाथ बगल से सटाकर पकड़े रहा। नजर कमरे की घड़ी की तरफ थी।

निकालकर देखा, बुखार एक सौ तीन डिग्री था।

अपलक चिंता की दृष्टि से देखते हुए राजेन्द्र ने पूछा, "पद्मा, तुम कल तो अच्छी थीं, आज एकाएक बुखार कैसे आ गया?"

पद्मा ने राजेन्द्र की तरफ करवट ली, कुछ न कहा।

"पद्मा, मैं अब जाता हूं।"

ज्वर से उभरी हुई बड़ी-बड़ी आंखों ने एक बार देखा, और फिर पलकों के पर्दे में मौन हो गई।

अब जज साहब और रामेश्वरजी भी कमरे में आ गए।

जज साहब ने पद्मा के सिर पर हाथ रखकर देखा, फिर लड़के की तरफ निगाह फेरकर पूछा, "क्या तुमने बुखार देखा है?"

"जी हां, देखा है।"

"कितना है?"

"एक सौ तीन डिग्री।"

"मैंने रामेश्वरजी से कह दिया है, तुम आज यहीं रहोगे। तुम्हें यहां से कब जाना है?–परसों न?"

"जी।"

"कल सुबह बतलाना घर आकर, पद्मा की हालत-कैसी रहती है। और रामेश्वरजी, डॉक्टर की दवा करने की मेरे ख्याल से कोई जरूरत नहीं।"

"जैसा आप कहें।" सम्प्रदान-स्वर से रामेश्वरजी बोले।

जज साहब चलने लगे। दरवाजे तक रामेश्वरजी भी गए। राजेन्द्र वहीं रह गया। जज साहब ने पीछे फिरकर कहा, "आप घबराइए मत, आप पर समाज का भूत सवार है।" मन-ही-मन कहा, "कैसा बाप और कैसी लड़की!

3

तीन साल बीत गए। पद्मा के जीवन में वैसा ही प्रभात, वैसा ही आलोक भरा हुआ है। वह रूप, गुण, विद्या और ऐश्वर्य की भरी नदी, वैसी ही अपनी पूर्णता

से अदृश्य की ओर, वेग से बहती जा रही है। सौंदर्य की वह ज्योति-राशि स्नेह-शिखाओं से वैसी ही अम्लान स्थिर है। अब पद्मा एम.ए. क्लास में पढ़ती है।

वह सभी कुछ है, पर वह रामेश्वरजी नहीं हैं। मृत्यु के कुछ समय पहले उन्होंने पद्मा को एक पत्र में लिखा था, "मैंने तुम्हारी सभी इच्छाएं पूरी की हैं, पर अभी तक मेरी एक भी इच्छा तुमने पूरी नहीं की। शायद मेरा शरीर न रहे, तुम मेरी सिर्फ एक बात मानकर चलो–राजेंद्र या किसी अपर जाति के लड़के से विवाह न करना। बस।"

इसके बाद से पद्मा के जीवन में आश्चर्यकर परिवर्तन हो गया। जीवन की धारा ही पलट गई एक अद्भुत स्थिरता उसमें आ गई जिस गति के विचार ने उसके पिता को इतना दुर्बल कर दिया था, उसी जाति की बालिकाओं को अपने ढंग पर शिक्षित कर, अपने आदर्श पर लाकर पिता की दुर्बलता से प्रतिशोध लेने का उसने निश्चय कर लिया।

राजेन्द्र बैरिस्टर होकर विलायत से आ गया। पिता ने कहा, "बेटा, अब अपना काम देखो।" राजेंद्र ने कहा, "जरा और सोच लूं, देश की परिस्थिति ठीक नहीं।"

"पद्मा!" राजेंद्र ने पद्मा को पकड़कर कहा।

पद्मा हंस दी। "तुम यहां कैसे राजेन?" पूछा।

"बैरिस्टरी में जी नहीं लगता पद्मा, बड़ा नीरस व्यवसाय है, बड़ा बेदर्द मैंने देश की सेवा का व्रत ग्रहण कर लिया है, और तुम?"

"मैं भी लड़कियां पढ़ाती हूं। तुमने विवाह तो किया होगा?"

"हां, किया तो है।" हंसकर राजेंद्र ने कहा।

पद्मा के हृदय पर जैसे बिजली टूट पड़ी, जैसे तुषार की प्रहत पद्मिनी क्षण भर में स्याह पड़ गई होश में आ, अपने को संभालकर कृत्रिम हंसी रंगकर पूछा, "किसके साथ किया?"

"लिली के साथ।" उसी तरह हंसकर राजेंद्र बोला।

"लिली के साथ!" पद्मा स्वर में कांप गई

"तुम्हीं ने तो कहा था–विलायत जाना और मेम लाना।"

पद्मा की आंखें भर आईं।

हंसकर राजेन्द्र ने कहा, "यही तुम अंग्रेजी की एम.ए. हो? लिली के मानी?"

* * *

217

सुकुल की बीवी

निगाह नीची कर मुस्कराती हुई उन्होंने अपना प्याला होंठों से लगाया। आधी चाय चुक जाने पर पूछा, "आप मेरे सहधर्मी हैं तो?"

पेट में, उतनी ही चाय से, समंदर लहराने लगा। ऊपर तूफान। श्याम तट पर भावों के कितने सजे सुदृढ़ मकान उड़ गए। ऐसी खुशी हुई कहा, "आप लेकिन सुकुल की..."

"बीबी हैं? –हां, हूं।"

"फिर मैं..."

"कैसे बीबी बना सकता हूं?"

ऐसा–धर्म संकट जीवन में कभी नहीं पड़ा। मेरा सारा समंदर सूख गया, तूफान न–जाने कहां उड़ गया, सिर्फ रेगिस्तान रह गया, जो इस ताप से और तपने लगा।

बहुत दिनों की बात है। तब मैं लगातार साहित्य-समुद्रमंथन कर रहा था। पर निकल रहा था केवल विष। पान करने वाले अकेले महादेव बाबू ('मतवाला' संपादक)। शीघ्र रत्न और रंभा के निकलने की आशा से अविराम मुझे मथते जाने की सलाह दे रहे थे। यद्यपि विष की ज्वाला महादेव बाबू की अपेक्षा मुझे ही अधिक जला रही थी, फिर भी मुझे एक आश्वासन था कि महादेव बाबू को मेरी शक्ति पर मुझसे भी अधिक विश्वास है। इसी पर वेदांत-विषयक नीरस एक सांप्रदायिक पत्र का सम्पादन-भार छोड़कर मनसा-वाचा-कर्मणा सरस कविता-कुमारी की उपासना में लगा। इस चिरंतन का कुछ ही महीने में फल प्रत्यक्ष हुआ, साहित्य-सम्राट् गोस्वामी तुलसीदास जी को मदन-दहन-समयवाली दर्शन-सत्य उक्ति हेच मालूम दी, क्योंकि गोस्वामीजी ने, उस समय, दो ही

दंड के लिए, कहा है–"अबला बिलोकहिं परुषमय अरु पुरुष सब अबलामय।" पर मैं घोर सुषुप्ति के समय को छोड़ कर, बाकी स्वप्न और जाग्रत के समस्त दंड, ब्रह्मांड को अबालमय देखता था।

इसी समय दरबान से मेरा नाम लेकर किसी ने पूछा–"है"?

मैने जैसे वीणा-झंकार सुनी। सारी देह पुलकित हो गई, जैसे प्रसन्न होकर पीयूषवर्षी कंठ से साक्षात् कविता-कुमारी ने पुकारा हो, बड़े अपनाव से मेरा नाम लेकर। एक साथ कालिदास, शेक्सपियर, बंकिमचंद्र और रवींद्रनाथ की नायिकाएं दृष्टि के सामने उतर आईं। आप ही एक निश्चय बंध गया–यह वही हैं, जिन्हें कल कार्नवालिस एस्क्वायर पर देखा था–टहल रही थीं। मुझे देखकर पलकें झुका ली थीं। कैसी आंखें वे!–उनमें कितनी बातें!–मेरे दिल के साफ आइने में सच्ची तस्वीर उतर आई थी, और मैं वायु-वेग से उनकी बगल से निकलता हुआ, उन्हें समझा आया था कि मैं एक अत्यंत सुशील, सभ्य, शिक्षित और सच्चरित्र युवक हूं। बाहर आकर गेट पर एक मोटर गाड़ी देखी थी। जरूर वह उन्हीं की मोटर थी। उन्होंने ड्राइवर से मेरा पीछा करने के लिए कहा होगा। उससे पता मालूम कर, नाम जान कर, मिलने आई हैं। अवश्य यह बेथून-कॉलेज की छात्रा हैं। उसी के समान मिली थीं। कविता से प्रेम होगा। मेरे छंद की स्वच्छंता कुछ आई होगी इनकी समझ में, तभी बाकी समझने के लिए आई है।

उठकर जाना अपमानजनक जान पड़ा। वहीं से दरबान को ले जाने की आज्ञा दी।

अपना नंगा बदन याद आया। ढकता, कोई कपड़ा न था। कल्पना में सजने के तरह-तरह के सूट याद आए, पर, वास्तव में, दो मैंले कुर्त्ते थे। बड़ा गुस्सा लगा, प्रकाशकों पर। कहा, नीच हैं, लेखकों की कद्र नहीं करते। उठकर मुंशी जी के कमरे में गया, उनकी रेशमी चादर उठा लाया। कायदे से गले में डालकर देखा, फबती है या नहीं। जीने से आहट नहीं मिल रही थी, देर तक कान लगाए बैठा रहा। बालों कि याद आई-उकस न गए हों। जल्द-जल्द आईना उठाया। एक बार मुंह देखा, कई बार आंखें सामने रेल-रेल कर। फिर शीशा बिस्तरे के नीचे दबा दिया। शॉ की 'गेटिंग मैरेड़' सामने करके रख दी। डिक्शनरी की सहायता से अंदर छिपा दी। फिर तन कर गंभीर मुद्रा से बैठा।

आगंतुकों को दूसरी मंजिल पर आना था। जीना गेट से दूर था।

फिर भी देर हो रही थी। उठकर कुछ कदम बढ़ाकर देखा, बचपन के मित्र मिस्टर सुकुल आ रहे थे।

बड़ा बुरा लगा, यद्यपि कई साल बाद की मुलाकात थी कृत्रिम हंसी से होंठ रंगकर उनका हाथ पकड़ा, और लाकर उन्हें बिस्तरे पर बैठाया।

बैठने के साथ ही सुकुल ने कहा–"श्रीमतीजी आई हुई हैं।"

मेरी रूखी जमीन पर आषाढ़ का पहला दौगरा गिरा। प्रसन्न होकर कहा–"अकेली हैं, रास्ता नहीं जाना हुआ, तुम भी छोड़कर चले आए, बैठो तब तक, मैं लिवा लाऊं तुम लोग देवियों की इज्जत करना नहीं जानते।"

सुकुल मुस्कराए, कहा, "रास्ता न मालूम होने पर निकाल लेंगी। ग्रेजुएट है, ऑफिस में 'मतवाला' की प्रतियां खरीद रही हैं। तुम्हारी कुछ रचनाएं पढ़कर खुश होकर।"

मैं चल न सका। गर्व को दबाकर बैठ गया। मन में सोचा, कवि की कल्पना झूठ नहीं होती। कहा भी है, 'जहां न जाय रवि, वहां जाए कवि।'

कुछ देर चुपचाप गंभीर बैठा रहा। फिर पूछा, "हिन्दी काफी अच्छी होगी इनकी?"

"हां," सुकुल ने विश्वास के स्वर से कहा–"ग्रेजुएट हैं।"

बड़ी श्रद्धा हुई ऐसी ग्रेजुएट देवियों से देश का उद्धार हो सकता है, सोचा। निश्चय किया, अच्छी चीज का पुरस्कार समय देता है। ऐसी देवी के दर्शनों की उतावली बढ़ चली, पर सभ्यता के विचार से बैठा रहा, ध्यान में उनकी अदृष्ट मूर्ति को भिन्न प्रकार से देखता हुआ।

एक बार होश में आया, सुकुल को धन्यवाद दिया।

2

सुकुल का परिचय आवश्यक है। सुकुल मेरे स्कूल के दोस्त हैं, साथ पढ़े। उन लड़कों में थे, जिनका यह सिद्धांत होता है, कि सर कट जाए, चोटी न कटे। मेरी समझ में सर और चोटी की तुलना नहीं आई, मैं सोचता था, पूंछ कट जाने पर जंतु जीता है, पर जंतु कट जाने पर पूंछ नहीं जीती। पूंछ में फिर भी खाल है, खून है, हाड़ ओर मांस है, पर चोटी सिर्फ बालों की है, बालों के साथ कोई देहात्मबोध नहीं। सुकुल जैसे चोटी के एकांत उपासकों से चोटी की आध्यात्मिक व्याख्या कई बार सुनी थी, पर सर्गंथि बालों के वस्त्र में आध्यात्मिक इलेक्ट्रिसिटी का प्रकाश न मुझे कभी देख पड़ा, न मेरी समझ में आया। फलतः सुकुल की और मेरी अलग-अलग टोलियां हुई उनकी टोली में वे हिंदू-लड़के थे, जो अपने को धर्म की रक्षा के लिए आया हुआ समझते थे, मेरी में वे लड़के, जो मित्र को धर्म से बड़ा मानते हैं, अतः हिंदू, मुसलमान, क्रिश्चन, सभी। हम लोगों के मैदान भी अलग-अलग थे। सुकुल का खेल अलग होता था, मेरा अलग। कभी-कभी मैं मित्रों के साथ सलाह करके सुकुल की हॉकी देखने जाता था, और सहर्ष, सुविस्मय, सप्रशंस, सक्लैप और

सनयन–विस्तार देखता था। सुकुल की पार्टी-की-पार्टी की चोटियां, स्टिक बनी हुई, प्रतिपद-गति की ताल-ताल पर, सर-सर से हॉकी खेलती हैं। वली मुहम्मद कहता था, जब ये लोग हॉकी में नाचते हैं, तो चोटियां सर पर ठेका लगाती हैं। फिलिप कहता था, See, The Hunter of the East has caught the Hindoos' farehead in a nose of hair. (देखो, पूरव के शिकारी ने हिंदुओं के सर को बालों के फंदे में फंसा लिया है)। इस तरह शिखा-विस्तार के साथ-साथ सुकुल का शिक्षा-विस्तार होता रहा। किसी से लड़ाई होने पर सुकुल चोटी की ग्रंथि खोलकर, बालों को पकड़कर ऊपर उठाते हुए कहते थे, मैं चाणक्य के वंश का हूं।

धीरे-धीरे प्रवेशिका-परीक्षा के दिन आए। सुकुल की आंखें रक्त मुकुल हो रही थीं। एक लड़के ने कहा, सुकुल बहुत पढ़ता है, रात को खूंटी से बंधी हुई एक रस्सी से चोटी बांध देता है, ऊंघने लगता है, तो झटका लगता है, जगकर फिर पढ़ने लगता है। चोटी की एक उपयोगिता मेरी समझ में आई

मैं कवि हो चला था। फलत: पढ़ने की आवश्यकता न थी। प्रकृति की शोभा देखता था। कभी-कभी लड़कों को समझाता भी था कि इतनी बड़ी किताब सामने पड़ी है, लड़के पास होने के लिए सिर के बल हो रहे हैं, वे उद्‌भिद्–कोटि के हैं। लड़के अवाक् दृष्टि से मुझे देखते रहते थे, मेरी बात का लोहा मानते हुए।

पर मेरा भाव बहुत दिनों तक नहीं रहा। जब आठ-दस रोज इम्तेहान के रह गए, एक दिन जैसे नाड़ी छूटने लगी। ख्याल आते ही कि फेल हो जाऊंगा, प्रकृति में कहीं कविता न रह गई, संसार के प्रिय-मुख विकृत हो गए, पिता जी की पवित्र-मूर्ति प्रेत की-जैसी भयंकर दिखी, माताजी की स्नेह की वर्षा में अविराम बिजली की कड़क सुनाई देने लगी। वंश-मर्यादा की रक्षा के लिए विवाह बचपन में हो गया था। नवीन प्रिया की अभिन्नता की जगह बंकिम दृगों का वैमनस्य-हलाहल क्षिप्त होने लगा। पुरजनों के प्रगाढ़ परिचय के बदले प्राणों को पार कर जाने वाली अवज्ञा मिलने लगी। इस समय एक दिन देखा, सुकुल के शीर्ण मुख पर अध्यवसाय की प्रसन्नता झलक रही है।

किताब उठाने पर और भय होता था, रख देने पर दूने दबाव से फेल हो जाने वाली चिंता। फलत: कल्पना में पृथ्वी-अंतरिक्ष पार करने लगा। कल्पना की वैसी उड़ान आज तक नहीं उड़ा। वह मसाला ही नहीं मिला। अंत में निश्चय किया, प्रवेशिका के द्वार तक जाऊंगा, धक्का न मारूंगा, सभ्य लड़के की तरह लौट आऊंगा। अस्तु, सबके साथ गया। और-और लड़कों ने पूरी शक्ति लगाई थी, इसीलिए, परीक्षाफल के निकलने से पहले, तरह-तरह से हिसाब लगाकर अपने-अपने नंबर निकालते थे, मैं निश्चित इसीलिए था, मैं जानता था कि गणित

की नीरस कॉपी को पद्माकर की चुहचुहाती कविताओं से मैंने सरस कर दिया है, फलत, परीक्षा-समुद्र-तट से लौटते वक्त, दूसरे तो रिक्त-हस्त लौटे, मैं दो मुट्ठी बालू लेता आया, घर में पिता, माता, पत्नी, परिजन, पुरजन सबके लिए आवश्यकतानुसार उसका उपयोग किया।

मेरे अविचल कंठ से यह सुनकर कि सूबे में पहला स्थान मेरा होगा, अगर ईमानदारी से पर्चे देखे गए, लोग विचलित हो उठे। पिता जी तो गर्व से गर्दन उठाए रहने लगे। पर ज्यों-ज्यों फल के दिन निकट होते आए, मेरी आत्मा की वल्लरी सूखती गई वह जगह मैंने नहीं रखी थी कि पिता जी एक साल के लिए माफ कर देते। घर छोड़े बगैर निस्तार न देख पड़ा। एक दिन माता जी से मैंने कहा, “जगतपुर के जमींदारों ने बारात में चलने के लिए बुलाया है, और ऐसा कहा है, जैसे मेरे गए बगैर बारात की शोभा न बन पड़ती हो।” जमींदारों के आमंत्रण से माताजी छलक उठीं, पिताजी को पुकार कर कहा, “सुनते हो, तुम्हारे सपूत जमींदारों के यहां उठने-बैठने लगे हैं, बारात में चलने का न्योता है।” पिताजी प्रसन्नता को दबाकर बोले, “तो चला जाए, जो कहे, कपड़े बनवा दो और खर्चा दे दो।” एकांत में पत्नी जी मिलीं, बड़ी तत्परता से बोलीं, “वहां नाच देखकर भूल न जाइएगा।” “राम भजो”, मैंने कहा, “क्व सूर्यप्रभवो वंश: क्व चाल्पविषया मति:।” “मैं इसका मतलब भी समझू?” वह एक कदम आगे बढ़कर बोलीं, मन में निश्चय कर कि तुलना में मैंने उन्हें श्रेष्ठ बतलाया है। समझकर मैंने कहा, “कहां तुम्हारी बांस-सी कोमल दुबली देह से सूरज का प्रकाश, कहां वह जहर की भरी मोटी रंडी!” “चलो” कहकर वह गर्व-गुरु-गमन से काम को चल दी।

समय पर कपड़े बने, और खर्चा भी मिला। पश्चात, यथासमय, जगतपुर के जमींदारों की बारात के लिए रवाना होकर कुछ दूर से राह काट कर ऐन गाड़ी के वक्त मैं स्टेशन पहुंचा। वहां से ससुराल का टिकट लिया। रास्ते-भर में खासी मुहर्रमी सूरत बना ली। ससुरालवाले देखते ही दंग हो गए। ससुरजी, सासुजी और लोग घेरकर कुशल पूछने लगे। मैंने उखड़ी आवाज में कहा, “गांव में एक खेत के मामले में फौजदारी हो गई है, दुश्मनों के कई घायल हुए हैं, इसीलिए पिताजी की गिरफ्तारी हो गई है। गिरफ्तार होते वक्त उन्होंने कहा है, अपने ससुरजी के विवाह के करारवाले बाकी 300 रुपए लेकर, दूसरे दिन जिले में आकर जमानत से छुड़ा लेना।” ससुरजी सन्न हो गए। सासुजी रोने लगी, और-और लोगों को काठ मार गया। ससुरजी के पास रुपए नहीं थे। पर सासुजी घबराईं कि ऐसे मौके पर मदद न की जाएगी, तो त्रिपाठी जी कैद से छूटकर अपने लड़के की दूसरी शादी कर लेंगे। इस विचार से नथ, करधनी, पायजेब आदि कुछ गहने रेहन कर

150 रु. मुझे देती हुई बोलीं, "बच्चा इससे ज्यादा नहीं हो सका; हम तो तुम्हारे सदा के ऋणी हैं; फिर धीरे-धीरे पूरा कर देंगे, त्रिपाठी से हाथ जोड़कर हमारी प्रार्थना है।"

मैंने सान्त्वना दी कि बाकी रुपए लेने मैं उनके घर कभी न आऊंगा। एक विपत्ति की बात थी, वह इतने से टल जाएगी। सासुजी मारे आनंद के रोने लगीं। मैंने बड़ी भक्ति से उनके चरण छुए और यथासमय स्टेशन आकर कलकत्ते का टिकट कटाया।

यहां मेरे नए जीवन की नींव पड़ी। अखबारों में देखा, सुकल प्रथम श्रेणी में पास हुआ है। चार साल बाद वह बी.ए. हुआ, एम.ए. हुआ, मैं मालूम करता रहा, अच्छी जगह पाई, अब परीक्षा समाप्त कर परीक्षक है, मैं ज्यों-का-त्यों, एक बार धोखा खाकर बराबर धोखा खाता रहा। एक परीक्षा की तैयारी न करके कभी पास न हो सका। कितनी परीक्षाएं दीं।

तब से यह आज सुकुल से मेरी मुलाकात है। एक बार सारा इतिहास मेरे मस्तिष्क में चक्कर लगा गया। अब वह पिताजी नहीं, माताजी नहीं, पत्नी नहीं, केवल मैं हूं, और परीक्षा-भूमि, सामने प्रश्नों की अगणित तरंग-माला!

3

मैं विचार में था। जब आंख खुली, साकार सुघरता मेरे सामने थी, अविचल दृष्टि से मुझे देखती हुई अंजलि बांधकर नमस्कार किया, ललित अंग्रेजी में संवर्द्धित करते हुए-"Good morning, Poet of Vers Libre!" मैं उठा। नमस्कार कर सुकुल के नजदीक वाली कुर्सी पर बैठने के लिए बड़े अदब से हाथ बढ़ाकर बताया।

वह खड़ी थीं। लहराती हुई मंदगति से चलीं। बैठकर मुझे देखकर मुस्कराती हुई बोलीं, "आप खूब लिखते हैं?"

प्यासा मृग मरीचिका के सरोवर का व्यंग्य नहीं समझता। मुझे यह पहली तारीफ मिली थी। इच्छा हुई, जाऊं, महादेव बाबू को भी बुला लाऊं, कहूं कि अब अमृत निकलने लगा है, चुल्लू बांधकर चलिए। लेकिन अभी उतने अमृत से मुझे ही अघाव न हुआ था। बैठा हुआ एकांत भक्त की दृष्टि से देखता रहा।

रक्त अधरों के करारों से अमृत का निर्झर बहा, वह बोलीं, "सुकुल आपकी कविता नहीं समझते, मैं समझाती हूं।"

सुकुल न रह सके। कहा, "ऐसा समझना वास्तव में कहीं नहीं देखा। असर भी क्या, चाहे कुछ न समझिए, पर सुनने से जी नहीं ऊबता। एम.ए. क्लास तक किसी प्रोफेसर के लेक्चर में यह असर न था।"

"हां-हां, जनाब," देवीजी मेरुमूल सीधा करके बोलीं, "यह एम.ए. क्लास से आगे की पढ़ाई है? जब पास करके आए थे, हाथभर की चोटी थी, समझ में एक वैसी ही मेख।"

सुकुल की चोटी मेरी निगाह में सुकुल से अधिक परिचित थी। पर उनके आने पर मैंने उन्हें ही देखा था। चोटी सही-सलामत है या नहीं, मालूम करने के लिए निगाह उठाई कि देवीजी बोलीं, "अब तो चांद है। सच कहती हूं, सुकुल को सुकुल बनाते, मुझे बड़ी मेहनत उठानी पड़ी है।"

उन्हें धन्यवाद दूं, हिम्मत बांध रहा था कि बोलीं, "मैं स्वयं सुकुल की सहधर्मिणी नहीं।"

मेरा रंग उड़ गया।

मुझे देखकर, मेरे ज्ञान पर हंसकर जैसे बोलीं, "सुकुल स्वयं मेरे सहधर्मी हैं।"

मैं साहित्यिका को तअज्जुब की निगाह से देखने लगा।

इतने पर उनकी कृपा की दृष्टि मुझ पर पड़ी, बोलीं, "मैं आपको भी सहधर्मी बनाना चाहती हूं।"

मैं चौंका, सोचा, "क्या यह द्रौपदीवाला धर्म है?"

देवीजी ने कलाईवाली घड़ी देखी और उठकर खड़ी हो गई। भौंहें चढ़ाकर बोलीं, "बहुत देर हो गई, चलिए, आपको लेने आई थी, टैक्सी खड़ी है।" फिर बढ़कर, मेरे कंधे पर हाथ रखकर बड़े ही मधुर स्वर से पूछा, "आप मुर्गी तो खाते हैं?"

मैंने सुकुल को देखा। सुकुल सिर्फ मुस्कराए। समझकर मैंने कहा, "मेरा तो बहुत पहले से सिद्धांत है।"

वह चलीं। मैं भी उसी तरह चद्दर ओढ़े सुकुल के पीछे चला।

4

रास्ते-भर तरह-तरह के विचार लड़ते रहे। समाज में इतनी आजादी नहीं। स्त्री के लिए तो बिल्कुल नहीं। मुर्गी की किसी तरह नहीं चल सकती। मैं खाता हूं, छिपाकर। क्या यह स्त्री..., पर सुकुल तो सुकुल हैं।

सुकुल का घर आ गया। एक छोटा-सा दुमंजिला मकान। इधर-उधर बंगालियों की बस्ती। जगह-जगह कूड़े के ढेर, ऊपर मछलियों के सेल्हर, बदबू आती हुई।

हम लोग उतरे। भीतर पैठते दाहिने हाथ एक छोटा-सा बैठका। एक डेढ़ साल के बच्चे को दासी खेलाती हुई श्रीमती जी को देखकर बच्चा मां-मां करता हुआ उतावला हो गया; दोनों हाथ फैलाकर मां के पास आने के लिए कूदकर दासी की गोद में लटक रहा। लेकर देवीजी प्यार करने लगीं। सुकुल ने दासी को मकान खोलने के लिए कुंजी दी।

एक सहृदय बात कहनी चाहिए, सोचकर मैंने कहा–"भूखा है, शायद दूध पीना चाहता है।"

देवीजी ने षोड़शी के कटाक्ष से देखा। कहा, "दासी पिला देगी।"

मैंने पूछा, "क्या यह आपका बच्चा नहीं है?"

हंसकर बोलीं, "मेरा? है क्यों नहीं? पर दूध मेरे नहीं होता।"

मैंने निश्चय किया, शिक्षित महिला हैं, यौवन है, अभी मातभाव नहीं आया, इसीलिए दूध नहीं होता। मन में विधाता को धन्यवाद देता रहा।

"चलिए", वह बोलीं, "ऊपर चलें, एकांत में बातें होंगी, सुकुल बाजार जाएंगे मुर्गी लेने।"

बच्चे को फिर दासी के हवाले कर दिया। मैं उनके पीछे चला, यह सोचता हुआ कि एकांत में सहधर्मी बनाने का प्रस्ताव न हो। चित्त को काबू में न कर सका, वह पुलकित होता रहा।

यह कुछ सजा हुआ शयन–कक्ष था। "बैठिए" कहकर वह स्टोव जलाने लगीं। मैं आईने में उनकी पम्प करती हुई तस्वीर देखता रहा।

5

चाय, पान और सिगरेट मेज पर लगाकर बैठीं। प्लेट पकड़कर मेरा प्याला बढ़ाती हुई मधुर कंठ से बोलीं, "शौक कीजिए।"

विनम्र भाव से मैंने दूसरे ओर वाली बाट पकड़ी, और आंखों में ही उन्हें धन्यवाद दिया।

निगाह नीची कर मुस्कराती हुई उन्होंने अपना प्याला होंठों से लगाया। आधी चाय चुक जाने पर पूछा, "आप मेरे सहधर्मी हैं तो?"

पेट में, उतनी ही चाय से, समंदर लहराने लगा। ऊपर तूफान। श्याम तट पर भावों के कितने सजे सुदृढ़ मकान उड़ गए। ऐसी खुशी हुई कहा, "आप लेकिन सुकुल की..."

"बीबी हैं? –हां, हूं।"

"फिर मैं..."

"कैसे बीबी बना सकता हूं?"

ऐसा–धर्म संकट जीवन में कभी नहीं पड़ा। मेरा सारा समंदर सूख गया, तूफान न–जाने कहां उड़ गया, सिर्फ रेगिस्तान रह गया, जो इस ताप से और तपने लगा।

मुझे चुपचाप बैठा अनमेल दृष्टि से देखता हुआ देखकर वह बोलीं, "आप बुरा न मानें, मैंने देखा है, मर्दो में एक पैदायशी नासमझी है। वह खास तौर से खुलती है जब औरतों से वे बातचीत करते हैं।"

मान लेने में ही बचत मालूम दी। मैंने कहा, "जी हां, औरतों के सामने उनकी समझ काम नहीं करती।"

"हां," वह बोलीं, "सुकुल को आदमी बनाती-बनाती मैं हार गई 'बीबी' को ही लीजिए। बीबी तो मैं सुकुल की भी हो सकती हूं, हूं ही, आपकी भी हो सकती हूं।"

मैं सूख तो गया, पर प्रसन्नता फिर आईं मैंने बिना कुछ सोचे एक उद्रेक में कह दिया, "हां।" "आप नहीं समझे," वह बोलीं, "आप साहित्यिक हैं तो क्या, फिर भी सुकुल के दोस्त हैं। बीबी की बहुत व्यापकता है।"

"जरूर," मैंने कहा।

उन्होंने कान न दिया। कहती गई

"छोटी बहन, भतीजी, लड़की, भयहू (छोटे भाई की स्त्री) सबके लिए बीबी शब्द आता है। आपकी 'हां' किस अर्थ के लिए है?"

मैंने डूबकर, कुछ कुल्ले पानी पीकर, जैसे थाह पाईं प्रसन्न होने की चेष्टा करते हुए कहा, "बहन के अर्थ में।"

उन्होंने कहा, "देखिए, मर्द की बात एक होती है।"

इज्जत बचाने के लिए और जोर देकर मैंने कहा, "हां, मुकर जाऊ, तो मर्द नहीं।"

लजाकर उन्होंने एक बार अपनी आंख बचाईं संभलकर बोलीं, "हम बड़ी विपत्ति में हैं। सालभर से छिपे फिरते हैं। मैं बचने के लिए सुकुल से उनके मित्रों का परिचय पूछती रही। सिर्फ आपका परिचय मुझे त्राण देने वाला मालूम दिया। पर पता न मालूम था। सालभर से लगा रहे हैं।"

मैंने चितवन देखी। आंखें सजल हो आईं। कहा, "मैं तैयार हूं।"

वह उठकर खड़ी हुई। सामने आ, हाथ पकड़कर कहा, "भाई जी, मेरी रक्षा कीजिए। सुकुल का घर छुटा हुआ है, जिस तरह हो, मुझे अपने कुल में मिलाकर, सुकुल से ब्याह साबित कीजिए।"

उसकी बड़ी-बड़ी आंखें, दो बूंद आंसू कपोलों से बहकर मेरी जांघ पर टपके। मैं खड़ा हो गया, और अपनी चादर से उसके आंसू पोंछते हुए कहा, "तुम मेरे चाचाजी की लड़की, मेरी छोटी बहन हुई मेरे चाचा सस्त्रीक बंगाल में आकर गुजरे हैं। उनके एक कन्या भी थी, देश में आई थी।"

आनंद से भरकर, वह मेरा हाथ लेकर खेलने लगी। इसी समय सुकुल आए। पूछा, "रामकहानी हो गई?"

मैंने कहा, "अभी नहीं, कहानी से पहले भूमिका समाप्त हुई है।"

"सुकुल," भरकर उसने कहा, "कोलम्बस को किनारा दिखा।"

सुकुल बड़े प्रसन्न पद-क्षेप से मेरे पास आए; पूछा, "चाय कुछ बची है?"

"सब-की-सब," मैंने कहा, "पर ठंडी हो गई होगी, गर्म करा लो।" बीबी की तरफ मुड़कर पूछा, "लेकिन तुम्हारा नाम अभी नहीं मालूम कर पाया।"

"जहां से आई हूं," उसने कहा, "वहां की पुखराज हूं, यहां की पुष्कर कुमारी।"

"कुंवर," मैंने कहा, "जल्दी करो, तुम्हारी मुर्गी स्वादिष्ट होगी, पर कहानी और स्वाददार हो। दोनों के लिए उतावली है।"

कुंवर चाय बनाने लगी। पम्प करते समय सर की साड़ी सरक गई फिर नहीं संभाला। सुकुल की आंखें लोभी भौरे की तरह उसके मुंह से लगी रहीं।

6

मैंने वहीं स्नान किया। सुकुल की धोती पहनी। भोजन किया बिलकुल मुस्लमानी खाना। वैसी ही चपातियां, वैसा ही कोरमा। वही चटनी, वही मुरब्बा, वही मिठाई खाते हुए पूछा, "कुंवर, हिन्दू-भोजन भी पका लेती हो या नहीं?" उसने 'हां' कहकर सुकुल की तरफ इशारा किया कि इनसे सीखा है।

"किताब छोड़कर खाना पकाते बड़ी परेशानी होती होगी तुम्हें।" मैंने कहा।

"सुकुल के लिए मैं सब-कुछ सह सकती हूं।" उसने जवाब दिया।

भोजन समाप्त हुआ। हम लोग उसी कमरे में गए। सुकुल बच्चे को लिए हुए।

पान खाते-खाते मैंने कहा, "अब देर न करो, कुंवर।"

कुंवर एक बार नीचे गई दासी से कुछ कहकर दुमंजिले का दरवाजा बंद कर आई, और अपनी कुर्सी पर बैठी।

मैंने कहा, "अब शुभस्य शीघ्रम होना चाहिए।"

कुंवर बोली, "मेरी मां हिन्दू हैं। लखनऊ के वाजपेयी खालेवाले घर की। मैं उन्हीं से हूं।"

"तब तो तुम कुलीन हो।" मैंने कहा, "तुम्हारे पिता का नाम?"

"उसका नाम कौन ले" कंवर बोली, "आपके चाचाजी मेरे पिता हैं।"

कुंवर भर गई रुककर संभलने लगी। बोली, "वाजपेयी जी को एक ब्याह से संतोष नहीं हुआ। दूसरी शादी की। तब मैं पेट में थी। बेहटा मेरा ननिहाल है। सिर्फ नानी थीं। ईश्वर की इच्छा, उनका देहांत हो गया। तब मेरी मां ने ससुर को कई चिट्ठियां लिखवाईं। पर उन्होंने खबर न ली। घर में किसी तरह गुजर न हुई, तब लोटा-थाली बेचकर, उस खर्च से मां लखनऊ गई। घर में पैर रखते, ससुर और पति ने तेवर बदले। पति ने कहा, इसके हमल है, हमारा नहीं। ससुर ने कहा, बदचलन है, धर्म बिगाड़ने आई है, भली होती, तो चली

न आती–वहीं के लोग परवरिश करते। पड़ोसियों की भी राय थी। सौत ने धरती उठा ली। एक रात को पति ने बांह पकड़कर निकाल दिया। मां रास्तों पर मारी–मारी फिरीं। सुबह जिस आदमी ने उनके आंसू देखे, वह मुसलमान था। उस वक्त मां के दिल में हिन्दू, धर्म और भगवान के लिए कितनी जगह थी, आप सोच सकते हैं। निस्सहाय, अंत:सत्वा, अबला, केवल आश्रय चाहती थी, सहानुभूतिपूर्ण, मनुष्यता–युक्त, वह एक मुसलमान से प्राप्त हुआ। मुसलमान की बातों में विधर्मीपन न था। एक स्त्री के प्रति पुरुष का जैसा चाहिए, वैसा आश्वासन, विश्वास और पौरुष था। मां आकृष्ट हुई। वह मां को ले चला। आगे वह, पीछे मां। मां फूल के कड़े–छड़े, धोती पहने हुए, मुसलमान के पीछे चलती साफ हिंदू–महिला मालूम दे रही थीं। ऐसे वक्त एक आर्यसमाजी की निगाह पड़ी। उसने पीछा किया। मुसलमान बढ़ता हुआ घर पहुंचा। पर उसे हिंदू का पीछा करना मालूम हो गया था, इसीलिए डरा। घर देखकर वह आर्यसमाजी पुलिस को खबर देने गया। इधर मुसलमान ने भी पेशबंदी शुरू की। एक दूसरे मुसलमान दोस्त के तांगे में परदा लगाकर मां को दूसरे मुसलमान दोस्त के घर कर आया। पुलिस की तहकीकात जारी हुई, साथ–साथ मां का एक मुसलमान के घर से दूसरे मुसलमान के घर होना। अंत में वह एक ऐसे घर पहुंची, जो एक इंस्पेक्टर पुलिस का था। इंस्पेक्टर साहब छुट्टी लेकर उस वक्त रह रहे थे। नौकरी पर चलते समय वह मां को भी साथ लेते गए। अकेले थे। मां सुंदरी थीं।

इच्छा हुई इंस्पेक्टर साहब का नाम पूछूं, पर सोचा, वाजपेयी जी के नाम के साथ–ही बाद को मालूम कर लूंगा।

कुंवर कहती गई, “इस तरह इंस्पेक्टर साहब ने एक अबला की रक्षा की। मैं पैदा हुई मेरे कई भाई–बहन और हुए। मैं उर्दू पढ़ती थी, मुसलमान पिताजी का लखनऊ तबादला होने पर, अंग्रेजी पढ़ने लगी। नाइंथ क्लास में थी, मां से पिताजी की बातचीत हुई, मेरी शादी के बारे में। मैं कमरे के बाहर खड़ी थी। उन्हें मालूम न था। उस रोज मुझे कुछ आभास मिला। पहले मां को नाराज होने पर जिन शब्दों में पुकारा करते थे, उनकी सचाई समझी। मेरी आंख खुली। बड़ी लज्जा लगी, हिंदू–मुसलमान इन दोनों शब्दों पर किसी की तरफदारी के लिए। एक रोज मां को रोककर मैंने पकड़ा। जो कुछ सुना और समझा था, कहा, और बाकी ब्यौरा समझाने के लिए विनती की। एकांत में मां ने अपना सारा हाल सुनाया, और ईश्वर का स्मरण कर, उनकी इच्छा कहकर खामोश हो गई। मुझे जातीय गर्व से घृणा हो गई मैंने कहा, “मैं शादी नहीं करूंगी, जी भर पढ़ना चाहती हूं। बस, यहीं से मेरे विचार बदले। मैट्रिकुलेशन पढ़कर मैं आई.टी. कॉलेज

गई, और दूसरे विषयों के साथ हिन्दी ली। एफ.ए. पास हो बी.ए. में गई आखिरी साल सुकुल को देखा।"

"सुकुल को देखा" कहने के साथ कुंवर का जैसे नेह का स्रोत फूट पड़ा। कुछ रस-पान कर मैंने कहा, "कुंवर, यहां अच्छी तरह वर्णन करो, हिन्दी के कहानी-लेखक और पाठक बहुत प्यासे हैं।"

कुंवर जमकर सीधी हुई बोली, "सुकुल तब क्रिश्चियन कॉलेज में प्रोफेसर थे। प्रिंसिपल को आश्वासन दिया था कि ईसाई-धर्म को वह संसार का सर्वश्रेष्ठ धर्म मानते हैं, लेकिन बूढ़े पिताजी का लिहाज है, और वह दो-चार साल में चलते हैं, बाद को सुकुल क्रिश्चियन के अलावा दूसरा अस्तित्व नहीं रखते। कुछ निबंध भी प्रमाण के तौर पर लिखे। दूरदर्शी प्रिंसिपल ने तब सिफारिश की, और इन्हें जगह मिली। मेरे मकान के सामने ठहरे थे। बड़ी संभाल से हैट लगाते थे कि चोटी कहीं से न दिख पड़े, पगड़ी के भीतर विभीषण के तिलक की तरह। कभी मिसेज सुकुल आती थीं, कभी अकेले ठोंकते खाते थे। मुझे इतना जानते थे कि इस मकान से कोई कॉलेज जाती है। एक दिन की बात। मैं छत पर थी। शाम हो रही थी। सुकुल बरामदे में बैठे थे। मौसम बरसात का। बादल मदन की वैजयंती बने हुए। ठंडी हवा चल रही थी। पेड़-पौधे लोट-पोट। क्या कहूं, मैं भी ऐसी हवा से लहराई बहुत पहले, कुछ ईंटें बाहर देखने के लिए जमा कर रखी थीं। उन पर खड़ी हो गई अवरोध के पार सर उठाकर देखा। सुकुल बैठे थे। कई बार पहले भी देख चुकी थी। सुकुल ने न देखा था। अब के निगाह एक हो ही गई सुकुल की जनरल की मूंछे, बाघ का मुंह, कालिदास की आंखें! माफ कीजिएगा, मैं बकरे को कालिदास कहती हूं। टकटकी बंध गई मुझे किसी ने जैसे गुदगुदा दिया। इतनी बिजली भर गई कि मैने फौरन सुकुल को फौजी सलामी दी। होश में आ, लजाकर बैठ गई फिर कई दिन आंखें नहीं मिलाई, छिप-छिपकर देखती रही, सुकुल दूसरों की नजर बचाते कितने बेचौन थे! मुझे लुत्फ आने लगा, शिकार की तड़प से शिकारी को जो खुशी होती है। बरामदे में सुबह-शाम बैठना सुकुल का काम हो गया। कहीं न जाते थे। इधर-उधर देखकर निगाह उसी जगह जमा देते थे। जगह खाली देखकर आह भरते थे। मैं दीवार के छेद से देखती थी। एक रोज फिर उसी तरह दर्शन देने की इच्छा हुई ईंटें बिखेर देती थी। इकट्ठी कीं। खड़ी हुई सूरज मुंह के सामने था। सुकुल ने देखते ही हाथ जोड़कर प्रणाम किया। मैं कागज का एक टुकड़ा ले गई थी। उसकी गोली बनाकर उसे नीचे डाल दिया। उस पर सुकुल की जैसी निगाह थी, वैसी नादिरशाह की कोहनूर पर न रही होगी, न अंग्रेजों की अवध पर।"

मारे आकर्षण के मुझसे न रहा गया। पूछा, "क्या लिखा था?"

"कुछ नहीं," कुंवर बोली, "वह कोहनूर की तरह सफेद था। सुकुल ने उसे उठाकर बड़े चाव से खोला। और, यद्यपि उसमें कुछ न लिखा था, फिर भी कुछ लिखा होता, तो सुकुल को इतनी सरसता न मिली होती। उस शून्य पृष्ठ पर विश्व की समस्त प्रेमिकाओं की कविता लिखी थी। सुकुल उसे लेकर बरामदे में आए, और मुझे दिखाकर हृदय से लगा लिया। मैं मुस्कराकर विदा हुई इस खाली के बाद भरी दागने लगी। रोज एक गोली चलाती थी, बिहारी, देव, पद्माकर, मतिराम आदि के दोहे और कविताएं लिख-लिखकर। अंत में सुकुल का किला तोड़ लिया। एक दिन एक गोली में दागकर कि तुम्हारे घर आऊंगी-रात-भर दरवाजा खुला रखना, गई, और किले पर अधिकार कर समझा दिया कि इम्तेहान के बाद स्थायी रूप से यहां आकर निवास करूंगी। सुकुल अपनी भूलों का बयान करते रहे, कब क्या करते, क्या हो गया। पर मैंने कोई भूल की ही नहीं थी। मिसेज सुकुल से शादी करके सुकुल के पिताजी ने, मुमकिन है, भूल की हो। मैंने यह जरूर सोचा कि मेरे कारण सुकुल की मुसीबतें बढ़ सकती हैं, पर साथ ही यह ख्याल आया कि कोई पहलू उठाइए, सामने मुसीबत है अब कदम पीछे नहीं पड़ सकता। जहां सुकुल हर चाल पर चूकते थे, वहां मैंने पहले ही मात दी-इम्तहान में बैठी, और सुकुल के घर आकर मालूम किया, पास हुई, और रायबहादुर बन्नूलाल-हिंदी-मेडल पाया। और फिर डिग्री लेने नहीं गई इम्तेहान के बाद, जब एक रात को हमेशा के लिए सुकुल के घर आकर बैठी, बड़ा तहलका मचा, कुछ ढूंढ़-तलाश के बाद जब मैं नहीं मिली, निश्चय हुआ कि मेरी मर्जी से किसी ने मुझे भगाया। सुकुल पर शक हुआ। थाने में रिपोर्ट हुई सुकुल मुझे कहां रखें-घबराए। दीवार से बनी एक अलमारी थी। अलमारी के नीचे एक तहखाना छोटा-सा था। मैं अब जैसी हूं, तब इससे और दुबली थी। जगन्नाथ जी में, कुछ महीने हुए, कलियुग की मूर्ति देखी-कंधे पर बीबी को बैठाले मियां लड़के की उंगली पकड़े बाप को धतकार रहे हैं, मेरी इच्छा हुई, सुकुल कलियुग बनें। सुकुल को कई दफे कलियुग बना चुकी हूं। धतकारने के लिए, कहती थी, सामने समझो हिंदूपनरूपी तुम्हारा बाप है। सुकुल धतकारते थे। गरज यह कि उस तहखाने में मैं आसानी से आ सकती थी। सुकुल से मैंने कहा, ऊपर कुछ कपड़े डाल दो, सांस लेने की जगह मैं कर लूंगी। अलमारी के ऊपरवाले तानों में चीजें पहले से रखी थीं। बाहर से अलमारी बंद कराके ताला लगवा देती थी। इस तरह दो-दो, तीन-तीन, चार-चार घंटे दम साधने लगी। जब सुकुल कॉलेज जाते थे, तब बाहर से ताला बंद कर लेते थे। जब लौटते थे, तब बाहर दरवाजा बंद कर लेते थे। कोई पुकारता था, तो मैं तहखाने में जाती थी, अलमारी का ताला बंद करके सुकुल बाहर निकलते थे। तीसरे दिन सही-सही पुलिस आ गई। सुकुल उसी तरह बाहर निकले। सुबक का समय था,

बल्कि उष:काल। दारोगा मुसलमान। डटकर तलाशी लेने लगा। अलमारी के पास आकर खड़ा हुआ। मैं समझ गई, यह सांस की आहट ले रहा है। मैं मुंह से सांस लेने लगी। फिर अलमारी नहीं खुलवाई दराज से देख-दाखकर चला गया। सुकुल उसे बिदा कर उसी तरह भीतर आए। मुझे निकाला। मैं खिलखिलाकर हंसी। फिर सुकुल से जल्द मकान बदलने के लिए कहा। तलाशी की खबर चारों तरफ फैली। सुकुल के गांव भी पहुंची। अब तक सुकुल ने भी तलाशी का हाल लिखा, पर मकान बदल कर। यह मकान बड़ा था। बगल-बगल दो आंगन थे। मेरा ख्याल रखकर लिया गया था। चिट्ठी पा सुकुल के भाई मिसेज सुकुल को लेकर आए। हम पहले से सतर्क थे। बड़े मकान में सुकुल रहने लगे। मैं अपना गुप्त जीवन व्यतीत करती रही। मुझे कोई कष्ट न था, पर सुकुल की ड्यूटी बढ़ गई सौभाग्य कहूं या दुर्भाग्य, 3-4 महीने रहकर मिसेज सुकुल बीमार पड़ीं, और 7-8 दिन के बुखार में उनका इंतकाल हो गया। सुकुल के भाई चले गए थे। इन्होंने फिर किसी को नहीं बुलाया। किसी तरह मित्रों की मदद से उनका अंतिम संस्कार कर दिया। सुकुल से पूछकर मैं तुम्हारा हाल मालूम कर चुकी थी, जानती थी, मुझे ही अपनी नाव खेनी है, पर तुम्हारा पता मालूम न कर सकी। इतनी ही चिंता रह-रहकर होती थी। मिसेज सुकुल के रहते मैंने मिस्टर सुकुल को तुम्हारे गांव भेजा था। तुम्हीं-जैसे मेरे सहारा हो सकते थे। मिसेज सुकुल के रहने पर मुझे कोई अड़चन न थी, न अब, न रहने पर, कोई सुविधा है। यह बच्चा मिसेज सुकुल का है। बड़ी कठिनाइयों से तुम्हारा पता लगा था। मिसेज सुकुल के गुजरने पर हम लोगों को विवश होकर लापता होना पड़ा। पास इतना धन था कि साल-डेढ़ साल का खर्च चल जाए। इतने दिनों बाद हमारी साधना सफल हुई।"

मैंने कुंवर को धन्यवाद दिया। कलकत्ते में ही उसका ब्याह कर दूंगा, यह आश्वासन देकर उससे विदा ली।

7

सेठजी बैठे थे। एकांत में ले जाकर यह हाल उनसे कहा। वह सहमत हो गए। कहा, "मगर मुंशीजी से न कहिएगा, उनके पेट में बात नहीं रहती।"

शुभ मुहूर्त में विवाह की तैयारियां होने लगीं। एक दिन आमंत्रित हिंदी-भाषी विभिन्न प्रांतो के साहित्यिकों की उपस्थिति में सुकुल के साथ श्रीपुष्कर कुमारी का ब्याह कर दिया।

प्रीतिभोज में अनेक कनवजिए सम्मिलित थे। देश में यह शुभ संदेश सुकुल के पहुंचने से पहले पहुंचा। कुंवर अब भी हैं।

* * *

सखी

श्यामा बोली, "अब तो हर काम के लिए देर होगी। जल्दबाजी सिर्फ खास विद्यार्थी को अवैतनिक पढ़ाने के वक्त हो तो हो।"

सब हंसने लगीं। ललिता ने देखा, मेज पर एक खुला अंग्रेजी लिफाफा पड़ा हुआ है। उठा लिया।

उठाते ही जोत तीर-सी ललिता पर टूटी। पर श्यामा ने पकड़ लिया, "अरे-अरे, अभी से। अभी तो पढ़ने की दरख्वास्त मंजूर होने को आई होगी।"

ललिता ऊंचे स्वर से पढ़ने लगी। श्यामा जोत को पकड़े रही। चिट्ठी अंग्रेजी में थी। आवश्यकता से अधिक लंबी। बायरन, शैली आदि के उद्धरण थे ही, विद्यापति भी नहीं बचे थे। पकड़ी हुई जोत खुशी में छलक रही थी।

आज थिएटर जाने की बात है। मॉडल हौसेज की छात्रा-तरुणियों में निश्चय हो गया है, सब एकसाथ जाएंगी। निर्मला, माधवी, कमला, ललिता, शुभा और श्यामा आदि सज-सजकर एक दूसरी से मिलती हुई एकत्र होने लगीं। कमला के मकान में पहले से सबके मिलने का निश्चय हो चुका था। ज्योतिर्मयी उर्फ जोत अभी नहीं आईं समय थिएटर जाने का करीब आ गया।

ललिता बोली, "वह आज कॉलेज में इतनी खुश थी कि अवकाशवाली लड़कियों से गप लड़ाती मजाक करती हुई, समय से पहले घर चली आई थी। पूरे उच्छ्वास से थिएटर चलना स्वीकार किया था। मैंने पूछा भी कि क्या है, जो आज जमीनपर कदम नहीं पड़ रहे हैं। जवाब न देकर मेरी ओर देखकर हंसने लगी।"

शुभा, "तो क्लास नहीं किया?"

"न," ललिता बोली।

श्यामा, "मुझसे कहा कि पढ़ना-लिखना तो अब यहीं तक समझो।"

निर्मला, "क्यों, उसे कोई अड़चन तो है नहीं, फिर पढ़ाई क्यों बंद कर रही है?"

श्यामा हंसने लगी। बोली, "वह कहती है, अब पढ़ना छोड़कर पढ़ाना पड़ेगा, इसकी तैयारी करनी है।"

सब हंसती हुई एक दूसरी की ओर देखने लगीं।

माधवी, "इसका मतलब?"

श्यामा हंसकर बोली, "उसे बड़ी चिंता है कि शिक्षार्थी आई.सी.एस है।"

"अच्छा", कई एकसाथ कह उठीं, "यह बात है!"

ललिता, "तो चलो, उसी के मकान पर चला जाए। देखें, आपने अपनी तैयारी में कहां तक तरक्की की।"

सब जोत के मकान चलीं। सब आइसाबेला थाबर्न कॉलेज की छात्राएं हैं। कोई तीसरे, कोई चौथे, कोई पांचवें, कोई छठे साल में है। जोत का अभी तीसरा ही साल है।

घर पहुंचकर दंगल-का-दंगल जोत के कमरे में पैठा। वह जैसी जोत है, उसका पहनावा भी वैसा ही जगमगाता हुआ। उस समय वह आईने के सामने खड़ी मुस्करा रही थी। एकाएक संगनियों को देखकर लज्जा गई बोली, "मुझे जरा देर हो गई।" वजह कोई न थी। सोचकर कुछ कह दे, हृदय और मस्तिष्क में उतनी जगह न थी, एक अजीब भाव में सारी देह भरी हुई थी, अतः देर के लिए दबनेवाले स्वर में भी उच्छ्वास उमड़ रहा था।

श्यामा बोली, "अब तो हर काम के लिए देर होगी। जल्दबाजी सिर्फ खास विद्यार्थी को अवैतनिक पढ़ाने के वक्त हो तो हो।"

सब हंसने लगीं। ललिता ने देखा, मेज पर एक खुला अंग्रेजी लिफाफा पड़ा हुआ है। उठा लिया।

उठाते ही जोत तीर-सी ललिता पर टूटी। पर श्यामा ने पकड़ लिया, "अरे-अरे, अभी से। अभी तो पढ़ने की दरख्वास्त मंजूर होने को आई होगी।"

ललिता ऊंचे स्वर से पढ़ने लगी। श्यामा जोत को पकड़े रही। चिट्ठी अंग्रेजी में थी। आवश्यकता से अधिक लंबी। बायरन, शैली आदि के उद्धरण थे ही, विद्यापति भी नहीं बचे थे। पकड़ी हुई जोत खुशी में छलक रही थी।

पत्र समाप्त कर सब चलने को हुई, अमीनाबाद से तांगे कर लेंगी, एक जोत की मोटर में सब नहीं अट सकती, क्योंकि सामने ड्राइवर की वजह सीट खाली रहेगी।

जोत को लीला की याद आई बोली, "भई, लीला रही जाती है, उसे भी ले लें।"

"उससे चलने की बात तो हुई नहीं, वह शायद ही जाए।" माधवी बोली।

"पक्की कंजूस है। पैसा दांत से पकड़ती है।" श्यामा ने कहा, "सौ रुपए कम-से-कम ट्यूशन से पाती है, पर हालत देखो, तो मालूम होगा महादरिद्र।"

जोत लजाकर बोली, "तुम्हें तो उसका जीवन-चरित्र लिखने को मिले, तो चौपट करके छोड़ो। हमारे कॉलेज में एक ही कैरेक्टर है। कहो तो, उसके यहां कमाने वाला कौन है? ट्यूशन से अपना खर्च चलाती है, छोटे भाइयों को भी पढ़ाती है, साथ घर का खर्च भी है। बूढ़ी मां को कोई तकलीफ न हो, इसके लिए बेचारी कितना खटती है! मेहनत की मारी सूखकर कांटा हो रही है। चेहरे में आंखें ही आंखें तो हैं।"

2

लीला का घर आ गया। सब भीतर धंस गई लीला पढ़ रही थी।

जोत ने हाथ से किताब छीन ली, थप से मेज पर रखकर बोली, "मिस लैला, मजनू के मजमून में दीवानी न बनो। प्रेम का परिणाम बुरा होता है प्यारी! चलो, कलकत्ते से पारसी कंपनी आई हुई है, वहां हम लोग धार्मिक शिक्षा ग्रहण करें।"

लीला जोत से दो साल आगे, एम.ए. में है। जोत चंचल है। लीला क्षमा करती है। शीर्ण मुख की बड़ी-बड़ी सकरुण आंखों से देखती हुई बोली, "भई, तुम लोग जाओ। मुझे इतना समय कहां?"

"समय नहीं, पैसे कहो।" श्यामा बोली।

"अच्छा, पैसे सही। कॉलेज के अलावा पांच घंटे पढ़ाती हूं। डॉक्टर साहब बड़े आदमी हैं। लड़कियों की पढ़ाई के लिए साठ देते हैं। मेरी हालत भी जानते हैं। तअल्लुकदार रघुनाथ सिंह की नई पत्नी को पढ़ाती हूं, चालिस वहां मिलते हैं। इसी में घर का कुल खर्च है। इतने के बाद अपने पढ़ने के लिए भी समय निकालना पड़ता है। दिक्कत तुम लोग समझ सकती हो। ऐसी हालत में समय और पैसों की मुझे कितनी तंगदस्ती हो सकती है।"

"अच्छा महाशयाजी, चलिए।" जोत बोली, "आपके लिए फ्री पास का प्रबंध हो जाएगा।"

"तुम तो आज म्यान से निकली तलवार-सी चमक रही हो जोत! क्या खुशी है?" लीला ने धीर स्नेह कंठ से पूछा।

"महाशयाजी, जो किसी के हलक से नीचे उतरकर सर चढ़ी हो, वह शराब हैं यह अब।" मुस्कराकर सुभा ने कहा।

"नहीं", कमला बोली, "अभी तो देख लो न इनकी तरफ होठों पर हंसी, अबरू पर खम, इसीलिए इकरार भी है, इंकार भी है।"

"बात क्या है?" अनजान की तरह देखते हुए लीला ने पूछा।

"पूरा रहस्यवाद उर्फ छायावाद।" निर्मला ने कहा, "वाद-विवाद में देर हो रही है। प्रकाशवाद यह है कि इनके पास मिस्टर श्यामलाल आई. सी. एस. का पत्र आया है कि आप अगर मंजूर करें, आपको अपना सर्वस्व–तीन हजार मासिक–प्रेम की पर्मानेंट शिक्षा के लिए देकर मिस्ट्रेस बनाने की प्रार्थना करता हूं। अब तो आया समझ में?"

"तो क्या तुम्हारे पिताजी राजी हो गए?" लीला ने जोत से पूछा।

"खूब कही!" जोत बोली, "जहां आई. सी. एस. वर मिलता हो, वहां पिताजी खुद ब्याह करने को तैयार हो जाएं।"

कमरा खिलखिलाहट से गूंज उठा।

"तुम लोग भई जाओ, माफ करो, मुझे समय नहीं है।"

"नहीं महाशयाजी, आप तो फर्स्ट क्लास लें, और हम लोग वहीं पैर रगड़ते रहें, ऐसा नहीं होने को। आपको चलना होगा, कपड़े बदलिए।"

जोत लीला को प्यार करती है, सम्मान भी देती है। लीला भी जानती है, जोत की खुली जुबान में हृदय की कीमती बहुत-सी चीजें खुली रहती हैं। इसीलिए उसका प्रस्ताव मंजूर कर, कपड़े बदलकर साथ चल दी।

3

तीन बजे से पहले ही लीला की क्लास खत्म हो जाती है। वहां से वह तअल्लुकदार साहब की पत्नी को पढ़ाने के लिए भैंसाकुंड जाया करती है। रोज बहुत चलना पड़ता। किसी तरह साइकिल खरीद सकती है। पर सीखने की लाज कि मैदान में मर्दों के सामने बेहयाई होगी, कौन पकड़कर चलाएगा, गिरूंगी तो लोग हंसेंगे आदि-आदि बाधक होती है। इसीलिए चलने की काफी मेहनत गवारा करती है।

भैंसाकुंड से साढ़े पांच-छह बजे के करीब लौटती हुई कई रोज से देखती है, दो मुसलमान उसका पीछा करते हैं। वे आपस में न जाने क्या बातचीत करते हैं। कभी-कभी पास आ जाते हैं। हृदय धड़कने लगता है। पर वह जल्द-जल्द चली आती है। ज्यों-ज्यों तेज चलती है, वे भी त्यों-त्यों तेज पीछा करते हैं। किससे कहे? भैंसाकुंड का बहुत-सा रास्ता बंगलों तथा बगीचों के कारण सुनसान निर्जन रहता है। धड़कते कलेजे से साधारण बस्ती के पास आकर सांस लेती है।

मन-ही-मन अपनी असमर्थता पर लीला को बड़ा क्षोभ हुआ। दुबलों को सब सताते हैं। पर आप ही शांत हो जाना पड़ा, क्योंकि अपनी हद में वही अपना उपाय सोचने वाली थी। माता से नहीं कहा कि कहीं वह रोक न दें, खर्च के लिए फिर क्या होगा?

एक दिन लौटते हुए उन्हीं में से एक को अश्लील बकते हुए सुना जैसे सुनाकर बातें कही जा रही हों। वह तेज कदम चलने लगी। वे भी उसी हिसाब से बढ़ते गए तीन-चार हाथ का फासला था। ऐसे समय उनके साहस की ऐसी बात उसने सुनी, जो उसकी मर्यादा के प्रतिकूल थी। भय से एक प्रकार दौड़ने लगी। सामने एक हैट-कोट पहने देशी साहब आते हुए देख पड़े। लीला उनकी तरफ कुछ तेज बढ़ी। उन्हें देखकर बदमाश लौट गए। लीला उनके पास पहुंचकर हांफती हुई बोली, "आज कई रोज से दो बदमाश मेरा पीछा करते हें। मैं तअल्लुकदार रघुनाथसिंह की पत्नी को पढ़ाने जाती हूं। लौटते समय राह पर मिल जाते हैं। मुझे ऐसी-ऐसी बातें आज कहीं, कह-कर अपने को संभालने लगी।

बिजली की रोशनी में बड़ी-बड़ी आंखों से आंसू गिरते हुए देखकर साहब क्रोध से रास्ते की ओर देखने लगे। बोलें, "वे लोग मुझे देखकर भाग गए शायद। यह सामने मेरा ही बंगला है। आइए, आपको मोटर पर भेज दूं।" "पर, फिर?" साहब सोचते हुए चले, पीछे-पीछें लीला।

अहाते के भीतर बगीचे के पास साहब खड़े हो गए। बंगले के सामने की बिजली से लीला का दुबला सुंदर कुछ लम्बा गोरा मुख, बड़ी-बड़ी आंखें दिख रही हैं। साहब ने दुख के करुण चित्र का सौंदर्य देखकर पूछा, "आपका शुभ नाम?"

"मुझे लीला कहते हैं।" निगाह झुकाती हुई लीला बोली।

"आप ही को अपनी संभाल करनी पड़ती है, आप-आप शादीशुदा तो है?"

"जी नहीं, मैं आइसाबेला थाबर्न कॉलेज की छात्रा हूं।"

"किस क्लास में आप हैं?"

"एम. ए. में।" धीमे स्वर से कहकर समझ की लाजभरी पलकें झुका लीं।

कुछ आग्रह से साहब ने पूछा, "आप ब्राह्मण हैं?"

"जी नहीं, कायस्थ हूं।"

"यहां कहां रहती हैं?"

"मॉडल हौसेज में।"

साहब कुछ चौंके। पूछा, "आपके वहां कोई ज्योतिर्मयी रहती हैं? आपके कॉलेज की बी. ए. पहले साल की छात्रा हैं।"

लीला भी चौंकी। कुछ हिम्मत हुई लजाकर पूछा, "जनाब का नाम?"

"मुझे श्यामलाल कहते हैं। अरे ए, कार तो ले आने को कह दे।"

लीला का संकोच बहुत कुछ दूर हो गया। बोली, "हां, आपका जिक्र मैंने सुना है।"

साहब की उत्सुकता बढ़ गई बड़ी उतावली से "कहां सुना?" पूछा।

लीला मुस्कराईं कहा, "जोत की सखियों से, उसकी एक चिट्ठी चुरा गई थी।"

साहब उतरे स्वरों में बोले, "उनका कोई जवाब अभी नहीं मिला। उनके पिताजी मेरे वलायत रहते समय मेरे पिताजी से मिले थे। मेरे पास उनका चित्र गया था। वलायत से लौटकर एक पत्र मैंने लिखा था अभी मैंने उन्हें देखा नहीं। तारीफ सुनी है।" कहकर साहब कुछ चिंता करने लगे।

मोटर आ गई।

मुस्कराकर लीला ने वादा किया कि वह जोत से पत्र लिखने के लिए कहेगी। साहब आंखें झुकाए चुपचाप खड़े रहे। कुछ देर बाद बोले, "नहीं, आप ऐसा कुछ मत कहें।" फिर मोटर पर चढ़ने के लिए लीला को आमंत्रित किया।

नमस्कार कर लीला बैठ गई मोटर चल दी।

4

तीसरे दिन बाबू श्यामलाल को जोत का उत्तर मिला। लिखा था–जनाब,

मैंने आपको जवाब इसीलिए नहीं दिया कि जवाब देना सभ्यता के खिलाफ है। आज लीला दीदी से आपके मिलने की सारी बातें मालूम हुई। मजनू की जो लैला होती है, वह इसी तरह उसे आप मिलती है। अपनी लैला की आप हमेशा रक्षा करें, आपसे सविनय मेरी प्रार्थना है। तब मेरा-आपका रिश्ता और मधुर हो जाएगा, क्योंकि बहन जिसे ब्याहती है, वह अगर पत्नी की बहन को साली कह सकते हैं, तो पत्नी की बहन भी उन्हें वही पुरुष-संबोधन कर सकती है। आशा है, मेरा-आपका यह संबंध स्थायी होगा।

आपकी–

जोत

* * *

श्रीमती गजानंद शास्त्रिणी

पं. रामखेलावन जी के मित्र पं. गजानंद शास्त्री के यहां उन्हें लेकर चले। जमींदार पर एक धाक जमाने की सोची कहा, "लेकिन बड़े आदमी हैं, कुछ लेन-देन वाली पहले से कह दीजिए, आखिर उनकी बराबरी के लिए कहना ही पड़ेगा कि जमींदार हैं।"

"जैसा आप कहें।"

"कुल मिलाकर तीन हजार तो दीजिए, नहीं तो अच्छा न लगेगा।"

"इतना तो बहुत है।"

"ढाई हजार? इतने से कम में न होगा। यह दहेज की बात नहीं, बनाव की बात है।"

"अच्छा, इतना कर दिया जाएगा। लेकिन विवाह इसी लगन में हो जाना चाहिए।"

श्रीमती गजानंद शास्त्रिणी श्रीमान पं. गजानंद शास्त्री की धर्मपत्नी हैं। श्रीमान शास्त्री जी ने आपके साथ यह चौथी शादी की है, धर्म की रक्षा के लिए। शास्त्रिणी के पिता को युवा कन्या के लिए पैंतालीस साल का वर बुरा नहीं लगा, धर्म की रक्षा के लिए। वैद्य का पेशा अख्यितार किए शास्त्री जी ने युवती पत्नी के आने के साथ 'शास्त्रिणी' का साइन-बोर्ड टांगा, धर्म की रक्षा के लिए। शास्त्रिणी जी उतनी ही उम्र में गहन पातिव्रत्य पर अविराम लेखनी चलाने लगीं, धर्म की रक्षा के लिए। मुझे यह कहानी लिखनी पड़ रही है, धर्म की रक्षा के लिए।

इससे सिद्ध है, धर्म बहुत ही व्यापक है। सूक्ष्म दृष्टि से देखने वालों का कहना है कि नश्वर संसार का कोई काम धर्म के दायरे से बाहर नहीं। संतान पैदा होने के पहले से मृत्यु के बाद पिंडदान तक जीवन के समस्त भविष्य, वर्तमान और भूत को व्याप्त कर धर्म-ही-धर्म है।

जितने देवता हैं, क्योंकि देवता हैं, इसीलिए धर्मात्मा हैं। मदन को भी देवता कहा है। यह जवानी के देवता हैं। जवानी जीवनभर का शुभ मुहूर्त है, सबसे पुष्ट, कर्मठ और तेजस्वी सम्मान्य, फलत: क्रियाएं भी सबसे अधिक महत्वपूर्ण, धार्मिकता लिए हुए। मदन को कोई देवता न माने तो न माने पर यह निश्चय है कि आज तक कोई देवता इन पर प्रभाव न डाल सका। किसी धर्म, शास्त्र और अनुशासन के मानने वालों ने ही इनकी अनुवर्तिता की है। यौवन को भी कोई कितना निंद्य कहे, चाहते सब हैं, वृद्ध सर्वस्व भी स्वाहा कर। चिह्न तक लोगों को प्रिय हैं–खिजाब की कितनी खपत! धातु-पुष्टि की दवा सबसे ज्यादा बिकती है। साबुन, सेंट, पाउडर, क्रीम, हेजलीन, वेसलीन, तेल-फुलेल के लाखों कारखानें हैं इस दरिद्र देश में। जब न थे, रामजी और सीताजी उबटन लगाते थे। नाम और प्रसिद्धि कितनी है–संसार के सिनेमा-स्टारों को देख जाइए। किसी शहर में गिनिए, कितने सिनेमा हाउस हैं। भीड़ भी कितनी आवारागर्द मवेशी काइन्ज हाउस में इतने न मिलेंगे। देखिए हिंदू, मुसलमान, सिख, पारसी, जैन, बौद्ध, क्रिस्चन, सभी साफा, टोपी, पगड़ी, कैप, हैट और पाग से लेकर नंगा सिर – घुटना तक, अद्वैतवादी, विशिष्टतावादी, द्वैतवादी, द्वैताद्वैतवादी, शुद्धाद्वैतवादी, साम्राज्यवादी, आतंकवादी, समाजवादी, काजी, सूफी से लेकर छायावादी तक खड़े-बेड़े, सीधे-टेढ़े सब तरह के तिलक-त्रिपुंड, बुरकेवाली, घूंघटवाली, पूरे, आधे और चौथाई बाल वाली, खुली और मुंदी चश्मेवाली आंखें तक देख रही हैं। अर्थात संसार के जितने धर्मात्मा हैं, सभी यौवन से प्यार करते हैं। इसीलिए उसके कार्य को भी धर्म कहना पड़ता है। किसी के न कहने, न मानने से वह अधर्म नहीं होता।

अस्तु, इस यौवन के धर्म की ओर शास्त्रिणी जी का धावा हुआ, जब वे पंद्रह साल की थीं अविवाहिता। यह आवश्यक था, इसीलिए पाप नहीं। मैं इसे आवश्यकतानुसार ही लिखूंगा। जो लोग विशेष रूप से समझना चाहते हों, वे जितने दिन तक पढ़ सकें, काम-विज्ञान का अध्ययन कर लें। इस शास्त्र पर जितनी पुस्तकें हैं, पूर अध्ययन के लिए पूरा मनुष्य-जीवन थोड़ा है। हिंदी में अनेक पुस्तकें इस पर प्रकाशित हैं, बल्कि प्रकाशन को सफल बनाने के लिए इस विषय की पुस्तकें आधार मानी गई हैं। इससे लोगों को मालूम होगा कि यह धर्म किस अवस्था से किस अवस्था तक किस-किस रूप में रहता है।

शास्त्रिणी जी के पिता जिला बनारस के रहने वाले हैं, देहात के प्रयासी, सरयूपारीण ब्राह्मण; मध्यमा तक संस्कृत पढ़े, घर के साधारण जमींदार, इसीलिए आचार्य भी विद्वता का लोहा मानते हैं। गांव में एक बाग कलमी लंगड़े का है। हर साल भारत-सम्राट को आम भेजने का इरादा करते हैं, जब से वायुयान-कंपनी

चली। पर नीचे से ऊपर को देखकर ही रह जाते हैं, सांस छोड़कर। जिले के अंग्रेज हाकिमों को आम पहुंचाने की पितामह के समय से प्रथा है। ये भी सनातन धर्मानुयायी हैं। नाम पं. रामखेलावन है।

रामखेलावन जी के जीवन में एक सुधार मिलता है। अपनी कन्या का, जिन्हें हम शास्त्रिणी जी लिखते हैं, नाम उन्होंने सुपर्णा रखा है। गांव की जीभ में इसका रूप नहीं रह सका। प्रोग्रसिव राइटर्स की साहित्यिकता की तरह 'पन्ना' बन गया है। इस सुधार के लिए हम पं. रामखेलावन जी को धन्यवाद देते हैं। पंडित जी समय काटने के विचार से आप ही कन्या को शिक्षा देते थे, फलस्वरूप कन्या भी उनके साथ समय काटती गई और पंद्रह साल की अवस्था तक सारस्वत में हिलती रही। फिर भी गांव की वधू-वनिताओं पर, उसकी विद्वता का पूरा प्रभाव पड़ा। दूसरों पर प्रभाव डालने का उसका जमींदारी स्वभाव था, फिर संस्कृत पढ़ी, लोग मानने लगे। गति में चापल्य उसकी प्रतिभा का सबसे बड़ा लक्षण था।

उन दिनों छायावाद का बोलबाला था, खासतौर से इलाहाबाद में लड़के पंत के नाम की माला जपते थे। ध्यान लगाए कितनी लड़ाइयां लड़ीं प्रसाद, पंत और माखनलाल के विवेचन में। भगवतीचरण बायरन के आगे हैं, पीछे रामकुमार, कितनी ताकत से सामने आते हुए। महादेवी कितना खीचती हैं।

मोहन उसी गांव का इलाहाबाद विश्वविद्यालय में बी.ए. (पहले साल) में पढ़ता था। यह रंग उस पर भी चढ़ा और दूसरों से अधिक। उसे पंत की प्रकृति प्रिय थी, और इस प्रियता से जैसे पंत में बदल जाना चाहता था। संकोच, लज्जा, मार्जित मधुर उच्चारण, निर्भिक नम्रता, शिष्ट अलाप, सजधज उसी तरह। रचनाओं से रच गया। साधना करते सधी रचना करने लगा। पर सम्मेलन शरीफ अब तक नहीं गया। पिता हाई कोर्ट में क्लर्क थे। गर्मी की छुट्टियों में गांव आया हुआ है।

सुपर्णा से परिचय है जैसे पर्ण और सुमन का। सुमन पर्ण के ऊपर है, सुपर्णा नहीं समझी। जमींदार की लड़की, जिस तरह वहां की समस्त डालों के ऊपर अपने को समझती थी, उसके लिए भी समझी। ज्यों-ज्यों समय की हवा से हिलती थी, सुमन की रेणु से रंग जाती थी। वह उसी का रंग है। मोहन शिष्ट था, पर अपना आसन न छोड़ता था।

सुपर्णा एक दिन बाग में थी। मोहन लौटा हुआ घर आ रहा था। सुपर्णा रंग गई बुलाया। मोहन फिर भी घर की तरफ चला।

"मोहन! ये आम बाबूजी दे गए हैं, ले जाओ। तकवाहा बाजार गया है।"

मोहन बाग की ओर चला। नजदीक गया तो सुपर्णा हंसने लगी, "कैसा धोखा देकर बुलाया है? आम बाबूजी ने तुम्हारे यहां कभी और भिजवाए हैं?" मोहन लजाकर हंसने लगा।

"लेकिन तुम्हारे लिए कुछ आम चुनकर मैंने रखे हैं। चलो।"

मोहन ने एक बार संयत दृष्टि से उसे देखा। सुपर्णा साथ लिए बीच बाग की तरफ चली, "मैंने तुम्हें आते देखा था, तुमसे मिलने को छिपकर चली आई तकवाहे को सौदा लेने बाजार (दूसरे गांव) भेज दिया है। याद है मोहन?"

"क्या?"

"मेरी गुइंइयों ने तुम्हारे साथ, खेल में।"

"वह तो खेल था।"

"नहीं वह सही था। मैं अब भी तुम्हें वही समझती हूं।"

"लेकिन तुम पयासी हो। शादी तुम्हारे पिता को मंजूर न होगी।"

"तो तुम मुझे कहीं ले चलो। मैं तुमसे कहने आई हूं। दूसरे से ब्याह करना मैं नहीं चाहती।"

मोहन की सुंदरता गांव की रहने वाली सुपर्णा ने दूसरे युवक में नहीं देखी। उसका आकर्षण उसकी मां को मालूम हो चुका था। उसका मोहन के घर जाना बंद था। आज पूरी शक्ति लड़ाकर, मौका देखकर मोहन से मिलने आई है। मोहन खिंचा। उसे वहां वह प्रेम न दिखा, वह जिसका भक्त था, कहा, "लेकिन मैं कहां ले चलूं?"

"जहां रहते हो।"

"वहां तो पिताजी हैं।"

"तो और कहीं।"

"खाएंगे क्या?"

खाना पड़ता है, यह सुपर्णा को याद न था। मोहन से लिपटी जा रही थी। इसी समय तकवाहा बाजार से आ गया था। देखकर सचेत करने के लिए आवाज दी। सुपर्णा घबराईं मोहन खड़ा हो गया।

तकवाहा सौदा देकर मोहन को जमींदार की ही दृष्टि से घूरता रहा। मतलब समझकर मोहन धीरे-धीरे बाग से बाहर निकला और घर की ओर चला।

तकवाहा धार्मिक था। जैसा देखा था, पं. रामखेलावन जी से व्याख्या समेत कहा। साथ ही इतना उपदेश भी दिया कि मालिक! पानी की भरी खाल है, कल क्या हो जाए! बिटिया रानी का जल्द से ब्याह कर देना चाहिए।

पं. रामखेलावन जी भी धार्मिक थे। धर्म की सूक्ष्मतम दृष्टि से देखने लगे तो मालूम पड़ा कि सुपर्णा के गर्भ है, नौ-दस महीने में लड़का होगा। फिर? इस महीने लगन है, ब्याह हो जाना चाहिए।

जल्दी में बनारस चले।

पं. गजानंद शास्त्री बनारस के वैद्य हैं। वैदकी साधारण चलती है, बड़े दांव-पेंच करते हैं तब। पर आशा बहुत बढ़ी-चढ़ी है। सदा बड़े-बड़े आदमियों

की तारीफ करते हैं और ऐस स्वर से, जैसे उन्हीं में से एक हों। वैदकी चले इस अभिप्राय से शाम को रामायण पढ़ते-पढ़वाते हैं तुलसी कृत, अर्थ स्वयं कहते हैं। गोस्वामी जी के साहित्य का उनसे बड़ा जानकार, विशेषकर रामायण का भारतवर्ष में नहीं, यह श्रद्धापूर्वक मानते हैं। सुनने वाले ज्यादातर विद्यार्थी हैं, जो भरसक गुरु के यहां भोजन करके विद्याध्ययन करने काशी आते हैं। कुछ साधारण जन हैं, जिन्हें असमय पर मुफ्त दवा की जरूरत पड़ती है। दो-चार ऐसे भी आदमी, जो काम तो साधारण करते हैं, पर असाधारण आदमियों में गप लड़ाने के आदी हैं। मजे की महफिल लगती है। कुछ महीने हुए, शास्त्री जी की तीसरी पत्नी का असच्चिकित्सा के कारण देहांत हो गया है। बड़े आदमी की तलाश में मिलने वाले अपने मित्रों से शास्त्री जी बिना पत्नी वाली अड़चनों का बयान करते हैं, और उतनी बड़ी गृहस्थी आठाबाठा जाती है–इसके लिए विलाप। सुपात्र सरयूपारीण ब्राह्मण हैं, मामखोर सुकुल।

पं. रामखेलावन जी बनारस में एक ऐसे मित्र के यहां आकर ठहरे, जो वैद्य जी के पूर्वोक्त प्रकार के मित्र हैं। रामखेलावन जी लड़की के ब्याह के लिए आए हैं, सुनकर मित्र ने उन्हें ऊपर ही लिया, और शास्त्री जी की तारीफ करते हुए कहा, "सुपात्र बनारस शहर में न मिलेगा। शास्त्री जी की तीसरी पत्नी अभी गुजरी हैं, फिर भी उम्र अभी अधिक नहीं, जवान हैं।" शास्त्री, वैद्य, सुपात्र और उम्र भी अधिक नहीं - सुनकर पं. रामखेलावन जी ने मन-ही-मन बाबा विश्वनाथ को दंडवत की और बाबा विश्वनाथ ने हिंदू-धर्म के लिए क्या-क्या किया है, इसका उन्हें स्मरण दिलाया। वे भक्तवत्सल आशुतोष हैं, यह यहीं से विदित हो रहा है मर्यादा की रक्षा के लिए अपनी पुरी में पहले से वर लिए बैठे हैं, आने के साथ मिला दिया। अब यह बंधन न उखड़े, इसकी बाबा विश्वनाथ को याद दिलाई।

पं. रामखेलावन जी के मित्र पं. गजानंद शास्त्री के यहां उन्हें लेकर चले। जमींदार पर एक धाक जमाने की सोची कहा, "लेकिन बड़े आदमी हैं, कुछ लेन-देन वाली पहले से कह दीजिए, आखिर उनकी बराबरी के लिए कहना ही पड़ेगा कि जमींदार हैं।"

"जैसा आप कहें।"

"कुल मिलाकर तीन हजार तो दीजिए, नहीं तो अच्छा न लगेगा।"

"इतना तो बहुत है।"

"ढाई हजार? इतने से कम में न होगा। यह दहेज की बात नहीं, बनाव की बात है।"

"अच्छा, इतना कर दिया जाएगा। लेकिन विवाह इसी लगन में हो जाना चाहिए।"

"मित्र चौंका। संदेह मिटाने के लिए कहा, 'भई, इस साल तो नहीं हो सकता।"

पं. रामखेलावन जी घबराकर बोले, "आप जानते ही हैं ग्यारह साल के बाद लड़की जितना ही पिता के यहां रहती है, पिता पर पाप चढ़ता है। पंद्रह साल की है। सुंदर जोड़ी है। लड़की अपने घर जाए, चिंता कटे। जमाना दूसरा है।"

मित्र को आशा बंधी। सहानुभूतिपूर्वक बोले, "बड़ा जोर लगाना पड़ेगा, अगले साल हो तो बुरा तो नहीं?"

पं. रामखेलावन जी चलते हुए रुककर बोले, "अब इतना सहारा दिया है, तो खेवा पार ही कर दीजिए। बड़े आदमी ठहरे, कोई हमसे भी अच्छा तब तक आ जाएगा।"

मित्र को मजबूती हुई बोले, "उनकी स्त्री का देहांत हुआ है, अभी साल भी पूरा नहीं हुआ। बरसी से पहले मंजूर न करेंगे। लेकिन एक उपाय है, अगर आप करें।"

"आप जो भी कहें, हम करने को तैयार हैं, भला हमें ऐसा दामाद कहां मिलेगा?"

"बात यह कि कुल सराधें एक ही महीने में करवानी पड़ेगीं, और फिर ब्रह्मभोज भी तो है, और बड़ा। कम-से-कम तीन हजार खर्च होंगे। फिर तत्काल विवाह। आप तीन हजार रुपए भी दीजिए। पर उन्हें नहीं। अरे रे!–इसे वे अपमान समझेंगे। हम दें। इससे आपकी इज्जत बढ़ेगी, और आखिर हमें बढ़कर उनसे कहना भी तो है कि बराबर की जगह है? हजार जब उनके हाथ पर रखेंगे कि आपके ससुरजी ने बरसी के खर्च के लिए दिए हैं, तब यह दस हजार के इतना होगा, यही तो बात थी। वे भी समझेंगे।"

पं. रामखेलावन जी दिल से कसमसाए, पर चारा न था। उतरे गले से कहा, "अच्छा, बात है।" मित्र ने कहा, "तो रुपए कब तक भेजिएगा? अच्छा, अभी चलिए देख तो लीजिए, विवाह की बातचीत न कीजिएगा, नहीं तो निकाल ही देंगे। समझिए पत्नी मरी हैं।"

रामखेलावन दबे। धीरे-धीरे चलते गए। "लड़की कुछ पढ़ी भी है?" "पढ़ती थी, तीन साल हुए, जब मैं गया था, गवाही थी मौका देखने के लिए?" मित्र ने पूछा।

"लड़की तो सरस्वती है। आपने देखा ही है। संस्कृत पढ़ी है।"

"ठीक है। देखिए, बाबा विश्वनाथ हैं।" मित्र की तरह पर उतरे गले से कहा।

रामखेलावन जी डरे कि बिगाड़ न दे। दिल से जानते थे, बदमाश है, उनकी तरफ से झूठ गवाही दे चुका है रुपए लेकर, लेकिन लाचार थे। कहा, "हम तो आपमें बाबा विश्वनाथ को ही देखते हैं। यह काम आपका बनाया बनेगा।"

मित्र हंसा। बोला, "कह तो चुके। गाढ़े में काम न दे, वह मित्र नहीं, दुश्मन है।" सामने देखकर, "वह शास्त्री जी का ही मकान है, सामने।" था वह किराये का मकान। अच्छी तरह देखकर कहा, "हैं नहीं बैठक में, शायद पूजा में हैं।"

दोनों बैठक में गए। मित्र ने पं. रामखेलावन जी को आश्वासन देकर कहा, "आप बैठिए। मैं बुलाए लाता हूं।"

पं. रामखेलावन जी एक कुर्सी पर बैठे। मित्रवर आवाज देते हुए जीने पर चढ़े।

जिस तरह मित्र ने यहां रोब गांठा था, उसी तरह शास्त्री जी पर गांठना चाहा। वह देख चुका था, शास्त्री खिजाब लगाते हैं, अर्थ - विवाह के सिवा दूसरा नहीं। शास्त्री जी बढ़-चढ़कर बातें करते हैं, यह मौका बढ़कर बातें करने का है। उसका मंत्र है, काम निकल जाने पर बेटा बाप का नहीं होता। उसे काम निकालना है।

शास्त्री जी ऊपर एकांत में दवा कूट रहे थे। आवाज पहचानकर बुलाया। मित्र ने पहुंचने के साथ देखा - खिजाब ताजा है। प्रसन्न होकर बोला, "मेरी मानिए, तो वह ब्याह कराऊं, जैसा कभी किया न हो, और बहू अप्सरा, संस्कृत पढ़ी, रुपया भी दिलाऊं।"

शास्त्री जी पुलकित हो उठे। कहा, "आप हमें दूसरा समझते हैं? इतनी मित्रता रोज की ऊठक-बैठक, आप मित्र ही नहीं, हमारे सर्वस्व हैं। आपकी बात न मानेंगे तो क्या रास्ता-चलते की मानेंगे? आप भी!"

'आपने अभी स्नान नहीं किया शायद? नहाकर चंदन लगाकर अच्छे कपड़े पहनकर नीचे आइए। विवाह करने वाले जमींदार साहब हैं। वहीं परिचय कराऊंगा। लेकिन अपनी तरफ से कुछ कहिएगा मत। नहीं तो, बड़ा आदमी है, भड़क जाएगा। घर की शेखी में मत भूलिएगा। आप जैसे उसके नौकर हैं। हां, जन्म-पत्र अपना हरगिज न दीजिएगा। उम्र का पता चला तो न करेगा। मैं सब ठीक कर दूंगा। चुपचाप बैठे रहिएगा। नौकर कहां है?"

"बाजार गया है।"

'आने पर मिठाई मंगवाइएगा। हालांकि खाएगा नहीं। मिठाई से इंकार करने पर नमस्कार करके सीधे ऊपर का रास्ता नापिएगा। मैं भी यह कह दूंगा, शास्त्री जी ने आधे घंटे का समय दिया है।"

शास्त्री गजानंद जी गदगद हो गए। ऐसा सच्चा आदमी यह पहला मिला है, उनका दिल कहने लगा। मित्र नीचे उतरा और मित्र से गंभीर होकर बोला, "पूजा में हैं, मैं तो पहले ही समझ गया था। दस मिनट के बाद आंख खोली, जब मैंने घंटी टिनटिनाईं जब से स्त्री का देहांत हुआ है, पूजा में ही तो रहते हैं। सिर हिलाकर कहा-चलो। देखिए, बाबा विश्वनाथ ही हैं। हे प्रभो! शरणागत-शरण! तुम्हीं हो-बाबा विश्वनाथ!" कहते हुए मित्र ने पलकें मूंद लीं।

इसी समय पैरों की आहट मालूम थी। देखा, नौकर आ रहा था। डांटकर कहा, "पंखा झल। शास्त्री जी अभी आते हैं।"

नौकर पंखा झलने लगा। वैद्य का बैठका था ही। पं. रामखेलावन जी प्रभाव में आ गए। आधे घंटे बाद जीने में खड़ाऊं की खटक सुन पड़ी। मित्र उठकर हाथ जोड़कर खड़ा हो गया, उंगली के इशारे पं. रामखेलावन जी को खड़े हो जाने के लिए कहकर। मित्र की देखा-देखी पंडित जी ने भी भक्तिपूर्वक हाथ जोड़ लिए। नौकर अचंभे से देख रहा था। ऐसा पहले नहीं देखा था।

शास्त्री जी के आने पर मित्र ने घुटने तक झुककर प्रणाम किया। पं. रामखेलावन जी ने भी मित्र का अनुसरण किया। "बैठिए, गदाधर जी" कोमल सभ्य कंठ से कहकर गजानंद जी अपनी कुर्सी पर बैठ गए। वैद्यजी की बढिया गद्दीदार कुर्सी बीच में थी। पं. रामखेलावन जी आश्चर्य और हर्ष से देख रहे थे। आश्चर्य इसीलिए कि शास्त्री जी बड़े आदती तो हैं ही, उम्र भी अधिक नहीं, 25 से 30 कहने की हिम्मत नहीं पड़ती।

शास्त्री जी ने नौकर को पान और मिठाई ले आने के लिए भेजा और स्वाभाविक बनावटी विनम्रता के साथ मित्रवर गदाधर ने आगंतुक अपरिचित महाशय का परिचय पूछने लगे। पं. गदाधर जी बड़े दात्त कंठ से पं. रामखेलावन जी की प्रशंसा कर चले, पर किस अभिप्राय से वे गए थे, यह न कहा। कहा, "महाराज! आप एक अत्यंत आवश्यक गृहधर्म से मुक्त होना चाहते हैं।"

पलकें मूंदते हुए, भावावेश मे, शास्त्री जी ने कहा, "काशी तो मुक्ति के लिए प्रसिद्ध है।"

"हां, महाराज!" मित्र ने और आविष्ट होते हुए कहा, "वह छूट तो सबसे बड़ी मुक्ति है, पर यह साधारण मुक्ति ही है, जैसे बाबा विश्वनाथ के परमसिद्ध भक्त स्वीकार मात्र से इस भव-बंधन से मुक्ति दे सकते हैं।" कहकर हाथ जोड़ दिए। पं. रामखेलावन जी ने भी साथ दिया।

हां, नहीं, कुछ न कहकर एकांत धार्मिक दृष्टि को परम सिद्ध पं. गजानंद जी शास्त्री पलकों के अंदर करके बैठ रहे।

इसी समय नौकर पान और मिठाई ले आया। शास्त्री जी ने खटक से आंखें खोलकर देखा, नौकर को शुद्ध जल ले आने के लिए कहकर बड़ी नम्रता से पं. रामखेलावन जी को जलपान करने के लिए पूछा। पं. रामखेलावन जी दोनों हाथ उठाकर जीभ काटकर सिर हिलाते हुए बोले, "नहीं महराज, नहीं, यह तो अधर्म है। चाहिए तो हमें कि हम आपकी सेवा करें, बल्कि आपके सेवा संबंध में सदा के लिए..."

"अहाहा! क्या कही!–क्या कही!" कहकर, पूरा दोना उठाकर एक रसगुल्ला मुंह में छोड़ते हुए मित्र ने कहा, "बाबा विश्वनाथ जी के वर से काशी का एक एक बालक अंतर्यामी होता है, फिर उनकी सभा के परिषद शास्त्री जी तो..."

शास्त्री जी अभिन्न स्नेह की दृष्टि से प्रिय मित्र को देखते रहे। मित्र ने, स्वल्पकाल में रामभवन का प्रसिद्ध मिष्ठान उदरस्थ कर जलपान के पश्चात मगही बीड़ों की एक नत्थी मुखव्यादान कर यथा स्थान रखी। शास्त्री जी विनयपूर्वक नमस्कार कर जीने की ओर चले। उनके पीठ फेरने पर मित्र ने रामखेलावन जी को पंजा दिखाकर हिलाते हुए आश्वासन दिया। शास्त्री जी के अदय होने पर इशारे से पं. रामखेलावन जी को साथ लेकर वासस्थल की ओर प्रस्थान किया।

रामखेलावन जी के मौन पर शास्त्री जी का पूरा-पूरा प्रभाव पड़ चुका था। कहा, "अब हमें इधर से जाने दीजिए, कल रुपए लेकर आएंगे। लेकिन इसी महीने विवाह हो जाएगा?"

"इसी महीने - इसी महीने", गंभीर भाव से मित्र ने कहा, "जन्मपत्र लड़की का लेते आइएगा। हां, एक बात और है। बाकी डेढ़ हजार में बारह सौ का जेवर होना चाहिए, नया, आइएगा हम खरीदवा देंगे।" दलाली की सोचते हुए - कहा, "आपको ठग लेगा। आप इतना तो समझ गए होंगे कि इतने के बिना बनता नहीं, तीन सौ रुपए रह जाएंगे। खिलाने-पिलाने और परजों को देने की बहुत है। बल्कि कुछ बच जाएगा आपके पास। फिजूल खर्च हो यह मैं नहीं चाहता। इसीलिए, ठोस-ठोस काम वाला खर्च कहा। अच्छा, नमस्कार!"

शास्त्री जी का ब्याह हो गया। सुपर्णा पति के साथ है। शास्त्री जी ब्याह करते-करते कोमल हो गए थे। नवीना सुपर्णा को यथाभ्यास सब प्रकार प्रीत रखने लगे।

बाग से लौटने पर सुपर्णा के हृदय में मोहन के लिए क्रोध पैदा हुआ। घरवालों ने सख्त निगरानी रखने के अलावा, डर के मारे उससे कुछ नहीं कहा। उसने भी विरोध किए बिना विवाह के बहाव में अपने को बहा दिया। मन में यह प्रतिहिंसा लिए हुए, कि मोहन इस बहते में मिलेगा। और उसे हो सकेगा तो उचित शिक्षा देगी। शास्त्री जी को एकांत भक्त देखकर मन में मुस्कराई।

सुपर्णा का जीवन शास्त्री जी के लिए भी जीवन सिद्ध हुआ। शास्त्री जी अपना कारोबार बढ़ाने लगे। सुपर्णा को वैदक की अनुवादित हिंदी पुस्तकें देने लगे, नाड़ी-विचार चर्चा आदि करने लगे। उस आग में तृण की तरह जल-जलकर जो प्रकाश देखने लगे, वह मर्त्य में उन्हें दुर्लभ मालूम दिया। एक दिन श्रीमती गजानंद शास्त्रिणी के नाम से स्त्रियों के लिए बिना फीस वाला रोग परीक्षणालय खोल दिया–इस विचार से कि दवा के दाम मिलेंगे, फिर प्रसिद्धि होने पर फीस भी मिलेगी।

लेकिन ध्यान से सुपर्णा के पढ़ने का कारण कुछ और है। शास्त्री जी अपनी मेज की सजावट तथा प्रतीक्षा करते रोगियों के समय काटने के विचार से 'तारा' के ग्राहक थे। एक दिन सुपर्णा 'तारा' के पन्ने उलटने लगी। मोहन की एक रचना छिपी थी। यह उसकी पहली प्रकाशित कविता थी। विषय था 'व्यर्थ प्रणय'। बात बहुत कुछ मिलती थी। लेकिन कुछ निंदा थी–जिस प्रेस से कवि स्वर्ग से गिरा जाता है–उसकी। काव्य की प्रेमिका का उसमें वहीं प्रेम दर्शाया गया था। सुपर्णा चौंकी। फिर संयत हुई और नियमित रूप से 'तारा' पढ़ने लगी।

एक साल बीत गया। अब सुपर्णा हिंदी में मजे में लिख देती है। मोहन से उसका हाड़-हाड़ जल रहा था। एक दिन उसने पातिव्रत्य पर एक लेख लिखा। आजकल के छायावाद के संबंध में भी पढ़ चुकी थी और बहुत कुछ अपने पति से सुन चुकी थी। काशी हिंदी के सभी वादों की भूमि है। प्रसाद काशी के ही हैं। उनके युवक पाठक शिष्य अनेक शास्त्रियों को बना चुके हैं। पं. गजानंद शास्त्री गंगा नहाते समय कई बार तर्क कर चुके हैं, उत्तर भी भिन्न मुनि के भिन्न मत की तरह अनेक मिल चुके हैं। एक दिन शास्त्री जी के पूछने पर एक ने कहा, 'छायावाद का अर्थ है शिष्टतावाद; छायावादी का अर्थ है सुंदर साफ वस्त्र और शिष्ट भाषा धारण करने वाला; जो छायावादी है, वह सुवेश और मधुरभाषी है; जो छायावादी नहीं है वह काशी के शास्त्रियों की तरह अंगोछा पहनने वाला है या नंगा है।' दूसरे दिन दो थे। नहा रहे थे। शास्त्री जी भी नहा रहे थे। 'छायावाद क्या है?'–शास्त्री जी ने पूछा। उन्होंने शास्त्री जी को गंगा में गहरे ले जाकर डुबाना शुरू किया, जब कई कुल्ले पानी पी गए, तब छोडा; शिथिल होकर शास्त्री जी किनारे आए, तब लड़कों ने कहा, 'यही है छायावाद।' फलत: शास्त्री जी छायावाद और छायावादी से मौलिक घृणा करने लगे थे और जिज्ञासु षोडशी प्रिया को समझाते रहे कि छायावाद वह है, जिसमें कला के साथ व्यभिचार किया जाता है तरह-तरह से। आइडिया के रूप में, सुपर्णा जैसी ओजस्विनी लेखिका के लिए इतना बहुत था। आदि से अंत तक उसके लेख में प्राचीन पतिव्रत धर्म और नवीन छायावादी व्यभिचार प्रचारक के कंठ से बोल रहा था। शास्त्री जी ने कई बार पढ़ा और पत्नी को सती समझकर मन-ही-मन प्रसन्न हुए। वह लेख संपादकजी के पास भेजा गया। संपादकजी लेखिका मात्र को प्रोत्साहित करते हैं ताकि हिंदी की मरुभूमि सरस होकर आबाद हो, इसीलिए लेख या कविता के साथ चित्र भी छापते हैं। शास्त्रिणी जी को लिखा। प्रसिद्धि के विचार से शास्त्री जी ने एक अच्छा सा चित्र उतरवाकर भेज दिया। शास्त्रिणी जी का दिल बढ़ गया। साथ में उपदेश देने वाली प्रवृत्ति भी।

इसी समय देश में आंदोलन शुरू हुआ। पिकेटिंग के लिए देवियों की आवश्यकता हुई–पुरुषों का साथ देने के लिए भी। शास्त्रिणी जी की मारफत

247

शास्त्री जी का व्यवसाय अब तक भी न चमका था। शास्त्री जी ने पिकेटिंग में जाने की आज्ञा दे दी। इसी समय महात्माजी बनारस होते हुए कहीं जा रहे थे, कुछ घंटों के लिए उतरे। शास्त्री जी की सलाह से एक जेवर बेचकर, शास्त्रिणी जी ने दो सौ रुपए की थैली उन्हें भेंट की। तन, मन और धन से देश के लिए हुई इस सेवा का साधारण जनता पर असाधारण प्रभाव पड़ा। सब धन्य-धन्य कहने लगे। शास्त्रिणी जी पूरी तत्परता से पिकेटिंग करती रहीं। एक दिन पुलिस ने दूसरी स्त्रियों के साथ उन्हें भी लेकर एकांत में, कुछ मील शहर से दूर, संध्या समय छोड़ दिया। वहां से उनका मायका नजदीक था। रास्ता जाना हुआ। लड़कपन में वहां तक वे खेलने जाती थीं। पैदल मायके चली गई। दूसरे देवियों से नहीं कहा, इसीलिए कि ले जाना होगा और सबके लिए वहां सुविधा न होगी। प्रातःकाल देवियों की गिनती में यह एक घटी, संवाद-पत्रों ने हल्ला मचाया। ये तीन दिन बाद विश्राम लेकर मायके से लौटीं, और शोक-संतप्त पतिदेव को और उच्छृंखल रूप से बड़बड़ाते हुए संवाद पत्रों को शांत किया–प्रतिवाद लिखा कि संपादकों को इस प्रकार अधीर नहीं होना चाहिए।

आंदोलन के बाद इनकी प्रैक्टिस चमक गई बड़ी देवियां आने लगीं। बुलावा भी होने लगा। चिकित्सा के साथ लेख लिखना भी जारी रहा। ये बिल्कुल समय के साथ थीं। एक बार लिखा, "देश को छायावाद से जितना नुकसान पहुंचा है, उतना गुलामी से नहीं।" इनके विचारों का आदर नीम-राजनीतिज्ञों में क्रमशः जोर पकड़ता गया। प्रोग्रेसिव राइटर्स ने भी बधाइयां दीं और इनकी हिंदी को आदर्श मानकर अपनी सभा में सम्मिलित हाने के लिए पूछा। अस्तु शास्त्रिणी जी दिन-पर-दिन उन्नति करती गई। इस समय नया चुनाव शुरू हुआ। राष्ट्रपति ने कांग्रेस को वोट देने के लिए आवाज उठाई हर जिले में कांग्रेस उम्मीदवार खड़े हुए। देवियां भी। वे मर्दों के बराबर हैं। शास्त्रिणी जी भी जौनपुर से खड़ी होकर सफल हुई। अब उनके सम्मान की सीमा न रही। एम.एल.ए. हैं। 'कौशल' में उनके निबंध प्रकाशित होते थे। लखनऊ आने पर 'कौशल' के प्रधान संपादक एक दिन उनसे मिले और 'कौशल' कार्यालय पधारने के लिए प्रार्थना की। शास्त्रिणी जी ने गर्वित स्वीकारोक्ति दी।

'कौशल' कार्यालय सजाया गया। शास्त्रिणी जी पधारीं। मोहन एम.ए. होकर यहां सहकारी है, लेकिन लिखने में हिंदी में अकेला। शास्त्रिणी जी ने देखा। मोहन ने उठकर नमस्कार किया। "आप यहां", शास्त्रिणी जी ने प्रश्न किया। 'जी हां', मोहन ने नम्रता से उत्तर दिया, "यहां सहायक हैं।" शास्त्रिणी जी उद्धत भाव से हंसी। उपदेश के स्वर में बोलीं, "आप गलत रास्ते पर थे!"

* * *